Best Time

白马时光

For the rest of my life

往后余生都是你

大柠——著

百花洲文艺出版社

For the rest of my life.

谢谢你打开这本书。

写给生活中邂逅的小美好，

写给并未随时光老去的友情和爱情，

写给一直陪伴在我们身边的人。

愿这本书陪你度过一段温馨甜蜜的时光。

如果有一天我结婚，那个人一定是你。

我们都不是完美的人，
可是和你在一起，生活才完美。

山高水长，
满天星光，
不及你在我身旁。

自从遇见你，眼里只有你；

自从遇见你，余生都是你。

目录
contents

目 录
contents

目 录
contents

我们这一生总会遇见那个人，

那个因为他的存在，

平凡生活中多了几抹色彩的人。

第一章

原来你也在这里

十月的南方，尚没有入秋的迹象。但因城市临海，傍晚拂过的风带有湿润清凉的气息。

余乔刚走出银行没多远，同事陆露追过来："阿乔，走那么快干吗，不想吃冰淇淋和火锅啦？"

余乔轻笑一声："难得啊，能让天天哭穷的'陆朗台'放血。"

"必须的，感谢你昨晚帮我解围。"

昨晚饭局结束，秦经理说他酒喝多了，让陆露送他回家。吃饭时秦经理就有意无意地碰她的手，让她很反感。何况要求她送他回家，陆露自然拒绝，但秦经理仍要勉强。余乔看不下去，把最近在拳击课上学到的动作学以致用，摆出格斗式，眼神凛冽地说了句："我可是练过拳的！"秦经理当即愣了下，说："我酒醒了，我自己回去。"

现在回想起来，余乔还是想笑，她只是做做样子而已，没想到真吓退了秦经理。

陆露挽上余乔的胳膊："走，我请你去吃你最爱的那家冰淇淋。"

两人一路有说有笑地谈论着最近流行的言情小说，谈到兴致处，还手舞足蹈地演了一出霸道总裁的戏码。

走到冰淇淋店前，陆露要了两支酸奶味甜筒冰淇淋，手工酸奶是这家的特色。

"拥有冰淇淋就好像拥有了全世界，尤其这冰淇淋还是别人送的。"余乔拿着冰淇淋心满意足地说。

她抬头看天空，湛蓝天空缀着一朵爱心形状的白云，有一架飞机从上空掠过，留下一条长长的白色尾巴。

云朵这么好看，冰淇淋又这么可爱，拍张照片应该不错。

这样想着，余乔一手举着冰淇淋对准天空，一手拿出手机拍照。不行，好像有点单调，如果两支冰淇淋摆在一起可能比较有爱。余乔正打算借陆露的冰淇淋拍照，发现她已经津津有味地吃上了。

趁着心形云朵还躺在天空的怀抱，余乔赶紧给自己的冰淇淋拍照留念。

她刚拍了两张，忽然，眼角余光瞥到有人闯入自己的视线，她移了移冰淇淋，以免那人闯入手机镜头。谁知，那人不知趣，走得更近了。

余乔转头看了一眼，顿时一惊，这人……怎么这么眼熟?

惊愕之余，余乔不小心手一歪，甜筒上面的酸奶啪的一声掉了，只剩下一个甜筒对着天空。

余乔尴尬地低头去看和甜筒分手的酸奶君，发现了更尴尬的一幕——酸奶君居然不是掉落在地上，而是掉落在一只鞋上，还是一只黑色锃亮的男式皮鞋!

白色酸奶君大咧咧地躺在黑色皮鞋上，黑白分明，看起来有种滑稽的可爱。

余乔的视线顺着黑色皮鞋缓慢往上移，皮鞋上方是黑色西裤包裹的大长腿，笔直修长——这人个子不低；白衬衣上印有不规则的黑条纹，带点休闲风的时尚正装——这人有点闷骚；衬衣领口解开两枚扣子，古铜色的皮肤，喉结清晰明了——这人有点性感。

当她的视线再度回到这人脸上，都顾不上说声“对不起”，不自觉地张开嘴，吃惊不已——怎么会是他？他怎么会在这里？

余乔左手高高举着甜筒，右手拿着手机保持拍照的姿势，站在原地愣神了好几秒，依然难以置信地看着眼前人，惊讶地说：“超……超哥？超哥，怎么是你啊？”

“你……是不是叫错人了？”那人面无表情地说。

余乔的心咯噔一下，盯着他仔细看了会儿，除开以前他只穿休闲装，今天却穿得人模狗样，发型变得更精神外，没看出他和她认识的那个超哥有什么区别啊。

那人见余乔一脸蒙，得逞般笑了：“骗你的。我改名了，以后不要叫我超哥。”

“吓我一跳！”余乔拿着手机往他胸脯上戳了戳，“改名了？现在叫什么？”

“改了一个字，我现在不叫赵云超了，叫赵云开。”他说。

“原来的名字不好吗？为什么要改名呢？”余乔不解地问。

“算命先生说，改了名字后会转运。守得云开见月明嘛。”

“哈哈，是财运吗？”余乔随口一问。

“不是，是桃花运。”赵云开一本正经地说。

余乔笑一笑，意味深长地说：“我懂我懂，你是到了该找女朋友的年龄了。”

两人寒暄了几句，这才想起被冷落的酸奶君，酸奶君已在慢慢融化，沿着赵云开的皮鞋往下淌。

余乔尴尬地笑了：“不好意思，我刚刚拍照来着，没看到你过来。我给你擦掉。”说着她把手机放回包里，掏出纸巾，正想弯腰清理现场，孰料对方抓住她的胳膊：“我自己来吧。”然后赵云开从她手里抽了纸巾，弯腰擦去鞋上的酸奶。

陆露本来边吃冰淇淋边看戏，但一想，对于她的救命恩人余乔，她还好整以暇地吃瓜实在不妥，充当电灯泡可能会影响人家的故事进展。

这样想着，陆露走上前问：“阿乔，这位是？”

余乔恍然意识到因为冰淇淋事故都忘记陆露的存在了，赶紧说：“哦，忘记介绍了。这是我的老同学兼好哥们儿赵云超……不对，他现在改名了，赵云开。”

“你好。”赵云开微笑着和陆露打招呼。

“你好，我是阿乔的同事，陆露。”陆露伸出右手。

赵云开伸出手轻握了一下陆露的手，旋即放开。

陆露说：“阿乔人超好，平时都照顾我。就是她太爷们了，你可以把她调教得温柔一些。”

余乔瞪了陆露一眼：“说什么呢？你是不是误会什么了？”

赵云开却笑着对陆露说：“可以考虑你的建议，她有时候是有点凶，不像女孩子。”

“我就说吧！”陆露一副洞察一切的表情。

他们都在说什么？这么快这两个人就结成同盟了？余乔一头雾水。

“我还有事，就先走了，你们老——同——学见面，好好叙叙旧。”三十六计，走为上计，陆露冲着余乔挤眉弄眼，打算开溜。

“喂！别忘了你今天还要请我吃火锅呢！”余乔提醒陆露。

陆露附在余乔的耳边，悄声说：“让你的老同学请你吧。”说完，对赵云开说：“晚饭你们一块吃，不好意思，我有事不能奉陪了。我走啦，拜拜。”陆露很快把“债务”转移出去，然后转身走了。

余乔拿着空甜筒，望着陆露的背影，心塞地想：果然不能指望“陆朗台”放血，她请客的冰淇淋还没吃上，这下火锅也吃不上了。

那朵心形白云已汇入其他云彩，夕阳缓缓落下，为白云披上橘粉色的霞光。

余乔来深圳三个月了，还是第一次看到橘粉色的云朵，在青蓝天空的映衬下美得让人心动。

余乔坐在街心花园的长椅上，吃着赵云开新买的冰淇淋，问道：“你怎么会突然出现在这里？还穿得这么正式？公司派你过来出差？”

“冰淇淋化得快，你先吃完冰淇淋，我再回答你的十万个为什么。”

赵云开不紧不慢地说，继续吃手中的冰淇淋。

“小样儿，还跟我玩悬念？”余乔睨他一眼，咬了一大口冰淇淋，结果一不小心全部咽进肚里，冰得她忍不住打了个寒战。

“慢点吃，我不会跟你抢的。喏，不够吃，我的也给你。”赵云开大方地把自己的冰淇淋递到她面前。

余乔本来是想含着酸奶在口中慢慢融化，谁知一着急，那么大一口酸奶径自顺着喉咙滑下去，完全猝不及防。

酸奶君大概今天跟她过不去，先是掉在赵云开的鞋上，这次又是被她一口咽下。

余乔无奈地叹口气：“今天这冰淇淋是跟我有仇吧？”

“那你吃我的，我的这支很听话。”

“嘁！你已经吃过了，谁要吃你的口水？”余乔不领情地说。

“三个月没见，怎么这么生分了，以前你还喝我喝过的矿泉水呢！”

“有吗？我完全不记得。”余乔说完，把冰淇淋斜过来，舔了几下酸奶，咬了一口甜筒脆皮。

“怎么你吃个冰淇淋跟撸串似的？”赵云开看着她说。

余乔没绷住，笑出了猪叫，笑得手不听使唤直摇。结果就是——继续融化的酸奶君也没绷住，掉了下来。

呀！完了！余乔的第一反应是连衣裙会不会被酸奶君染指，低头一看，幸好裙子比较短，酸奶君掉在了她的膝盖上，怪不得膝盖那么凉。

赵云开幸灾乐祸地看着这一幕狂笑：“哈哈，我买的冰淇淋为我的鞋报仇了。你看，‘吃人的嘴软’就是这样的。”

说归说，他还是从口袋里掏出纸巾，伸手过去，打算帮内心遭受冰淇淋重创的余乔清理现场。

手伸到一半，他突然停住了。黄昏下，她的双腿白皙修长，夕阳的余晖映照过来，镀上一层金色光影。

不知怎的，他喉头一紧，居然有些羡慕她膝盖上的酸奶。犹豫了一下，他还是拿纸巾替她轻轻拭去酸奶。

怎么傍晚了，天气还这么热？一瞬间，赵云开感觉周遭的气温上升。

“还好掉在腿上好清理，掉在衣服上就完蛋了。”余乔并未察觉周围有什么变化，像报复似的快速吃掉冰淇淋，三下五除二，解决了老是惹祸的冰淇淋小姐。

余乔从包里拿出纸巾擦嘴，顺便递一张纸巾给赵云开，感慨道：“今天不知道是个什么日子，吃个冰淇淋居然有种兵荒马乱的感觉。”

赵云开边擦手边说：“今天一定是个黄道吉日，不然不会遇到你。”

余乔拿起手机查看日历：“今天确实是个好日子啊！”

赵云开的心倏地一提，既紧张又期待地等着她的下文。

“今天居然是农历九月初九重阳节，宜会亲友，难怪我‘他乡遇故知’。”余乔恍然大悟地说。

“还‘老乡见老乡，两眼泪汪汪’呢！”赵云开眼中闪过一丝不易察觉的失望。

“好了，老乡，说说看你为什么会出现在这里吧？”余乔言归正传，“到底什么时候出现的？”

“我其实是在你工作的银行门口等你下班，想给你个惊喜的，结果你都没发现我的存在。”

“哈？怪我咯？谁让你穿得这么正经，我怎么会注意到？”

“你大概只关注你那个女同事了，你们一路搂搂抱抱、打情骂俏，我还以为你变弯了呢，都不好上前打扰。”

“哈哈，变弯了？怎么会？我可是只喜欢帅哥的乔爷。”余乔笑道。

“女孩子家，别总自称‘爷’。尤其是工作了以后，在职场上更要注意自己的形象。”

“错了。在职场上才需要女汉子呢，这样就不容易被变态领导欺负了。”余乔说。

“你被领导欺负了？”赵云开紧张地问。

“没有啊，我的一个女同事遇到过。”

“我就说嘛，只有你欺负别人的份儿。”赵云开松了一口气，看看她的裙子说，“不过，你也要警惕，下次上班别穿这么短的裙子，容易让人想入非非。”

“没事，我上班都穿制服的。”余乔不以为然地说，想起话题跑偏了，赶紧拉回正题，“你来深圳出差吗？”

“不是，我在这边工作。”他轻描淡写地说。

余乔则大吃一惊：“什么？你不是毕业后回南城了吗？你父母不是已经给你找好工作了吗？”

“我不喜欢那个工作，回家一趟就是和父母沟通我的真实想法。”

“你也真是神了，从没听你说要来深圳，居然悄无声息地就来了。”

“唉，人太优秀太抢手了没办法。那家公司给我发了 offer，夺命连环 call 让我过来，公司既然需要我做贡献，我不能视而不见啊！”

“士别三日，当刮目相看。你这自恋的程度确实让我挺刮目相看的。”余乔撇撇嘴道。

不过，对他的优秀，余乔也是服气的。

高二时他还是隔壁班那个因打架闻名的不良少年，高三上学期期末一下就挤进了年级前十。大学时两个人在同专业的两个班，他帮她占座位，上课坐一起，他经常偷偷玩游戏，结果期末考试每门课还能考到 90 分以上，比认真听课的余乔还考得好。

说起来也真是巧，高中、大学余乔都和他在同一所学校，没想到工作居然也在同一座城市。

第二章

我遇见谁会有怎样的对白

天色渐渐暗沉，夕阳和橘粉色的云朵都已回家，城市亮起了人间烟火。

“走吧，我们去吃饭。”赵云开站起身，举步向路边走去。

余乔也起身跟随：“你请客？”

“我请客。”赵云开说。

“不太好吧？你刚来深圳，应该是我尽地主之谊，请你。”

“你也不是这儿的地主，下次你可以请我，今天不要跟我抢着埋单。”

“好吧。”既然他这么客气，余乔恭敬不如从命。

两人去了一家口碑不错的火锅店，选了同心圆的子母火锅，中间的小锅是清汤，外围是红油。

红油锅底色泽诱人，散发出的辣椒味和花椒味扑鼻而来，色香味俱全。

光是看着锅里的红辣椒和一大桌正待下锅的菜，余乔已然胃口大开。

菜都是赵云开点的，羔羊肉、大虾、土豆、鹌鹑蛋、海带、冻豆腐、大白菜……有荤有素，还都是余乔爱吃的。

红油咕嘟咕嘟地翻滚，辣椒在上面欢快地跳舞，似乎在盛情邀请桌边的两个人。

赵云开下菜入锅，余乔虎视眈眈地盯着锅里的菜。

等锅开的时候，余乔拿起手机，站起来对着热气腾腾的火锅拍照。

“小心手机掉汤里。”赵云开友情提醒。

“谢谢你为我的手机着想。”余乔双手拿紧手机，不希望手机向冰淇淋学习。

“我是心疼这锅汤。”赵云开说。

“……”余乔心想，好久不见，这人嘴巴倒变贱了。

美食当前，吃完再说。

余乔举起筷子，正欲下锅夹菜，赵云开说：“等一下。”

“干吗？”余乔不解地望着他。

“服务员！”赵云开喊道，“麻烦拿两件围裙过来。”

服务员闻言，不一会儿就递过来两件红围裙，微笑着说：“请慢用。”

赵云开接过围裙，递了一件给余乔。

“我以前吃火锅都不穿围裙的。”余乔说。

“今天能一样吗？火锅底料掉衣服上可难打理了。”赵云开边套围裙边说。

好吧，今天冰淇淋掉了两次的人没资格拒绝。余乔乖乖地穿上围裙。

火锅吃到一半，赵云开的手机响了，他拿起来瞥了一眼，说：“这里太吵，我出去接个电话。”

“好的。”余乔继续专注地埋头吃菜。中午食堂的饭菜太难吃了，晚上她要多吃点补回来。

赵云开接了电话，边走边说：“妈，您还真会找时间给我打电话，我在和朋友一起吃饭呢……”

走到火锅店门口，赵云开找到了一处相对安静的地方和妈妈通话。

“妈想儿子了，打电话还要挑时间啊？”赵妈妈不满地说，“今天是你的生日，我还不能给你打电话祝你生日快乐？”

赵云开呵呵笑了两声：“您不是早上发短信祝福过了吗？”

今天一早，赵云开给母亲大人和父亲大人分别发了“重阳节快乐”的祝福，还给母亲大人量身定制祝福：谢谢老妈把这么不听话的我带到这世上，还依然这么爱我。

赵妈妈回他：滚！有多远滚多远！

他回：我已经乖乖滚得很远了，母亲大人别生气。

赵妈妈大人有大量，过了一会儿还是给他发了深情肉麻的短信：我亲爱的儿子，祝你生日快乐。

“说起短信我就来气，你去深圳这么久，除了早上发了条短信，其他时间都不主动和我们联系，话费不够和我说啊！”赵妈妈的脾气堪比麻辣火锅。

“我这不是一找好工作，安顿下来，就和您联系了吗？您也知道的，深圳是大城市，工作机会特别多，像您儿子这么优秀，还不得仔细挑挑东家，东挑挑、西选选才好做决定。”

“就知道贫嘴。”赵妈妈的语气缓和下来。

“这随您啊，遗传。”赵云开笑道。

“你说你，放着我给你托关系找的银行工作不要，非要跑深圳去干吗？”赵妈妈颇为遗憾地说。

“我现在的工作也很好啊，很多人想进我们公司都进不来，这可是国内最有发展前途的电子通信设备企业。”赵云开给妈妈安利自己的公司。

“光有工作可不成！成家立业，就得先成家后立业。在老家找对象好找，大城市的姑娘眼界高。上回你姨拿了你的照片帮你物色相亲对象，有不少姑娘都相中你了……”

赵云开不耐烦地打断赵妈妈：“妈，您怎么又不经我同意就随便把我照片拿出去？”

“我这不是为你着急吗？大学毕业了，也该考虑找对象的事了。”

“妈，您要是没啥别的事，我就挂电话了，朋友还等着我呢。”赵云开不想就这个话题和妈妈探讨下去。

“等一下，有件重要的事，你姨说有个姑娘家境和自身条件都很好，我也觉得不错，想挑个黄道吉日给你们安排一下，你得回来一趟。”赵妈妈自顾自地说。

“今天就是黄道吉日，我已经安排上了。”赵云开边说边看向坐在里桌正吃得起劲的余乔，嘴角忍不住上扬。

“啊？什么？你和我说的那姑娘已经见面了？”赵妈妈误会了他的意思，“你小姨也没和我说，要让那姑娘去深圳相亲啊？不行，你得和我说清楚。”

“一时半会儿说不清楚的，就一句话，我的人生大事您不用操心。好了，我得挂电话了，再不回去，我朋友估计以为我失踪了，有什么事我们回头再说。”

不容赵妈妈再说什么，赵云开已经挂断电话，然后长长地松了一口气。

赵云开回到餐桌前，余乔还在埋首吃东西。

见他回来，余乔抬头看了他一眼，说：“回来了？和谁打电话呢，打这么长时间，再多打一会儿，菜都要被我吃光了。”

“我妈。”赵云开坐下来，神色略显疲惫地说。刚才应付赵妈妈消耗了他不少元气。

“看你这表情不对啊！家里发生什么事了？”余乔担心地问。

“哦——没什么，我又被催相亲了。说找个黄道吉日，让我见见那姑娘。”赵云开无奈地说。

“你应该听你妈的话啊！”看热闹的素来不嫌事大，余乔乐呵呵地说。

赵云开笑了，看了看余乔，很认真地说：“我就是听我妈的话啊。”

“那你会去见那个姑娘不？”很奇怪，余乔问的时候居然有一点点失落，这个好哥们儿会不会在有了他心爱的姑娘后重色轻友呢？

余乔很显然没听懂他话里的意思。赵云开沉默了一下，想说什么又没说。他不确定现在是不是一个好的时机。

“也许会，也许不会，谁知道呢？”赵云开给了一个模棱两可的答案。

见他神色不明，余乔转移话题，摸着肚子说：“你赶紧吃菜，我没啥战斗力了。”

“你再陪我吃点吧，一个人吃火锅多没意思。”赵云开拿起筷子说。

“好吧，我今天已经吃得超标了，大概得打好几次豆豆才行。”余乔象征性地夹了块冻豆腐放碗里。

“打好几次豆豆？是一种新型减肥游戏？”赵云开边吃边问。

“哈哈！算减肥游戏吧。我的拳击教练姓豆，我去上拳击课简称‘打豆豆’。”余乔不止一次解释“打豆豆”这个梗了。

赵云开笑了两声，问：“你怎么还报了拳击课？为了对付变态领导？”

“算是歪打正着吧。我刚来深圳，表姐就送了我一份大礼——小区健身房的年卡，外加三十节拳击课。”

“有表姐的孩子像块宝，我来深圳就没人给我送礼。”赵云开露出羡慕的眼神。

“我送啊，今天这顿我请客。”余乔说。

结果余乔去结账的时候，服务员说赵云开已经结过了。

由于吃得太饱，晚餐后两个人在街上散了一会儿步，嘻嘻哈哈地聊着近况和过往。

赵云开要打车送余乔回家，她说：“不用了，你住的地方和我不顺路。”

“没事，我们好久不见，我想和你多聊聊。”他坚持。

余乔没再拒绝。

坐在出租车上，看着窗外闪烁的霓虹、飞驰而过的汽车，再看看身旁的赵云开，她忽然觉得安心。

原先，在这座陌生的南方城市，她唯一熟悉的朋友就是在电台工作的表姐苏瑶。现在，赵云开来了，这座城市又多了一个熟悉的人，连陌生的城市都变得愈加亲近了。

余乔回到家，和往常一样，打开手机里的 FM 收音机，点进苏瑶主持的那个电台，然后拿了手机去卫生间，边刷牙洗脸边听广播。

伴着音乐前奏，苏瑶甜美治愈的声音响起："一首歌曲，一段心情，你总会在音乐里找到自己。这里是'遥遥有期'，欢迎你的到来，我是苏瑶。今天和你分享的主题是'遇见'……"

听见冬天的离开，
我在某年某月醒过来，
我想我等我期待，
未来却不能因此安排……

随着孙燕姿细腻、悦耳的声音在寂静的夜里响起，余乔的思绪仿佛一瞬间回到大学时代。

这是她当时最爱听的歌曲，还是赵云开推荐给她听的。

那会儿，赵云开在电台听到好听的歌都会和她分享。孙燕姿是他俩都喜欢的歌手。他说，孙燕姿唱歌就像在用独特的嗓音讲述内心的故事，特别动人。

余乔和赵云开一起上晚自习的时候，他的 MP3 播放器里曾单曲循环过这首《遇见》。

她坐在他旁边，共享同一根耳机线，每人一只耳塞，动听的旋律在两个人耳畔同时响起。

回想一起听歌的过往，余乔发现镜子里的自己嘴角不自觉弯起。

孙燕姿唱完《遇见》，苏瑶说："遇见可以是一段心情，也可以是一个故事。生活充满未知，我们无法预知在下一个转角会遇见谁。首先分享的心情故事来自一位今天过生日的听众。这位听众说，有个和他同学多年的女孩今年毕业刚来深圳，这个女孩读大学时是同专业另一个班的班长，会把班里每个同学的生日记在本子上，等到那个同学过生日的当天送贺卡……”

正在抹护肤品的余乔手顿住了，天下居然有这么巧的事，这个女孩当班长时做的事情和她一模一样。

“这个女孩记住了全班同学的生日，唯独没有记住他的生日。即便如此，他还是想对这个女孩说‘这么多年，认识你真好’。”

这男生可真矫情，有什么话不会在现实中说吗？还要到电台说。余乔想。

收拾妥当，余乔拿了手机进卧室，把门关上。

“他说，他今年的生日愿望是和这个女孩一起吃饭，一起散步，一起坐车。祝这位听众梦想成真，希望这个女孩能听到他的心声。”

一起吃饭？一起散步？一起坐车？余乔怔住了。貌似她今天就和赵云开做了这些事啊！莫非这位神秘的听众就是赵云开？

他说今天是个黄道吉日，他坚持请她吃饭，坚持送她回家，她能按时收听节目……将这些细节连贯起来，余乔之前的一些疑惑有了答案。

余乔拿起手机，翻看她和赵云开的聊天记录，翻到去年的今天，他对她说：今天我生日，一起去学校西门吃饭，我请你。

翻到前年的今天，他对她说：今天我生日，一起去公园玩吧，门票我出。

……

一丝小小的内疚爬上余乔的心头，和他做了四年的哥们儿，他的生日一直是他在提醒她。他今天没有用短信提醒她，选择用电台提醒她。

虽然现在发生日祝福有些迟，但好在明天还没到来，今天的祝福都作数。

她给赵云开发了一条短信——

生日快乐，遇见你真好。

第三章

你是我的领跑员

“曾经沧海难为水，除却巫山不是云”，昨晚刚吃了火锅大餐，再吃食堂里的饭菜就味同嚼蜡了。

余乔望着餐盘里的红烧土豆和西红柿鸡蛋，想着和赵云开一起吃的火锅，心理落差可想而知。算了，填饱肚子要紧。她拿起筷子夹了一块西红柿入口——哇，大虾！夹了一块鸡蛋入口——哇，羊肉！夹了一块土豆入口——哇，冻豆腐！

“今天中午的菜有这么好吃吗？看你闭着眼睛一脸享受的样子。”陆露端着餐盘走过来。

余乔笑了：“我在想象，知道吗？想象自己在吃一顿超级大餐。”

陆露瞬间领悟：“哦——我懂了，就跟我想象宋承宪是我男朋友一样。”

“没错，有异曲同工之妙。”

“阿乔，昨天吃冰淇淋时遇到的那个帅哥是你以前的男朋友吧？”陆露八婆兮兮地问。

一听“男朋友”三个字，余乔差点一口饭喷出来：“又来了！感觉往事重演了。你怎么和我大学舍友一样，非得认为男生和女生在一起就一定只有男女朋友一种关系？我和他是纯哥们儿关系，超纯的！”

“真的吗？”陆露半信半疑，“你就没想过和他的关系更进一步？”

余乔嘁了一声：“我和他同学七年了，要是我对他有感觉，早就和他谈恋爱了，何必等到现在？”

“哇，好浪漫啊！七年的陪伴，有一种一路陪伴着成长的感觉。”陆露一脸艳羡地说。

吃完饭把餐盘放到餐具回收处，两个人去水池边洗手。

陆露问余乔：“阿乔，秋季运动会你报的什么项目？”

余乔生无可恋地说：“长跑。”

“这么厉害，我就报了个跳远。”陆露用崇拜的眼神望着她。

早知道就不和秦经理杠上了，如果余乔还有的选择，她也选跳远。

上午余乔在休息室遇见秦经理，秦经理冲她笑道：“小余啊，运动会打算报什么项目啊？”

“拔河吧，能体现团队合作精神。”参加拔河的话，即使输了也不怎么丢脸。

“像拔河这种项目适合我这种中老年人参加，不适合你这种年轻人，你应该报个有挑战性的项目，替我们分行争光。”

中老年人还对女员工动手动脚，真是为老不尊。余乔一边暗暗吐槽一边说：“那您建议我报什么项目呢？”

“最起码报个长跑吧。”秦经理说。

余乔犹豫了下，说：“我再看看报其他的吧。”

“嘁！连个长跑都应付不了。还练过拳的，不过是花架子、假把式，唬谁呢！”秦经理嗤之以鼻地说。

余乔也不知道自己当时哪根筋搭错了，仿佛心头一股劲被激发出来，赌气似的说：“长跑就长跑！”

“对嘛，这才能体现出年轻人的风貌！”秦经理笑得很得意。

余乔晚上下班回到家，越想越觉得自己被套路了，如果上天给她重来一次的机会，她一定不会选择长跑。

不过，当她在电话中和赵云开说起此事，他却说：“你应该庆幸，到你施展身手的时候了。”

“其他项目还好，但我不擅长长跑，上学时八百米长跑最好的成绩是四分零二秒。何况我最近除了‘打豆豆’前在跑步机上做热身运动，也没练习跑步。距离运动会只有两周多的时间，感觉输定了。”余乔担心地说。

“你应该努力一把，努力后虽然未必第一，但最起码不是倒数第一。”赵云开说。

“……”又提起伤心往事了，某年校运动会她就是倒数第一。

“不过有我在，你放心，你绝对不会是倒数第一。”赵云开又补充道，“怎么也得倒数第二。”

“……”这句话和刚才那句有差吗？

第二天早上，余乔被闹钟叫醒，打开手机，一条未读短信弹出来：你的电子信箱有大礼包，请查收。

是赵云开发来的，发件时间：7：00。

早上不说早安，发什么大礼包。余乔边打了个大大的哈欠，边想着大礼包是什么。

她好奇地开了电脑，登录电子信箱，果然有一封新邮件，标题是：奔跑吧，乔爷！

邮件正文是：只要你按照附件里的去做，将来站在终点带着胜利者微笑的人就是你！

她这是一早起来就被打鸡血了吗？

余乔瞥了眼附件，附件标题也是“奔跑吧，乔爷”。她把附件下载到桌面，打开一看，居然是一份详细、周密的八百米跑赛前训练计划！

第一周：基础训练，学会控制速度和呼吸，跑步时长每天增加一点。

第二周：冲刺训练，模拟赛场，为拿奖做准备。

每一周下面密密麻麻写满具体的执行计划：早上去健身房借助跑步机锻炼速度感和专注力，学会专注姿态、步伐和呼吸的跑步要领；晚上去学校操场感受在跑道上跑步的感觉，每天模拟一次八百米赛跑，争取每个明天都比今天跑得快一点；周末去公园晨跑，边看风景边跑步，感受运动带来自由的同时，还能放飞心情、开阔视野。

不仅如此，他连各种注意事项都写好了：跑步前要做什么准备活动？跑步中有哪些注意点？跑步后需要做些什么？

别说训练，光看这计划，余乔都觉得人生无望。

她滑到页面底端——

当你爱上奔跑的一瞬，就离成功近了一点。

万事（计划）俱备，只欠东风（领跑员）。

你和成功之间还差一个领跑员——

赵云开

余乔微微笑了笑，看了看这封邮件的发送时间——凌晨 1：07。

余乔莫名感到鼻子一酸，这个哥们儿怎么回事，半夜给她写训练计划，这是要有难同当吗？

翌日下班时，余乔和陆露一同走出银行门口，本来正说着什么，突然陆露的视线望向不远处树下那个穿一身运动装的高个儿男生。

“阿乔，那不是你的老同学吗？”即使他今天和昨天的穿衣风格截然不同，即使只是一个侧影，陆露还是一眼就认出了他，因为他那样的身高在南方城市简直鹤立鸡群。

“他今天看起来跟学生一样，好帅气！”陆露凑到余乔的耳边说。

这时，赵云开转过身，看到她们，冲她们笑了下，走过来：“你们今天好像比昨天下班早了点。”

“我们报名参加运动会了，领导开恩让我们早点回家练练。”陆露说，“你们家阿乔好厉害，居然报了长跑哎！”

你们家阿乔……余乔忽然不想和她说话，推着陆露往她平时坐公交车回家的方向走了几步，说：“走走走，你还是回家练跳远去吧！”

陆露被成功支走，余乔打量了一下赵云开说：“昨天穿得那么正式，今天怎么穿得这么休闲？”

“因为身份不同，昨天是寿星，今天是教练。”

“不会吧？你是动真格的？”余乔没想到训练计划出炉的当天就要开始训练。

“当然，时间这么紧张，抓紧训练才有可能夺冠。”赵云开义正词严地说。

“没指望夺冠，不垫底就好。”余乔要求不高，看看自己的连衣裙，说，“赵教练，明天再开始训练吧，我今天的衣服不方便跑步。”

“这没关系，吃完饭再说。”

他们一起吃了晚餐，她坚持埋了单，希望教练在训练期间能对她手下留情。

饭后，赵云开说要逛街，结果带她去了一家运动品牌专卖店，“强行”给她买了运动服和跑鞋，并“勒令”她直接穿上。

最离谱的是店员还对余乔说：“看你男朋友多贴心，还给你买了情侣运动服！”

什么眼神？谁跟他是男女朋友？而且除开款式相仿，也不算情侣装啊！余乔懒得解释，让店员帮忙把自己之前的衣服装起来，提起购物袋就走。

余乔本想今天偷个小懒，结果没能如她所愿，还是被严格的赵教练拎到某所大学的操场训练。

“先压压腿，活动活动关节，做个热身运动。

“跑的时候脚后跟先着地，慢慢跑，别着急。

“控制好呼吸，保持这种速度就行。”

跑道上，余乔和赵云开并肩跑步，他时不时提醒着她。

跑步的时候能听到心跳声，速度稍快点还能听到风声，风吹来一阵淡淡的桂花香。

一瞬间，时光仿佛倒回到 C 大的操场，他每晚陪她跑步的时光。

那年，学校举办秋季田径运动会，班里有个报名参加八百米跑的姑娘临时因为家里有事无法参加，班主任需要一个候补人选。

班主任给了大家好几次踊跃举手参加的机会，结果没人举手，余乔决定顶上，毕竟她是班长。

为了不给班级丢脸，在运动会到来之前的半个月，她每天晚上都去操场上训练。回到宿舍，她对宿舍里的姐妹说："其实长跑挺好的，既能锻炼耐力，又能减肥。怎么样，晚上你们要不要和我一起跑？"

室友们纷纷拒绝了她的好意，宁愿睡前躺在床上做几个仰卧起坐表示在为减肥努力，也懒得跑去操场锻炼意志力。

宿舍里找不到陪跑员，余乔扩大了搜寻范围，目标锁定赵云开，试探性地问他愿不愿意晚上陪她去操场跑步，结果他一口答应下来。

中学时，赵云开当过体育生，又有晨跑的习惯，体能向来不错，陪跑自然不在话下。

他的控速能力很强，余乔只要跟在他身后跑，就能保持匀速前进。

有一次，余乔突发奇想："我们来玩'龟兔赛跑'的游戏吧？"

"谁是乌龟？"赵云开问。

"当然是你。"余乔不假思索地说。

"不对，我跑得快，我才是兔子。而且你知道吗，国际田径黄金联赛中，为了提高运动员的比赛水平，主办方会聘请领跑员，领跑员被称为'兔子'。女子马拉松世界纪录保持者拉德克利夫当时就是在男'兔子'的带领下创造出世界纪录的。"

男兔子？余乔还是第一次听到这个词，笑着问他："那跟跑的运动员叫什么？”

“跟跑者叫‘猎人’，只要跟紧‘兔子’，成绩一般差不了。”

“‘兔子’既然这么能跑，为什么不自己参赛拿冠军呢？”余乔疑惑道。

“领跑员也是一种职业，全程充当参赛者的移动坐标。有职业操守的‘兔子’跑到一定程度就要下场，因为他只是辅助参赛者取得好成绩。当然偶尔也有‘兔子’一路领跑到终点，自己夺冠的例外。”

“这就是兔子也吃窝边草吧？”余乔笑了。

“没错，兔子有时也爱吃窝边草。”赵云开望着余乔说。

余乔被他看得有些不自在，回到乌龟赛跑的游戏：“虽然在‘龟兔赛跑’的故事里，乌龟最后赢了，但我还是不想当乌龟，要不我当兔子，你当乌龟？”

“我也不想当乌龟，换个动物吧。”赵云开说。

余乔看了他一眼，说：“你皮肤偏黑，傲娇又臭屁，尾巴翘上天。嗯……像哪个小动物呢？”

“我不黑，这是标准的健康色，流行的古铜色。”赵云开纠正她。

“古铜色接近棕色，像小松鼠。就这样吧，你是小松鼠，我是小兔子。”

“好的，小兔子。”他说。

“哈哈，小松鼠。”她觉得他的绰号很有趣。

余乔跑着跑着想起从前这一幕，忍不住嘴角上扬，望向陪在一旁的赵云开，说：“Hi，小松鼠。”

“干吗？小兔子。”他转头看着她笑。

原来他也记得那个小插曲。

想起小松鼠这么多年一直陪在她身边，她却记不住他的生日，余乔不由得愧疚地说：“不好意思，昨天忘记了你的生日，生日礼物回头补给你。”

“不用不用，那么客气就见外了，和老朋友见面对我来说就是最好的生日礼物。”

赵云开嘴上说着“不用不用”，然而，当他在两天后收到余乔送他的小兔子夜灯时，还是心花怒放。

每天坚持训练还是很有效的，余乔的长跑成绩从最初的四分零八秒到现在的三分五十秒，打破了自己的历史纪录！

临近运动会，赵云开给她定的目标是跑进三分四十秒以内，这两天都在集中做冲刺训练。

“甩动胳膊，加大频率，这样速度就会变快，你跑着试试看。”赵云开说。

余乔大力甩动胳膊跑了起来，感觉自己像是风一样的女子，心情也随风飘了起来。结果没飘一会儿，她就停住了，皱着眉头说：“腿抽筋了！”

“哪条腿抽筋了？”赵云开问。

余乔指指右腿：“这条腿。”

“你先坐地上。”

余乔坐下来。

“右腿伸直。”

余乔双手撑在地面，伸直右腿。

赵云开双手握住她的右脚脚掌，往她的身体方向下压，往回掰脚掌。

“好一点吗？”他问。

“好一点了。”余乔的小腿肌肉没刚才那么抽痛了。

可是，他们现在这个姿势好像有些奇怪……不对，是有些暧昧。

他又帮忙在她右腿抽筋处做了按摩，她说：“好了，不疼了。”

赵云开伸手把她拉起来：“休息一会儿再练吧。”

余乔站起身，叹口气道：“我怎么每次都在关键时刻掉链子？那次学校的运动会也是。”

那次运动会，余乔在赵云开担任领跑员的陪练期间，长跑成绩也一点点在进步。

谁知，偏偏不巧，运动会举办的那天，余乔的“大姨妈”提前来报到了。

室友丸子劝余乔放弃，余乔却坚定地说：“真正的勇士敢于直面磨人的长跑，敢于正视淋漓的鲜血。”颇有一种上战场的豪迈。

余乔在跑道上备跑的时候，宿舍里的人自动组成一支啦啦队，站在跑道旁帮她加油。最初她还能跟上其他选手的节奏，但渐渐地，她越跑越慢，任凭啦啦队怎么铆足劲儿喊“加油”，她依旧龟速前行。

看着她的脸色越来越苍白，大家还挺担心她的。

“小乔，要不别跑了吧？”闺密大柠站在跑道边上对她说。

“不！哪怕最后一名，我也要跑到终点。”余乔倔强地说。

后来，别的选手都已经跑完全程，到达终点，跑道上只剩余乔一个人在吭哧吭哧地跑着。

再后来，跑道边上多了一个陪跑的身影——赵云开像平常训练时那样，在她正前方的位置，和她保持一定距离，用很慢的步伐领跑。

看着赵云开的背影，余乔多了几分安心，即便腿像灌满了铅一样沉重，呼吸也很急促，但她还是尽力迈开步伐跑着。

余乔一跑到终点，就虚脱地瘫倒在地，急切地说：“水！水！”

大柠刚把包里的矿泉水拿出来，赵云开已经先她一步将他带的矿泉水瓶盖拧开，蹲下身，把瓶口对准余乔干燥又苍白的嘴唇。

然后，大柠和丸子搀扶着余乔离开跑道，没走两步，她就晕倒了。

余乔晕倒的这段时间发生的故事，还是大柠后来告诉她的——

室友们见余乔晕倒正手足无措时，赵云开二话不说，径自背起余乔，往校医务室的方向狂奔。

赵云开背了一个身高165厘米的女汉子，居然还能健步如飞，宿舍里几个姐妹跟在后面，一路小跑都跟不上他的步伐。

到了医务室，医生给余乔检查完之后，说是低血糖导致的晕厥，并无大碍。

其他几个姐妹先回了宿舍，大柠和赵云开还守在病床前。

就是那次八百米长跑事件后，宿舍里的姐妹开始时不时调侃余乔，说赵云开和她很般配。

余乔总是矢口否认："想什么呢？没见过男女之间纯粹的友情啊？"

大柠却说："那天阳光透过医务室的窗户洒在病床上，赵云开看向你的目光，比这秋日午后的阳光还要温柔。"

余乔觉得这么诗意的句子和她没有一点关系，一切都是大柠的错觉。

"怎么会呢？训练时腿抽个筋而已，很正常。"赵云开的话把余乔从回忆中拉回来。

"我就是担心这次运动会又辜负你这个领跑员，没跑出好成绩。"

"成绩不重要。放轻松，别去想结果，反而能出好成绩。"

"好的。我休息好了，我们继续练吧。"余乔说。

"以前都是我跑在前面，这次换一种方式。"赵云开说。

"什么方式？"

"我模拟和你比赛的选手，在冲刺阶段试图超越你。"

"你这大长腿，想超我不是分分钟的事嘛！"余乔看了看他足足有一米二的长腿。

"不，我只是试图超越你，不是真的超你，我只是追你。你在前面跑，我在后面追，我追到你，你就输了。"

"……"咦，这话听着怎么有些别扭？

余乔参加运动会的那天，赵云开其实比她还紧张。

在比赛前，他给她发了一条短信：跑步前做好热身运动，不容易抽筋；不要跑在第一个，紧跟着第一个跑，最后两百米记得要冲刺。什么都不要想，坚持跑到最后就好，结果不重要。

赛场内的余乔看到这条短信，感觉心安定了许多。

起跑后，她真的是紧紧跟着第一个人跑，把那个人想象成是她的领跑员。渐渐地，在她的视线里，那个人仿佛变成赵云开，她也越来越安心，脚步越来越轻盈。

最后半圈的时候，她先是接近那个人，然后超越了那个人，最后到达终点的时候，陆露走过来拥住她，非常兴奋地说："阿乔，你赢了！"

当余乔迫不及待地把好消息告诉赵云开时，他淡淡地说："看来你的竞争对手实力太弱啊。是不是其他选手都是中老年人，才给了你赢的机会？"

"也有和我同龄的，我跑了三分四十五秒，又创个人纪录了。"

"开玩笑的，恭喜你啊，小兔子。"

"谢谢你啊，小松鼠。"

"要实际一点的感谢。"

"我请你吃大餐。"

"这场庆功宴是必须的。"

庆功宴上，赵云开见余乔一脸春风得意，说："发表几句获奖感言吧。"

"大快人心！"她眉飞色舞地说。

"你怎么不按套路出牌啊，一般获奖感言不都是一连串感谢吗？"

"感谢腰酸背痛腿抽筋也没放弃训练的自己，更要感谢督促我训练的最帅领跑员。"余乔举起酒杯，"敬领跑员一杯。"

"恭喜你！"赵云开也举起酒杯。

杯盏相碰，两人都一饮而尽。

余乔感觉自己好久都没这么开心了，便多喝了几杯，喝得面色红润。

赵云开的目光停留在她晕红的脸颊上："你会醉吗？喝这么多。"

余乔笑着摇头："不会醉。我总算知道什么叫'酒逢知己千杯少，话不投机半句多'了。"

吃完饭，赵云开拿出一份包装精美的礼物递给余乔："送你的。"

她正打算拆开包装，看看是什么礼物，结果他说："你回去再看吧。"

余乔笑："送个礼物居然搞得这么神秘。"

回到家，余乔拆开礼物，发现里面是一本新年日历，封面上写着"照片里的旧时光"。

她一页一页地翻看，发现这些照片上的风景几乎都是她熟悉的场景：她高中校园的报告厅、她大学时上自习的教学楼、他陪她跑步的操场……

往昔的回忆翻涌而来，她的青春曾在这些历历在目的画面中流逝。

想起送她这本"时光日历"的赵云开，余乔的心微微一动，她忽然发现——

她的许多旧时光，都和他有关。

第四章

能不能再靠近一点点

余乔没想到接下来的日子，不管她几点下班，赵云开都会来银行门口等她。偶尔因为工作忙迟到，也会提前和她打好招呼。

这情形很容易让人误会，她对他说："其实你不用每天都来的。"

"不行，我得让秦经理知道，你不仅身手不凡，背后还有人。"他言之凿凿地说。

看在他为她撑腰的分上，她竟无力反驳。

每天，他来接她下班，然后去附近的餐厅一起吃晚餐。

饭后，他们肩并肩走向公交车站，各自乘坐班车回家。

不管赵云开等的班车来得多早，余乔等的班车来得多晚，他都会等她上了班车之后，和她挥手道别，目送她乘坐的班车离去，化成车流中的一个小点，他才再乘车回去。

周日，余乔要去美术馆看设计展，不假思索地就叫上赵云开一同去参观。

看完展览已是中午，他们在附近综合购物大厦里的一家港式餐厅一起吃了午餐。

从餐厅出来，两个人乘坐手扶电梯下楼，下到第三层，电梯口旁边是余乔喜欢的女装品牌专卖店。

"在银行天天穿制服，我都好久没买新衣服了，你陪我去看看吧。"她不自觉地挽住一旁赵云开的臂弯，朝专卖店走去。

她的目光集中在店里琳琅满目的新款服装上面，丝毫没有察觉到在她挽住赵云开手臂的那一瞬间，他的身体微微一颤。

此刻的深圳天气炎热，两人皆穿着夏装，臂弯处两人肌肤相触，赵云开能清晰地感觉到她的温度。

余乔大概都没意识到，她不经意间的一个小动作，已经在赵云开的心里起了波澜。

进了专卖店，余乔在导购员的推荐下不停地去试衣间试穿衣服，赵云开则坐在店里的沙发上看手机。

余乔每试穿完一件衣服，就站在试衣镜前转上一圈，问赵云开："好看吗？"

他每次都说："好看。"

余乔真是拿他没辙，每件都说好看，难道是每件都要买回去的节奏吗？

她附在他的耳边悄声说："不要每件都说好看行吗？我现在工资有限。"

"你确实穿每件都好看，人长得好看，我有什么办法？"

余乔忍不住笑了。

尽管赵云开压低声音回答，但导购员还是听见了，走过来说："美女好福气！你男朋友不但人长得帅，还这么会说话。"

这是余乔来深圳后，第三次有人把他误以为是她男朋友了。只是面对陌生人，她也懒得去否认了。

最后，余乔从试穿的衣服里选了两件让导购员打包，赵云开抢先一步拿着导购员开的单子去收银台付款。

余乔心下一惊：怎么回事？刚才吃饭时他就提前埋了单，现在买衣服还要请我？莫非他真把自己代入"男朋友"的角色了？

走出购物大厦的旋转门，余乔对赵云开说："刚才买衣服时我刚准备掏钱包呢，发现你已经往收银台走了。哎，我买衣服，你怎么抢着付款？”

“导购员不是以为我是你男朋友吗？你没有否认，我以为你默认了，就配合你一下。”

“……”余乔微微皱起眉头。

“你生气啦？”赵云开察觉到她面色不悦，“我演你的男朋友也不是第一次了，至于吗？”

没错，余乔上大学时，有个叫钱多的男生对她进行死缠烂打式的追求，不仅经常打电话到宿舍，还给她写信，只要在路上遇到她就会堵住她，给她念情诗，她简直不堪其扰。

那次是赵云开挺身而出，说他是她的男朋友，她也当着钱多的面承认了，从那以后，才免去了钱多的骚扰。

想起他假扮她男朋友帮她摆脱钱多的往事，她还是心存感激的，情绪也平复了许多。或许刚才是她想多了，事实上他并没有要做她男朋友的打算。

她暗自在内心嗤笑一声，说：“我没有生气，只是觉得回头我还要通过银行转账把钱还给你，有些麻烦而已。”

“你就在银行上班，还嫌麻烦？再说了，反正我们经常在一起吃饭，你请我吃几次饭不就还回来了？”

“嗯嗯，说得也是。”

就这样，刚才关于“男朋友”的小小尴尬就化解了。

之后，他们一起乘坐地铁回去。

深圳的地铁上人向来很多，地铁一到站，余乔前脚刚踏进去，后面就有人流拥上来。赵云开连忙站到她的身后，尽量不让后面上车的人挤到她。

他的这个动作被余乔看在了眼里，她心想：他倒是个温柔体贴的男生，将来谁做他的女朋友，倒是蛮有福气的。

地铁车厢里格外拥挤，因此他俩靠得很近，近到赵云开能闻到她发上残留的洗发水味道，近到有时候，她的头会刚好抵在他的胸前。

虽然车厢如此拥挤，他却觉得很享受。印象中，除了大学时她参加长跑比赛晕倒，他背着她去医务室的那次，这是他们离得最近的一次。

他多么希望，这趟地铁开得慢一点，再慢一点，这样他们亲密的时间就能久一点。

有时候，他会低头看她，看她在干什么，哪怕她就站在他面前，什么都不做，他都觉得满足。原来，能靠近喜欢的人就是一种幸福。

出了地铁口，余乔看见旁边有一家糕点店，不由自主地走了进去。

“唉，看见吃的就走不动路，我伟大的减肥梦又要破灭了。”她叹气。

“你明明又不胖。”赵云开说。

“你看不见而已，这里还是有点肉的。”她指指自己的腰。

“……”他怎么有种被调戏的感觉？

看了一上午展览，回来时又在地铁上站了一路，两个人也有些累了，索性在糕点店的茶几前坐了下来。

赵云开点了一杯饮料，边喝饮料边看对面啃蛋糕的余乔。

余乔一抬头，刚好对上了他的视线。

她第一次觉得，他的目光炽烈似火，如同这炎热的天气。

“你怎么这样看我？”她有些不习惯他这样的眼神。

“怎么，你还害羞啊？”他笑着说。

倏地，她的脸涨得绯红。

她居然脸红了！怎么可能？因为他的眼神和一句话，她就脸红了？！怎么想她都觉得不可思议。

趁她愣怔之际，他的手伸过来，一边若无其事地擦掉她唇边的奶油，一边说：“你看你，都吃成小花猫了。”

方才，他的手伸过来的时候，她根本来不及反应，当他的指尖拂过她的脸颊时，她瞬间感受到了他指尖的温度。

空气里似乎多了点异样的因子。

余乔想了半天，才想起好像这个因子叫作暧昧。

怎么会？他们之间一直以哥们儿相称，怎么会有男女之间的暧昧？

她努力赶走这些飘浮的小思绪，用微笑来掩饰尴尬。

那天晚上，余乔做了一个梦，那个梦对别人来说是美梦，对她来说却是噩梦。

她梦见在一盏昏黄的路灯下面，赵云开吻了她，那样真切的感觉直到醒来，仍历历在目。

她被这个梦惊醒了。

上班时，余乔在QQ上问大学闺密大柠：做梦梦见和一个男生接吻，意味着什么？

大柠：我是作者，不是周公，不会解梦。

余乔：算我白问。

大柠：你梦见和谁接吻了？

余乔沉默了几分钟，回：样子看不太清楚。

大柠：那个人像超哥吗？

余乔：像……

大柠：你喜欢他亲吻你的感觉吗？

余乔发了个纠结的表情，说：谈不上喜欢，但也不讨厌。不过，醒来之后，我觉得是噩梦，噩梦啊！怎么办？我还怎么面对他啊？

大柠：现实中，亲回去！

余乔给她发了个敲打的表情。

就在余乔做"噩梦"的第二天，下班时，天空突然飘起了细雨。雨并不大，空气却变得格外凉爽，只穿一条短袖连衣裙的她，感觉到了几分秋天的凉意。

走出银行大门时，她看到赵云开站在门口等她。

见她朝他走来，他也向她走去，微笑着看她。

昨晚的梦境突然浮现在眼前，余乔的视线不自觉地就落到了他上扬的嘴角上，内心也略显不安。

“你没带伞吗？”她问。

“没带，不过我今天穿的这件外套有挡雨的功能。”他指了指身上那件藏青色的外套。

“要不，我们今天就去旁边那家过桥米线店吃饭吧？比较近。”

“好啊。”

就在他们说话的间隙，雨下得似乎比刚才大了一些。

鉴于两人都没带伞，赵云开提议：“我把外套撑在头顶上，你躲在我外套底下，能挡点雨。”

“嗯。”余乔不假思索地同意了。

当他将外套脱下来，撑在头顶上，暗示她过来时，她才意识到，她必须和他靠得很近，才不会被雨淋到。

他的外套暂时成了为他们遮风挡雨的伞。他撑着外套，胳膊下面就是她。他们挨在一起，在雨中奔跑。

到达目的地，赵云开低头看她：“没被雨淋到吧？”

“没有。”她回答的时候都没敢看他的眼睛。

刚才躲在他外套下奔跑的那一路，他们靠得太近，余乔都能闻到他身上清新的味道。她忽然心跳加速，也不知是跑得太快，还是不太习惯和他靠得那么近。

赵云开也有些不自在，不知是不是他的错觉，明明他的胳膊环在她的头顶上方，却仿佛刚才拥抱了她。他想起一句歌词“你还在我的怀里躲风”，用在他们身上就是“你还在我的怀里躲雨”。

或许是下雨的缘故，米线店里人不少，他们先点好菜，等了几分钟，才有座位。

落座不久，米线就上来了。

余乔的那份过桥米线里，配菜有豆泡，她却更觊觎他碗里的豆腐丝。

用不着她开口，赵云开已经拿筷子将自己碗里的豆腐丝挑进了她的碗里。

“你怎么知道我想吃豆腐丝？”余乔好奇地问。

“看你的眼神就知道了。”赵云开说。

“哪，礼尚往来。”余乔把自己碗里的豆泡夹到他的碗里。

“刚好我喜欢吃豆泡。”

“下次让老板给你放豆泡，给我放豆腐丝。”

“用不着刻意叮嘱，我们换一下碗不就可以了？”

“也是哦！”怎么那么笨呢？

虽然还是和从前读大学时一样，两个人经常在一起吃饭，但余乔总隐约觉得有什么变了。

具体变的是什么，她也说不上来，总之她觉得她和他之间好像多了一种微妙的感觉。

吃完饭，外面还在下雨，雨势越来越大。

赵云开让余乔坐在米线店里等他一会儿，他去旁边的超市买两把雨伞。

大约十五分钟后，他回来了，头发和衣服都被雨水淋湿了，他却浑然不觉，笑着对余乔说：“我给你打了一辆车，我带你过去。”

说着，他撑起一把雨伞，招呼余乔过去。

余乔犹豫了一下，是到他伞下，还是撑另一把伞？

她的答案还没出来，他就已经把她拉到身边。于是，两个人撑着同一把伞向路边走去。

刚才那阵雨下得不小，米线店的门前有积水，余乔看着脚上刚买的白色高跟鞋，有些心疼。

她正准备咬牙蹚水过去，赵云开说：“你从旁边的路沿走，那边位置高，没有积水。”

他把闲置在手中的另一把雨伞递给她，然后牵起她的手，领她到旁边比地面高出一块的路沿。

路沿很窄，余乔小心翼翼地走着，但因为一只手被他握着，倒不用担心滑倒。

她的手指冰凉，他的手却宽厚温暖，就这样被他牵着手走，她的心突然开始怦怦直跳。

这是他们第一次牵手吗？印象中应该是。

余乔用眼角余光偷偷瞥向一旁，她发现赵云开的表情很冷静淡定。她忍不住想：这个人天生这么高冷吗？牵女孩子的手都无感吗？莫非他没有把我当女孩子看待？也是！他一直把我当哥们儿看待。

得出这个结论后，她莫名有些失落。

从米线店到马路边的这段距离明明很短，她却感觉走了很久。

余乔任由赵云开牵着自己的手，走到出租车前。他帮她打开车门，再伸手挡在车顶，以免她坐进去时一不小心撞到头。

他这个小动作让她的心愈加温暖，原来他还记得以前她坐车时被撞到头的事情。

余乔问他："你上车吗？要不要带你？"

"不用了，我和你不顺路，你先走。"

"那好。明天见。"余乔关上车门。

"明天见。"赵云开说。

余乔坐在车里，看着窗外挺拔的身影，和他挥手道别。

车子驶离原地，她回头，发现赵云开居然还撑着伞站在那里。

余乔想起，每次她坐车回去，不管是坐公交车还是出租车，他总是会送她走，并且站在原地，一直目送她离去。

她的内心不由得涌起一阵感动。

坐在车上的一路，他站在原地等待的身影、他和她一起撑着他的外套奔跑的情景、他牵着她的手走过路沿的画面，悉数在她眼前重现。

回想起这些的时候，她会情不自禁嘴角上扬。

然而，小小的愉悦和感动之后，她突然害怕起来——她害怕，害怕自己喜欢上他了！

如果不是今天这一系列内心的细微起伏，她都快忘记喜欢一个人是什么感觉了。

有人说：“喜欢一个人，是既有了铠甲，又有了软肋。”

但是，在她看来，喜欢一个人，从来都不是铠甲，而是软肋。

这根软肋让余乔的内心变得怯懦又胆小，但正因为它的存在，才能让曾经年少的她体会到单纯地喜欢上一个人的滋味。

第五章

曾有一人点亮全世界

余乔的青春里曾住过一个人，那个人叫苏陌年，比她年长三岁，她叫他苏哥哥。

他是她的远房亲戚，小时候他俩经常在一起玩，算得上是青梅竹马。他小时候很调皮，拿着水枪到处扫射，而她作为他的小跟班，喜欢屁颠屁颠地跟在他的身后。

有一天，她忽然发现他的苏哥哥长大了，小时候圆润的脸变得棱角分明，他从调皮小子变成清俊少年了。

他们见面时不再像小时候那样玩过家家的游戏，也不再走东串西地调皮捣蛋，更多的是他辅导她做作业以及教她练字。

有一年暑假，苏陌年的小叔结婚，余乔跟着妈妈一起去做客。

那天来的客人很多，苏陌年作为新郎那边的亲戚，写的字又好看，负责登记来宾的红包。

他穿一件白衬衣，面前摊开一本红色的登记簿。

红白相衬，真好看！余乔在内心感叹。

“苏哥哥，在忙呢！”余乔和他打招呼。

“嗯。你来了，包了多少红包啊？”他抬起头，笑着说。

“我妈刚才不是给过红包了吗？我们俩一起的。”

“就包一个红包，却要宴请两个人，这不公平啊。”

余乔愣了一下，转头看向周围，发现也有家长带孩子一同出席的情况，便说：“不也有大人带小孩过来的吗？”

“人家带的小孩都比你小，没你吃得多。”

“……”余乔瞬间无语了，她正值青春期，吃得确实多，也有些婴儿肥。

“不过，没关系，等我以后结婚，你给我包个超大的红包，补回来就好了。”

结婚？他提到这个词的时候，她的第一反应居然是“他结婚会不会娶我”？但是，如果她是那个给他包红包的人，明显不是新娘好吗？

苏陌年读高二，明年就要参加高考了。都说大学是谈恋爱的天堂，到时候他就会有女朋友了吧？这么一想，余乔的内心开始弥漫淡淡的惆怅。

那天婚宴过后，苏陌年带余乔去他家练字。走进他的卧室时，余乔不知怎的还有点紧张，这是以前没有过的情况。

苏陌年在书桌上铺开一张白纸，拿起钢笔，在上面写了一行字：山有木兮木有枝。

他写的字遒劲有力，又流畅自如，看起来很是赏心悦目。

他把钢笔递给余乔，说：“你写下一句。”

“什么下一句？”

“这首诗的下一句。”

“我不知道。”那会儿她还没有手机，也没有百度，自然不知道向“度娘”请教。

他握着她的手：“我教你。”

他就那样握着她的手，一笔一画地写了下一句：心悦君兮君不知。

他在她身后，鼻息喷在她的耳边，她觉得自己的心都快跳出来了，脸也变得通红。

从前，余乔只把苏陌年当哥哥，而那一次，她为他动了心。

她把他写着那首诗的纸带回家，珍藏了好久，好久。

当她学习疲惫的时候，会拿出来看几遍，看的时候，仿佛苏陌年那张帅气的脸就浮现在眼前。

他说，他要考浙江大学。她现在也要努力，努力考上他理想中的大学，离他更近一点。她要努力成为与他相配的人。

高考之后，苏陌年如愿考上浙江大学。

他送给她一张毕业照，照片背后写着：三年后，等你来。

高中三年被各种考试霸占，余乔却因为苏陌年手写的那首诗和那张毕业照，以及他时不时邮寄过来的信，再难熬的高中时光也有了芬芳。

他在信中写他参加了学校的围棋社团，也进了学院的篮球队，还去某企业找了一份兼职工作，看起来他的大学生活挺丰富多彩。

关于爱情，他只字未提。

高考成绩出来的时候，余乔哭了。虽然她考得也不错，分数却够不上浙大。

后来，她去了北方一所重点大学读书。从此，他在南方，她在北方。

她读大一时，他已经大四，正是写论文、找工作的时候，变得忙碌起来。

两个人虽然还会通信，但明显比之前少了许多。

他大学毕业后留在杭州工作，那时候已经不流行写信了，流行发邮件、用 QQ 聊天了。找到工作时，他在 QQ 上给她留言：我在杭州找到一份不错的工作，欢迎来玩。

那年余乔读大二，应了他这句话，开始筹划接下来的国庆之旅。她先是节衣缩食，从家人给的生活费里攒去杭州的路费，然后开始幻想这次杭州之行，她这场漫长的暗恋如何才会终结，变成明恋。

国庆节当天，余乔到了杭州，苏陌年带她参观了她想考却没考上的浙大。

他们是乘坐公交车一起去的。车上人很多，座位都坐满了。

他的手臂很长，抓着上面的扶手，她则抓着别人的座椅靠背。

若是平时，坐这么拥挤的公交车，余乔的内心肯定是抓狂的。但是此刻，一身白衣黑裤的苏陌年就站在她的面前，笔直挺拔、干净清爽、阳光明朗，仿若还是读高中时的那个白衣少年。她和他靠得那么近，近到随着公交车的急刹车，她的脸会在不经意间撞上他的前胸，能清晰地感受到他衬衣的纯棉质地。她本来会因为急刹车产生眩晕感，现在却希望急刹车的次数可以多一点，只为能和他靠得再近一点。

公交车到第三站时，下去的人不多，又上来了不少人，一时间车厢内更拥挤了。

苏陌年想都没想，自然而然地伸出手臂，把余乔圈在一个相对安全的范围内。

余乔忽然又脸红心跳起来，因为现在他这个姿势好像——好像在拥抱她。

反正车上人多，她索性将头靠在他的胸前，心里说着：我可没靠，是别人推的。

就是这略带“心机”的一靠，不仅让她可以尽情地闻他身上的味道，还让她听到了他铿锵有力的心跳。

那颗心脏扑通扑通地跳得如此欢快，仿佛在为她而跳动。她不知道是不是她的错觉，他并没有把她推开，她就安然地享受靠在他胸前的每一秒。

直到公交车到达浙大站，他在她的耳边说“醒醒，到站了”，她才意识到，刚刚那会儿工夫，她竟然靠在他胸前睡着了。她好像还做了个梦，梦里感觉有蝴蝶停在她的脸颊上，只停了一秒又翩然离去。

他带她去参观教学楼，告诉她当年他也逃过课；他带她去参观图书馆，告诉她这是他读书时最喜欢待的地方；他带她去参观宿舍楼，告诉她宿舍同学的趣事。

走了一路，也听了一路，余乔突然不再遗憾她没有考上浙大了，能在他曾经学习、逐梦的地方走一走，听他亲口说着那些过往的故事，已经很满足了。

后来，苏陌年带余乔去了灵隐寺，说："在灵隐寺许愿很灵验。"

余乔问他："什么方面的愿望比较灵验？升官发财？"

苏陌年摇头："据说是求子比较灵验。"

余乔摊手："那就算了，我连一个和我一起生孩子的人都没有。"

"你可以求姻缘啊，据说这个也非常灵。"

"真的吗？"余乔的眼睛看着苏陌年，闪闪发亮。

"你可以试试看。"他说。

于是，那天余乔在佛祖面前上了三炷香，虔诚地跪拜许愿，希望佛祖能够佑护她喜欢的那个人一生平安，并让那个人喜欢她。

走出灵隐寺，苏陌年对余乔说："我想带你去一处地方。"

"去哪里？"她下意识地问。

"去了你就知道了。"他神秘兮兮地说。

她愈加好奇了。

余乔跟着苏陌年走出景区门口，来到马路上，沿着街边走了一会儿，拐进一条相对僻静的小道，名曰"天竺路"，路的最前方立有一座牌坊，上书"三竺空濛"。

沿着天竺路往前走，有一间白墙灰瓦的屋子，匾额写有两个字"一时"，字迹苍劲中带着秀气。余乔就想起了苏陌年的字，说："什么时候你也给我写一幅字画，我贴在我宿舍的墙上。"

"写什么？"他问。

"一时欢喜，一生惦记。"她此刻的心声。

他轻声笑了笑："还蛮诗情画意的。"

她探头往"一时"里瞅了一眼，发现这是一家幽静的小茶馆，问苏陌年："你不会想带我来喝茶吧？"

"你现在爱喝咖啡，还没到喜欢喝茶的年纪。"

“哈哈，还是你懂我。那你究竟想带我去哪里？”

“再走一会儿就到了。”

“好吧。”

余乔再着急知道答案也没用，继续跟着苏陌年往前走。

路两旁古朴的商店错落有致，有定制布衣衫的，有卖草编花篮和小包的，有卖陶瓷茶具的，还有几家门前兜售西湖龙井。

走到一座寺庙前，苏陌年忽然停了下来。

余乔也跟着停了下来，抬头一看上面写着“法镜寺”。

“哦！我知道了，你是想带我去这座寺庙对不对？”

“这位女施主，你红尘缘未了，别着急遁入空门。”他慢条斯理地说。

“谁着急遁入空门了？”余乔不解，这都什么跟什么啊？

“法镜寺是杭州唯一女众寺院，适合尼姑修行。”

“……”余乔瞬间明了，“那你怎么走到这里突然停下了？”

“我在观察地形，看看是不是从寺庙旁的小道拐进去。”

“啊？连你都不知道去哪儿吗？”

“上次我来的时候找了半天才找到，我记得是从一座寺庙旁的小路拐进去，旁边有一片茶园。”

从寺庙门口向前走了没几步，一片茶园映入眼帘。茶园和天竺路之间有一条流淌的小溪，周围绿树环绕，不远处的青山和碧蓝天空遥相呼应。此处游人甚少，有一种世外桃源般的静谧之美。

“哇！这里好美啊！”余乔忍不住感叹。

“待会儿再‘哇’也不迟。”苏陌年说。

“哥，你葫芦里到底卖的什么药？”

“卖的蒙汗药，待会儿就把你迷倒。”

她心说：你倒是现在就把我迷倒啊……

怀着强烈的好奇心，余乔跟在苏陌年的身后，沿着寺庙的围墙和茶园之间的一条小路往茶园深处走。午后的阳光洒下来，映照在寺庙黄色的围墙上，也拉长了两个人的影子。

余乔稍微换了个位置，于是两个人的影子有了交集，她不由得笑了起来。原来，有时候两个人的影子可以比本人靠得更近。

“就是这里了。”走到一处竹林和茶园掩映的小道，苏陌年说。

余乔发现路边立着个指示牌，写着“三生石”。她一下子就想起了《红楼梦》中写的“只因西方灵河岸边、三生石畔，有绛珠草一株”，这也是宝玉和黛玉情感的缘起。

“这是真的三生石吗？”她有些难以置信，小说里提到的“三生石”居然就在现实生活中。

“当然。”

几步台阶上去就是一座石桥，桥下碧潭清幽，成群的红色小鱼欢快地在其间嬉戏，别提有多自在了。

前方不远处有座三生亭，一对恋人依偎着坐在亭子里休息。

没走多远，余乔终于见到了传说中“三生石”的真面目：三生石由三块天然石灰岩组成，石上镌刻“三生石”及《唐·圆泽和尚·三生石迹》的碑文。

原来，这块“三生石”并非《红楼梦》里提到的那块象征爱情的三生石，而是象征唐朝高僧圆泽和文人李源之间一诺千金的友情三生石。

三生石的寓意素来美好，三块石头意味着前世、今生、来世，满足了人们渴望三生三世结良缘的美好愿景。

只是，余乔想不明白的是，苏陌年将她带到这里的目的是什么？三生三世共结什么缘？目前他们仅仅是亲戚，能否变成其他身份还未可知。

“我不需要三生三世遇见他。因为，如果能和他在一起，这一生就足够了。”

站在三生石前，余乔看着身旁的苏陌年，默默在心底说。

或许是逛景点逛得太累的缘故，回去时，余乔说她都没力气走到公交车站了，偏偏景区打车也不容易。

他问她：“需要休息一会儿再走吗？”

她说：“不用了。你唱歌给我听，我就有力气了。”

他笑了笑：“你确定要听我唱歌？”

她点点头：“当然啦！”

“你想听什么歌，点吧。”

“难不成你还是中华小曲库？”

“只要是华语歌、粤语歌，男歌手唱的，我基本都会吧。”

余乔瞬间对他刮目相看：“那你唱光良那首《第一次》吧。”

“当你看着我，我没有开口已被你猜透……”他一开口，余乔就被秒杀了。

她的眼角余光瞥向他，他唱歌时表情很专注，还带了一点似水的柔情。

当他唱到“第一次我牵起你的双手，失去方向，不知该往哪儿走”时，刚巧十字路口绿灯亮起，要过马路。

猝不及防地，他突然牵起她的手，她微微愣了下，就任由他牵着自己的手，穿过斑马线。

这是她第一次和喜欢的男生手牵手过马路，她的手指被他宽厚的手掌包裹着，她开始觉得自己的心跳变得紊乱，而路上的车水马龙全然和她无关。

他还在唱，可她已经听不清他在唱什么了。

一定是在灵隐寺和三生石前许的愿望灵验了！她在内心欢呼。

不过，一到马路这边，他就放开了她的手。

她的内心又开始淡淡地有些失落，难道刚才他只是哥哥带妹妹过马路式的牵手？

不管怎样，他在她耳边唱《第一次》，第一次和她牵手，足以让她好好回味一番了。

直到在杭州的最后一天，余乔还在犹疑，到底要不要告诉他，她喜欢他？

那天晚上，苏陌年带她去一家环境浪漫、典雅的西餐厅吃牛排。

那家餐厅的装潢特别精致、豪华，餐桌上方的水晶吊灯散发出柔和的光芒，穿着黑色连衣裙的女子坐在一架钢琴前，优雅地弹着琴。

通常，余乔只有在电影里看到男女主约会时才到这样的场合。一瞬间，她有一种错觉，莫非他俩在谈恋爱？

席间，苏陌年问她："你毕业后，会来杭州工作吗？"

"我才大二，还没考虑毕业后的事。"

"现在考虑呢？"他认真地看着她说。

余乔第一次觉得他看向她的目光不同以往，带了几分炽热。

他是不是也喜欢我？这个念头突然从心头生出。

于是，她问他："你问我这个问题，是不是希望我将来到杭州工作？"

他说："是。"

她又问："你希望我来杭州工作，是不是因为你喜欢我？"

他没有回避这个问题，径直回答："是。我喜欢你。"

忽然，她有些不敢直视他如炬的目光了。

她没有想到——他居然也喜欢她！她更没有想到——表白这样的事情居然是他先说的！

她低着头，轻声说："我也喜欢你。"

他说："我知道。"

她说："我喜欢你很久了。"

他说："我知道。"

他的双手伸过来，握住她的双手。

她面红耳赤地抬起头，看着他，看着他眼睛里的自己，此时此刻，她都快忘记究竟要怎么呼吸了。

两个人走出西餐厅，肩并肩沿着人行道走了一会儿，苏陌年突然停了下来。然后，就那么猝不及防地，他站在她的身后将她拥在怀里，顿时，她心如鹿撞。

初秋的凉风袭来，他的怀里好温暖。

他在她耳边悄声说："毕业后，来杭州吧，好不好？"

她说："好。"

她以为他会吻她，但只是一个拥抱而已。

他放开她时，她笑道："我以为你刚才会吻我。"

他说："其实，我已经吻过你了。"

她诧异极了："什么时候？我怎么不知道？"

"那次去浙大坐公交车时，人太多，你贴我贴得太近，我见你闭着眼睛，觉得很可爱，就忍不住在你脸上亲了一下。"

她这才恍然大悟，上次做梦有蝴蝶拂过脸颊，哪有什么蝴蝶，原来是他的亲吻啊！

她心满意足地笑了。

就像路灯点亮整座城市一样，苏陌年的话也点亮了余乔的全世界。

他们一边走一边闲聊，聊以前的过往，聊两个人是从什么时候开始喜欢彼此的，聊着聊着，余乔忽然想起苏妈妈以前说过的那句话："我还等着你做我儿媳妇呢！"

于是，她问苏陌年："我们以后会结婚的吧？"

谁知，他沉默了片刻，说："我们不会结婚，我不能娶你。"

她方才如烈焰燃烧的心瞬间被一盆冷水泼下来，她问："为什么？"

他说："因为法律规定三代以内的近亲不能结婚，我们刚好是第三代近亲。"

她的心彻底凉了，又不甘心地说："那贾宝玉和林黛玉、薛宝钗都是两代以内的近亲呢，他们怎么可以谈恋爱、结婚？"

他苦笑："那是小说，也是过去。过去在乎亲上加亲，现在结婚却要遵循婚姻法。何况，从科学的角度来讲，近亲结婚不利于后代繁殖。"

“那你为什么要跟我表白？”

“我们可以谈恋爱啊。”

“谈恋爱不就是为了结婚吗？”

“谈恋爱也不一定要结婚啊！”

她的一颗心已经沉到了谷底。

原来，他向她表白，并不是抱着结婚的目的。都说不以结婚为目的的谈恋爱就是耍流氓，她不相信，她一直喜欢的苏哥哥会对她耍流氓！

他送她回住处，楼道里的声控灯坏了，一路很黑，他牵着她的手。

走到楼梯的拐角处，他再次从她的身后拥住了她。就在他的脸凑上来，想要亲吻她的唇时，她却将他推开了。

“我的吻只给愿意和我结婚的人。”她冷冷地说。

他有些尴尬地说：“喜欢一个人，也并不是未来一定要在一起，因为中间可能有很多曲折，不是所有恋爱都会有结果的。”

“如果还没开始就注定了没有结果，那不要也罢。”她都诧异，自己怎么能突然变得如此冷静。

从此以后，她躲开了他，断绝了和他的联系，也屏蔽了有关他的一切消息。

“苏哥哥，我在最好的年华遇见你，你却成了我的陌生人。”

她想把苏陌年这个名字从她的世界划去，她想彻底忘记他。

苏陌年给了她关于爱情最美好的幻想，却如同美丽的泡泡一样，甚至是他亲手戳破了这个泡泡。

她用了一段时间为自己疗伤，她说以后不要轻易喜欢一个人，喜欢一个人是甜蜜又忧伤的事。

如果最后不能在一起，再喜欢都是徒劳，喜欢得越多，自己受的伤害也越多。

也是从那以后，她就紧锁心门，不再对任何人开放。

第六章

我的心是一个站牌

夜已深，窗外的雨早已停了。

余乔洗漱完毕，关了灯，躺在床上，刚闭上眼，眼前就浮现出赵云开的样子。

她记得以前同学们都说他高冷，表情冷淡、话不多，除了上课，业余时间不是在打游戏就是在打篮球。

也是哦，今天他牵着她的手好像完全无感的样子，可不就是很高冷吗？好像也不对，他在她面前话不算少，而且他笑起来的样子还挺可爱的。

一想起他看着她笑、眉眼嘴角飞扬的神情，她的内心突然就变得柔软，嘴角也忍不住上扬。

她喜欢和他在一起相处的感觉，也习惯了他的陪伴。上学时，大家总喜欢调侃他们，说他们是天生一对，她会笑着回应："我们是天生一对的好哥们儿。"

那时，苏陌年还残留在她的心里，她无心去想爱情这件事。哪怕直到大学毕业，别人问起她和赵云开的关系，她仍然能坦荡荡地说："我和他啊，是老乡兼好哥们儿。"

是啊，他们俩一直是好哥们儿，她怎么能对哥们儿动心呢？

她宁愿，今天她和他在一起时的心跳加速是她的错觉。

她始终觉得，做哥们儿比做恋人要长久得多。好哥们儿可以一辈子，做恋人嘛，分分合合的故事她见得多了。连苏陌年那么好的男人都说谈恋爱也不一定要结婚，她对恋爱还有什么好期待的？

“睡吧睡吧，别想这些了。”她给自己催眠，但催眠无效。

数绵羊吧，在广袤辽阔的青青草原上，有一个小院子，一群洁白的小绵羊在门口，放羊的女孩让它们进来，进一个数一个。

“一只、两只、三只……”平时数不到五十只，她就睡着了，可是今天她已经数到一百只了，还没睡着。

反正睡不着，不如打开表姐苏瑶的电台节目听听。

电台里有个男生正在唱：“感情就像候车月台，有人走有人来，我的心是一个站牌，写着等待。”

余乔觉得把心比喻成站牌还挺有意思的，以前她的心之站牌写着三个字——苏陌年，之后写着遗忘，再之后写着孤单，现在呢？现在她的心写着害怕。害怕什么？害怕自己喜欢赵云开。

二十三年来，她只对一个男生有过心动的感觉，那个人是苏陌年。

如今，她又对另一个男生有心动的感觉，只是，她怎么都没想到，那个人居然是她的好哥们儿赵云开！

她在杂志上看过几篇情感文章，大意是千万不要和好朋友谈恋爱，如果和好朋友谈恋爱以失败告终，那最后连朋友也做不成。

与其如此，还不如将那微小的心动扼杀在摇篮中，毕竟能遇到一个谈得来的男闺密是多么不容易！

她又听了一会儿苏瑶的电台节目，谁知道听了之后，更睡不着了。

苏瑶在电台里说：“如果你遇见那个喜欢的人，就告诉他吧，哪怕结果不是你想要的，只要让他知道就好。毕竟，你喜欢他是你的事，他不接受是他的事。”

她有些疑惑了，喜欢一个人一定要让他知道吗？她现在还不确定自己到底喜不喜欢赵云开，更没有勇气去和他说。

不过，她很想知道，那个害她睡不着的“罪魁祸首”现在在做什么。

她号称“乔爷”，不需要恋爱，没有男人也可以过得很好，除了苏陌年她就没为情所困过，更没有因为谁而失眠。现在她却因为他失眠了，她想知道搅乱她心神的那个人此刻在做什么。

于是，她拿起手机，找到他的号码，盯着他的名字看了一会儿，再看看时间：23 点 35 分。

然后，她深吸一口气，给他发了一条信息：睡了吗？

他几乎是秒回：没呢。有事吗？

对，以前她没事从来不主动找他。

余乔：没什么事。就是刚才听我表姐的电台节目，听了之后怎么都睡不着。

云开：那我陪你聊聊天？

余乔：好啊。你刚才在干吗呢？

云开：打游戏。

余乔：看你总喜欢打游戏，游戏真的那么好玩吗？

云开：好玩啊，打怪升级很有意思。游戏就像梦幻世界，能满足很多在现实世界中无法实现的愿望。

余乔：这么好玩？改天你教教我？

云开：没问题啊，只要你感兴趣。手把手教你，包学包会。

看到“手把手教”这几个字，她又不由自主想起他牵她手的画面了。

余乔：你在游戏里级别高吗？

云开：还行吧，60 级。

余乔：那最高级别是？

云开：60。

余乔：……

打到最高级别居然是“还行”？

对于游戏，她一窍不通，但她看过网游小说，知道打网游厉害的人被称为“大神”，莫非她身边就有个大神？

她想起网游小说里提到可以在游戏里养宠物、结婚什么的，于是问他：你在游戏里的等级那么高，是不是有很多妹子都抢着要和你结婚?

云开：我对做任务、打BOSS、看风景感兴趣，对结婚不感兴趣。

余乔：男人是不是都对结婚不感兴趣?

云开：刚才那句话我只说了一半，我对在游戏里结婚不感兴趣，至于在现实中，得先遇到两情相悦的人再考虑结婚这件事。

哦——他还没遇到两情相悦的人啊！余乔苦笑了下，她就知道，她不该胡思乱想，不该打破原先好朋友的关系。

不过，他陪她聊了这么久，她的心较之前安定了许多，困意也渐渐袭来。两人互道“晚安”后，她安心睡去，一夜无梦。

之后的日子仿佛和从前没什么两样，下班后，赵云开依旧去银行门口等余乔，两个人步行到附近的餐厅一起吃晚餐，吃得太饱的时候，他会陪她一起散会儿步，再和她一起走到公交车站。

唯一不同的是，余乔在公交车站和他分别时多了几分恋恋不舍。

她坐上公交车后，会一直看着车窗外他的身影，甚至在车子驶离原地后，她还要转过头，看看他是不是仍然站在那里。只要在她的视线范围内，他都会一直站在公交车站的站牌旁，目光注视着她那班公交车的方向。

有时候，透过车窗看着他在路灯下的身影，她忽然觉得他是孤独的，孤独到让她滋生出一种想要拥抱他的冲动。

她也会想，他为什么要对我这么好?他送每个朋友时都会目送朋友的车子离去为止吗?

有一次，两人走到公交车站，她问他：“我看你每次都要等到我上了车才坐车走，你对每个朋友都是这样吗？”

他说：“是啊，我每次送朋友去火车站，都会买了站台票把朋友送上火车，直到火车开动，我才走。”

好吧，是她想多了。原来他是个热心肠的人，对每个朋友都那么好。

其实，她内心多么希望他的回答是“没有啊，我只有对你才这样”。

连余乔自己都没意识到，她越来越在意赵云开的话，越来越期盼每天下班后和他一起吃饭，甚至每天晚上临睡前也要给他发信息闲聊几句，才觉得这一天算完整。

直到有一天，下班后，余乔换下制服，拎着包奔向银行门外，结果，这次她并没有像往常那样在外面看到赵云开。

余乔抬手摸了下头，表情有些疑惑。

陆露走过来，对她说：“阿乔，云开今天没来接你啊？”

“可能他今天有事吧。”余乔说着，拿出手机，看看他有没有给自己发消息。

果然，有一条未读信息就来自赵云开——我今天要加班，晚饭你自己吃吧，不要等我了。

余乔今天上班时把手机放包里，没带在身上，因此刚看到这条信息。

她问陆露：“今天晚上你有约吗？没约的话，我请你吃饭。”

“不用啦！我今晚刚好约了一位姐妹一起去看电影，我和她一起吃饭。”

“那你去 happy 吧。我自己去吃。”

临走时，陆露问：“你说要请我吃饭，下次还有效吧？”

“过期不候！我上次买衣服是云开帮我付的款，我得攒钱还人家。”

“我倒有个你不用还他钱的办法。”陆露神秘兮兮地说。

“什么办法？”

“以身相许！”说完这句，陆露转身就跑。

“什么歪主意！有本事你别跑啊！”余乔对着陆露的背影笑道。

余乔从来都没想到，习惯的力量如此强大。

刚来深圳时，除了偶尔去苏瑶家蹭饭，下班后她也一个人吃饭，那个时候觉得一个人吃饭挺舒服自在。

但是这段时间赵云开每天陪她吃晚饭，她现在居然不习惯一个人吃晚饭了。

坐在和他常来的餐厅，看着对面的空位置，她觉得内心仿佛也空了一块。

昨天他们一起在这里吃饭，余乔点的是海带豆腐排骨，赵云开点的是黄焖排骨。

他看了一眼她的菜，问："我可以吃豆腐吗？"

她说："有点歧义哦！"

他说："我是说吃豆腐，又没说吃你的豆腐。"

"其实是可以的。"她也来一句有歧义的话好了。

"……"他无语了。

她看他无语的样子，觉得调戏他还蛮好玩的。

结果，当她用小勺把豆腐舀到他碗里时，他咬了一口说："你这个豆腐还挺嫩的。"

"……"这回轮到她无语，她这是被反调戏了吗？

现在坐在昨天坐过的位置，想起这个小片段，余乔还是忍不住想笑，觉得他俩在一起吃饭还挺有意思的。

或许正是因为有过两个人一起吃饭的经历，此刻才会觉得一个人吃饭很无聊吧？

余乔吃完饭站起身往外走，被餐厅服务员叫住了："美女，你还没埋单呢！"

她尴尬地笑了笑："不好意思，差点忘了。"

她边掏出钱包埋单，边想一定因为昨天是赵云开埋的单，她今天才会忘记。

余乔独自一人向公交车站走去。往常和赵云开一起走的时候，明明感觉公交车站很近，现在却变得格外漫长。

终于走到公交车站台，周遭一同等公交车的人都是陌生面孔，看着华灯初上的城市夜景，余乔突然觉得有些寂寞。

等公交车百无聊赖之际，她从包里拿出手机，打算给他发短信。

“还在忙工作吗……”余乔刚输入几个字，删掉了；“再忙也别忘记吃晚饭……”她重新输入，又删掉了；“今天吃晚饭时我差点忘结账，乌龙吧？”她再度输入，还是删掉了。

算了，不发了吧！现在他应该还在加班吧？干脆别打扰他好了。

这时，一辆公交车停了下来，不少人上了车，余乔瞥了一眼挡风玻璃前的数字，感觉应该能到她住的小区，拿着未发送出短信的手机上了公交车。

结果，她上车之后，看公交车在下一个十字路口并没有直走，而是拐弯到另一条路去了，这时她才意识到好像坐错车了。她赶紧问售票员，这趟车到不到她住的小区，售票员说不到。于是，公交车在下一站停车时，她赶紧下了车。

余乔扫了一眼站牌，这里的公交车都不到她住的小区，只好折返回刚才的公交车站。

她一边走一边骂自己“白痴”，搞不懂每天都坐的公交车，她怎么还能坐错？

她也不知道今天自己到底是怎么了，怎么精神恍惚的，又是吃饭不给钱，又是坐错公交车，净犯些低级错误。

回到家，余乔时不时瞥一眼手机，就连去卫生间的时候，也要把手机带在身边，生怕错过什么重要信息。

结果手机就跟哑巴似的，一直都没响过。

临睡前，她还是没忍住，给赵云开发了短信：下班回到家了吧？

云开：刚回到家。

余乔：吃饭了吗？

云开：在单位就吃过了。

余乔：那就好。今天晚上我去昨天我们吃饭的那家餐厅吃饭，要不是老板喊住我，我差点吃霸王餐，好尴尬！

云开：想啥呢？都忘记埋单了。

对啊，那时候她在想啥呢？在想他们昨天“吃豆腐”的梗，不过这可不能告诉他。

余乔：也没想啥，可能昨天是你埋的单，我今天就惯性没埋单了。这还不是最窘的，我今天还坐错车了，开了一站才发现不对劲，赶紧下车重新返回到原来的站台。

云开：怎么还坐错车了？没看清公交车线路？

余乔：可能平时都是你提醒我，我对自己能坐到家的公交车线路还没你熟悉。

这倒也是，毕竟他每次都盼着她乘坐的公交车能来晚点，所以对每一趟可以去她家的公交车线路了如指掌。

云开：其实……我今天一个人走到公交车站时，看到你平时坐的公交车开过来，我还愣了一下，差点坐上去。

余乔：为什么？

云开：因为今天没见到你，想你了。

他是在说“想你了”？余乔难以置信地将这句话反复看了好几遍。

老实说，她看到这句话其实很开心，毕竟她今天忘埋单、坐错车都是因为想他，现在他先说出想她，说明她并不是一个人在想念。

只是，先前她不敢肯定自己是不是在想他，毕竟才一天没见，总觉得谈想念有些夸张。

余乔不知该怎么回复，说她也想他显得太不矜持，说他在开玩笑吧，万一他是认真的呢？

她来来回回地敲字又删掉，反复几次之后，赵云开发来一条短信：时间不早了，我去洗澡睡觉了。你也早点休息。

他转移话题，刚好化解了她短暂的尴尬，她回：好的，那提前跟你说晚安啦。

赵云开：晚安，好梦！

睡觉之前，余乔把她和赵云开的聊天记录全部温习了一遍。看到他说差点坐上她平常坐的公交车，看到他说他想她时，她还是不自觉地微笑起来，就仿佛吃了美味的甜点。

他说这些，是不是说明她在他心中和别人不一样呢？和别人不一样，是不是意味着他喜欢她呢？

可是，如果他喜欢她，怎么他们都认识这么久，他从来都没表白过呢？算了，就让他们的关系停留在好哥们儿的位置吧，这样就很好，没有爱情的烦恼，还能互相关心想念。

我应该满足，不该贪心，贪心他会喜欢我。她暗暗地对自己说。

第七章

我只想亲你噘起的嘴

余乔最近在问自己，她究竟是从什么时候开始对赵云开有“喜欢”这种情愫的呢？

读高中、读大学时真的全然没有，直到他来深圳与她重逢。

是在他当她的领跑员陪她一起跑步，她夺得长跑冠军，他送给她“时光日历”作为奖励的时候？

是在两个人一同看完展览，下地铁后在糕点店，他看着她说“怎么，你还害羞啊”的时候？

是在下雨时，两个人共同顶着他的外套奔跑进米线店，他问她“没被淋到吧”的时候？

还是在积水的门前，他牵着她的手从米线店走到马路边，她冰冷的手被他温暖的掌心包裹的时候？

或许每个时候都有那么一点点心动，连在一起就是喜欢。

“我不知道我是从什么时候开始喜欢你的，总之，我现在就是喜欢你了。”

就算喜欢他，喜欢他哪一点呢？是喜欢他英俊的外表、聪慧的大脑，是他幽默的谈吐、有趣的灵魂，还是他细心的照顾、长久的陪伴？

或许每一点都有些喜欢，连在一起就是很喜欢。

“我也不知道我究竟喜欢你哪一点，于是，我喜欢你的全部。”

中午，余乔照例在食堂吃饭，陆露看她一副若有所思的样子，问她：

“你在想什么？”

“没什么。”其实她在想，下班后见到赵云开时要不要问他，他那天晚上说“想你了”是什么意思？

陆露一脸不信：“看你的表情，明明有什么，你看上去像在……思春。”

余乔笑了：“你能换个词吗？我脸上又没写‘春’。”

“虽然没写‘春’，但你看起来就像坠入爱河的小女人，魂不守舍的。”

“哪有啊？我乔爷怎么可能这么快就被收了？不过，话说你谈过恋爱吗？怎么老是一副‘我懂爱情’的样子？”

“虽然我没谈过恋爱，但大学时我们宿舍里的姐妹谈过恋爱，我懂那种感觉。”

“那你说说看谈恋爱是什么感觉？”

“一日不见，如隔三秋。一天不见面，就会想念。”

确实，那天只是他加班没来等她，她就又忘记埋单又坐错公交车，第二天还迫不及待地想见到他。

陆露继续说：“每天在一起吃饭。喜欢的那个人，不就是每天陪你吃饭、聊天，怎么都不嫌腻的那个人？”

他们现在几乎每天都一起吃饭、聊天，难不成已经做了情侣间必做的事？

“约会时牵个小手，我们室友说热恋时牵个手也会心跳加速，就跟小说里写的一样，想想就很美好。”陆露一脸憧憬地说。

他们虽然只牵过一次手，还是他牵手带她走过积水的那一次，当时的她已经心跳加速了，不过，那肯定不算约会吧？

“然后……情到浓时接个吻什么的，唉，我的初吻到现在还没送出去呢！阿乔，你的初吻还在吗？”

“啊……”余乔还沉浸在赵云开牵她手的画面中，被问及时，没反应过来，愣怔了一下。

“想什么呢，那么入神？我问你，你的初吻还在吗？”见余乔一脸恍惚，陆露不由自主地加大嗓门。

“嘘！”余乔伸出食指贴唇，示意她小声一点，毕竟周遭都是同事，问初吻还在不在这个问题，要她怎么回答才好。

她忽然想起之前做的那个赵云开吻她的“噩梦”，于是回答：“不在了。”

“啊？给了谁？”这个回答在陆露意料之外。

“做梦时给了梦里的那个人。”余乔悄声说。

陆露一脸鄙夷：“我还说我的初吻给了宋承究呢！在梦里献初吻谁不会？”

不一样的。在梦里和一个明星接吻跟和一个身边的人接吻，那感觉是不一样的。和明星接吻终究缥缈，而和身边的人接吻，那感觉太真切了。

只是，那个时候她还觉得是一场噩梦，现在回味起来，却觉得是美梦，场景梦幻美好。

还是回到现实吧。毕竟，梦再美好，也终究是梦而已。

午后的阳光正好，来咨询的客户没往常那么多，余乔偷闲拿起手机，打开和赵云开的聊天对话框。

“在忙吧？”她犹豫了一下，还是敲了几个字过去。

也不知为什么，最近几天他们每天除了见面，她还见缝插针地找他聊天，总觉得和他有说不完的话，即便有时候的聊天看起来也有些无聊。

发完之后，她时不时扫一眼手机。

等了一会儿，手机都没振动，她怀疑手机出了故障，估计来了信息没反应，她拿起来琢磨半天，打开聊天对话框，上面还是她刚才发的那句“在忙吧”。

大概他真的是在忙吧，她自我安慰。

前天她也是这样，中午吃饭前给赵云开发了条信息，结果他没及时回，她吃饭时不停看手机，陆露当时还问："什么消息，有那么重要吗？"

她说："当然重要。"刚说完，手机叮地振动了一下，她连忙拿起来翻看，结果是一条广告信息，她满脸失落。

她问陆露："等待一个人秒回消息，意味着什么？"

陆露秒答："意味着你喜欢他。"

"这就代表喜欢了？没那么容易喜欢一个人吧？"余乔说。

"有人还一见钟情呢！喜欢一个人就是一件简单容易的事。可惜，我喜欢的宋承宪不喜欢我哪！"陆露呈花痴脸，两眼冒红心。

花痴完，她想起什么似的，问余乔："你在等谁的信息呢？不会是云开吧？"

"当然不是，我在等别人的信息。"余乔立即否认。

她也不知道为什么，明明已经喜欢上他了，却不想去承认。

或许是，她不想破坏他们之间长达四年的友情吧。

刚才被经理叫去开会了。你今天不忙？赵云开的信息终于来了，也暂时中断了余乔的胡思乱想。

每次等到他的消息，不管他说的是什么，她的内心总暗自欢喜。

还好，今天来银行的人比往常都少，可能因为明天是周末。她回过去。

云开：周末你打算做什么？

余乔：我表姐让我去她家，她女儿明天两周岁生日。

哦，这样。其实，他是想，如果她明天有时间，他就问她要不要一起去看新上映的电影。

余乔却在想，他回得这么简短，是不是因为刚才的话题太无聊，于是她突然想来点刺激的，"撩"他一下。

那啥……那天下雨，你牵我的手的时候，我感觉有些奇怪，你呢？她敲完后检查了两遍有没有错别字，然后按了发送键。

有些话，她和他见面时没有勇气问，只好在短信里问了。

这次真的是等了好久，仿佛有半个世纪那般漫长。

他的回复姗姗来迟——

那天去抓你的手的时候，心都跳到嗓子眼了……

非常简短的一行字，余乔却盯着看了足足有十遍以上。当然，看第一遍的时候，她已经感觉呼吸紊乱了。

原来，他牵她的手的时候，并非只有她一个人心跳加速。

原来，喜欢一个人，会感同身受，心有灵犀。

只是，她现在还是不敢问“那你是不是喜欢我”，万一他回答“并不”，她岂不是很丢脸？

哈！那一定是你第一次牵女孩子的手的原因。她打着哈哈，打算把这个问题绕过去。

可能是吧。他也没有否认。

他居然除了我没牵过别的女孩子的手！余乔不由得心生窃喜。

那天晚上，他们俩等公交车的时候，明明余乔要乘坐的班车都来了好几趟，她都说：“等下一班吧。”

她想要和他多说说话，想要和他多待一会儿，也在想，她要不要问他，他是不是喜欢自己？

当然，在问这个问题之前，她必须明确，明确那天和他牵手的心动不是她的错觉。

她看了一眼他垂在身侧的手，想着怎样才能自然而然地牵到他的手呢？

还好，那天天气比较争气，突然降温了有点凉意；还好，她的手也比较争气，现在正好是凉的。

于是，她很“自然而然”地说：“那个……每到秋天冬天，我的手都会冻得冰凉。”

“传说中手冷的女生都是断翅的天使。”赵云开说。

笨蛋啊！情商简直负分！我哪里要传说，我要现实！我说手冷，你不会说“我帮你焐手”吗？

她只好继续循循善诱：“今天天挺冷的，你的手暖和吗？”

他说：“还好。”

“我看看。”他不主动，她只好主动了。

她伸手，握住他的手指，果然好温暖！

就在她想要抽离的时候，他反抓住她的手，然后和她十指相扣。

面前刚刚驶来的公交车刚好可以到她住的小区，她看不见了；周遭在等公交车的人们说着什么，她也听不见了。她只听到自己心跳加速的声音。

怎么办？再次和他牵手，她居然还是心跳如擂鼓，说明那次因为他心动根本不是错觉！

“我这里……跳得好快！”赵云开指着胸口对她说，然后拉起她的手，放在他的胸口。

在昏黄的路灯下，她不知道他有没有看到她的脸都红了。

她的掌心贴着他的胸口，仅隔着一件衬衣，能感受到他扑通扑通跳得正欢的心，因为她而欢呼雀跃的心。

只是，一想起他们之前的“哥们儿”关系，她忽然好想逃，因为她不知道，接下来怎么收场。

朋友变成恋人？Oh,no！如果以后分手了,我不仅会失去一个恋人，还会失去一个朋友！

她收回自己的手，说：“我们……我们这样好像不太好吧？”

他没有说话，径自低头看着她，那目光温柔得就像悬挂在头顶皎洁的明月。

她继续说：“我们……我们还是回到从前的样子好不好？”

他依旧没有说话。

她仍然继续说：“我们……我们还是做朋友比较自在吧。”

他却说：“你在说什么，我现在完全听不清。”

“啊？”她恍惚了。

“我只想亲你噘起的嘴。”他说。

“……”

他用月光般温柔的眼神望着她说的这句话，让她觉得无比动情。

她都不知道该怎么拒绝他了。

难道，他们的关系只能更进一步？

余乔现在终于有勇气问赵云开她一直想问的几个问题。

“你那天说走到这里差点坐上我回家的那班班车，是因为没见到我，想我了。为什么想我了？”她问。

“因为……”赵云开看着她的眼睛。

余乔感觉，她既害怕又期待的那个答案呼之欲出。

明明是他在回答，她却比他更紧张。

“因为我喜欢你。”赵云开说。

余乔突然觉得，内心被巨大的喜悦撑满了。

原来，当他真的说出这个答案，她没有想象中那么恐惧。

她又问：“那你为什么说，先遇到两情相悦的人再考虑结婚。难道我不是那个人？”

“两情相悦是我喜欢你，你也喜欢我。那时候，我并不确定你喜不喜欢我。”他说，“我一直在等，等你喜欢我。”

她以前从来都没发现，他的眼睛如此明亮，如此温柔，如此好看，仿佛能看到她内心的世界。

波伏娃说：“唯有你也想见我的时候，我们见面才有意义。”

对赵云开而言——唯有你也喜欢我的时候，我表白才有意义。

不是所有的等待都有结果，但如果有，那所有等待的时间都会变得更有意义。

第八章

爱情是两颗心的碰撞

余乔不是第一次听到男生对她告白，却是第一次如此纠结。

刚才在公交车站，当她听到赵云开亲口对她说“因为我喜欢你”时，她既惊喜又后悔。

惊喜的是原来他也喜欢她，她的喜欢是有回应的；后悔的是这下多年的朋友情谊被她毁了，从友情过渡到爱情她还没准备好。

她一直单纯地以为他们是普通朋友的关系，从大学直到现在。她根本不知道他是何时开始喜欢她的，他说“我一直在等，等你喜欢我”，难道他已经喜欢她很久了？喜欢她很久了为什么一直不开口？是不是她这次不主动握他的手，不去追问，他打算一辈子都不说？

被喜欢的人告白原本是简单的小欢喜，余乔此刻却为此懊恼不已。她感觉巨大的不安把她包围了，躺在床上翻来覆去，怎么也睡不着。

偏偏，赵云开还发来一首歌曲和她分享，是周杰伦的《七里香》。

她点开，歌声在房间里单曲循环，听到“我此刻却只想亲吻你倔强的嘴”这句歌词时，他在车站旁低头深情注视着她，对她说“我只想亲你噘起的嘴”的画面也在她眼前闪现。

她笑了，原来，他说的是“我只想亲你倔强的嘴”，她却听成了“我只想亲你噘起的嘴”。

他是在用歌词表达他那时的心情？莫非那时他真的想吻她？若是放在从前，她简直不敢想象他吻她的情景，然而现在她居然会想起他淡粉色的唇的形状，甚至在想，和他接吻到底会是什么感觉？

余乔想到这里，觉得这一切简直太可怕了！她居然想要亲吻她一直以来的哥们儿！难道以前做的那个和他接吻的“噩梦”根本就是一种征兆？

余乔关掉音乐，做了几个深呼吸，试图让自己的内心恢复平静，然而无济于事。

她拿出笔记本，开始在上面写——

方案 A：扼杀爱情，继续友情，我们还能回到好朋友的关系吗？

方案 B：发展爱情，继续谈恋爱。怎么谈？下一步应该怎么办？

周六，她去表姐苏瑶家为她女儿珠珠庆生，看着姐夫忙前忙后准备一桌好菜，看着一家三口对着芭比娃娃形状的蛋糕许愿，看着三张笑得很甜的脸上幸福满溢，她忍不住开始憧憬，她未来的家庭会不会这么幸福？

这么想的同时，赵云开的笑脸自然浮现眼前，仿佛她未来的家里就有一个他。

至少现在，除了他，她没有想起别人。

这次在苏瑶家发生了一件让她略感到尴尬的事。

吃完饭，姐夫去洗碗，苏瑶带孩子，余乔坐在沙发前边看电视边吃水果。这时，苏瑶放在茶几上的手机响了，余乔拿起手机准备递给苏瑶的时候，上面闪烁的名字一下击中了她的心——苏陌年，那个占据她整个青春时光的名字。

她已经有多久没和他联系了？从大二到现在得有两年多了吧？他现在还好吗？

“姐，你的电话。”她装作若无其事地把手机递给苏瑶。

“又是视频聊天请求！我就知道他是想他外甥女了！”苏瑶嘀咕了

一句，接起电话。

“珠珠，生日快乐！想舅舅了吗？”

余乔把电视的声音调小，苏陌年的声音就那样飘了过来。虽然已经好久没联系了，但她还是一下就能辨出他的声音。

“想。”是珠珠稚气的声音。

“我们珠珠太可爱了！来，亲舅舅一下。”

珠珠嘟起小嘴发出“mua”的一声，可爱极了。

余乔忽然想起，在她满心满眼都是苏陌年的时候，也曾幻想过和他在一起的未来，也曾幻想过和他生一个宝宝，也曾幻想他会如何宠爱那个宝宝。现在再想起从前的幻想，她只能在心底暗自苦笑了。

苏瑶说：“陌年，你既然那么喜欢小孩子，自己赶紧生一个呗。”

“快了，我们正在准备。”

什么？他说他正在准备？正在准备要孩子？他已经结婚了？看来她真的是把他隔绝在了她的世界之外，连他结婚这么重大的事情，她都不知道。他到底什么时候结婚的？

她还记得，她那次从杭州回来之后，对他说：“不要再跟我联系了，除非你已经找到表嫂，并和她结婚。”

然而，他连结婚的消息都没告诉她。或许，她对他而言，已经丝毫不重要了吧。

也不知是不是珠珠嘴里忽然发出“姨”的音，苏瑶想起了一直在沙发前“淡定”看电视的余乔：“小乔今天来我家了，你要不要和她说两句？”

就这样，余乔只好硬着头皮去接视频电话，唉，早知道要和苏陌年视频聊天，今天就好好打扮一下，不穿得这么随意了。虽然没缘分在一起，但她总要给他留下点美好的印象吧。

视频里的苏陌年还是她曾经迷恋的模样，笑起来眉眼弯弯，露出一排整齐洁白的牙齿。只是，她再也不会为他心动了。

“Hi，最近好吗？”他像一个老朋友一样对她打招呼。

“挺好的。”

“嗯，看你的脸依旧和从前一样圆润，像一只小猪，我就放心了。”

见他一本正经地开玩笑，她也配合地笑了。

“你已经结婚了吗？”她问。

“是啊，今年刚结婚，你不知道吗？”

“你又没邀请我参加你的婚礼，我当然不知道。”

“是不是想起你欠我的大红包了？”

原来他还记得他小叔结婚时他说的话。

“等下次给你好了。”她说。

“下次？你这是咒我呢？我可是刚结婚！”

她笑了：“不是说你下次结婚，是说下次庆典，比如等你孩子周岁生日的时候。”

“好啊。到时候你可别忘记。”说完这句，他像想起什么似的，问她，“找男朋友了吗？”

这个问题一下把她难住了。赵云开向她表白了，但是她还没同意，所以，他实际上不算她的男朋友。但如果她说没有男朋友，会不会显得没面子呢？

愣怔了片刻，也不知是出于什么心理，她笑着回答：“有个男孩子喜欢我很久了，我决定和他在一起。”

“很好啊，祝福你。”他笑着说，脸上看不出悲喜。

“谢谢，也祝你和嫂子幸福。”

余乔以为自从杭州一别后，两人可能老死不相往来，但毕竟是亲戚关系，怎么也逃不脱丝丝缕缕的牵绊。

曾经相互喜欢的人，能够像现在这样不带任何怨恨地聊聊天，感觉也不错。何况两个人也重新遇到了自己喜欢的人。这就是所谓的“一别两宽，各生欢喜”？

结束通话，苏瑶问余乔："你刚才和陌年提到男朋友的事，你有男朋友了？"

余乔笑了笑："快有了吧，我决定和那个喜欢我的男孩在一起了。"

"哪里人？什么时候带到家里，让我和你姐夫给你把把关？"余乔身在异乡，苏瑶自然担当娘家人的角色。

"感觉现在早了一些，他才刚向我表白呢。"

"哟！一表白就同意在一起，我们家族最漂亮的女孩就这么容易被追到手吗？"苏瑶打趣道。

"你以前不是说你们家族最漂亮的女孩是你吗？难道我上当受骗了？"姐夫从厨房里走出来说。

余乔笑了，姐夫还是这么幽默。她很羡慕他们这种相处模式，互相尊重，互相信任，互相陪伴。

余乔说："姐夫，苏瑶姐绝对算我们家族里的大美女，我哪敢跟她比？她可能是想说，家族中的未婚女孩里算我最漂亮吧。"

"那也轮不到你。"姐夫满脸宠爱地望着他女儿珠珠，"我们家小珠珠最漂亮！对不对？"

"对！最漂亮的当然是小珠珠。"余乔附和道。

"你别理他！在他眼中，全世界他老婆和女儿最美。"苏瑶说。

"姐夫这样多好啊！全世界他最爱你们才觉得你们最美。姐，你真幸福！"余乔由衷地羡慕。

"记住姐一句话，如果是冲着结婚去找男朋友，一定要找对你最好的那个人。只有那样，他才会把你当成全世界最好的宝。"

"嗯，姐的金玉良言，我一定谨记于心。"

"其实啊，找男朋友也没有那么难。"姐夫插嘴道。

"姐夫有何指教？"余乔虚心请教。

"找个像我这样的就可以了。"姐夫大言不惭地说。

苏瑶喊了一声："你别听他胡扯，天生自恋狂。"

虽然看上去苏瑶好像对姐夫一副很嫌弃的样子，但是心里别提多爱他了。难道，真正恩爱的夫妻都是表面上互相嫌弃实际不离不弃的这种吗？

通过苏瑶和姐夫的相处，余乔对婚姻有了新的认识。

晚上回到家，余乔很自然就想起了赵云开。

她打开手机，发现他这一整天都没发来一条信息。

也不能怪他，毕竟那天在公交车站，他向她表白后，她沉默了，并没有表明自己的心意。

当时，空气中有那么几分尴尬，为了化解沉默，他说："没关系，你不喜欢我也没关系。"

她说："我现在心里很乱，让我想一想。"

他说："好的，我等你。"

他不会一直在等她的答案吧？

我想，我现在可以告诉你答案了。犹豫了半晌，余乔还是敲下这行字发了过去。

而与此同时，赵云开的信息发了过来：不知道你想好了没有？

晚上 22 点 20 分，不多也不少，两个人居然在同一时间给对方发去信息。

原来，爱情就是两颗心的碰撞。只要互相喜欢，一定是心有灵犀的。

第九章

你是我蓄谋已久的重逢

我感觉，我是喜欢你的。

这条来自余乔的信息，赵云开一直盯着看了很长时间，内心激动得想放一束烟花庆祝。

从她开始说“我想，我现在可以告诉你答案了”，他的整颗心就一直处于悬在半空的状态。

空气仿佛凝固了，时间仿佛静止了，就连呼吸都变得小心翼翼。他很紧张，又很期待，仿佛她的答案能左右他的生死。

其实，确实也差不多，她的答案能左右他爱情的生死。

当这条信息跃入眼前，他仿佛觉得他一直被束缚的灵魂瞬间得到了赦免，眼泪都差点跳出眼眶。

他忽然笑了，眼角闪着晶莹的光。

为了这一天，他已等待了整整七年零两个月。

他一遍又一遍看着那行字，然后回过去：你能喜欢我，是我的荣幸。

你到底是什么时候开始喜欢我的呢？她发来这一句。

他到底是从什么时候开始喜欢她呢？这个故事要从七年前说起。

那时，他是体育特长生，中考时另有加分，才考进了市里最好的重点高中。那时候，他对打游戏、打篮球感兴趣，对学习兴趣寥寥。

他开始关注余乔，还是因为一起打篮球的哥们儿——王路。有一次上体育课，王路指着操场上一个正在立定跳远的女孩对他说：“你知道七班的余乔吗？她是我们这一届的级花，不仅漂亮，胸部也大。”

顺着王路手指的方向看过去，他发现这个女孩有些眼熟，他想起报名那天，他爸爸带他去财务室缴学费的时候碰到过她。当时她也是由父亲带过去缴学费的，他隐约听见她父亲在对她说：“你能到这里读书，爸爸要缴一笔不小的赞助费，你一定要好好读，知道吗？”那女孩脸红地说：“知道了。”自尊心似乎受到了伤害。

可就是她脸红的那一瞬间，给赵云开留下了深刻印象：这个女孩子一头乌黑的长发，皮肤白皙，脸上一抹红晕衬得她的脸娇俏动人，一双大眼睛明眸流转，让人过目不忘。

后来，他又在教学楼的楼梯转角处碰到她，她让他动了心。

那天早晨，阳光明媚，他背着书包，抱着几本漫画书慢悠悠地上楼梯，走到楼梯转角处，突然有个人径直撞到他怀里，他手上的漫画书散了一地。

那个“莽撞”的人一边说“对不起”，一边蹲下身帮他捡漫画书。

他淡淡说了句：“没关系。”抬头一看，居然是王路说的那个大胸美女！

没来由地，他的呼吸突然就变得局促起来。

“原来男生也看这种漫画呀！”她一边捡漫画书一边慨叹。

其实这些漫画书并不是他要看的，是班里一个女同学让他帮忙租的。但他并没有解释，而是说：“是为了和女生有共同语言。”

他听到她不屑地嘁了一声。

那天，她穿了一件米白色连衣裙，阳光透过楼梯旁的窗户洒进来，刚好照着她的侧脸，她蹲下身的时候，有几缕碎发垂下来，调皮地轻抚她的脸颊。

他就那样定定地看着她的侧脸，虽然他蹲下身做出捡书的动作，却并没有捡，只是一动不动地看着她，静静地感受自己突然加速的心跳。

有一瞬间，他觉得那几缕垂在她脸颊边的碎发很幸福。

她把漫画书塞到他怀里时，发现他正在看她，却对那种目光习以为常，漫不经心地说：“快迟到了，你赶紧上楼吧。”

说完，她急急忙忙地下楼，他望向她的背影，这时才发现她裙子上有一抹红色血迹，他叫住她：“那个，你等一下。”

她有些不耐烦地转头：“干吗？”

他指一指她的身后：“你裙子上……有……东西。”

“流氓！”她说完这句，气呼呼地走了。

他一脸茫然，他说她裙子上有东西，是好心提醒她换裙子，他怎么就成流氓了呢？

这就是他和她的第一次互动，她那天“大姨妈”突袭，匆忙下楼去买“姨妈巾”，在楼梯上偶遇他，而他居然成了流氓？

虽然两人第一次交流并不美好，但并不影响她在他心中的美好。

他开始渴望每天都能见到她，只要见到她，心情就会变得很好。

他经常去她班里的饮水机接水，为的就是能偷偷看她一眼。

大多数时候，她都是安静地坐在座位上看书。他想，她或许在遵循开学时对她父亲说的“好好读书”的约定？

为了能自由地穿梭在她所在的班级，他和她班里一个也爱打篮球的男生成了好朋友，坐在那个男生的座位上，刚好能正大光明地盯着她看，虽然只能看到她的背影、看到她埋头写作业、看到她将额前的碎发别在柔软的耳后，他已经觉得满足。

他们的教室在同一层楼，男厕所在楼层的最左边，女厕所在楼层的最右边，女生如果要上厕所就会经过他的教室。

那时正值男生的青春期，荷尔蒙分泌旺盛，对女生也很感兴趣。他班里的男生喜欢在课间站在走廊上，遇到去上女厕所的漂亮女生，会吹口哨起哄。

余乔作为他们这一级的级花，自然免不了受男生吹口哨的摧残，她每次通过走廊时，都会一脸忍辱负重的表情，小跑着快速通过走廊，奔向女厕所。

赵云开后来用最新款的游戏机打发了那些爱吹口哨的男生，让他们在余乔通过走廊时，不要再发出起哄的声音。

高二的时候，文理分班，余乔选了文科。赵云开明明逻辑思维更强，理科更好，却也选了文科。

他选文科，本来是想和余乔在同一个班里，因为那时选文科的人少，通常文科班就一个。偏偏那一届女生偏多，选文科的人自然就多，最后有两个文科班，她最终还是成了他隔壁班的那个女同学。

他们俩都是走读生，他有天突然想，晚上她一个人回家也不安全，要不要趁下了晚自习，和她一起坐公交车回家？

后来，他才发现，这点行不通，因为下了晚自习，她父亲会开车来接她。

他也曾去她班里，在走过她的桌旁时，故意把她的书本碰掉在地上，只为能引起她的注意。可惜，她看向他的眼神永远都是漠然而冷淡的。

后来，他发现，成绩好的男生很受她的青睐，于是他打算另辟蹊径，引起她的注意。他下决心努力学习，打算挤进年级排行榜，那样她就会在公告栏上看到他的名字了。

当他真的埋首看书，把游戏机收起来时，他的哥们儿都不敢相信：“你是离开游戏机就活不了的人，怎么会把游戏机收起来？”

他说：“因为我要进年级排行榜。”

哥们儿更不相信了：“怎么可能？别忘了你是以体育生的名义进来的，你将来还要以体育生的名义考大学，你在训练时落了那么多功课，怎么可能挤进年级排行榜？你一定是在开国际玩笑吧？”

他不是在开玩笑，他是认真的。为了把落下来的功课补上，他主动让老爸给他报了他以前深恶痛绝的课外补习班，这一点让他父母大跌眼镜。

只是，他还没来得及挤进年级排行榜，就因为一件事全校闻名。

他不打游戏后，唯一释放压力的方式就是打篮球。经常有女生围在篮球场边看男生打篮球，他每次进球后，总习惯性看向场边，希望在人群中能看到余乔的身影。可惜，那么多女生欢呼、鼓掌，独独没有他喜欢的她。

有一天，他投入一个三分球，围观人群的欢呼声很大。中场休息时，有个女生走过来，将一瓶矿泉水递给他："你好，给你的。"

"谢谢。"他接过矿泉水，发现那个女生羞红了脸。

突然，他和女生旁边的另一个女生视线相撞，而那个女生居然是余乔！

她一脸冷漠，还拉着送矿泉水的女生的胳膊，示意对方赶紧走，仿佛觉得刚才女生送矿泉水那个举动很丢脸似的。

即便如此，他看到她的那一刻，还是有着难以言喻的惊喜。

打完篮球，他正准备回家洗澡换衣服，结果听到男生甲对男生乙说："你看到那个校花了吗？"

一听到"校花"，赵云开本能地竖起耳朵。高三的学姐毕业后，余乔晋升为"校花"了。

"看到了，穿着很时尚，胸部发育得很好，不知道摸起来会不会很爽。"男生乙轻佻地说。

"哈哈，摸起来应该很爽，你想试试吗？"

结果，男生甲话音刚落，左脸就挨了一拳，他猝不及防地后退了几步，同时质问出拳的人："你疯了吗？干吗打人？"

"你们敢试试看？"怒火在赵云开眼中燃烧。

男生乙不以为然地说："哦，你说余乔那个妞啊？她又不是名花有主，我为什么不能摸？"

那一瞬，赵云开觉得全身的血液都直往上涌，径直抬腿踢向那个出言不逊的男生乙。

他是体育生，又是跆拳道黑带，对付两个男生自然不在话下，他也因此在他们学校“一战成名”。

老师请来他的家长谈话，让他写了三千字检讨书，勒令他从此改过自新。

自那之后，他更用心地学习，高三上学期期末考试，他竟然成功挤进年级排行榜前十名。学校公告栏上写着他的名字，而她的名字就在他的下方。

两个人的名字写在一起，看起来就好像是在说“我们在一起”。

别人看着黑板上的高考倒计时，感觉阴霾压顶，赵云开却觉得离高考近一天，就离余乔近了一天，离他的幸福近了一天。

没错，他要和她考进同一所大学的同一个专业。

他高考时发挥得很好，她却发挥失误，他为她改了志愿。

他明明可以进更好的名牌大学，却只是进了一所普通的“211 重点大学”，为此他被他父亲数落了。

他问他父亲：“爸爸，你喜欢过一个人吗？喜欢到见到她就很开心，喜欢到想每天看到她，喜欢到你希望未来的每一天都有她。”

直到这时，他父亲才知道他心里住着一个女孩，也明白他那么努力学习到底是为了什么。

“加油吧，儿子！爸就等你娶媳妇了！”善解人意的父亲送给他这句话。

大学开学那天，他和余乔在报名处碰到时，他还记得她惊讶的眼神：“你怎么也在这里？”

他说：“因为我喜欢这里。”因为我喜欢你。

在异地上学的好处是，他们两个人因为是老乡加老同学，就可以名正言顺地走得比别人近，顺理成章成了好朋友。

虽然大学四年，他没能成为她的男朋友，但成了她最好的异性朋友。

他也想过要向她表白，可是当他看到那么多男生前赴后继地向她表白，又接二连三地被她拒绝，他胆怯了。他怕一旦向她表白被拒绝，最后他们连朋友也做不成。

还不如就像现在这样，和她一起上课，一起吃饭，一起上自习，一起散步，一起坐公交车，一起逛街，一起乘火车回家……

只是偶尔他看着她，还是会在心底慨叹：我们一起做了那么多事，你却不知道，我喜欢你。

大学毕业后，她去了深圳，他放弃家人为他在家乡安排好的工作，也紧随她的步伐去了深圳。

如果说，在八百米的跑道上，他是她的领跑员，那么，在人生的跑道上，她就是他的领跑员。

但是，找工作比他想象中的难多了，两个月后，他终于找到一份不错的工作，和她相见时终于有了留在深圳的理由。

在深圳和她重逢时，她依然很惊讶地问他怎么来深圳了。

他轻描淡写地说，这里的公司给他发了 offer，其实只是因为，他喜欢的人在这里。

人生哪里有那么多偶遇？所有偶遇都是蓄谋已久的重逢。

第十章

只要最后是你就好

余乔坐在咖啡厅二楼一个相对安静的角落，午后的阳光透过硕大的落地窗斜照进来，照在对面赵云开的身上，他的头发被染成金色。

就着两杯拿铁，鼻端是咖啡浓郁的香味，耳边萦绕的是他对她轻声诉说着那些尘封在岁月里她并不知晓的往事。

他说，他从高一开始就喜欢上她了，她是他努力学习的唯一动力，为了能让她注意到他的存在，他埋头苦学挤进年级前十；为了能和她在同一所大学读书，他改了高考志愿。

他说，大二那年的国庆节，她没有和他一起回家，她兴致勃勃地对他说要去杭州旅行。结果，她回来时，他去火车站接她发现她垂头丧气。那个时候，他隐约觉得她好像是有男朋友的，因为她看起来就像失恋了一样。他什么都没有问她，默默陪着她度过了那段不开心的日子。

那时候，他以哥们儿的名义悄悄地喜欢着她，连吃醋的资格都没有。

余乔委实没有想到赵云开喜欢她竟然喜欢了这么久，比他们做朋友的时间还要久。

或许每个人心里都住着那么一个人，就像曾经她的心里住着苏陌年一样。

想起自己曾经暗恋苏陌年的那段时光，或许是同病相怜的缘故，她突然心疼起他来，她也开始比任何时候都懂他。毕竟，他们都品尝过暗恋一个人的酸甜滋味。

都说对的时间遇到对的人是一场幸福，遗憾的是，他们在对的时间相识，彼时她却并不认为他是对的人。

在他喜欢她的时间里，她喜欢着苏陌年，于是那段时间只能擦肩而过。

她问他：“你既然喜欢我那么久，为什么不在大学期间向我表白？”

他苦笑一声：“看着其他向你表白的男生接二连三地失败，我还有勇气表白？”

呃，她差点忘记那些向她表白的男生都被她拒绝的历史了。

“我喜欢你，我一直没说。不是因为我没有勇气，而是担心勇气足够，运气不够。”他看着她说。

喜欢一个人，最害怕的是那个人不喜欢自己。时机没到，表白徒劳。

他不怕表白失败，但他怕那样就不能每天和她在一起了。只要能每天和她在一起吃饭、上自习，和谈恋爱又有什么区别？

他也不怕等，只要最后等到的人是她。

哪怕此时此刻，听他亲口对她说“我喜欢你”，余乔还是能感觉自己胸口如小鹿乱撞，心怦怦直跳。

昨晚她问他：“你到底是从什么时候开始喜欢我的？”

他没有直接回答，而是说：“你明天有空吗？我当面说给你听。”

于是就有了今天的见面。

以往和他见面，她都会穿得很随意，甚至素颜见他，也毫无心理负担。可是，自从他对她表白后，她突然觉得他们之间有了什么微妙的变化。

今天见他之前，她特意化了淡妆，试穿了好几套衣服，终于选了一套比较满意的衣服来见面。

这感觉就像……就像是去约会？

只是，和一直称兄道弟的哥们儿约会，她觉得有些别扭也有些尴尬。

看余乔突然一副心事重重的样子，赵云开问她：“有事吗？”

“没事。”她回答。只有她内心知道，其实是有事的。

她说："忽然觉得生活变得有些不一样了，心情就像一条河，河里被人扔进几颗石子，溅起了一些水花。"

原本，她的日子像平静的河水静静流淌，直到有一天因为他的出现，她的内心起了波澜。难道这就是心动的感觉？

他笑道："我只是石子吗？"

她也笑："只是打个比方而已，你比石子重多了。"

"难道不是重要多了？"

"嗯。"她端起咖啡杯，轻啜了一口，看似漫不经心地说，"你觉得，喜欢的两颗心还能回到初遇的时候吗？"

他有些蒙："什么意思？"

她干脆直截了当地说："我是说，如果我们想做回朋友，还有可能吗？"

他很震惊："你为什么会这么想？"

她说："有情感专家说'一定不要和认识很久的朋友谈恋爱，如果真的适合做恋人，当初就不会成为朋友了'。我想，或许我们对彼此的喜欢只是错觉呢？"

"错觉？"他径直抓住她捧咖啡杯的一只手，"听听你的心跳，还是错觉吗？你不要欺骗自己了，你明明就喜欢我。"

她不应声，低着头不看他，却任由她的手被他握在掌心。

而她的心还是跳得很快。她也不知道为什么，以前和他单独待在一起的时间也不少，从来都没有心跳加速，最近一听他说情话或者一碰到他，她就忍不住心跳加速。

"还有，那个情感专家是谁，你说出名字来。"

"你想干吗？"

"我想拿砖头把他家的玻璃窗砸破，他不是'砖'家吗？"

听他一本正经地说出这句话，她不禁笑了。

看她展开笑颜，他终于放松下来，乘胜追击道："别相信所谓的情感专家说的话，说不定说这句话的情感专家根本没谈过恋爱，更别提和认识很久的朋友谈恋爱了。我喜欢一个人喜欢了七年，我也能算情感专家，你愿意相信我这个情感专家的话吗？”

她这才抬起头看他，只见他正含情脉脉地看着她，她决定不再挣扎，顺从自己的内心。

她点了点头，然后问他：“如果不表白的话，我们还是朋友，表白了呢？”

他用手指戳一戳她的额头：“你傻啊，当然是男女朋友。”

她笑了笑，刚才那个问题确实够傻。

他埋了单，她想和以前一样 AA 制，他说：“你是我女朋友，就该我埋单！”

原来他还有这么霸气的一面！不过，她喜欢。

走出咖啡厅，他们沿着人行道散步，她想起他喜欢打游戏，于是问他：“你打的游戏教人怎么谈恋爱吗？”

他说：“我不在游戏里研究怎么谈恋爱，只研究怎么打 BOSS。”

她叹口气：“我都不会谈恋爱，是不是人生很失败？”

他牵起她的手：“我也不会谈恋爱，我们一起学习吧。”

她笑了笑，说：“好啊！”

两个人牵着手压马路，余乔有了一点谈恋爱的感觉。

如果问她，谈恋爱的感觉像什么？就像是在苦咖啡里加了一颗糖，甜而不腻。

原来，两个熟悉的人想要开始一段崭新的关系，就必须勇敢，就必须越界，把友情变成爱情。好在，这越界的感觉也不赖。

时间尚早，赵云开对余乔说起近期上映的几部电影，问她有没有兴趣去看电影，她一口应允。

于是，两个人一起去了附近的一家电影院。

他们坐在播放厅中间的位置，一大盒爆米花放在他俩座位中间。老实说，他能在买票的同时买上爆米花和饮料，还是蛮细心的。

这是一部带点科幻色彩的爱情电影，起初他和她各看各的，挺安然自在。

但是随着电影情节的推进，他们俩之间的氛围也越来越暧昧。

是从哪一刻开始暧昧的呢？从他和她同时把手伸向爆米花的那一刻，两个人的指尖触碰到一起，他就顺其自然地抓住了她的手，然后用另一只手把爆米花喂到她嘴里。

其实，余乔以前非常汉子地认为，男生喂女生吃东西这一举动要多肉麻有多肉麻，然而此时，他喂她吃爆米花，她却觉得心里要多甜蜜有多甜蜜。

电影里的男女主角开始接吻，坐在他们旁边的一对小情侣也开始接吻。

怪不得影视剧里男女主角感情升华都选择在电影院，看来还真能增进感情。

她用眼角余光瞥了赵云开一眼，发现他正全神贯注地看电影，心想：这人真能忍！怪不得能忍七年都不跟她表白。

她到底是感性的人，电影里男女主角之间的感情发展也带动了她的情绪，她情不自禁地挽上他的臂弯，将头靠在他的肩膀上，然后把两只手都塞到他手里。

他个子高，身材也很好，手指修长，骨节分明。她喜欢他的手，也喜欢被他的手握着的感觉。

影院里人多，开了点冷气，她之前觉得手有些凉，现在被他温暖的手心包裹着，温暖了许多。她如此贪恋他的温度，又往他身上靠了靠，仿佛都能闻到他身上清新的味道。

此刻，他们靠得如此近，两只手紧紧相握：她一只手和他十指相扣，另一只手安然躺在他的掌心。

和他的手紧紧相握的这一刻，仿佛是永恒。

她还能感觉到他的大拇指在轻轻摩挲她手背的肌肤，而她自然以其人之道还治其人之身，也摩挲他手背的皮肤，发现他虽然有些黑，皮肤还挺细腻光滑的。

看电影的时候，她会时不时瞥他两眼，有时他也会看她一眼，和她视线相碰。

世界上最幸运的事，大概就是你偷看喜欢的人时，发现他也正在偷看你。

原来，和喜欢的人一起看电影，是这样的感觉，心思一半在电影上，一半在喜欢的人身上。

电影里男女主角的感情加深了，他们已经爱到去上演少儿不宜的画面了，而坐在他们旁边的那对小情侣也开始不安分地边亲吻边互摸了。

余乔突然有些紧张，似乎在期待发生什么，但又害怕会发生什么。

她变得口干舌燥起来，拿起饮料喝了一口，将其放回扶手处，依旧口干舌燥。

这时，她悄悄看了一眼赵云开，发现他依旧正襟危坐，好像电影里的情节丝毫没有影响他的情绪。

她看着他的侧脸，视线自然而然落到他微抿的唇上，她做的那个他吻她的梦浮现上来，她忽然想知道，他真正吻她到底是什么感觉？

还有比现在更好的时机吗？你就在我旁边，靠得这么近，仿佛全世界只有我和你。

鬼使神差一样，她轻声对他说："我想要你亲我。"

他有些难以置信地问："你确定？"

"嗯。"她回答得无比坚定。

然后，他偏过头来，紧接着他温热的气息拂过来，他的唇落在她的唇上，只轻轻逗留一下，就仓促离开。

虽然这个吻极为短暂，那温润潮湿的感觉却像一只小鸟一样瞬间捕获了她的心，她的脸也涨得通红。

这是她的初吻，应该也是他的初吻吧？她暗自想。

一场电影看得余乔芳心大乱，看完电影乘坐电梯下楼时，电梯下行到五层，里面只剩下她和赵云开两个人。

她看着他，想起方才那个短暂却足以让她意乱情迷的吻，忍不住伸手搂住他的脖子，踮起脚，轻轻在他的脸颊上印下一个吻。

出了电梯，他对她说："电梯里有监控摄像头，你知道吗？"

"啊？"她顿时慌了。

他却说："没关系，一般没人把监控视频公开。其实，我本想顺势而为的，结果你轻轻一碰就躲开了。"

"顺势而为？"

"你亲我，我就亲回去。"

"……"余乔羞愧地低下头，如果他也亲回来，岂不是会被电梯摄像头拍下更多暧昧的画面？

"我早就想那么做了。"他说。

有人说"喜欢是放肆，爱是克制"，他克制了那么久，也该放肆一回了。

第十一章

恋爱就像升级打怪

余乔很享受现在两个人相处的感觉。

确定恋爱关系和从前最大的不同是两个人走路时会很自然地手牵手，吃饭时他看着她的眼神里都多了几分宠溺。他还会和她一起乘坐去她家的公交车，先把她送回家，然后再坐车回去。

哪怕她一个人的时候，也会时不时回想起相处的甜蜜点滴，一回想就忍不住傻笑。那感觉就仿佛怀揣着一罐蜜糖，打开蜜罐的钥匙就掌握在喜欢的那个人手里。

有时候她也会想：早知道恋爱的感觉这么好，为什么不早点恋爱，白白浪费了那么多时光？

余乔刚吃完午饭，还有半个小时才上班，她去休息室接了杯水，抱着水杯想昨晚的事，想着想着不禁笑了。

昨晚一起吃饭时，他给她讲了个笑话，说他和单位的同事下午一起参加培训，培训时间是两个小时，培训结束后，他问同事："你感觉这个培训怎么样？"他同事说："挺不错的，就是时间有点短……我还没睡够。"

起初，她听到时没觉得有什么好笑的，不就是开会打瞌睡吗？却在他送她回家的路上，再次想起这个笑话，明白了同事话里的"深意"，哈哈大笑："刚才你说的那个笑话好好笑！别有深意啊！"

他没想到她反应如此迟钝："我刚才和你说这个笑话时，你一点反应都没有。”

“我没听清楚，只顾看你了。”

“……”轮到他无语，“我还能比你好看吗？”

“你也好看，我看不够。”她看着他说。

“你怎么现在才发现？”他也看着她。

“因为我傻。”

“嗯，终于认清真相了，傻孩子，现在认清还来得及，未来还有希望。”他边说边伸手揉了揉她的头发。

她的心跳瞬间漏了半拍。莫非这就是传说中的“摸头杀”？

余乔坐在休息室，回想起昨晚这一幕，忍不住哧哧地笑。

这时，陆露走过来说：“恋爱中的女人啊！一脸发春的样子看起来都很美，真是让人羡慕嫉妒恨。”

没错，一向善于察言观色的陆露前天发现余乔一下班就飞奔向赵云开，并牵起他的手时，她就知道他们之间有情况了。陆露试探性地问余乔是不是在和赵云开谈恋爱的时候，余乔没有否认。

陆露因此特别开心，一副了然于胸的样子：“哈哈！我就说嘛！你们俩很般配，早晚会走到一起的。”

余乔说“借你吉言”，陆露说“那应该要请预言家吃饭啊”，加上之前原本余乔就说过要请她吃饭，于是还欠她一顿饭。

陆露突然想起这回事，对余乔说：“今天晚上我有空，你请我吃饭怎么样？”

余乔面露难色：“晚上，赵云开约了我一起吃饭。”她还挺想单独和赵云开一起吃饭的，热恋中的两个人恨不能二十四个小时都黏在一起。

“我知道，我也不想当你们的电灯泡。但是，我想和你的意中人聊聊天，问问看他身边有没有像他这么出众的男青年。”

余乔不知怎的就想起了昨天赵云开说的那位“时间有点短”的老兄，说：“好吧，你可以当面问问看，反正我对他没啥指望，他自己谈场恋爱都没经验，还帮别人做媒？”

“我也没抱希望，但你不是说了吗？总要试试看的，你不就试成功了吗？”

陆露没谈过恋爱，说是只对宋承宪有感觉，对身边的男生没感觉，对爱情也不憧憬，还说这辈子大概都注定单身了。

余乔劝她：“你别说得那么笃定，可能是你的要求太完美了，也可能是还没遇到让你心动的那个人，那个握住他的手就觉得温暖有力、有安全感的人。”

没错，赵云开就能给她这种感觉，当他的大手包裹着她的手时，她觉得温暖可依，仿佛拥有了全世界。

如果陆露早知道和热恋中的情侣一起吃顿饭会被虐成狗，就不会让余乔今晚请客了。

吃饭时，一粒米粘在赵云开的脸上，余乔伸手帮他擦掉：“瞧瞧，饭太好吃，你的脸也饿了。”

赵云开看着她笑。

余乔又说：“你的嘴唇有些干，最好抹点润唇膏。”

“一个大男人，嘴唇上油油的好吗？”赵云开说。

“晚上睡觉之前抹啊，抹完了滋润一晚上。”

“好吧。”

“我家里有很多润唇膏，回头送你一支。”

压根插不上话的陆露插嘴道：“你干吗送你用过的，不重新买一支新的送人家？”

余乔笑道：“这你就不懂了吧。如果他用我用过的唇膏，就像是在和我亲吻。”

“……”陆露瞬间觉得内心受到了几万吨的伤害，强颜欢笑，“乔爷果然不是盖的，说话真是豪放。”

赵云开也笑：“我以前怎么没有发现你有这么豪放的一面？”

“怎么？后悔了？”余乔说。

“不后悔。”赵云开说着凑近余乔耳边，低声说，“只要是你，哪一点我都喜欢。”

当众秀恩爱真的好吗？余乔脸都红了。

陆露坐在他俩对面，看着这对热恋中的小情侣，一脸艳羡。

“不行了！看你们这么恩爱我也好想谈恋爱！云开，你们单位还有像你这么优秀的单身男孩吗？”

赵云开想了想：“有的。我们单位有个男孩子挺帅的，也是今年刚进公司，很受女孩子欢迎。”

陆露两眼发亮：“哇！真的吗？能介绍给我认识吗？”

余乔提醒她：“忘了你家宋承宪哥哥啦？”

“宋哥哥看得见摸不着，我还是踏踏实实在现实中找个帅哥谈恋爱吧。不然我迟早被你俩虐死。”陆露夸张地说。

“那个挺帅的男孩是那个‘时间有点短’先生吗？”余乔问。

“你怎么知道？”赵云开诧异地说。

“我猜的。”余乔发现自己的第六感还蛮准的。

“时间有点短？啊……他那方面不行吗？”陆露表情有些纠结，虽然她连恋爱都没谈过，但看言情小说较多，被科普过一些男女之事。

余乔闻言哈哈大笑：“哟，陆露，你懂的还真多。”

“是我们培训时他睡着了，我问他觉得培训怎样，他说‘挺不错的，就是时间有点短……我还没睡够’。”赵云开解释。

陆露一边松了一口气，一边狂乐：“哈哈，这人这么有意思呢！我都迫不及待想认识他了。”

“那我回头跟他打声招呼，把他的联系方式给你。”

“我还以为你会把他带来，郑重其事地把我们互相介绍一下。”陆露有些失望。

“不好意思，我不是相亲节目主持人。”想起自己暗恋七年如今刚刚有点起色的爱情，赵云开怎么敢做媒人！

余乔说：“陆露，你就别为难他了，他自己都没什么恋爱经验，就不误人子弟了。”

赵云开说：“回头我把他的联系方式给你，你们就当普通朋友先聊聊看吧。说不定普通朋友聊天聊得好，感情能进一步。”

“谢谢。”陆露道谢完，对余乔说：“你还说他没有恋爱经验，这不就是他的经验之谈吗？”

说到恋爱经验，余乔最近看了本网游爱情小说，小说里的男女主角一边打游戏一边谈恋爱，感觉超浪漫。

于是，她前两天忍不住又问赵云开：“你打的游戏，真的不教人怎么谈恋爱吗？”

他摇头：“真的没有，我玩的不是爱情游戏。”

她说：“我以前都没谈过恋爱呢。”

他说：“我也是。”

她说：“我只暗恋过一个人。”

他说：“我也是。”

她说：“我没有恋爱经验，不会谈恋爱。”

他说：“我也不会，我们一起练经验升级。”

七年前，他在楼梯转角处遇见她，看着她被阳光晕染的侧脸，她就开始住在他的心里，从此他的目光一直追随她的身影。

七年后，他终于可以站在她的身边，紧握着她的手，仅仅看着她就觉得时光温柔。

没有恋爱经验又有什么关系？

重要的是，七年前，我喜欢的那个人是你；七年后，你喜欢的那个人是我。

第十二章

你的吻像海边温润的风

一阵秋雨一阵凉，从每天早晚的温度中，余乔已经感受到了深秋的寒意。

据陆露说，这大概是深圳最寒冷的秋天，有入冬的迹象了。

对余乔而言，赵云开就是这座城市最温暖的存在。

天气冷的时候，她喜欢把冰冷的手放到他温暖的手心，让他帮她暖手。

他说："你的手这么冰，要不要给你买个暖手宝？"

她任性地说："不要！不然要你做我的男朋友有何用？不就是帮我暖手的吗？"

他点头："纯天然人体暖手宝，安全无害，只此一家。"

她问："保质期呢？"

他说："你想多久就多久。"

她追问："到底有多久？"

他郑重地说："如果可以，我希望是，一生一世。"

他说这句话的时候，他和她正并肩坐在开往她家的公交车后排座位上。

这天，他们一起吃完晚饭，他陪她逛了一会儿街，或许是错开下班高峰的缘故，公交车上人很少，几乎成了他俩的专车。

此时，她就靠在他的肩头，一双手都被他温暖的大手包裹着，听他缓慢而低沉地说着"如果可以，我希望是，一生一世"。

她怎么都没想到赵云开会对她说“一生一世”。她总以为要等到白发苍苍时，相爱的两个人坐在午后阳光下的摇椅上，一边诉说过往的点滴故事，一边握着对方的手说着“一生一世”。

“我最近听到一首不错的歌，要不要听听？”赵云开的声音打断了余乔的思绪。

“好啊！”从大学时期，他们俩就有个习惯，每当听到好听的歌，都会和彼此分享。

同一根耳机线，两只耳塞分别塞进两个人的左耳和右耳，悠扬的旋律在两个人耳畔同时响起，旋即拨动心弦。

余乔忽然发现，两个人在一起用同一副耳机听歌，是一件多么暧昧的举动。而在这之前，她居然从来都没有意识到这一点。果然，爱情会让一个女孩的内心变得敏感。

“有多久没见你，以为你在哪里，原来就住在我心底，陪伴着我呼吸。有多远的距离，以为闻不到你气息，谁知道你背影这么长，回头就看到你……”

一个人喜欢一首歌，通常是因为这首歌的歌词说出了他的心声，就像此时，余乔觉得这些话简直是为她量身定制，瞥一眼身旁的长腿男孩，可不是“谁知道你背影这么长，回头就看到你”？

一曲终了，余乔问赵云开：“这首歌的名字是什么？”

他说：“《心动》。”

“歌词挺不错的。”

“我就是觉得歌词不错，才推荐给你听。”

“你喜欢里面的哪句歌词？”余乔问。

“最后那两句。”说着赵云开轻声哼唱起来，“总是想再见你，还试着打探你的消息，原来你就住在我的身体，守护我的回忆。”

《心动》的原唱是女声，赵云开低沉的声音唱起来倒也别有一番韵味。

都说歌词能传达心意，余乔想起什么似的，问他：“大学毕业后，你是不是向大柠打探我的消息了？”

他没有否认：“是啊！那时候我刚到深圳，找工作比想象中难多了，在没找到工作之前，我不想去找你，但又想知道你的消息，只好向大柠打听了。”

“你找工作找了多久？”她问道。

他轻描淡写地说：“也没多久，两个月。”

原来，他当初说深圳的公司给他发了offer，他才来到深圳，是善意的谎言。

她莫名开始心疼他，他明明在老家已经有一份不错的工作，却为了她来到陌生城市打拼。

下了公交车，还要走一段路，才能到余乔住的小区。

两个人并肩走着，秋风带点寒意，余乔却丝毫不畏惧。

天气冷的时候，她刚好可以把手放到他黑色风衣口袋里，和他的手紧握。

找男朋友有什么用呢？或许就是用来在寒冷的时候取暖的。余乔嘴角含笑，默默总结心得。

“对了，我送你的唇膏抹了没？”余乔问。

“抹了，唇膏真的有用呢！我的嘴唇不干了。”他说着伸出舌头舔了舔唇。

他这个不经意间的动作看在余乔眼里，却让她心神一动，曾经他在路灯下吻她的梦境再次浮现眼前。

她送他唇膏时说：“嘴唇润泽的话……亲吻的感觉会更好。”

他当时看着她的唇说：“为了下一次亲吻，我会好好抹的。”

赵云开想起她送他唇膏时的这段对话，对余乔说：“你不是说嘴唇润泽亲吻效果会好吗？要不要试试看？”

“不要！”余乔忙不迭地说。

其实，她内心是……想要的。

只是，哪有人吻别人还要事先询问的，直接吻不就好了吗？看来言情小说里的什么“霸道咚”“壁咚”“腿咚”都是骗人的。

走着走着，走到一盏路灯前面的一棵树下，赵云开突然停了下来。

她也不由自主地跟着停了下来，发现他正低头凝视着她，目光真切又炽热。

路灯昏黄，夜色如水，她觉得他的眼眸里似乎流淌着如月光般清澈的泉水。

他伸出双手，捧起她的脸，低头在她的额头上轻轻印下一个吻，她的心就像被羽毛轻轻刷过，呼吸也变得紊乱。

他的唇继续向下探索，捕捉到她的唇。两瓣唇相碰在一起时，她发觉自己的唇有些颤抖。他吻向她时，柔软温暖的触感让她莫名心悸。

他轻轻吻了几下她的唇，然后，猝不及防地，他的舌头就像一条小鱼游进了她的嘴里，也游进了她的心里。

她情不自禁张开双臂环住他的脖子，回应他的吻。

也不知吻了多久，他才放开她。她以为这个吻到此为止，谁知他又低下头，重新深深地吻她。

这个吻妥帖而绵长，就像春天海边的风，湿润缠绵。

相比电影院蜻蜓点水的接吻，这个法式长吻让余乔略感窒息的同时，又忍不住沉浸其中。

深吻之后，赵云开敞开黑色风衣，把她紧紧拥在怀里，久久都没放开。

余乔靠在他的胸前，聆听着他怦怦的心跳声，只觉得心安。

许久许久以后，他们才放开彼此，赵云开抬头看夜空，对余乔说：“小乔，你看今晚的月亮，很美。”

余乔抬起头，发现星星点缀的夜空悬挂着一轮皎洁明亮的月亮。

城市里高楼大厦林立，五彩霓虹闪烁，有谁会注意去看城市霓虹背后的自然光?

在城市上空难得看到星斗，也甚少有人专门去寻找头顶的明月，人们宁愿每天忙忙碌碌、工作赚钱，也很少停下脚步去看星星、看月亮。

就好像，好的爱情也很难得，有过喜欢苏陌年的那段时光，原本余乔已经对爱情不抱希望，谁承想，她喜欢的人一直就在身边，一转身，就是她向往的爱情。

这一天的月亮很圆很亮，他看向她的眼神也似月光般皎洁明亮。

那样温柔纯澈的眼神，她每每回想起来，心里就仿佛流淌过一股清泉，而且是月光下的清泉，仿佛能轻声吟唱。

看着夜空中的明月，牵着身边人的手，余乔心想——

原来，明月一直在，只是被高楼挡住了；原来，爱一直在，只是被习惯挡住了。

第十三章

如何想你想到六点

一直到家门口，掏出钥匙开门时，余乔的脸还是滚烫的，心也在狂跳不止。

方才赵云开把她送到住处楼下，只是低头轻吻了她的唇，她不禁又芳心大乱。

他就像是那个掌管着通往她心门钥匙的人，而且有无数把钥匙，只要含情脉脉地看着她，只要牵她的手，只要拥抱她，只要亲吻她，她的心门瞬间轰然大开。

或许，因为他是她喜欢的人，他才能掌管通向她心门的钥匙。

余乔开门进屋时，恰巧碰见合租伙伴小悠从房间出来，小悠说："怎么今天这么晚才回来啊？"

余乔不自觉地摸了摸滚烫的脸，回答："和朋友一起逛街、吃晚饭。"其实，她和赵云开一起散步、接吻、拥抱也占用了蛮多时间。

"男朋友？"小悠随口问。

"算是吧。"余乔笑了笑，走向自己的房间。

"是那个高个子帅哥吧？我刚才拉窗帘时，刚好看到他送你回来。"

"你没看到什么吧？"余乔一愣，不会他和她吻别的画面刚好也被小悠看到了吧？虽然她号称"乔爷"，但毕竟是第一次谈恋爱，在某些方面还是很保守的。

"嘿嘿，也没看到什么。不过就是他吻了你一下，拥抱了你一下。咳咳……谈恋爱的正常戏码。"

余乔感到自己的脸更烫了："下一次，我一定让他收敛一点。"

"不用收敛，如果下次他想进家门，我可以暂时去我朋友那儿住。"小悠说。

"不跟你说了！你不懂的。"余乔觉得和小悠聊不下去了。

"我当然没你懂，我又没谈过恋爱。"

唉，越来越聊不下去了，余乔一边摇头，一边走进卧室。怎么她身边的女孩子说起话来比她还要豪放？

进了卧室，关上房门，余乔倚在门上，把手按在胸口，发现心脏居然还在怦怦乱跳。她也没想到，他吻她的"余威"还在。

她忽然想起小悠说拉窗帘时，看到他们在楼下吻别的画面，心想：会不会他现在还站在楼下呢？

这栋居民楼坐北朝南，她和小悠住的都是窗户朝南的房间，透过窗户刚好可以看到楼下的风景。

当初，她选择租这个房子，不仅因为和表姐苏瑶在同一个小区，还因为这栋楼门口的那棵树。

她虽然叫不上来树的名字，却因为它粗壮的树枝和繁茂的树叶一眼就喜欢上这棵树了，更让她喜欢的是树顶的枝丫上有一个鸟巢，她想到一个词"倦鸟归巢"。加之，她租住的房间朝南向阳，透过窗户刚好可以看到这棵树，有时候还可以看到鸟儿归巢的景象。

有很多个清晨，她是听着鸟儿清脆的叫声醒来的。

余乔来到窗前，发现赵云开居然还站在居民楼门口，向上张望。

看着他高高瘦瘦的身影伫立在楼下，她既惊喜又感动。惊喜的是，她没想到他到现在还没走；感动的是，她想起了很多次他站在公交车旁目送她离开的身影。

她打开窗户，朝他挥手，他显然也看到了她，也朝她挥手。

她对他笑了笑，不知道隔着苍茫夜幕和六层高楼，他有没有看到。

赵云开站在楼下，注视着她房间的窗户，盯着看了好一会儿，直到手机提示短信来了。他打开一看，是她发来的：时间不早了，快回去吧，我会想你的。

他回：好的。我已经开始想你了。

这就是“还没分开就开始想念”吧？尤其是在刚才路灯下那个浓烈的热吻之后，他恨不能将她揉进自己的身体里，再也不分开。

不过，想起默默喜欢了她七年，再想想现在能亲吻喜欢的姑娘，还能站在她家楼下，和她挥手作别，他已然感到满足。

此刻，赵云开站在楼下，望着窗户后面那张他永远看不腻的脸，忽然想起长发公主的童话。他就像是那个误闯入长发公主高塔的盗贼费林雷德，不同的是，他想盗走的不是宝石王冠，而是她的心。

余乔看着赵云开一步三回头地离开，不知怎的就想起进屋时小悠说的话：“如果下次他想进家门，我可以暂时去我朋友那儿住。”

她和赵云开可以住在一起？在没结婚之前？

虽然现在未婚同居也很正常，但是她现在还没做好准备。

临睡前，她打开表姐苏瑶的电台节目，不过表姐在说什么她根本没注意，思绪飘回到他站在路灯前的树下亲吻她的画面。

这个画面和她曾经做的那个梦如出一辙，都是在南方城市夜晚的路灯下，他亲吻了她。

原来，梦居然像预言一样，早就预料到他们之间会发生的故事。

也不知是寂寞太久的缘故，还是太想他的缘故，抑或是现实和梦境重叠的缘故，他吻她的那个画面不断在她脑海中闪现，一次又一次。

她情不自禁地伸出手指轻抚嘴唇，仿佛他亲吻的余温还在。

现实和梦境最大的区别是，梦境是虚幻的，现实却如此真切。接吻时温暖柔软的触感，他柔软的舌头像小鱼一样游进她嘴里的感觉，都让她回味无穷。

他捧着她的脸，忘情地亲吻她时，她觉得世界仿佛静止了，时间也仿佛停止了，全世界只剩下他和她。

余乔想起大学时代，有一次在宿舍的卧谈会上，谈起“接吻”这个话题。

大柠当时初尝恋爱滋味，自然拥有优先发言权，她说初吻被她的初恋男友林知逸夺走，对方却说“没有想象中感觉好”，她觉得大煞风景，之后回吻无数次才终于让他沉浸在接吻中难以自拔。

宿舍里的姐妹听完狂笑。

小丸子说如果能跟《一吻定情》里柏原崇那样的美少年接吻，她宁可少吃几个肉丸子，要知道她可是无肉不欢的小丸子。

浪漫的诗诗姐表示对初吻很期待，只要那个人是她喜欢的就好。

大帮说她理想中的接吻是“壁咚”，霸道一些的，对方伸出长臂，将她圈在他的身体和墙壁之间，然后低头亲吻她，那感觉一定棒极了。

当时，余乔吐槽道：“除了大柠有切身体会，你们都是言情小说看多了，其实从科学的角度来说，接吻不过就是嘴碰嘴、口水对口水，一点美感都没有好吗？”

其他人纷纷拿枕头扔她，让她闭嘴：“你怎么那么不浪漫呢？接吻是爱情里多美好的事啊！”

是啊，那时她不懂浪漫，刚刚走出“喜欢苏陌年却不能和他在一起”的心理阴霾，怎么去奢望浪漫的爱情？

而此时，满脑子循环放映的都是赵云开亲吻她的甜蜜画面，再想想曾经说的关于接吻的感觉，余乔忍不住笑了。

没错，在喜欢苏陌年的时候，她曾幻想过他亲吻她的画面。但说服自己不再喜欢苏陌年之后，她再也没有幻想过和任何人亲吻的画面，直到那个像预言一样的梦出现。

她要收回说的什么“科学的角度”、什么“口水对口水”，那真的是扯淡。接吻明明是相互喜欢的两个人喜欢到情不自禁，会自然而然发生的爱的举动。

接吻时，她除了感到他的嘴唇的柔软，也能感受到彼此的心跳。那个时候，仿佛两个人的心跳是同一频率的，都在为彼此而跳动，和任何人无关。

苏瑶这期节目的结束曲是陈奕迅的《全世界失眠》：“一个人失眠，全世界失眠，无辜的街灯，守候明天。幸福的失眠，只是因为害怕闭上眼，如何想你想到六点，如何爱你爱到终点。”

节目结束了，余乔也失眠了。

她原来只知道，一个人难过的时候会失眠，没想到兴奋开心的时候也会失眠。

由于歌里唱“想起我的时候，你会不会好像我一样不能睡”，余乔给之前已经和她道过晚安的赵云开发去信息：睡了吗？

赵云开几乎是秒回：没有，你也没睡吗？

余乔：是啊，你在干吗？

赵云开：如果我说我在想你，你信吗？

余乔：我信，因为我也在想你。

赵云开：你在想我的什么？

她愣了一下，她可以说，她在想念他的唇，想念他亲吻她的感觉吗？

要不实话实说吧，反正他都对她说“一生一世”了，将来两个人应该会在一起，她还有什么不能说的？

余乔：我在想你亲吻我的感觉。

赵云开：我也是。

余乔：这是你的初吻吗？

赵云开：你说呢？

余乔：应该是吧，你不是说你没谈过恋爱吗？

赵云开：不是。

她的心猛地一沉，回他：啊？

赵云开：电影院那次才是初吻。

她松了一口气。

余乔：电影院那次是浅尝辄止，这次是深入虎穴，你这次挺勇敢。

赵云开：你这是在夸我吗？那我也夸夸你好了，你的舌头很柔软。

她又脸红了，她这是被调戏了吗？

余乔：你的舌头也很柔软，而且很……长。

确实很长，就像一条小鱼一样缓缓地游进了她的嘴里。

赵云开：我那里也很长。

余乔：哪里？

赵云开：将来你会知道。

单纯的余乔此时真的不太懂，直到后来某一天，她才知道自己被他狠狠地调戏了。

不过，谁叫她午夜去找喜欢的人聊天，还尽聊一些让他怦然心动的话题呢？

所以说，夜晚失眠时，不要轻易找人聊天哪！说不定聊着聊着就把自己套进去了……

第十四章

你的双手四季如春

北方的冬天虽然气温低，但屋里有暖气，加之空气干燥，并不会感觉有多冷。

南方的冬天虽然气温十三四摄氏度，但因为有雨，阴冷潮湿，有种侵入骨髓的冷。

余乔什么都不怕，就是怕冷，当其他同龄女孩子还光着腿或穿着薄丝袜搭短裙时，她已经从衣柜里翻出厚厚的打底裤了，同时翻出来的还有一条围巾。

早晚气温低，在米色大衣外面搭一条红色格子围巾，不但气质佳，还暖和。

余乔到单位脱掉大衣，解开围巾时，陆露的视线落在她的围巾上："阿乔，你的围巾在哪里买的？好漂亮啊！"说着，她就伸手拿起围巾研究。

"我记得很久之前就有了。"她想了想，"是某年冬天云开送给我的，他说是他去专卖店买衣服满一千的赠品。"

陆露狂笑："你肯定被骗了！这条围巾是巴宝莉的，最起码两三千，如果商家当作满一千的赠品，绝对亏大发了！"

"这围巾都没有商标，你怎么这么肯定？"余乔收到这条围巾时，室友诗诗姐也一眼发现围巾是巴宝莉的，余乔当时还笑着说："肯定是巴宝莉同款高仿，都没有商标。"

陆露抚摸着围巾说："我妈有一条相似的围巾，你的面料质地和她的一样，绝对是正品。话说这条围巾我觊觎已久了，我妈就是不肯给我买，非要我用自己的工资买。我知道，她是逼着我养成攒钱的习惯，不要当月光族。”

既然陆露和诗诗姐都说这围巾是巴宝莉的，余乔也不禁开始怀疑它并非赵云开买一赠一的赠品了。

晚上，余乔和赵云开吃完饭，手牵手走向公交车站。

夜风带着寒意，余乔却觉得周身温暖，不仅因为她穿得保暖，更因为她有个随身携带的小暖炉——赵云开。

她一只手揣在自己的大衣口袋里，另一只手躺在他的风衣口袋里，和他的手十指相扣。

“你知道世界上最温暖的地方是哪里吗？”她问。

“应该是温带海洋性气候地区。”他一本正经地答。

“不是。”

“那是哪里？”

“世界上最温暖的所在，就是你的风衣口袋。”

听完，他不由自主地笑了。

然后，在他温暖的风衣口袋里，他用大拇指的指腹轻轻滑过她的手心，一次又一次，动作小心翼翼且温柔，滑得她心里痒痒的。

喊，这不是调戏我吗？看乔爷也来调戏你一下。

这样想的时候，余乔停下脚步，转过身，冲他嫣然一笑：“我想要……亲你。”

他嘴角微扬，昂首挺胸说：“来啊！”

“……”她以为他会说“你确定”，没想到他居然这么爽快就同意了。

人行道上不时有路人经过，余乔犹豫了一下，说：“谁怕谁啊？”然后她闭上眼睛，踮起脚，准备迎接他的吻。

谁知，她等了半天，都还是在和空气亲吻。

她沮丧地睁开眼睛，发现他正看着她笑："你等我吻你的样子，很可爱。"

"你还笑？！快让我亲一下。"她有些懊恼。到底是谁追的谁啊？怎么她现在反而成被动的一方了？

"我站着不动，你来亲我啊！"

他眉眼里都是笑，只是在余乔眼里，却有些不怀好意。

余乔抬起头，踮起脚，够不着；再努力踮起脚，头抬得脖子都酸了，还是够不着……

可恨的是，她今天没有穿高跟鞋，比平时矮了一截。而他却始终不低头，只是一动不动地站在原地。

什么最萌身高差？全是扯淡！想要亲吻如果对方不配合，她完全没辙。

余乔决定放弃了，说了句"谁稀罕"打算往前走，孰料被拥入一个温暖的怀抱里，旋即，两片温柔的唇瓣落下来，在她唇上亲吻了一下，她的心不自觉地轻轻颤抖起来。

她以前从来都不知道亲吻的感觉如此美妙，不管是轻轻触碰还是深深缠绵，都让她情不自禁地心动。

亲吻的感觉就像是打开了另一个世界的大门，这个世界让她沉醉着迷。

"你刚才不让我亲到你，是不是成心报复我啊？"一吻之后，两个人继续牵手前行，余乔问道。

"报复什么？"

"报复你喜欢了我七年，我却对你不理不睬啊！"

他轻笑一声，说："哪有？我只是想用实际行动告诉你，个子高的人是有好处的，不是随便谁想亲都能亲到的。这大概就是女孩子觉得个子高的男朋友很有安全感的原因吧！"

这时，余乔想起了朋友说过的一句话：“管他个子高、个子矮的，躺下来不都一样？”于是说：“有什么的呀？躺下来不就亲到了？”

“那要不试试看？”

“试试看？”余乔不解地望向他。

“就是试试，嗯……你说的躺下来就能亲到我。”他鼓足勇气说，紧张感已被夜晚的霓虹掩盖。

“……”余乔这下听明白了，脸唰的一下变得滚烫。

要是放在从前，她一定毫不客气地奉送他一个“滚”字，此刻却说不出口。如果两个人能够走到最后，同床共枕也是不可避免的事。

“以后再说吧。”她想绕开这个话题。

“你还以为我今天就邀请你去我家做测试吗？”

“才不是。”

“看你的脸都红了，看来很期待呢！”他说着伸手摸了一下她的脸颊。

她难以置信地望着他，原来一本正经的他怎么会有如此不正经的时候？

“是谁说你高冷、不苟言笑的？完全是撩妹高手嘛！”

“只有在你面前，我才会这样。”

“哪样？耍流氓吗？”

他笑了：“看来你真的有‘乔爷’的一面。”

“你才知道啊！后悔找我做女朋友了吗？”

他抓起她放在他风衣口袋里的手，放在唇边，轻轻吻了一下，说：“不后悔，你就算是‘乔大爷’，我也喜欢。”

“忽然觉得我捡到了一个宝。”她心满意足地笑道。

“怎么讲？”

“以前都没发现你居然这么可爱、这么有趣，原来你就是我身边的‘动感超人’。”

“‘动感超人’是什么鬼？”他微微皱眉，隐约觉得不是什么好的比喻。

“是蜡笔小新的偶像，蜡笔小新就是动画片里那个老是讲黄色笑话的小男孩。”

“……”他刚才的不良预感是对的。

说话间，他们已经走到公交车站。

十二月的城市街头，已经有了圣诞节的氛围。公交车站台对面有家咖啡厅，落地玻璃窗上贴着大小不一的白色雪花、红色圣诞帽、戴围巾的雪人，透过窗户，能看到里面的客人坐在晕黄温馨的灯光下聊天。

虽然只能看到若隐若现的身影，但在余乔看来，他们聊天时一定是面带微笑的。

据说，心情好的时候，觉得全世界都是香甜味的。

她忽然想起今天戴的围巾就是某年读大学时，赵云开送给她的，于是指了指脖子上的围巾，对他说：“你还记得这条围巾吗？”

他的视线落在围巾上，笑道：“当然记得，这不是我送你的吗？你还带来深圳了？”

“老实交代，这究竟是不是商场购物满一千的赠品？”

“呃……”他微笑着沉默了半晌，“还不是因为你老是把男生送你的礼物退回去，我担心你也把我送的围巾退给我，只好说是赠品了。”

“天哪！你读大学时得多省吃俭用才能攒到买这条围巾的钱啊？”

“没那么夸张，我当时帮一位在会计师事务所工作的师兄做点兼职工作，攒了一点钱。”

“哟哟哟！敢情你大学时就在做兼职给未来的女朋友赚彩礼了啊，挺深谋远虑的嘛！”

“你这里用词不妥。”他纠正道。

“怎么不妥了？”

“不应该是给未来的老婆赚彩礼吗？彩礼对应的应该是老婆。”

“一条围巾就想娶到我这样的老婆，岂不是太便宜你了？”

“我会努力赚钱买房，然后把你迎娶进家门。”

“你不会是在向我求婚吧？我觉得现在谈结婚太早了。”

其实一点都不早，我都喜欢你七年了。赵云开心想。

“不算正式求婚，但是在规划我们的未来。”他看着她，非常认真地说。

余乔的内心有个柔软的角落瞬间被击中了。

如果一个人把你规划进他的未来，并愿意为之努力，会让你感到心安。

这时，余乔平时乘坐的公交车抵达车站。

“公交车来了。”她边说边打算走过去。

“今天还早，等下一趟吧。”他抓紧她的手。

“干吗？”

“我想和你多待一会儿。”

“在公交车上不一样能待在一起？”

“刚才那趟公交车上的人太多，等下一趟人少点，你还能有座位。”

“好吧。”他还蛮体贴的，余乔窃喜。

“知道我为什么送你围巾吗？”他低下头，注视着她大大的眼睛。

“冬天天冷，想把我打扮成圣诞老人？”

“不是。我是希望有一天，这条围巾能把我们围在一起。就像这样。”说着，他伸手把她的围巾拉过来，往自己脖子上围了一圈。于是，一条围巾就围在了两个人的脖子上，他顺势揽住她的腰，把她拉向自己。

伴随着他的动作，她的身体几乎已经和他的贴在一起，两颊发烫、心跳加速的感觉又回来了。

这就是爱吧？仿佛能听到彼此扑通扑通的心跳声。

世界上最美妙的音乐，莫过于恋人的心跳声了。

“快松开我吧，公共场所秀恩爱不太好。”余乔想要挣脱他的拥抱。

“刚才是谁说要亲我来着？那不也是公共场所秀恩爱吗？”

“那是在马路边上，这是在公交车站，就像是站在舞台中央，感觉太尴尬了。”

“好吧。”他恋恋不舍地松开她。

“南方什么都好，就是没有雪。”就着圣诞氛围，余乔不由得感叹道。

“有你就好。”他心满意足地伸手摸了摸她光滑的长发。

“你还记得我们在C大读书时，下过的那场大雪吗？”

“当然记得。因为那天你滚了个小雪球，趁我不注意，居然把雪球塞我羽绒服的帽子里。后来我回到宿舍，纳闷我的帽子怎么湿了，我不是等雪停了才出去的吗？”

“哈哈！”此刻回想过往，余乔觉得十分美好，往事在回忆里总是格外动人。

“对了，你那时候抓了雪，手冻得通红，你说，你感觉手已经不是自己的了。我把我的手套脱下来给你戴，你说‘不用’，然后大大咧咧地把手塞进我的衣领里，还说‘这样取暖效果比较明显’。”

“哈哈，想起来了！你当时的表情简直惊呆了，如果当时给你拍张照片都可以做成表情包了。”

“其实我当时蛮惊喜的，因为那次你都和我肌肤相亲了。”

“……”怪不得当时他脸都红了，她那时候还以为是冻成那样的。

“看来从那时候起就注定你要当我的暖宝宝，给我焐手了。”此时她的手就被他握在掌心，很温暖。

“我的荣幸，女王陛下。”他拿起她的手放到唇边亲吻了下。

“你给别人暖过手吗？”

“从来没有。”

“包括你表妹什么的都没有？”

“没有。”

“你的手一直这么温暖，简直四季如春嘛！”

“嗯，我就是你的专属空调，随时需要都可以找我。”

余乔满意地笑了：“你说的！可不许耍赖！”

“需要拉钩上吊一百年不变吗？”他边说边用小指钩住她的小指。

“现在发现你还蛮幼稚的！”

“这不叫幼稚，这叫保持童心。”

“呀！公交车来了，这趟车挺空的。”余乔拉着他往开过来的公交车上走。

两个人上了车，并肩坐在公交车后排的座位上，依然是两个人用一根耳机线共享同一首歌。

“还没好好地感受，雪花绽放的气候，我们一起颤抖，会更明白什么是温柔……”

王菲天籁般的嗓音在耳畔响起，余乔和赵云开想起他们在 C 大读书时，下大雪的场景。

那天一早醒来，她望向宿舍的窗外，发现外面白茫茫一片，连忙给他打电话，欣喜地说：“超哥，超哥，昨晚下大雪了！”

他本来还在睡觉，被她的电话吵醒了：“下雪怎么了？”

“下雪了，当然不要辜负老天爷的美意，赶紧出来玩啊！”她的声音里满是雀跃。

“那等我先起床。”

“你快点！我也去刷牙洗脸，待会儿你到我的宿舍楼下等我。”说完，她就把电话挂了。

就是那天，在雪地里，余乔轻声哼唱过王菲演唱的这首《红豆》。

当时，他觉得这首歌真好听，歌词也很有意境。

没想到，事隔经年，再次听到这首歌，依然觉得动听。

或许是听歌的人还在身边的缘故吧？这样想着，他不由自主地握紧了身旁余乔的手。

“可是我，有时候，宁愿选择留恋不放手，等到风景都看透，也许你会陪我看细水长流。”

歌曲在耳边循环播放着，余乔把头靠在赵云开的肩头，心里默默念叨：等到风景都看透，也许你会陪我看细水长流。

第十五章

南风未起，念你成疾

圣诞节过后就是元旦了，元旦连着周末有三天公休日。

余乔从小跟着老妈一起看了很多 TVB 电视剧，对香港这座城市向往已久。她早在两个月前就开始计划元旦假期去香港玩。

最初她打算和陆露结伴去香港，谁知计划赶不上变化，目前她和赵云开正处于热恋期，陆露则和“时间有点短”先生陈燃聊得热火朝天，每天晚上都要给对方发很多信息。

说到底，两个人都“重色轻友”，元旦假期要找各自的男朋友玩了。当然，陆露现在还不敢承认陈燃就是她的男朋友，因为陈燃还没向她表白，他们还处于言辞暧昧的阶段。

余乔鼓励陆露：“现在时代不同了，如果你喜欢他，你可以直接表白。”

陆露摇头：“我最近看的一本书上说，女孩子太主动的话，男孩子会不懂得珍惜。我还是尽可能地展现个人魅力，让他主动向我表白。”

“嗯！很有志气！本乔爷很看好你哦！”余乔拍拍她的肩膀。

“你说，一个男生每天晚上都会和我发信息聊天，这是喜欢我的表现吧？”陆露有些不确定地问。

“算喜欢吧，时间那么宝贵，不喜欢你怎么会在你身上浪费时间？”余乔想了下，她和赵云开几乎每天晚上都会聊天，哪怕每天见面回到家后还是要给彼此发信息，有时候仅仅是说一句“我要睡了，晚安”，睡前也是安心的。

“但是，绝大多数情况下，好像都是我主动找他聊天，他不够主动，我发消息几乎从不秒回，算喜欢我吗？”陆露还是没有把握。

“你不要胡思乱想了，可能他工作比较忙或者没看到信息呢？毕竟我家云开有时也不秒回我。”

原来，当一个人喜欢另一个人，但还不确定对方是否喜欢自己时，内心总是忐忑不安的。

“好吧，我只是希望他能多在乎我一些，最起码和我在乎他一样多吧。”陆露说。

余乔安慰她：“每个人在乎的东西都有很多，你现在全身心投入另一个人身上并不好，你可以在乎工作多一些，在乎家人、朋友多一些，这样就没时间去想陈燃在乎你有多少了。”

“可是，我妈已经开始催我去相亲了，我都推掉好几次了，我不希望自己像明码标价的商品一样，摆在对方面前待价而沽。我觉得爱情是讲究感觉的，相亲让我对爱情没有任何幻想，没有好的爱情就没必要走进婚姻，不然对彼此都是一种折磨。”陆露的父母几乎吵了一辈子架，吵得最凶的时候也说过要离婚，但至今仍在同一屋檐下生活，只是两个人早已同床异梦。

陆露也问过妈妈，您和爸爸过得并不幸福，为什么不选择分开？

妈妈告诉她，婚姻是一件很复杂的事，要考虑到方方面面的问题，要考虑长辈的感受，要考虑孩子的感受，还要考虑在社交生活中的颜面问题，因为传统社会价值观对离婚仍然带着偏见，误认为离过婚的人就是失败的。

因此，陆露从骨子里对婚姻是有些抗拒的，但出于女孩子喜欢浪漫的本能，又对爱情充满向往。

她见到陈燃的第一眼就对他抱有好感，陈燃是那种个子高高的清俊男生，戴一副眼镜，斯斯文文的，最关键的是他脾气好，有些小幽默，还很可爱，喜欢逗她玩。

他们都有些孩子气，见面时总喜欢打打闹闹，她会跳起来掀开他额前的头发，露出他的发际线，而他会趁她不注意揉乱她的头发；她有时候故意把他的小白鞋踩脏，他也不气恼，说一声："脏了你帮我擦啊！"

有天吃完饭，她对着化妆镜涂口红，他就那么默默注视着她。她开玩笑问他："你也想涂吗？"他说："好啊！"她拿起口红真要给他涂的时候，他却一转头躲开了，于是口红就画在了他的脸上，他看起来像只小花猫。

他们有次一起吃章鱼小丸子，那家店的章鱼小丸子很大，里面的章鱼也够料，一向有很多人排队。无奈那天轮到他们时，店家只剩一双筷子，两个人只好共用一双筷子。她暗自想：这就是间接接吻吧？

每次回想起和他相处的小细节，陆露总忍不住露出会心的笑容。

熟悉之后，在通讯录里，她把他的名字改成了"小橙子"，他把她的名字改成了"小露珠"。

有时候，一早醒来，她会收到他的短信："早安！"仅仅两个字，她会反复看上好几遍，足以让她雀跃一整天。

因为她在想，他早上醒来想到的第一个人就是我啊！

他们不一定每天都见面，却必定会聊天，尤其是每晚临睡前，有时候聊工作，有时候聊从前，有时候也会开彼此的玩笑。

有天她问他："你以前谈过恋爱吗？"

他说："中学时喜欢过班上一个长得特漂亮的女生，那女生长发飘飘，浓眉大眼，喜欢画画，是全校所有男生心中的女神。当时我和女神经常一起玩，也送她回过家。我一直把她视为我的初恋，属于那种比较懵懂的感情。不过后来女神和别的男生在一起后，我就只能做女神的好朋友了。"

"你不会'一见女神误终身'，从此被掰弯了吧？"听他讲述过往时，不知怎的，她心里居然涌出浅浅的醋意，也为自己悄悄捏一把汗，他不会和女神谈过恋爱，从此"曾经沧海难为水，除却巫山不是云"了吧！

“哪有？我是纯爷们！”

她逗他：“不行就强行掰弯！”

他也逗她：“不行就强行推倒！”

她强调：“其实……我是蓝孩纸（男孩子）来着。”

他说：“不管了，先把你推倒验明真身。”

“……”看到这句话，她顿时羞红了脸。

两个人相处得越愉快，陆露越有一种他们是恋人的错觉，而事实上，陈燃从来没有对她说过“我喜欢你”之类的话。

他们的感情很暧昧，但她不敢确认他们在谈恋爱，她担心是自己自作多情。

“南风未起，念你成疾。喜你为疾，药石无医。”

陆露就这样情不自禁患上了一种叫“喜欢你”的病，却心甘情愿沉迷其中，不想好起来。

余乔对她说，她要学会分散注意力，在乎其他东西多一些，不要仅仅把心思集中在陈燃身上，那样就不会过分在意他在乎她有多少。

她尝试过这样，尝试过不去想他，也尝试过不要傻傻地等他的回复，但她即使拿起一本书，看书的时候会忍不住想，陈燃现在在做什么？而一旦给他发了消息，她就忍不住要时刻拿起手机看他有没有回复。

喜欢一个人，难免心里、眼里都是他，至少在某一阶段如此。

连余乔都是如此，劝说别人的时候头头是道，轮到自己，哪怕是面对一个认识了多年的男生，自从意识到她喜欢他之后，他们之间的关系就变了。她心里装着他，时不时就会想起他，下班后的见面成了每天例行的甜蜜约会。

对于这次元旦假期和赵云开一起去香港游玩，余乔既期待又紧张。不知怎的，她居然有种要和他去度蜜月的感觉。

她事先从网上查了资料，已做好攻略，她想去迪士尼乐园、海洋公园、星光大道、杜莎夫人蜡像馆。

她把想去的地方告诉赵云开，让他按照她的计划去执行，比如订车票、订酒店就交给他去办了。

他问她："订酒店的话，订几个房间？"

"废话！当然是两间！"她白他一眼。

"你不觉得住一间房可以省房费吗？"

"爷不差那点钱！"余乔豪迈地说。

"我差钱。我能睡在你房间的地板上吗？"

"……"

见她一脸无语，赵云开笑了："看你刚才紧张成那样，以为我要和你怎样似的。放心，我不会把你怎样的。"

"我是担心，我会把你怎样。"

"……"

轮到赵云开无语，余乔有种反调戏成功的愉悦。

当然，赵云开只是逗她玩，最终他还是订了两间房，据说还是临近维多利亚港的五星级酒店。

余乔说："你怎么订那么贵的酒店？AA 制的话，我要破产了！"

"不需要 AA 制，我爸得知我要去香港玩，给我打了一笔钱过来。"

"哇哦！敢情我还找了个'土豪'的儿子？"

"将来我会更'土豪'，所以，花钱这种事就交给你啦！"

"太好了！我等着成为'阔太太'。"

"咦？你这么迫不及待要嫁给我啊？"

"……"没想到她居然被套路了！

当两个人坐在从深圳去香港的巴士上时，余乔把攻略从包里拿出来看。

赵云开瞥一眼攻略，说："你怎么去的地方不是小孩子喜欢去的就是追星族喜欢去的？”

“怎么？嫌我幼稚啊？”

“哪有？你像小孩子刚刚好，因为有我宠着你啊！”他一脸宠溺地望着她说。

“真会说话！”她笑起来，心也跟随嘴角一起飞扬。

“是我的心里话。”

也是这个时候，余乔才发现赵云开并不是榆木疙瘩，只是以前不敢对她表达真心话。

其实，他说起情话来，还是蛮动人的。

第十六章

你眼里有满天星光

对于这次香港之旅，赵云开的期待与紧张并不亚于余乔。

毕竟，他们还从来没有连续三天在一起独处过呢！

这三天，在一座全然陌生的城市，他们不认识任何人，只有他和她。

只要一想起，他可以住在和她同一家酒店的隔壁房间，他可以牵着她的手在香港街头漫步，他可以陪她去她想去的地方，感受她内心的童话世界……他就忍不住激动不已。

尤其是余乔说那句“我是担心，我会把你怎样”时，他的内心 OS 其实是：我很期待，你会把我怎样。

当然，因为怕把她吓到，他还是要保留几分矜持的。

为了能欣赏维多利亚港的跨年烟火表演，他们请了半天假，赶在 12 月 31 日下午抵达香港。

按照计划，他们先打车去酒店放行李，然后吃晚餐，再去最佳观景位置星光大道等待烟火表演。

赵云开的行李不过就一个双肩背包，放了两件换洗衣服。余乔除开随身背的斜挎小包，还带了个小行李箱。当然，全程都是赵云开负责帮她拖行李箱。

两个人住在酒店两个相邻的房间，赵云开放好行李，洗了把脸，去隔壁房间敲门：“好了吗？我可以走了。”

“等一下，我在洗脸，还要化下妆。”她的声音从房间里传来。

他本想问“我可以进去等你吗”很快，他改变了主意，说：“那我回房间等你，顺便休息一会儿。”

“好的。我会尽量快点的。”她回。

回到房间，赵云开仰面躺到床上闭目养神。

以往旅途奔波后他能倒头就睡，此刻，他却并未睡着。他脑海中盘旋的是一些他和她即将独处的美好画面。

现在是下午五点，从此刻算起，他将和他喜欢的人共度七十七个小时。意味着，接下来余乔有七十七个小时将属于他。这是独属于他们的时间。

时间每天都在流逝，然而让人觉得有意义的、珍贵的时间非常有限。每个人拥有的物理时间是一样的，都是每天二十四个小时，但总有一些独特的时间，因为某个人的存在而变得意义非凡，变得弥足珍贵，就仿佛这段时间独立于物理时间之外。

如果说爱情是一种说不清道不明的化学反应，它可以给物理时间增添一份神秘美丽的色彩，就仿佛时间长了戴光环的翅膀。难怪，亘古以来，爱情一直让人心驰神往。

想到自己在高中时代就已邂逅喜欢的人，如今能和她一起旅行，赵云开的脸上就不由自主地露出心满意足的笑容。

当余乔再次出现在赵云开面前时，他瞬间觉得眼前一亮——她不仅化了淡妆，衬得五官越发精致，她还换了一身橙红色的V领收腰连衣裙，腰身纤细盈盈一握，关键是领口开得有些低，露出清晰的锁骨和胸前洁白的肌肤，诱人的乳沟若隐若现。

赵云开的目光在她身上逗留了好一阵，有种初次见面的惊艳。

他高一时和她在楼梯拐角处相遇的画面从记忆深处涌现出来。他和那天一样，定定地看着她，默默地感受自己突然加速的心跳。

“往哪里看呢？”余乔打断了他的沉思。

“看你的项链。”他不好意思地笑了笑。

她伸手摸摸脖子上的红宝石四叶草吊坠项链："我表姐送我的，好看吗？"

"挺好看的。"

"项链好看还是我好看？"她抬头问他。

"都好看。但是，项链好看是因为你好看。"他看着她说。

她笑了："会聊天。"

两个人说话间，已穿过酒店的走廊，走到电梯口。

赵云开又看了余乔一眼，目光所及之处刚好是她的一小片胸口春光，他忍不住问："你穿这样不冷吗？"

"不冷，带了外套呢！"她的臂弯上搭着件黑色风衣。

"那待会儿出门要穿上，不然感冒了我可不负责。"

"感冒这种小事哪用得着你负责？"

电梯来了，两个人走进去。

电梯门合上，刚好是一面硕大明亮的穿衣镜。

余乔望着镜子里的自己，捋了捋额前的发。

赵云开望着镜子里的余乔出神，只觉得她理头发的样子风情万种。

他笑道："感冒不需要我负责，那什么事需要我负责？"

"你看我太久了，需要你负责。"她看着镜子里的他。

"怎么负责？"

"就这样看我一辈子吧。"

他莫名心动，情不自禁地低头吻了她的侧脸。

余乔被吻得猝不及防，一脸娇羞地嗔怪他："电梯里有摄像头呢！"

"反正我们又不是第一次在电梯里亲吻。"他淡定地回。

想起那次看完电影，她在电梯里主动钩住他的脖子吻他的画面，余乔的脸更红了："讨厌！"

他们一起在酒店附近的港式餐厅吃了点晚餐，然后乘地铁去星光大道。

彼时华灯初上，却已经有不少人在那里排队等候跨年烟火表演了。

星光大道以众多影视名人的手印闻名，来到这里的游客多数会把自己的手掌印放在名人手印里拍照留念。

余乔问赵云开："你喜欢谁？要不要拍照？"

"我喜欢你，拍照嘛，你自愿。"

"随时随地撩妹，说的就是你吧！"余乔笑。

"这叫'不撩则已，一撩惊人'。"

"你这是在沉默中爆发。"

"我并不想在沉默中爆发。"

"那你想怎样？"

"我只想在人潮拥挤中抱你。"

"不许抱！注意形象！"余乔向旁边跨了一大步，和他保持一定距离。

大庭广众之下，搂搂抱抱成何体统？

看她一脸紧张，还以为他真会去抱她似的，他心里直乐，脸上却故做委屈状："你到底是不是我女朋友啊？拥抱这种福利都没有吗？"

余乔发现他竟然也有这么孩子气的一面，小表情还挺可爱的，顿时心软了下来。

她走近他："只许抱一下。"

"好，就一下。"他轻轻地揽住她的腰，带入自己怀里，轻轻拥抱她。他把头低下来，下巴刚好抵在她的肩上，鼻端是她芬芳柔软的头发，有种甜蜜清新的味道，他情不自禁深呼吸一口。

此时此刻，他恨不能向全世界宣布："这是我女朋友！是全世界我最喜欢的女孩子！"

有时候想要当众表达爱意并不是秀恩爱，而是有一种满溢的幸福快乐想要和全世界分享。

他们在星光大道漫步了一阵，将维多利亚港的美丽夜景尽收眼底。

不过，在赵云开看来，最美的景色不仅是此时的夜景，更是身边他喜欢的人。

离凌晨的钟声越来越近，这里聚集的人也越来越多。

在人群中余乔的身高不占优势，见她努力踮起脚，赵云开说："要抱你看吗？"

"你抱得动我吗？"

"当然，需要我抱你吗？"

"不用了。"

"是觉得我抱不动你？"

"嗯，我太重了。"她只想尽快结束这个话题，看烟火怎么讨论到抱抱上面了？

没想到，下一秒，余乔的脚就悬空了……他已经径自把她抱离地面。

虽然视野一下子比之前开阔一些，但余乔有些慌："别闹了，快放我下来。"

赵云开把她放下来，看着她略显不快的脸，小心翼翼地说："你没生气吧？"

"没事。就是……下次抱我之前能跟我打声招呼吗？"

赵云开松了一口气，原来还有下次啊！他赶紧说："遵命，女王陛下。"

很快进入跨年倒计时，有人开始喊"十、九、八、七、六、五、四……"普通话、英语、粤语，各种语言交织在一起，声音里的激动情绪却是一样的。

随着"三、二、一"的喊声落下，烟花的爆炸声和人们的尖叫声一起升起。

伴随着噼里啪啦的响声，从地面升起各种形状的烟火，有长龙形的，有圆形的，有心形的，有扇形的，还有笑脸火花，烟花竞相绽放，夜空瞬间像一个五彩缤纷的舞台。

“新年快乐！小乔。”赵云开看着余乔动情地说。

他和她说过很多次“新年快乐”，这一次却感觉很不一样，因为，她不再只是他喜欢的人，还是喜欢他的人。

这世上，还有什么比你喜欢的那个人刚好也喜欢你更美好呢？

“新年快乐！云开。”她看着夜空闪烁的烟火，由衷地感叹，“好美啊！”

“嗯。”赵云开点头道，目光却始终不离余乔，她的侧脸在烟火的衬托下，仿佛散发着迷人的光彩。

烟火再美，也不及你。烟火只是灿烂一瞬，而我，想陪你漫长一生。

不一会儿，天空仿佛下了星光雨，美不胜收。

五颜六色的漫天烟火在眼前绽放，把夜空照耀得闪亮如白昼。

夜空的烟火倒映在波光粼粼的水面上，也倒映在赵云开的心上。

别人只顾拿着相机和手机记录眼前的盛世美景，他却看向她，和她十指相扣。

余乔本来被眼前这五彩的烟火震撼住了，却忽然感受到一道仿佛比烟火更炽热的目光，她看向身旁的他，发现他正盯着她看，眼里也似乎有烟火绽放。

他的眼睛在那一刹那很深邃，写着深情，写着过往，写着他和她的故事。

他无视周围人群的欢呼尖叫声，就那么眼睛一眨不眨地看着余乔，仿佛整条星光大道只剩下他和她。

当你从一个人眼中看到满天星光，那个人一定是喜欢你的，彼时那个人眼中只有你，无他。

此刻，余乔在赵云开的眼中看到了满天星光。

第十七章

我想睡醒后有你

那天夜晚，余乔就连做梦都能看到满天星光，而她和赵云开在满天星光下对视，两个人看着彼此的眼睛，对视了很久很久。

有时候，眼神的交流，远胜过千言万语。

梦境太美，美得她都不愿意醒来。

一早醒来，她拉开窗帘，阳光照进来，透过落地窗还能眺望维多利亚港的风情。站在窗前，想起昨晚发生的一切，她的心里就像揣着一罐蜜糖，还没打开，就甜得快融化了。

昨晚从星光大道回到酒店，她打算去洗个热水澡再睡觉。

解项链时，她发现项链和头发扯在一起，解了半天都没解开，于是只好发短信向赵云开求救："你现在方便来我的房间一下吗？"

"好的。"

她刚收到他的短信，不一会儿就听见轻敲房门的声音。

她走过去打开房门："不好意思，这么晚还打扰你。"

"这么说太见外了，我是你男朋友，不管多晚打扰我，我都乐意。"

他进来，关上房门，她说："那我就不见外了，麻烦我的男朋友帮我解下项链吧。"

她背对他，把披肩长发拨到胸前。

他为她解项链时，由于靠得太近，鼻息喷在她的耳边。不经意间，他修长的手指触碰到她脖颈的肌肤，痒痒的感觉透过脖颈滑过心尖。

透过化妆台的镜子，她发现他站在身后解项链这个动作特别温柔，也特别……暧昧。房间的灯光柔和晕黄，本就显得暧昧，尤其梳妆台刚好对着大床。孤男寡女站在床前总让人浮想联翩。

其实，赵云开很快就能解开项链的锁，只是他有些贪恋和她靠得这么近的时刻，于是他故意放慢速度，花了两分钟才解开项链的锁，看着她似白天鹅般光洁高贵的脖子，他把解开的项链递给她，说："好了。"

"谢谢。"她说。

"还有什么忙，需要我帮你吗？"

"不用了，时间不早了，你回房间睡吧。"

"你确定？"

"嗯。"

"不需要帮你拉裙子拉链吗？"他看一眼她红色连衣裙背后的拉链。

她面红耳赤，脱下一只鞋子，作势要扔他："再不走信不信我砸你？"

"不信，因为你舍不得。"他扬起嘴角。

"就知道贫嘴。"

"还知道亲嘴。"说话间，他已低头，轻轻地在她唇上落下一个吻。

"……"手里的鞋子还举在空中，余乔的心已经被这个猝不及防的吻融化了。

"晚安。"他边说边伸手摸了下她的头发。

"晚安。"她觉得空气中弥漫着暧昧的气息，催促他，"快走吧！我想睡了。"

"好吧，我还以为你想睡我呢！"

"赶紧滚吧！"她一把将他推到门口。

他笑了下，原来调戏她、看她奓毛是这么有趣的一件事。

此刻，早晨明媚的阳光洒进房间，余乔坐在床边，拿起床头柜上的手机，发现有一条未读信息，打开一看，是赵云开发来的："早安，我的女王。"

余乔笑了笑，敲过去一行字：“为什么总是叫我女王？”

别的女生一谈恋爱，都会被宠得像小孩，男朋友会说“我的女孩”，怎么她就成了女王？

“你上学是班长，又自称‘乔爷’，和我谈恋爱当然要延续你的霸主地位。”

余乔狂笑。霸主地位，她怎么有种占山为王的感觉？那座山是一座叫赵云开的山吗？

“你刚才的话我截图留存了，以后要乖乖听我的话，唯我独尊哦！”

“遵命，我的女王陛下。”

“你起床了吗？”

“还躺床上呢！女王要来巡视吗？”

“滚！”

“得令！我正在床单上滚来滚去。”

“不聊了，我得赶紧洗漱化妆去。”

“我也起床了，你忙完吱一声，一起去吃早饭。”

“嗯，待会儿见。”

余乔忙完女孩子出门前的那一整套流程，已经是四十分钟后了。

她叫上赵云开，两个人一起去酒店一楼的自助餐厅吃饭。

他们各自取完早餐，在靠窗的餐桌前坐下。

“你今天的穿着很……”赵云开看着余乔说。

“很怎样？”余乔看看自己。他们今天要去海洋公园嘛，天蓝色牛仔裤搭白色针织衫，清爽简约，挺合适啊！

“很像学生。”很像学生时代我喜欢的那个女生。这么多年过去了，她的样子从未改变。

“像大学生还是高中生？”她微抬下巴问他。

“高中生。”他毫不犹豫。

她笑得很开心：“以前怎么没发现你这么会说话？”

“以前你都不关注人家！”赵云开做了个委屈的动作。

“受不了了！看我起了一身鸡皮疙瘩。”她一脸嫌弃地说。

“鸡皮疙瘩在哪儿呢？我帮你抚平。”

“臭不要脸的！”余乔睨他一眼。

“那我把脸埋早餐里好了。”赵云开拿起筷子准备开吃。

“等一下！”余乔打断他。

“怎么了？”

“你没觉得你的早餐造型很别致吗？”余乔看着他面前的盘子，捂着嘴笑。

不过就是两个荷包蛋加一根油条而已。只是，这造型确实……很污！

“没想到你懂的还挺多！”赵云开笑了。

“都是被大柠带坏的。”刚才还挺豪放的，现在她有些不好意思了。

“你们女生之间还讨论这些吗？”赵云开很讶异。

“呃……没有说过那么细啦！其实有些言情小说里写过……不说了！”余乔的脸都红了。

“不说也没关系，一起吃早餐吧。”她主动提起“那个”话题，却又害羞得无以复加的表情，看在赵云开眼里，只觉得有一种无与伦比的可爱。

平常他们各自上班，都是下班后一起吃晚餐，几乎没有在一起吃过早餐。

两个人面对面在早晨的阳光下吃早餐，会让人内心油然生出一种对未来生活的向往。

对忙碌的都市人来说，男女朋友约会无非是晚上一起吃顿饭。如果把一起吃饭等同于约会，那么他和余乔从读大学一起在食堂吃饭，就开始约会了。

对赵云开而言，“和你一起吃饭”就是“我喜欢你啊”的代名词，难怪有人说“爱就是在一起，吃好多好多顿饭”。

一边想着过往，一边看着面前的余乔依然清纯的模样，赵云开说：“突然，就想结婚了。”

“啊？太早了吧！”余乔惊讶得嘴里的食物差点掉出来，这求婚来得如此迅速吗？

“我都等你七年了，也不算早。”赵云开很淡定。

“可是，对我来说，才恋爱了几个月啊！”

“没关系，如果你不愿意，我继续等。”

“不都说男人只喜欢谈恋爱不喜欢结婚吗？毕竟恋爱更自由。你怎么就那么想不开呢？”余乔不解道。

“错！我比别人想得开。从经济角度而言，如果我们结婚了，就可以住在一起，可以省房租、省水电，出来旅行也可以省住宿费。从健康角度而言，如果我们结婚了，我每天醒来就能看到你，我会很开心，一开心身体就很好。”

“……”好吧，他说得这么有理，她竟无力反驳。

“你知道最动听的一句情话吗？”他问。

“我喜欢你？”

他摇头。

“我想和你在一起？”

他依然摇头。

“我想和你住在一起？”

他笑：“接近答案了。最动听的情话不是‘我想你’，也不是‘我想睡你’，而是‘我想睡醒后有你’。这就是我想象中的婚后生活。”

“现在谈结婚，我觉得还是太早了。我父母都不知道呢！”余乔皱眉。她老爸是“女儿奴”，舍得这么早就把女儿嫁出去吗？

“过年带我回家？”赵云开提议。

余乔直摇头：“不行不行。我还没做好带你见家长的准备。”

“那好吧。”他尊重她的选择，内心却还是有点淡淡的失落。

如果余生注定和你一起度过，为什么不早一点开始呢？

虽然关于结婚的话题两个人并未达成共识，但并不影响他俩拥有愉快的一天。

到达海洋公园，在入口处两个人各拿了一张地图。研究了一番后，他们决定趁上午精力充沛时先去玩娱乐项目，下午再去看观赏性的海洋剧场和海底世界。

游乐设施都在山上的高峰乐园，他们乘坐缆车前往。

站在地面仰头看空中来回穿梭的缆车，看起来小小的，就好似一只只空中蜗牛。而当余乔和赵云开并肩坐在缆车里，随着缆车向山上滑行时，南朗山的风景一览无余。

依偎着恋人，看着依山傍海的风景，心情愉悦得好似要飞起来。

只是缆车滑行的时间太短，很快就到了高峰乐园站。

余乔素来喜欢玩过山车，几乎是去游乐园的必玩项目。于是两个人决定先去越矿飞车，节假日的缺点就是游客太多，他们在那里排队等候。

排队的时候总是无聊，赵云开提议玩成语接龙的游戏。余乔想，反正闲着也是闲着，就一口应允下来。

赵云开先说："一见钟情。"

余乔很快接上："情有独钟。"

说完，两个人看着对方笑了，仿佛不是在玩成语接龙，而是在玩情话告白。

赵云开继续说："忠心耿耿。"

余乔脱口而出："耿耿于怀。"

"怀才不遇。"以前他真是怀"撩妹"才能而不遇，恋爱后终于有了用武之地。

"遇人不淑。"余乔瞥他一眼，说的就是他，昨晚在她房间里那么撩她，可不是遇人不淑吗？

“淑女本色。”他干脆一语双关。

她虽心下疑惑，这是成语吗？但也很快接上：“色即是空。”

“空即是色。”

“哈哈！难道要围绕‘色’无限循环吗？”余乔笑了。

“没事，你继续‘色’。”

“你才继续‘色’！”

“那我来，色艺双全，说的就是你这样的人。”他看着她说，眼中含情脉脉。

“呃……”玩个成语接龙也不忘撩她，真是没谁了。

“全……全……全……全聚德。”余乔忽然接不上来了。

“哈哈！敢情你还念叨着大柠送你的全聚德烤鸭呢！”

“谁让你刚才扰乱军心？”

“那我受罚，我来帮你。全心全意。”

“意气相投。”

“投其所好。”

“好事多磨。”

“磨……磨……磨……”余乔一时又想不起来了，“摩天轮。”

“别这么着急嘛！磨刀不误砍柴工。待会儿我带你坐摩天轮。”

他很巧妙地帮她圆了这个成语，只是，“工”开头的成语好难！有了！“功”谐音“工”啊！

“功成名就。”

“就地正法。”赵云开说着，低头亲了一下她的额头。

“不玩了！你老是扰乱军心，这叫作弊！”余乔羞红了脸。

“那你也来扰乱我方军心啊！你可以亲回来。”他笑道。

想起她上次想要亲他，他站着不动，她根本就亲不到他的画面，她又窘迫了。没穿高跟鞋，他如果不低头，她想要亲到他太难了！

不过，她也不习惯大庭广众之下秀恩爱，亲不亲得到都无所谓了。

“幼稚！”余乔明明是斥责，听在赵云开耳中却有几许宠溺的味道。

余乔以前看一些青春爱情电影，发现男生经常对喜欢的女生恶作剧引起她的注意，当时她还觉得好浪漫、好唯美，怎么到自己身上，觉得男生这么做，有那么一点幼稚呢？只是幼稚得她还蛮喜欢的。

为什么“情人眼里出西施”？因为你看那个人的时候会自带滤镜效果，滤镜的名字叫喜欢。

赵云开说：“你说我扰乱军心，要不我们从‘心’开始？”

“好啊，这个简单。心甘情愿。”

“愿赌服输。”

输……输……输……有了！

“树上的鸟儿成双对，绿水青山带笑颜。”余乔唱起了她拿手的黄梅戏《天仙配》，还是一人分饰两角。

赵云开乐了：“玩成语接龙怎么还唱起歌来了呢？”

“调节下玩游戏时紧张的气氛。”余乔边说边笑。

这时，余乔发现排队的人群中有人正看向他们。

余乔被看得不好意思，贴近赵云开说：“别人会不会心想，这两个人大概是神经病吧？”

“是中了爱情病毒的神经病。”赵云开一本正经地说。

“我们会不会太无聊了？”余乔还是被看得有些不自在。

“怎么会？只要和你在一起，无论做什么事都很有意义。”

是啊，和喜欢的人在一起，哪怕做无聊的事，也会感到很开心。

排了这么久的队，终于轮到他们了。这里的过山车两个人坐一排，他们俩刚好可以坐在一起。

过山车启动前，她还举起手机和他拍了张合影：“这还是第一次和你一起坐过山车吧？”

“好像是！以前你是不是还和别人一起坐过过山车？”赵云开的口吻里透着淡淡的醋意。

“以前和我妈一起坐过，我妈坐完吓得半死，之后读大学，敢和我一起坐过山车的只有大帮了，大柠、诗诗姐都胆子小。”

工作人员提醒大家坐稳，同时来检查安全措施有没有做好。随后，过山车就开始运转起来。

过山车一会儿上坡，一会儿拐弯，一会儿转圈，一会儿下坡，有时速度快得像飞起来。余乔只觉得刺激，一路尖叫连连。

过山车停下来时，他拉起她的手，牵她下来，问她：“还好吧？”

“还好，就是头有点晕。”她的手放在他的手心里时，莫名觉得安心。

“要不我们去玩点温和的项目？”他提议。

“不要！生活够温和了，玩游戏可以玩点刺激的。”

“你真的跟别的女孩子不一样呢！”赵云开感叹。

“胆子够大？”

“有自知之明。”

“以前在大学宿舍看恐怖片，看到恐怖的地方，诗诗姐和大柠都会闭上眼睛捂住耳朵，就我还看得津津有味。半夜起来上厕所她们都害怕，还要拉我去陪她们。”

“女侠！请受我一拜！”赵云开对她作揖道。

“咦，不是之前都叫我女王吗？怎么成女侠了？”

“女王、女侠、女孩，你可以自由切换，在我面前，你想做谁都可以。”

“我发现做女朋友和做好哥们儿的最大不同了。”余乔若有所思。

“有什么不同？”

“做好哥们儿只有一种体验，做女朋友有多种体验。”

“那是！现在有没有后悔没早点做我女朋友？”

“才没有！”虽然做女朋友的感觉不错，但当他好朋友的感觉也不错。何况，感情这种事总是机缘巧合，水到渠成。时机未到，强求不来的。

说到水到渠成，他们走着走着，来到了“急流天地”的娱乐区。

男孩子都喜欢玩水，赵云开说：“去玩玩这个？大概类似‘急流勇进'。"

"玩这个水上项目，会被淋湿吧？要不要先玩别的项目，最后再玩这个？"余乔提议。

"没事儿的，一般玩水上项目的地方都有卖雨衣的，穿上雨衣啥事都没有。"

"急流天地"里类似"急流勇进"的项目叫"滑浪飞船"，这里是有卖雨衣的，只不过雨衣是一次性的那种，防水性能不够好。

而且，当他们坐的船缓慢爬上坡时，余乔放松了警惕。结果，在船急速向下滑时，余乔都没来得及捂住雨衣帽子，面前的巨浪一下子迎面扑过来，水冲着头和脸淋了个遍，她有种瞬间被淋成落汤鸡的感觉。

下船时，余乔用手抹了一把脸上的水："这回真是透心凉，心飞扬。"

他看着余乔湿了大半的头发说："刚才你怎么没把帽子抓牢啊，我还提醒过你要戴好帽子。"

"本来戴着帽子的，一阵浪扑过来，帽子飞了，水浇了一脸。"余乔边说边把雨衣脱下来。

"衣服没湿吧？要不要回酒店换衣服？"赵云开还是担心她会因此感冒。

"不用那么麻烦，衣服还好，只湿了一点。我就说最后玩这个项目吧，你还不信，看你都把我弄湿了！"

"没事，我会对你负责的。"他说。

"你真讨厌！"她在他的肩头捶了一拳。

"你干吗打我？"

"你自己知道。"

"我把你弄湿了我当然要负责啊！有什么问题吗？"

余乔真恨不能找个大大的棉花糖，一把塞他嘴里。人来人往的，他就算要调戏她也得把握分寸啊！

她只是头发湿了而已，他这么说，太容易让别人想入非非了！

“来，我现在就为你负责！”赵云开把余乔拉到一台大机器面前，机器上写着三个字——干身机。

二十元一次，一次三分钟。

“你就是这样对我负责的啊……”余乔这下觉得刚才乌龙了，大概是她想太多了。

“你以为呢？”赵云开当然知道她在想什么，他刚刚故意一语双关，此时却不动声色。

“没什么，没什么……”余乔慌忙掩饰。

赵云开塞了二十元钱到投币扣，干身机开始运行，余乔走进去，赵云开也走进去。

这台干身机就像个巨大的吹风机，风吹在身上还挺暖和的。

“看来这是商家赚钱的小心机，先卖一次性的雨衣，效果不太好，然后衣服湿了，再来个干身机。简直是一条龙服务嘛！”赵云开感慨。

余乔感觉她和赵云开一起站在这台机器里，就好像两个人在一起……一起洗澡。虽然两个人都衣冠楚楚。

于是，她说：“你也蛮有小心机的。”

“怎么说？”

“你选择先玩这个游戏啊！”

“冤枉啊！不是刚好走到这里吗？当然，和你一起湿身，是我的荣幸。”

“……”还能好好聊天吗？

“你是不是提前做了攻略，知道这里有干身机，才玩得有恃无恐？”余乔看他没怎么被淋，心里有些不平衡。

“我哪有做攻略？我要是提前做了攻略，肯定让你穿白色连衣裙啊！这样一来，这里的风一吹，你的裙摆飞扬起来，简直是玛莉莲·梦露重现！”

“……”还说没有小心机！

“你觉不觉得这台机器像一台时空穿梭机？”赵云开说。

“站在里面是有这种感觉，只是没法一按按钮，就回到我们想要的时刻。”

“现在，此时此刻，就是最重要的时刻。如果可以，我希望时间能多停一会儿。”他拉起她的手看着她说。

余乔被他看得心神一恍惚，怎么以前都没觉得他的眼睛这么有神采，尤其是注视着她的时候。

“别动不动就这么看着我。”她对他说。

“怎么，还害羞啊？”

这句话一下子将余乔的记忆拉回到他们一起去美术馆看设计展的那个周日。

他们在地铁旁的糕点店，他就是突然这样深情地看着她，看得她心里一颤。

她问他：“你怎么这样看我？”

他说：“怎么，你还害羞啊？”

结果那天晚上，她就做了和他接吻的梦。从此以后，夜长梦多，所有的梦都和他相关。她和他的关系也发生了微妙的变化。

喜欢一个人，哪怕不说一句话，眼睛也会告诉你答案。她相信，那个时候，赵云开已然是喜欢她的。

而从他的目光望向她，望进她心里的那一刻，她也开始喜欢他了。

谁说时光不能倒流呢？在这台干身机里，她居然回想起了自己对他动心的那一瞬。

那一瞬，就好像花蕾含苞欲放，就好像春天的小草冒出大地，就好像蝴蝶的翅膀掠过湖面，美丽得很含蓄，一切却刚刚好。

第十八章

深吻后握手言和

在海洋公园玩了一天，两个人吃完晚餐回到酒店已经是晚上九点。

余乔买了一些旅游纪念品，打算送给相好的同事和朋友。赵云开帮她把买的东西拎到她的房间里，在桌上放下："这才刚玩了一天，就买这么多东西。"

余乔打开购物袋，欣喜地看着自己的战利品，拿出一枚蓝色海豚钥匙扣："这是给大柠的，大柠天生爱浪漫。"她又拿出一个水母万花筒，"这是给陆露的，陆露童心未泯。"最后，她拿出一个企鹅毛绒玩具，"这是送给珠珠的，她一定很喜欢。"

她把买的伴手礼都介绍了一遍，每个礼物都是投所送之人的喜好。

等她说完，赵云开说："礼物很好，但是你忘记一个人了。"

"忘记谁了？"余乔疑惑道。

"远在天边，近在眼前。"

余乔嘁了一声："你都和我一起玩儿了，还要什么礼物啊？"

"不行！我就要！"赵云开的口气像个要糖果的孩子似的。

余乔一边笑，一边走到窗前，把窗帘拉上，撩人的夜色瞬间被挡在厚重的窗帘后面。

她站在窗帘前面，伸手招呼他："你过来！"

她这么主动邀请他，眼中的笑意和说话的口吻又满是暧昧，反倒让赵云开有些不习惯了。

"啊？你不会现在就要吧？"他说。

余乔只笑不答："你过来就知道了。"

"你想干吗？"他低声问，心里隐约掠过一丝紧张和期待。

"你在担心什么？放心，我不会对你怎样的。"她暗想，他还真是个不太懂得主动的人。

"我是担心，万一我会把你怎样呢？"他说。

这是她之前对他说过的话。

她低低地笑起来，然后说："你可以试试看。"

他终于走近她，发现她今天虽然一身学生装，表情却分外妩媚，也不知是不是因为室内昏黄灯光的作用。

他的目光定定地注视着她，直勾勾的。她感觉那目光似一潭深渊，快要把她吞噬了。

两个人四目相对了好久，一言不发，就那样沉默地望着对方，望着望着，忽然空中仿佛燃起炽烈的火焰。

瀑布似的长发，星星般的眼睛，玫瑰似的唇，她的容颜那般动人，他忍不住想要触碰她的脸颊，抬起手却堪堪停在她的脸庞附近。

"可以碰的。"她说。

得到她的鼓励，他抚上她的脸，声音低沉道："我忍你很久了！"然后轻轻捏了她的脸。

"你这是报复？"她说。

"嗯，报复你让我等了七年。"说着，他的吻就覆了上来，似一汪大海，要把她整个人都淹没了。

余乔的背抵靠着窗帘，双手像无尾熊一样环着他的脖子，他的身体和她贴得很近，他深深地吻着她。

这个吻持续了很久。

他的唇离开她的唇，又在她的耳畔、颈侧留下温热的呼吸。

她被这个吻弄得有些意乱情迷，感觉心跳和呼吸都紊乱了。

本来她叫他过来，是想实验颇有创意的"窗帘咚"，原先她还拥有主动权，结果现在他完全占据了主动地位。

他的唇此刻在她的肩膀处流连，一阵酥麻的感觉漫上心尖，她忍不住低吟一声：“啊……”

她一点都没意识到，这个声音在赵云开听来是多么诱人，他的心完全酥了，不禁在她的肩膀上轻轻咬了一下。

余乔被这一咬，意识有点恢复，忽然想：对了……他怎么能亲到她的肩膀？他不会开始脱她的衣服了吧，她简直不敢睁开眼睛看。

其实，她今天穿的是一字肩针织衫，本来就露出锁骨和肩膀。

然后，他的唇又回到她的唇边，继续和她缠绵。

余乔后来回想起这个吻只能用四个字来形容——活色生香。

而这个活色生香的吻差点让赵云开把持不住。

热吻之后，他们拥抱着彼此，感受着彼此的心跳，在窗前站了一会儿。

最终还是赵云开打破了沉默：“不早了，我得回房间了。”

“再抱会儿。”余乔有些恋恋不舍。

“不能再抱了，再抱要出事。”

“能出什么事啊？”余乔笑。

赵云开沉默了几秒，然后说：“我有反应了。”

“什么反应？”余乔一脸懵懂地望着他。

他有些害羞：“那里有反应了。”

“哪里？”余乔还是一脸懵懂。

他英勇就义般，把她的手放到他那里：“这里……”

她立即红了脸颊，觉得这样的姿势实在是太……太销魂了。

赵云开觉得自己必须快点离开这“是非之地”，否则今晚他就要提前娶他心爱的姑娘。而他骨子里终究还是传统的，希望在洞房花烛夜再拥有她。

毕竟，他等了她那么久，不介意再等一等。

“我得走了。”

“哦，好。”余乔赶紧像触到烫手山芋一般将手缩了回来，表情也有些尴尬。

赵云开走到门口，转回头，看了余乔一眼，说：“你送我的礼物，我很满意。”

“废话，我都把我送你了，你还能不满意？”

“看来，刚才某人的柔情似水，是我的幻觉。”

“你不是着急走的吗？别啰唆了，回你房间里赶紧洗澡……”

“洗完了，你过来检查有没有洗干净？”他朝她暧昧地笑。

“你找打啊？我是让你赶紧洗澡睡。”余乔冲到门口，踮起脚，对准他的肩就是一拳。

“你这是家暴啊！”赵云开揉揉肩膀。

“爱我，你怕了吗？”余乔忽然想起一句流行语，脱口而出道。

“不怕不怕。这世上，除了怕你不爱我，其他我都不怕。”说完，他轻轻在她额头落下一个吻，“晚安，我的女王陛下。”

回到房间以后，赵云开仍然因为方才窗前发生的那一幕激动不已，甚至冲了个凉水澡，都难以浇灭心头的那股炙热。

正所谓“老房子着了火，扑都扑不灭”，在赵云开有限人生的二十四年里，从来都没有和任何一个女生靠得那么近，近到彼此的呼吸相融，近到他能感觉她的身体抵着他的灼热，近到他恨不能将她揉进自己身体里……

虽然他不是第一次和余乔接吻，这次却是最激烈的一次，激烈到他刚才差点失控。抱着她时，有那么一瞬间，他脑中还冒出过一丝邪念——他好想将她扑倒在身后的大床上，好想立刻就占有她，在她身上留下他的痕迹。

当然，最终还是理智战胜了一切，他选择回到自己的房间，选择一个人面对这漫漫长夜。

只是，方才的那一幕像电影镜头一样回放。

在昏黄灯光的笼罩下，他们立在深色窗帘前，激烈缠绵地亲吻，一次又一次。吻后，他的内心久久不能平静。甚至，他心仪的女孩方才还触碰了他，现在回想起来，都足以让他兴奋得不能自已，身体还是会激动。

他一兴奋一激动，情绪起伏太大，就难以入眠。

睡不着就上网，闲逛中赵云开发现一个有趣的帖子，有人问："深吻之后有反应了怎么办？"

下面的回答不尽相同——

"接着吻，吻到对方也有反应。"

"要看对方的反应，不然你有反应了也只能凉拌。"

"当然是要扑倒啊！不然呢，难道要握手言和吗？"

"……"赵云开笑了，他刚才算是和余乔握手言和了吧？

据说爱情有种把冬天变成春天的魔力，赵云开这回是真切地感受到了。

第十九章

云余共赴"巫山云雨"

南朗山山清水秀，风景宜人，余乔穿一身白色雪纺连衣裙光脚踩在细软的沙滩上。在海风的吹拂下，她的长发和裙摆向后飘扬，飘出好看的曲线，看起来很仙。

离她不远处，赵云开举着相机给她拍照，咔嚓咔嚓，一张又一张有关她的画面在他的相机里定格。

连续拍了许多张后，他打开相册查看，边看边赞叹："风吹起你的头发的样子简直太美了！完全是大片的感觉好不好？"

余乔也走过来看，相机里的她白裙飘飘，长发也随风飘起，广袤的蓝天碧海在她身后，金黄色的沙滩在她脚下，她的目光注视着前方，嘴角微扬，仿若和背景融为一体。

"很不错嘛！居然把我拍出了女神的即视感。难得我居然找了个会帮我拍照的男朋友。"余乔说。

"那你要不要奖励我？"赵云开深情地凝视着她，目光里满是柔情。

"你想要什么奖励？"被他这么一注视，余乔的心有些乱了。

"我想在海边亲吻你。这样，你以后遇见大海会想起我，听见海浪声会想起我，看见海鸥也会想起我。想起我对你的爱，就像大海一样无边深沉。"

余乔忽然觉得眼前的赵云开有些陌生，陌生得像个诗人，这些话完全不像他说出来的。

她还没来得及说"好"，温热的气息覆了上来，他的吻落在她的唇上。

这个吻妥帖而绵长，就像春天海边的风，湿润缠绵。

海边沙滩附近有一丛茂密的小树林，他们在海边深吻过后，赵云开牵着余乔的手，将她带入小树林。然后两个人迎着风奔跑，奔跑了好一阵，周遭空无一人，只听见风吹拂树叶的沙沙声。

待到赵云开终于停下奔跑的步伐，余乔不明所以地问他："你想要丛林探险吗？"

他冲她暧昧地笑了笑："没错，我想要丛林探险，只不过探的险有些不同以往。"

"什么险？"不同以往？余乔疑惑了。

"你知道世界上最危险的是什么吗？"他问。

她摇头，继而指着他说："此时此刻，对我而言，最危险的是你。"因为她不知道他到底想做什么。

他笑了："最危险的不是我，是爱情。"

"嗯？"余乔愈加疑惑了。

仿佛知道她的心声，他解释道："人人皆知爱情甜蜜，但不知它暗藏危机。得不到它时会寂寞，得到它后又患得患失，害怕失去它。爱情通常是喜欢的那个人的代名词，担心失去爱情就是担心失去那个人，而我现在，就担心失去你。"

余乔能理解这种担心失去的心情，就像她从前喜欢着苏陌年时，也担心他会喜欢别的女孩，担心失去他。

"我想抱抱你。"赵云开说。

"刚刚不是才亲过……"余乔红着脸说，心想，今天赵云开一定吃错药了，怎么变成了有些黏人的小妖精？

"亲和抱是不一样的感觉。"说着，他就张开双臂，将她紧紧拥在怀中。

曾经，未经允许，擅自喜欢你；现在，未经允许，擅自拥抱你。

拥抱让两个人的身体紧紧贴在一起，能感受彼此怦怦乱跳的心。在心的召唤下，他们情不自禁再度亲吻。

余乔感觉他的身体某处开始变得灼热，顶着她不太舒服。

“你……你怎么了？”她懵懂地问。

“我……我那里有反应了。”他面红耳赤地答。

然后，他居然……居然径自拉起她的手，让她触碰他。

她的脸唰地就红透了。

“想看吗？”他问她。

“啊……”她慌乱不已，心仿佛跳到嗓子眼。

当他把手伸到腰间，准备解皮带时，她按住他的手，羞怯地说：“不要！”

“也好，反正早晚都是你的。”

她感觉脸烫得快要冒烟了，就算她是他的女朋友，也不带这样肆无忌惮地调戏她啊！

好在之后他再也没有任何逾矩的行为。两个人在树林间找了一块草地，并排躺下来，闭上眼，耳畔有海浪声，鼻端有青草香，身旁有喜欢的人。

这世上最美好的事莫过于此了吧？余乔扬起心满意足的微笑。

风不寒、不热，时光正好，适合入眠，他们就这样躺在草地上睡着了。

醒来，余乔伸手去碰赵云开：“我们这都睡多久了，该回去了。”

可是，她在旁边摸索了半天，身边哪有赵云开？

她一个激灵坐起来，睁开眼，这才发现，她根本不在树林的草地上，而是在酒店房间的床上！

只是，梦里的那些情景为何如此真切？他们亲吻拥抱的画面仍历历在目，甚至她摸他的……画面都在眼前浮现，如果梦中她没有阻拦他解皮带，他们会不会在草地上共赴“巫山云雨”？那画面简直不敢想象。

还好那只是梦而已，余乔刚松口气，又想起昨晚她好像真的摸他了……现在回想起来，余乔仍然觉得好羞耻！忍不住捂脸钻进被窝。

她刚躺下来，昨晚发生的一切和梦中的一切一起在眼前浮现，一时间竟然分不清什么是梦，什么是现实。

或许，梦和现实的界限本就没那么清晰明了？只是人们习惯性地把眼睛看到的叫作现实，把想到的称为梦，或许只是概念的区别而已。

都说日有所思，夜有所梦，莫非夜晚，睡在隔壁的他悄悄闯入她的梦中？余乔想着想着，居然笑了起来。因为不管是梦还是现实，都那么甜蜜美好！

再次见到赵云开时，余乔有些害羞，都不敢看他的眼睛，毕竟她刚从一个带着春天花草香的梦中醒来，而且昨夜的吻也太过缠绵。

赵云开却像什么都没发生过一样，一如往常地看着她。

也不知是不是余乔的错觉，她总感觉他望向她的眼神似乎比往日更含情脉脉了。

“你今天怎么穿了件高领衣服？”他问她。

“你还有脸问？”她早上起来照镜子时发现脖子和肩上都有红色小印记，起初以为是夜里蚊子咬的，可是这红印记不像蚊子咬的那种疙瘩，何况这季节貌似没有蚊子。她忽然恍然大悟，敢情这是传说中的吻痕啊！

“和我有关？”他一脸无辜的表情。

“当然，你看看你干的好事！”她拉下衣领，给他看红印记，“肩膀上还有呢！”

他笑了，笑容里透着一抹狡黠，嘴上却依然装作很无辜：“那要我怎么办？”

“对我负责！”她傲娇地说。既然在本小姐身上留下痕迹，当然要负责！

“我还以为你嫌我好事做得不够多，要我继续在你身上‘种草莓’呢！”

“找打啊！”余乔伸手冲着他的左肩就是一拳。

他把右肩凑过来：“这里也需要按摩。”

“你等着！我回去后要继续练拳击。”余乔咬牙切齿地说。

余乔之所以选择去迪士尼乐园，是想圆一个童年梦。去一个有她熟悉的童话主角的乐园，感觉就像从梦境走到现实。

相比海洋公园，迪士尼乐园的娱乐设施就温和多了，灰姑娘旋转木马非常梦幻，余乔白天排队坐了一次，晚上旋转木马亮灯时又来坐了一次。一坐上华丽的旋转木马，就仿佛可以去全世界流浪，充分满足了她的少女心。

在迪士尼乐园，随处可见幸福的一家三口，很多小女孩都打扮成了公主的模样，美丽可爱。

有个小女孩穿着长发公主的紫色纱裙，拿着一根雪糕兀自吃着，雪糕融化时滴落在她的衣服上，女孩的妈妈看到，立即拿纸巾去擦，心疼地说：“吃的时候注意点，把衣服弄脏了就不漂亮啦！”

余乔看着这一幕，忽然心里就滋生出一个念头：将来她和赵云开的孩子会是什么模样呢？

于是，她问他：“你喜欢男孩还是女孩？”

“女孩。”他不假思索地回答。

“是不是觉得女孩很乖巧可爱？”

“我当然只喜欢女孩，不然我就不会喜欢你了。”

“……”原来他和她的脑回路完全不在同一条线上。

她解释：“你看那个穿紫色公主裙的小姑娘多可爱啊，我忽然开始幻想我将来的小孩会是怎样的。”

“我可不可以理解，你这是在向我求婚？”赵云开一本正经地说。

“……”她几乎可以确定，他刚才的回答是故意为之，故意设了个圈套，而她不经意间就跳了进去。

“怎么会？我只是在想未来可能发生的事。”她否认。她才不想这么早就结婚呢！

“未来如果想要小孩，先决条件就是结婚，不结婚哪有小孩？难不成你的结婚对象另有人选？”

“……”一句话就把余乔堵得哑口无言。

琢磨了一会儿，余乔打算绝地反击：“也有可能和别人结婚！如果你不对我好一点的话。”

“我哪儿敢对你不好啊？我们好不容易才在一起。”说完，他立即转移话题，“吃雪糕吗？哥给你买。”

“好啊！我要那个和小公主手里同款的雪糕。”

“没问题，我的大公主。”

他去买了两支雪糕，递给余乔一支，说：“刚才在买雪糕的路上，我认真想了下，我希望将来能有两个小孩，一个男孩，一个女孩，最好能是龙凤胎。”

“你想得真美啊！还龙凤胎。”她一边吃雪糕，一边说。

“因为这样，你就不用因为生宝宝受两次苦了。”

“……”她竟有些触动。

稍后一想：触动个什么鬼？一次生两个宝宝也很苦的好吗？

迪士尼乐园一到夜晚就格外浪漫梦幻，城堡的灯一旦亮起，就仿若进入了梦幻般的童话世界。

城堡前方有个广场，已经有很多人聚集在那里，等待看光影汇和烟花表演。

所谓光影汇就是在城堡上投影迪士尼经典动画片的经典片段，只是这种视觉和声效很棒，画面精美绝伦，再加上适时有烟花在城堡上方绽放，感觉更为震撼，就像在看 3D 版的露天大电影。

“真是太浪漫、太梦幻了！要不录个视频吧？”余乔对赵云开说。

赵云开举起挂在胸前的相机，举得高高的，这样可以越过面前的人群，把光影汇的画面录入其中。

也不知道他举了多久，余乔瞥一眼他的相机：“咦，画面怎么不动？”

“汗，忘记按开始键了。”

"……"

余乔本想借他的身高优势录点全面的视频，结果他白举了那么久相机都没录下内容。

她万万没想到，身为游戏高手的他居然也有如此小白的时候！

看赵云开摆弄相机打算重新录视频，余乔说："不录了，我们专心看吧，感觉待会儿就要结束了，珍惜现场时光。"

"嗯。"他把相机关掉，盖上镜头盖。

烟花燃起时，人群中有欢呼声，余乔的情绪也莫名被感染，有些激动。

此刻她的手被赵云开握着，温暖而安心，她抬头望向他，发现他也正看着她，她再度在他眼中看到了满天星光。

也不知是城堡上炫彩光影汇的幻觉，还是夜空中烟火的闪烁，她总觉得，此刻他的眼神比以往任何时刻都要明亮动人。

同样，在赵云开看来，此刻余乔的目光柔情似水，里面波光潋滟。

对相爱的人而言，一个眼神的交换已蕴满深情，一切尽在不言中。

猝不及防地，他低下头，温热的唇掠过她的额头。

只是轻轻的一个吻，甜蜜的余味已在她的心头蔓延。

赵云开的内心也盈满了幸福。

因为和她在一起的这些美好时刻，他觉得，所有的等待都是值得的。

旅行简而言之就是"逛吃逛吃"，看完表演，余乔感觉饿了，提议："我们明天就要离开香港了，今晚一起去吃个夜宵吧。"

"好啊！想去哪里吃？"明天就要离开了？！赵云开这才惊觉时间过得飞快，果然甜蜜快乐的时光总让人不易察觉时光的流逝。

"我们去尖沙咀吃吧，那里的特色美食不少。"

"乐意奉陪。"赵云开抬起胳臂，余乔自然而然地挽住。

两人挽着彼此的胳臂走出迪士尼乐园，就像是王子和公主走出城堡，出去流浪。

第二十章

倘若有台时光机

余乔喜欢吃虾，水晶虾饺、肠粉里倒是包有虾仁，但她吃了几日有些怀念那种要剥壳的新鲜大虾。

在尖沙咀的小吃街寻觅了一会儿，她选中一家走了进去。巧了，这家店的菜单上有脆皮大虾，橙黄橙黄的，看起来十分诱人。

余乔点完自己想吃的东西，把菜单递给赵云开："看看你想吃点什么。"

赵云开翻来翻去，皱眉道："怎么办？我最想吃的这上面都没有。"

"你还真挑剔，那什么都别吃好了。"

"我能回酒店再吃夜宵吗？"

"酒店有啥好吃的？"

"酒店有你啊！"

余乔恍悟自己方才被调戏了，一边羞红了脸，一边拿起桌上的菜单对着他的脑袋敲了一下："你都在想什么呢？"

"嘘！别打我了，毕竟家丑不可外扬。"他其实蛮喜欢看她因他急红脸的模样。

余乔白他一眼："你才是家丑！"说完意识到哪里不对劲，补充道，"还有，谁跟你是一家人？"

"年轻人，眼光要放长远点，未来总归是一家人的。"

"不好好说话，这顿餐你埋单。"余乔一贯有女性独立的思维，哪怕和他谈恋爱后，也坚持 AA 制的原则，这还是头一回她主动让他埋单。

“我给我……”“未来老婆”四个字到嘴边，愣是被赵云开收回去了，最终说出来的成了，“女朋友埋单应该的啊。”

他此刻非常愉悦，因为在他看来，她让他埋单意味着他们的关系更进一步。如果关系足够亲密，哪儿会计较那么多啊。

等到脆皮大虾上桌，余乔拿起筷子伸向盘子里诱人的大虾，正准备大快朵颐，孰料赵云开说：“等一下！”

“干吗？”余乔不解。然后，她眼睁睁看着筷子底下的大虾被赵云开拿走了。

“你刚才不是说不喜欢吃的吗？怎么抢我的虾？”余乔不满了。

赵云开不理她，默默地低着头，认真地剥着虾壳。

“好吧，我大人不计小人过，我吃其他的虾。”余乔将筷子伸向盘中另一只虾，结果筷子刚碰到虾，又被赵云开半路拿走了。

她正准备生气，没想到下一秒，一只剥好的虾递到她的嘴边。

不会吧？他刚刚抢走她的虾并不是抢给自己吃，而是为她剥去虾壳？

她之前本想数落他，此刻刚好张着嘴，准备说的话一句也说不出，很快，她的嘴就被那只虾填满了。

她吃着他剥好的虾，内心被突如其来的甜蜜填满了。

她的少女心扑通扑通在跳，简直幸福感爆棚。这震撼力丝毫不亚于今天在迪士尼乐园的感受啊！

他完全没注意到她如同坐过山车般从最低点上升到最高点的心理感受，还在埋头认真地剥另一只从她筷子下抢走的虾。

他有一双漂亮的手，手指修长，骨节分明。这双手拥抱过她，温暖过她，揉过她的发，此刻，这双手正在很专注地剥虾。

余乔目不转睛地看着他，还是头一回发现：原来为女朋友剥虾的男人这么有魅力！

“怎么忽然发现你长得还挺帅的。”余乔眼里充满爱意。

“才发现啊，这是公开的秘密。”他大言不惭地说，然后将手中剥好的虾塞到她嘴里。

她心满意足地吃完虾，说：“真是奇怪啊！以前同学那么多年我都没觉得你帅过。”

“你那时候太肤浅，大概只觉得喜欢的韩国歌手帅吧。”

“歌手只是偶像，不是那种喜欢。”她那时候心里有个喜欢的人，苏陌年。现在回想起当年在杭州发生的一切，她也不再感觉难过和遗憾了。

关于一起旅行的定义已经变成她和赵云开的香港之行，不再是她和苏陌年的杭州时光。

正在发生的旅行故事始终更鲜活，未来将变成更宝贵的回忆，覆盖在原有的回忆之上。

一直到酒店门口，余乔还在感叹：“今晚的夜宵太好吃了！尤其是脆皮大虾，简直是人间美味！”

“也不看看是谁给你剥的虾！”赵云开撇撇嘴。

“明明是厨师的功劳好吗？”女人总爱口是心非，明明心里是感谢的，嘴上却不承认。

上了电梯，看着电梯门缓缓闭合，赵云开说：“明天就要离开这儿了，忽然有些舍不得。”

“我也是。”她说。

“真希望有台时光穿梭机，回到我们刚来香港的那天下午。”他说。

“我也是。”她说。

他嘴角不自觉上扬，因为他们竟然如此心照不宣。

“待会儿你回房间做什么？”他问。

“收拾行李。”她说。

“要不要我过去帮你收拾？”他小心翼翼地问。

“好啊！”

没想到她毫不犹豫地就答应了，他的心欢快地跳跃起来。

其实他醉翁之意不在酒，名为收拾行李，实际是想要和她独处的时间久一些。

一进房间，余乔开了灯，从床头柜底下拿了两双简易拖鞋过来，丢了一双给赵云开，然后坐在床头换鞋。

“看这样子，你是想要留下我。”赵云开边换鞋边说。

“想得美！我是考虑你走了一天路也累了，穿拖鞋舒服点。”

“嗯，我没看错人，有当贤妻良母的潜质。”

余乔换好鞋，弯腰打开行李箱的密码锁：“快来帮我整理行李吧。轮到我来考察你有没有贤惠的品质。”

“读大学时，我的床铺可是宿舍的明星床铺，最干净整洁了。”

“说得好听不如实际行动。赵云开同学，开始干活吧！”余乔做了个邀请的手势。

“好的，余乔同学。”赵云开蹲下身，着手帮她收拾行李箱。

“我说就出来几天，你居然带了这么多东西！”赵云开看着横七竖八摆满了一行李箱的东西，惊叹道。

“女人出趟远门当然要做好充分准备，漂亮衣服得带吧？配套的鞋子和包包得带吧？化妆品得带吧？打扮得美美的，才不会辜负大好美景。”余乔振振有词。

“你带这些可以理解，但是怎么还带了吹风机？酒店里不是有吗？”

“我的吹风机更好用啊！”

“好吧。敢情你这不是在旅行，而是在搬家。”

赵云开为了更合理地利用行李箱的空间，开始把她的物品重新归纳整理。

余乔则将散落在桌上、床头柜的零碎物品收过来，一一递给他。

没想到赵云开还挺会收拾东西的，不一会儿，就把所有物品都收纳进行李箱，甚至因为规整有序，行李箱还留出了一点空间。

“看看还有什么东西落下没有？”赵云开问余乔。

“就差卫生间的洗漱用品了，那个我明天早上用完再收拾。”

“看看衣柜里呢？”赵云开叮嘱。

余乔打开衣柜瞧了瞧，里面挂着昨晚洗完的内裤和胸衣，用手摸了摸，已经干了，她收下来，朝行李箱扔过去：“还好你提醒我了，不然这点小物件就要落下了。”

余乔本想把衣服扔到行李箱空出的那一块，结果却不偏不倚地砸中了赵云开——内裤掉落在他的手心里，胸衣砸中他的额头，然后顺着他的眼睛、鼻子、嘴唇缓缓地滑下来，滑到行李箱里。

赵云开只觉得鼻端有股清香飘过，也不知是香皂的味道还是余乔的味道。瞬间，他的心跳加速，脸也红了，从脸颊一直红到耳朵根。

余乔本来略觉得尴尬，吃惊地捂着嘴，心呼“完蛋了”。但是，当她看到赵云开面红耳赤、一脸懵懂的样子，忍不住想笑。

“我不是故意的！”她憋住笑，飞快地跑过去将他手上的内裤拿走，放到床上，假装什么都没发生，煞有介事地说：“我教你叠内裤的方法，这样叠放抽屉里不怎么占空间。”

赵云开的视线飘过来，看她坐在床边认真叠内裤。

“我有个问题想问你……”余乔欲言又止。

“什么问题？”

“就是……就是你们男生每天会换洗内裤吗？”

“……”赵云开委实没想到她居然会问这个问题。

见赵云开一脸窘迫的样子，余乔说：“肯定不换洗对不对？怪不得叫‘臭男生’。”

“我不臭，不信你来闻闻？”赵云开一本正经地说。

“拒绝！”余乔毫不留情地说。

“我真的不臭，我不但每天换洗内裤，我还每天都洗澡。”赵云开强调。

余乔再也憋不住了，狂笑起来，他为自己辩解的样子要不要这么可爱啊？

“你刚才不回答，我还以为你一周换一次内裤呢！”

“你问的是‘你们男生’，而我只能代表我个人，不能为男生这个群体发言。毕竟大学宿舍里确实有人一周才换一次内裤。”

“我们换个话题吧，讨论了半天‘内裤’，会不会太低俗了？”

“也不知道是谁先提起这个话题的。”

“……”怪她咯？

“蹲了这么久，感觉腿都麻了。你拉我站起来。”赵云开说。

“委屈你的大长腿了。”余乔伸手拉他。

孰料，他刚站起来，她就被他顺势拥入怀中。

“不行！你作弊！”余乔表示抗拒。

“刚才拿内衣砸我的人才算作弊吧？我都来不及提防。”他狡辩。

“内衣那么软，又砸不伤你。”

“我觉得是史上最强武器，因为我的心被砸中了。”

“……”一听这话，余乔的心瞬间酥了，不再挣扎，只是小声提醒他，“窗帘还没拉。”

他松开她，她以为他是去拉窗帘，没想到他径直把灯关了。

“你干吗？”灯一灭，余乔有些不安，心想：清晨那个梦莫非是预兆？

“屋子里黑了，外面就看不到了。”他拉着她的手走到落地窗前，“还能看到窗外的风景。”

窗外高楼林立，灯火阑珊，维多利亚港最美的便是夜景。

他从她背后拥住她，下巴抵着她的肩，鼻尖在她耳边厮磨，温热的鼻息喷在她的肌肤上，她的心不由得微微颤抖。

“你好香！”他低声说。

“我还没洗澡。”

“不洗澡也香。”

“我又不是香妃。”

“你是香香公主。”说着，他在她颈间贪婪地深深地嗅了一下。

余乔觉得他们完全不像是刚谈两个月恋爱的人，倒像是相爱多年的情侣。两个人亲密就仿佛是再正常不过的事情。

他忽然握住她的手，以她的食指为笔，在落地窗上写了一句话。

“你写的是什么？”她问。

“我要和你在一起。”

“我们现在就在一起啊！”

“我想和你住在一起。”

“别得寸进尺啊！”

“我哪里有‘得寸’？这才叫‘得寸’。”说着，他扳正她的身体，将她轻轻推到落地窗上，一只手按住她的肩膀，一只手撑在她的头顶，对着她的唇吻了下去。

这是昨晚“窗帘咚”的升级版“窗咚”？他还蛮浪漫，会活学活用。

他的唇舌极具攻击性，在她口中攻城略地，余乔感觉自己快招架不住了，内心腹诽：她的内衣算什么武器，他的舌头才是武器好吗？柔软又有力量。

等他停下来，余乔突发奇想道：“会不会吻着吻着，玻璃碎了，然后我摔出去？”

“当然不会。不然你试试看？”说完，他又吻了上来。

什么叫得寸进尺？这就叫得寸进尺！余乔心说。

也不知是不是老天爷听到了余乔的心声，她的电话突然响了。

“我的电话！”余乔说。

“能不接电话吗？”他的语气带着一丝恳求。

“这么晚给我打电话，肯定是急事，我还是接一下。”余乔丢下一脸扫兴的赵云开，走到桌前拿起电话——是妈妈打来的！

她做了个“嘘”的手势，示意赵云开别说话，然后边接电话，边去把灯开了。她觉得灯亮了，方便她从刚才暧昧的氛围中走出来。

“刚刚你在做什么，怎么过这么久才接电话？”余妈妈问。

“大美女妈妈，我刚刚在洗手间洗脸、敷面膜，我要听美女妈妈的话，每天做好保养。”

“今天怎么嘴巴这么甜？”余妈妈有些吃惊，余乔也不是没在她面前撒过娇，但还是从前上学缺零用钱的时候才来这一套。

“随您。您长得甜，您的女儿自然也甜。”

“啧啧！少来！你和同事的香港之旅怎么样啊？这两天连个电话都不打给我，是不是乐不思蜀了？”

“挺好的。我们去了海洋公园、迪士尼乐园，很好玩。”

“怎么去的尽是小孩子玩的地方？”

“因为我永远是您的小孩子啊！”

“在外面要学会照顾自己知道吗？”

“知道啦！”余乔在和妈妈聊天的空隙，瞥了一眼赵云开，发现他一动不动地站在窗前，表情有些局促。她刚才只是让他别出声，没让他别动啊！这傻孩子。

余乔平常和妈妈通电话至少半小时以上，但考虑到赵云开此刻的处境，她打算尽快结束这个电话：“妈，我今天逛了一天有些累了，想早点休息，明天早上还得早起退房。”

“你是和同事住一个酒店？”

“是啊！”

“是住一个房间吗？”

“没有。”

“都是女孩子，干吗不住在一起？互相有个照应，还能省房费。”

“我同事爱打呼噜，怕影响我休息，就没住一起。”陆露平白无故就躺枪了。

“你的睡姿也好不到哪里去，还嫌弃人家。”

“妈，没什么事我就挂电话啦，我去洗个澡就休息了。”

“你这孩子！这才聊多久？真是出门在外不想妈。”

“哪有？我可想念您了，您一直在我心里，但是，您的宝贝女儿也得早点休息，休息好了才有力气好好想您啊！”

“就知道耍嘴皮子。过年回家的票记得早点订上，苏瑶应该也回来，她要是回来，你就和她一起。”

“知道啦！”余乔又瞥了赵云开一眼，他也正看着她，还对她抛了个媚眼。余乔轻笑出声。

“有什么好笑的事吗？”余妈妈问。

“没什么，您这不是提起苏瑶姐，我就想起她的女儿珠珠了，特别可爱，特别好玩。”说着，余乔又看了一眼她觉得也“特别可爱，特别好玩”的赵云开，这人已经无聊到一只手抓着窗帘，在和窗帘较劲了。

“最近你大姨的脸色可好了，满面春光，苏瑶有了孩子，陌年也结婚了，儿女的终身大事定下来，算是了了她的一桩心事。我看着都有些羡慕，我也不是着急你结婚的事，毕竟你刚毕业，事业要紧。不过，总得有个结婚的备选人吧？你有没有遇到中意的对象啊？”

“您给我介绍啊？”余乔半开玩笑地说。

她的话音刚落，刺啦刺啦的声音响起，是赵云开把窗帘拉上了。

余乔着急地对他使眼色，示意他别出声。他却指指自己，示意余乔把他介绍给未来的岳母大人。

深夜，房间格外寂静，一点响声都会被放大，电话那头的余妈妈也听到了刺啦刺啦的声音，问道：“刚才什么声音？”

“我拉窗帘的声音，拉上窗帘准备睡觉呢。”

“你刚才不是说让我给你介绍对象，回头我让你苏瑶姐张罗此事。”

“跟您开玩笑的啦，我一点都不着急，您女儿还小呢！”

“小什么小？一转眼就要到三十了。”

“妈，我才二十三！四舍五入也不到三十啊！到底是不是亲妈啊？”余乔抗议。

“亲妈才为孩子的终身大事着想。”

“亲妈，先为我的睡眠大事着想吧，我困了，想睡觉。”余乔下定决心，一定要尽快结束这通电话，不然不知道赵云开还会弄出什么幺蛾子。

“好吧，那我挂电话了，你好好休息。明天回深圳后记得给我发个消息。”

“知道啦！那就这样，拜拜。晚安，亲爱的美女妈妈。”

“晚安，亲爱的乖女儿。”

一通漫长的电话总算打完了。余乔刚挂断电话，赵云开就伸了个大大的懒腰，说：“屏住呼吸做个雕塑好难啊！”

“你做雕塑根本不专业好吧？刚才拉窗帘弄出动静干什么？”余乔对他兴师问罪。

“我不弄出点动静，怕你忘了我这个男朋友的存在。你不是还让你妈给你介绍男朋友吗？”他淡淡的口气里带着一丝不满。

方才房间里那么静，话筒里余妈妈的声音又那么大，她和余乔之间的对话，他听得一清二楚。对于余乔在余妈妈那边否认他的存在，甚至还要求介绍新对象，他有些介怀。

余乔走到他身旁，仔细观察他的表情——略皱眉，神情带着不甘和懊恼。她不由得想笑，拿手指戳戳他，试探地问：“你不会是吃醋了吧？”

“吃醋？我才不会为莫须有的人吃醋。”赵云开一脸高冷的表情，“我只是想让我未来的岳母大人知道我的存在。”

“我妈刚才要是知道你在我房间里，不打断你的腿才怪！”余乔现在回想起来都后怕，从小是妈妈眼中乖宝宝的她，妈妈肯定难以想象深更半夜她和异性在酒店的房间里独处。

“我不是故意要让你妈知道我在你的房间里，我只是希望你家里人知道你有男朋友了，你的男朋友就是我。这样，他们也不会催问你有没有男朋友，更不会给你介绍男朋友了。”

“一口气说了那么多句‘男朋友’，还说你没有吃醋？”她看他说得有些着急，不禁笑了。

“好不容易从同学到哥们儿再到男朋友，我就不能让你身边的人接受我是你男朋友的身份吗？”

“哟哟！赵云开同学，你这是在宣示主权吗？”余乔把他按到一旁的沙发上坐下，“来来，坐下歇会儿。刚才你帮我收拾行李，忙活了半天，我给你去倒杯水。”她不想就“男朋友”这个话题讨论下去，担心会破坏两个人旅行的美好氛围。

结果，余乔刚转身准备去烧水沏茶，就被赵云开拉住：“应该是我给你准备茶水，你休息一会儿。”

“你还真把我当女王了啊？”

“在我身边，你必须得是女王般的待遇。”赵云开起身，把余乔按到沙发上，然后煞有介事地说，“女王陛下，您好生歇息，微臣这就去为您准备茶水。”

“小云子，速去速回哦！”余乔本想叫他“小开子”，但还是觉得“小云子”更可爱。

“小云子？你还不如叫我小椅子，这样你可以坐我身上。”

余乔的眼前一下子就浮现出她坐在他腿上的画面，她瞬间就红了脸：“你……你这人思想太不纯洁了！”

偏偏赵云开一脸无辜地说：“不知道是谁思想不纯洁，椅子难道不是用来坐的吗？”

“……”她明明能言善辩，而自从他们从哥们儿升级为男女朋友，在他面前，她往往成为他的“口下败将”。呀！怎么又想歪了？想起刚才他在窗前吻她的画面了……

难怪都说恋爱的前三个月是热恋阶段，简直热情似火，两个人每次一碰面就要燃化了。

酒店的房间备有茶具和茶叶，赵云开烧好开水，泡了一壶茶，静待片刻后，将茶倒入两只青色的小茶杯。

他烧水泡茶的片刻，余乔打开了电视，企图用电视里的声音来冲淡两个人夜晚独处的暧昧。在古希腊神话中，梦境常常是现实生活的预兆，堪称神的旨意。她担心清晨梦中未做成的事，会在现实中延续。她这个年纪，年轻气盛，不是不对男女之事好奇，只是不想进展太快。

电视里在放《金枝欲孽》，无非关于皇宫后院妃嫔们为了争宠、在后宫立足，钩心斗角的故事。余乔在工作之余爱看小说也爱看电视剧，因为能从中看到一些戏剧性的人生，也给平淡的生活添上一抹别样的色彩。

赵云开端了两杯茶走过来，放在了沙发旁的茶几上："电视正对着床，坐在床上看不是更舒服吗？"

"这不正等着你的茶吗？茶水滴到床单上可不好。"余乔答。

其实，真实的答案是：她担心她坐床上看电视，万一他像之前把她按在落地窗上一样把她按在床上就不妙了。或许一切都是那个梦在她心里作祟罢了。

余乔拿起一杯茶，放唇边吹了吹，问："烫吗？"

"我晾了一会儿才端过来，不烫了。"

余乔正渴着呢，打算一饮而尽，赵云开说："等一下。"然后他关了电视，拉着她站起来。

"干吗？"余乔疑惑地望着他。

"干杯！"他举起手中的茶杯。

余乔也举起手中的茶杯，和他的碰了一下："干杯！"

她刚把茶杯端到唇边，又被他拦住了："等一下！"

"又干吗？"

"应该这样喝。"他把手臂绕进她的臂弯，稍稍移一下位置后，两人的手臂交缠在了一起。

"这不是像喝交杯酒吗？"

"我们是喝'交杯茶'。你先喝一小口，不要喝完。"

"嗯。"余乔依言喝了一小口。

与此同时，赵云开也喝了一小口。然后，他将自己的茶杯送到余乔的唇边："我喂你。"

夜深人静，两人手臂挽着手臂，喝下杯中的茶，再加上一句温柔的"我喂你"，柔情万种间，余乔不禁心神荡漾。

余乔喝了一口他刚喝过的茶，问："接下来怎么做？"

"我们互相交换茶杯，喝完杯中茶就可以了。"

"这是我见过的最复杂的'交杯茶'。"余乔放下茶杯，莫名地觉得刚才喝茶的过程中神经有些紧绷。

"喝完'交杯茶'，你就是我的了。"赵云开放下茶杯后，得逞般笑了。

"……"难怪刚才她有些紧张，原来他耍了点小心机。喝交杯茶，还是他在宣示对她的主权。

赵云开继续说："在古代，新郎新娘进入洞房后就会喝交杯酒，并将其称之为'合卺'。刚才我以茶代酒，和你喝了交杯酒。"

听他这么一说，余乔有一种他们在洞房里的幻觉。仿佛他们穿越到古代，一拜天地，二拜高堂，夫妻对拜后，进入洞房喝下了交杯酒。

她穿着大红嫁衣嫁给他，他为她掀开红盖头的画面在她的脑海中浮现，那么真切，仿佛他们在前世就是一对夫妻。

就在余乔浮想联翩时，赵云开从口袋里掏出一个小巧的礼盒。

余乔一愣，他不会现在要向她求婚吧？

“送你的，希望你能喜欢。”他说。

她接过礼盒打开一看，不是戒指，是一条金色的项链，吊坠是一只精致可爱的小兔子。

“喜欢吗？”他问。

“喜欢。”她微笑着答。

“那我给你戴上。”

“好。”

余乔从礼盒中取出项链递给他，然后转过身，背对他。

他先是将她的长发拨到前面，然后小心翼翼地将项链围着她的脖子绕了一圈，再扣上搭扣。

“余小姐，你被我套住了，跑不掉了。”他说。

“好看吗？”她转过身问。

“好看。你戴什么项链都好看。”

“你什么时候买的？我怎么不知道？”余乔摸着小兔子吊坠说。

“你不知道的事还有呢！”说着，赵云开像变魔术似的又掏出一个礼盒，然后扑通一声就单膝下跪在余乔面前。

即使余乔刚刚已经做好他可能会求婚的心理准备，但是当一个七尺男儿真的在她面前跪下时，这场景还是令她很震惊。

赵云开打开礼盒，里面是一枚铂金戒指，他说：“我不想做你的路人，只想参与你的余生。余乔，你愿意嫁给我吗？”

余乔沉默了一会儿，说：“这个问题对我来说很重要，请再给我一点时间，好吗？”

“好的，我等你。”正式求婚被拒，赵云开心里有种淡淡的失落，脸上却还带着笑意。

余乔把他拉起来，合上戒指盒，对他说：“你暂时替我保管。”

听到这话，赵云开的心又欢呼起来，因为这戒指迟早会是她的。

“时间不早了，女王现在要睡觉了，你可以退下了。”余乔说。

“那我为女王更衣侍寝。”

“不用了。”

赵云开刚刚只是开个玩笑而已，虽然不舍，但还是和她道别：“那么，晚安了，我的女王陛下。”

余乔笑道：“晚安，小云子。”

“允许你看着我的眼睛重新组织语言，否则……”

“否则怎样？”余乔扬眉看他。

“否则我就要亲你了。”

他的话音刚落，余乔就把手背伸向他：“亲吧。”

“不是这种操作啊！”他想亲的可不是这里。

“亲女王都是这种操作。”余乔淡定地说。

赵云开拉过她的手，放到唇边轻吻一下，说：“晚安，余乔同学。”

余乔说：“晚安，赵云开同学。”

道完晚安，赵云开往门口走，余乔看着他的背影，想起旅行即将结束，不舍的情绪翻涌上来，她跟过去，对他说：“我可以抱你一下吗？”

“当然可以。想抱多少下都可以。”赵云开转过身来，张开双臂，迎接她的拥抱。

她的头刚好抵在他的胸前，聆听着他的心跳声，感觉特别安心。

“谢谢你一直在。”她说。从高中到大学，从开始到现在。

“谢谢你喜欢我。”他说。从来不敢奢望的梦，真的会实现。

第二十一章

恋爱后连空气都是甜的

一起旅行的时光总是快乐且短暂的，尽管这次只有短短的三天时间，但出乎意料地在回忆里定了格，像一部经典电影，一旦开启回忆就像按下了播放键，播放多少遍都不会厌倦。

余乔从香港回到深圳，和赵云开在香港旅行时的每一个甜蜜瞬间，经常会在某个时刻突如其来地闪现至眼前，以至于她在工作的时候、走路的时候、吃饭的时候回想起来，总会情不自禁地笑起来。

以前没谈恋爱时，她经常说“爱情有什么用啊，又不能当饭吃”。现在谈了恋爱后，她发现，爱情虽然没什么实用价值，但是会让空气变成甜的，做什么事心情都很愉悦。

陆露对此也感同身受，元旦三天假期，除去她陪来深圳的朋友玩了一天，另外两天都是和陈燃一起过的。

她觉得他们之间的暧昧值快要到临界点了，但就是谁也没有捅破那层薄薄的窗户纸。

两天的时间稍纵即逝，说起来他们在一起也没做什么特别的事，无非是一起看了场电影、去了趟公园，午饭、晚饭都是一起吃的，依然和从前一样每天说早安、晚安。

陆露初尝爱情的滋味，有些懵懂无知，向余乔请教：“我其实试探性地问过陈燃，你觉得我怎么样？他说‘你很开朗，可以当很好的朋友啊’。他是不是间接拒绝我了？”

余乔说：“别气馁，再好的爱情也是从朋友做起的。何况，任何好感情的基础都是友情。”

“我总觉得我和陈燃之间比朋友近一些，比恋人又少一些，算是‘友达以上，恋人未满’。”

“可能时机还不够成熟，毕竟你们才认识多久啊？感情都是水到渠成的。”自从和赵云开恋爱，余乔有了实战经验，在只会纸上谈兵的陆露面前居然成了半个恋爱专家。

陆露打开陈燃的QQ空间给余乔看：“他平常喜欢写点小段子，虽然偶尔也在网上和别的妹子聊天，但我总觉得他回复我的跟别人的不一样。你也帮我看看。”

余乔凑过去看：“哎哟！看不出来，陈燃还是个文艺青年，喜欢写东西啊！”

陈燃的QQ名叫橙心橙意，因为平常在空间写段子，积累了一些人气，每天都有一些迷妹来给他留言。

陆露的QQ名叫奔跑的小鹿，每天都会来看陈燃的空间，并给他留言。

12月28日

奔跑的小鹿：你今天的配图是小哥哎！感觉你要弯。

橙心橙意：只要有你在，我是不会弯的。

12月29日

奔跑的小鹿：我觉得和你这种人没什么好谈的。

橙心橙意：我这种人就适合谈恋爱。

1月1日

奔跑的小鹿：新年快乐，亲爱的少年。

橙心橙意：新年快乐，亲爱的姑娘。

余乔看完陆露和陈燃的留言，瞬间说：“这也太撩了吧！你要是不说你们还没谈恋爱，我都差点以为你们是恋爱中的情侣了。”

陆露的脸上浮起娇羞的微笑：“看到他回复我的留言我也会心动，有一种他是不是喜欢我的错觉。”

“废话！当然是他喜欢你才会撩你了！”

陆露忽然又面露疑惑：“但是他有时回复别的妹子也会撩，比如有的妹子留言‘我想在你的心里种棵树’，他回‘那你得栽我手里了’。”

余乔拍了拍陆露的肩膀：“你大概遇到撩妹达人了，撩妹是他的专长，见一个撩一个，情话都说得很溜了，这种人往往走口不走心，你要小心。”

“其实也不是啦，我问过他，他说和别人是开玩笑的。”陆露马上帮陈燃辩解。明显是那种“我喜欢的男生，我可以质疑他，但别人不可以质疑他”的态度。

“他对你是认真的？”余乔反问她。

“毕竟他肯把时间花在我身上啊！”此时，陆露已经陷进喜欢陈燃的坑里不能自拔了。

余乔忽然觉得，在陆露和陈燃的这段关系中，或许他们只当朋友会更合适，如果当恋人，陆露此刻已经有些被动了。

“陈燃还和我说过，觉得我们之所以很快熟悉起来，可能我们是前世的兄妹，毕竟我们的名字里都带有‘耳刀旁’，而且我们的名字放在一起也很搭，谐音‘晨露’。”陆露开心地说，浑然忘记了先前对他心存的那些疑虑。

看陆露如此痴情，不允许别人说陈燃任何不好，余乔也不便泼她冷水，干脆转移话题：“我在海洋公园的水母馆看到了五颜六色、超好看的水母，我还买了个水母万花筒的纪念品送你。就是出去旅行太累，这两天起床晚，老是忘记带过来，今天晚上回去我就把万花筒放包里，明天带过来给你。”

“好啊好啊！你出去玩还想着给我买礼物，真是好姐妹！”果然陆露被成功转移了注意力。

然后，陆露想起什么似的，神秘兮兮地问余乔：“你和云开，有没有在一起……”

“没有！”不待她说完，余乔就抢答道。

陆露哈哈大笑：“你这真是此地无银三百两，我还没说完你就知道我问你什么？”

“我当然知道你脑子里净想些乱七八糟的，以身相许什么的事。”

“哈哈！还是你懂我。不过，我这么想完全没问题啊。毕竟，一对正在热恋期的情侣一起去旅行，住在同一个酒店，不往那儿想都不可能。话说，你们真的没住在同一个房间？”

“当然，我们订了两个房间。”

“你们两个人不住一个房间真是浪费钱！”

陆露的腔调与余乔的母亲大人有些类似，只是余妈妈以为她和女孩同住。

“你这就不懂了，有些事情要等一等再做才比较美好。”

“要我是你，我就把云开扑倒，越早越好。”

“我才不像你这样如饥似渴。你有本事就去把陈燃扑倒啊！”

陆露娇羞一笑：“我倒想呢！”然后她悄悄附在余乔耳边说，“那天我和陈燃看完电影出来，出场时他的手揽住我的腰，隔着衣服我都能感受到他掌心的温度，那个时候，我的心突然就怦怦跳得不行。你说，我是不是皮肤太敏感了？”回想起那一瞬，她还是觉得分外美好，他揽住她的腰穿过人群的那一刻，她真的以为他也是喜欢她的，不然能对她那么呵护？

“你不是皮肤太敏感，你是对男人的触碰太敏感。”

“嘁！你难道不会？”

“……”

被陆露说中了，她也会。

其实，在香港的最后一个夜晚，余乔和赵云开是睡在同一个房间里的。

那天晚上，他们喝完“交杯茶”，在门口恋恋不舍地告别，之后赵云开回到自己的房间休息，余乔去洗手间刷牙洗脸。

余乔洗完脸，戴上浴帽，贴了张面膜去淋浴，刚好一举两得，既节约了时间，洗澡的蒸汽又可以让面膜吸收得更好。

她穿上浴袍走出洗手间前，不经意间扫了一眼镜子，看到了她长发披散在肩头，面膜贴在脸上的样子。

这时，从外面的电视里传来一阵悲凄的音乐，还伴随着女子的呜咽声。余乔看着镜子里的自己，突然就想起了《午夜凶铃》里的贞子，顿时吓得赶紧撕了面膜跑出了洗手间。

电视里还在播放着后宫里的恩怨情仇、血雨腥风。在深夜时分看，居然有几分凄厉的色彩，再结合刚才她在洗手间贴着面膜的样子，效果不亚于恐怖片。

深更半夜，在一个陌生的地方，人总是比往常更加脆弱和孤独。

余乔也不例外，尤其是此时此刻。

于是她打开手机，想问赵云开睡了没，发现她有一条未读信息。

她点开一看，居然是赵云开发来的：睡了吗？

这又一次证实：恋爱中的人真是心有灵犀！

看到他的话，她恐惧的心瞬间就安宁了下来。

余乔回过去：没呢。你呢？

然后她坐在床上，一边把瓶瓶罐罐的护肤品往脸上抹，一边等他的回复。

很快，他回过来：我睡不着。

她回过去：我也是。

爽肤水、精华、乳液、面霜，全部抹完后，她都没有等到他的回复。

莫非……莫非他突然睡着了？

等了一会儿，她没等到回复，换了睡衣打算关灯睡觉。

孰料刚关上灯，门铃就响了，她心里一惊，不带这样的，午夜凶铃吗？

“谁啊？”她开了灯，声音有些颤抖地问。

“是我。”门外传来赵云开低沉的声音。

余乔这下安心了，只是疑惑，他不是睡了吗？难道他后来回她消息见她没回直接跑来找她了？

“有什么事吗？”她问。

“你开下门好吗？”他说。

“那你等一下。”余乔下床，看了一眼自己。嗯，套装睡衣很保守，可以见客。

她解开保险锁，拉开一条门缝，只见赵云开衣衫齐整地站在门口。

“我可以进去吗？”赵云开说。

“我都打算睡了啊。”她有些为难。

“我发现我有东西落下了。”他说。

“是什么？我帮你拿。”她说。

“你拿不动。”

“那好吧。”她把门打开，侧过身让他进来。想来他衣衫齐整，也不会对她有什么非分之想。

他进来后，将门关好，上了保险锁。

“你就进来拿东西而已，没必要上保险锁吧？”她说。

“真可爱。”他没有回她的话，只是怔怔地望着身穿小熊图案睡衣的余乔。

余乔看到了赵云开眼中的光芒，每当赵云开眼中充满爱意地凝视她时，她就有这种感觉。

“你丢的东西呢？”她避开他的视线，问他。

“就在这里。”他说。

“哪儿呢？”余乔四处寻找。

“就在我面前。”他依然看着她。

当她意识到他丢的东西是自己时，忽然提高嗓门说：“你这是半夜没事干逗我玩儿呢？”

“我能怎么办？刚才我走的时候，你抱了我一下，我好想再抱抱你。”

“那……你抱回去吧。”她余乔绝对不是那种欠债不还的人！欠人家一个拥抱也得还啊！

结果，余乔还没反应过来呢，就被他打横抱起。

她的小心脏都快跳出来了！她以为的抱只是拥抱，不是传说中的公主抱啊！

不过，她被他打横抱起的那一瞬，整个身体躺在他的臂弯里，贴紧他的胸膛，感受着他的力量，这感觉真的很好，就好像……就好像心要飞起来似的。

她闭上眼睛，感觉身子很轻，仿佛在云端上飞翔一般。飞了一会儿，她落在一片柔软的云朵上——睁开眼，发现她正躺在柔软的被子上，正前方就是赵云开的脸。

他们的脸靠得那么近，近得她都能感受得到他的呼吸。

他双手撑在她的身体两侧，定定地看着她，她的眼里波光流转，似乎有一汪清潭。

他的心脏不听使唤地在怦怦乱跳，或许是太紧张的缘故，撑在她身体两侧的双手快要坚持不住了。

“可以吗？”他问。

“可以的。”

她都不知道他到底想做什么，却毫不犹豫地回答。

因为他的声音是如此温柔，温柔得让她无从拒绝。

他伸手捋了捋她额前的发，轻抚上她的脸颊，从额头缓缓滑到下巴，之后寻到她的唇，定格在那里，他以手指为唇笔在她柔软的唇上画着唇线。

她的心在微微颤抖，连带着翩长的睫毛都在微微颤抖。

然后，就在她眨眼的瞬间，他的吻落了下来，落在她的唇上……

一个绵长又深情的热吻过后，两人并肩平躺在床上平复呼吸。

余乔脸颊通红，感觉内心的甜蜜指数快要爆表了。

她没想到赵云开这么有浪漫天赋，昨晚不过教了他“窗帘咚”，今天他又自创了“窗咚”和“床咚”。

余乔又想起了昨晚那个在海边小树林里的梦，现实竟与梦境有所重叠——都是甜蜜之后，他们并排躺在一起。

许久，两个人都没有说话，各自望着天花板，嘴角上扬，像讨到了糖果的小孩。

“你真傻。”过了一会儿，余乔打破沉默。

“怎么就傻了？”赵云开不明所以。

“你虽然智商高，但是情商低。”

“何以见得？”

“刚才你说什么丢的东西就在面前，这个套路我看的言情小说里都有，男主经常说把女主弄丢了。”女孩子总是这样，看过不少言情小说后就装情感大师。

“我没说把你弄丢了。我丢的是我的心，刚才我虽然回到了房间，我的心却丢在了你的房间里。”

“现在你安心了吧？”

赵云开指着胸膛说：“当然，现在它可安分了，而且很兴奋，不信你听听。”

“……”这么会撩妹，余乔打算收回刚才说他情商低的话。

“这么晚了，适合做什么呢？”余乔觉得既然都睡不着，不如做点什么来打发时间。

“适合做梦。”他答。

“之前不是说睡不着吗？”

“你不在身边当然睡不着，现在我能很快进入梦乡。”说完，他把手臂一伸，“换个枕头，或许你也能很快睡着。”

余乔按了按“新枕头”：“还有点肌肉嘛！”

“那是！毕竟当过体育生。”

余乔躺到“新枕头”上：“体育生能在学习成绩上逆袭，也是奇迹。”

“爱一个人本身就是奇迹。”他搂住她。

从喜欢一个人开始，他原有的世界全部改变，就像在他的生命中安装了一枚按钮，他的喜怒哀乐全由按钮左右，而掌控按钮的就是他喜欢的那个人。

“爱一个人本身就是奇迹。”余乔对此感同身受，她也从来没想过自己会爱上他。

余乔闭上眼睛，靠在他怀里，感受着他起伏的心跳。

此刻，头顶上仿佛不是天花板，而是满天繁星的夜空。

“你有什么梦想吗？”余乔问他。

“有事时忙忙工作，没事时喝点小酒打打游戏，抱得美人归，走上人生巅峰。”他说。

“谁是美人？”她明知故问。

“你是美人。”

她得意地笑了：“那你此刻抱着美人，已经到达人生巅峰了。”

“只是抱着，还没有抱回家，我会好好努力把你抱回家。”他郑重其事地说，由于担心她又拒绝他含蓄的求婚，很快转移话题道，“你的梦想是什么呢？”

“和喜欢的人一起环游全世界。”她说。

“那我得努力赚钱，才能和你去更多好玩的地方。你最想去的地方是哪里？”他问。

“我想去欧洲，最想去意大利，捷克也不错。”想去意大利是因为《罗马假日》，也是因为水城威尼斯，想去捷克是因为一首叫《布拉格广场》的歌。

她问他：“你呢？最想去的地方是哪里？”

他说：“已经到达目的地了。”

“这里？”她指的是此时此刻他们所在的香港。

“不是。”

“那是哪里？”

“这里。”他望着她，指向她心脏的位置。

曾经，他在杂志上看到过一个问题，写着：如果给你一个任意门，选一个目的地，你想去哪里？

他的答案是——余乔心里。

他最想去的地方不过是她的心里，而以后，她想去哪里，他就会带她去哪里，她的梦想也会成为他的梦想。

临近春节的时候，赵云开所在的企业要搬到郊区办公，以后他和余乔见面就没有那么方便了。

陈燃和他是同事，自然也要搬过去。陆露为此发愁，希望能在年前和陈燃确定下来恋爱关系。

虽然她安慰自己，陈燃在QQ空间对别的妹子只是逢场作戏地撩一撩，并没有付出真心，但每当她看到陈燃和其他妹子的暧昧言语时，心里仍然隐隐地掠过一丝醋意。

她担心他搬走后会让别的妹子有机可乘，于是计划在年前来个四人聚餐，她约上陈燃，余乔约上赵云开，订个包间吃顿好的。当然，聚餐只是托词，她实则希望余乔能助她一臂之力，在酒足饭饱之余旁敲侧击地问问陈燃是否对她有意。

陆露觉得与其这么暧昧着不知陈燃的真实想法，不如来个痛快，如果他喜欢她两个人就在一起，如果不喜欢她就离开，以免像现在这种不上不下的处境，吊得她内心如同蚂蚁啃噬一般难受。

情意最怕猜测，在未确定恋爱关系前，对她而言，最难熬的莫过于——他到底喜欢不喜欢我啊？

而女孩子出于矜持的同时，也害怕被拒绝，所以总不敢轻易问出口。倘若通过第三者问出，他就算拒绝，也会拒绝得委婉一些，她也不至于太难过。

四人聚餐在一家餐厅的包间里顺利进行，而陈燃显然不知道他赴的是一场有关爱情的“鸿门宴”。

餐桌是长方形的，赵云开刚准备在余乔身边坐下，就被余乔推到了对面：“我今天要跟我的小姐妹一起坐，你坐我对面吧。”

其实，余乔是想让陈燃和陆露面对面坐着，这样方便眼神交流，希望他俩今晚能擦出爱情的小火花。

朋友之间的聚会，为了活络气氛，他们点了几瓶啤酒。席间推杯换盏后，每个人脸上都洋溢着笑容。

余乔提议来一个真心话大冒险的游戏，陆露附议：“好啊好啊！”

赵云开平常本不喜欢玩这类游戏，但他尊重余乔的建议，何况和她又知根知底，问什么都可以坦然回答，于是说：“我没意见。”

陈燃笑了笑：“我也没意见。”

余乔向服务员借了一副扑克牌，然后跟大家说了一下规则：每人随机抽一张牌，点数最大的提问，点数最小的回答。

第一轮抽牌结果：陈燃提问，赵云开回答。

陈燃："真心话还是大冒险？"

赵云开："真心话。"

陈燃："你做过的最丢人的事是什么？"

陈燃的这个问题杀气重重啊，明明知道赵云开喜欢的余乔在场，还要问这么损的问题，摆明了是想看他出糗。

赵云开说："小时候在乡下玩，把邻居家最会下蛋的母鸡偷回家，希望它能下很多蛋，再孵出很多小鸡，等小鸡长大，就有鸡肉可以吃了，一辈子都吃不完。吃不完的就拿去卖，开个养鸡场，成为大富翁。结果，那只鸡是下了很多蛋，但是下的蛋根本孵不出小鸡，因为没有公鸡。"

大家听完都笑了。陈燃说："你应该再偷一只公鸡。"

赵云开说："我还没来得及偷公鸡，邻居就发现擅长下蛋的母鸡在我家，找我家人理赔，母鸡送回去了不说，还赔了一笔钱才息事宁人。"

"你这真是'偷鸡不成蚀把米'啊！"余乔感叹。这也是她头一回听他说小时候的糗事，觉得还蛮有意思。

第二轮抽牌结果：余乔提问，陈燃回答。

余乔："真心话还是大冒险？"

陈燃："真心话。"

余乔："你做过的最丢人的事是什么？"

陆露："阿乔，你这是'以彼之道，还施彼身'，这么快就要替你们家云开报仇啊？"陆露抢在陈燃回答前抗议，其实，对于这个问题，她是既想知道答案，又怕陈燃真做过什么很丢人的事，让她心中的男神失去光环。

余乔和赵云开心有灵犀地伸出手来击掌欢呼："耶！"然后赵云开竖起大拇指给余乔点赞，余乔比画了一个 OK 的手势回应。

"哎呀呀，受不了你们俩这么腻歪了。"陆露举手做投降状，"陈燃你快回答吧。"

陈燃笑了笑说："读小学一年级时，有个男同学老是趁我不注意要扒我裤子看我家兄弟，我忍无可忍，往他脸上使劲抡了两巴掌，那同学瞬间鼻青眼肿，哭得涕泪横流。当然接下来免不了要请家长，还挨了我爸一顿胖揍。这倒没什么，关键是那个男同学之后逢人便说：‘陈燃不让我看他的小鸡鸡，因为他的小鸡鸡太小了！’这不是诬蔑吗？”

大家听完又是一阵狂笑。

“看来那位男同学喜欢你啊！”赵云开打趣道。

“有可能哦！”陆露笑。

陈燃翻个白眼，不置可否。

余乔说：“怎么男生丢人的事都和鸡有关啊？这次咱们不抽牌了，我直接问吧，陆露，你做过的最丢人的事是什么？”

陆露此刻面色红润，也不知是喝了点小酒所致，还是听陈燃讲述儿时糗事所致。

“我能说我一向是个乖乖女，所以从来没做过丢人的事吗？”陆露说。在喜欢的男生面前，说丢人的事才是真的丢人。

“必须说一个。”余乔说。

“我就是这么完美，我也没办法，我愿赌服输。”陆露说完，很豪放地喝尽一杯酒。

陈燃说：“对你的惩罚可不是喝酒，得出题者规定惩罚项目。”

陆露蒙了：“啊？”

余乔点头：“是这样没错。不过看你对这游戏不熟悉，我给出的惩罚项目也很简单，你对着你喜欢的人唱一首《最美》吧！”

陆露看了陈燃一眼，本想开口，又觉得她先表白不妥，于是转头对着余乔，半握拳作为话筒，唱：“你在我眼中是最美，每一个微笑都让我沉醉，你的好，你的坏，你发脾气时噘起的嘴哦哦哦……”

余乔笑了：“你确定这首歌是唱给我听的？”

“当然了。在座的各位中你最美，名副其实啊！”陆露说。

“早知道应该让你唱《最帅》。”余乔本来是想让陆露唱给陈燃，并趁机半开玩笑地表白，也不用担心被拒绝，孰料她并不领情。

作为第一轮被惩罚的人，陆露开始提问："你的初吻对象是谁？"

余乔敲了一下她的肩膀："干吗问这个问题？回答起来多难为情啊！"

陆露不满："对于我这个连初吻都没送出去的人，你怎么回答都不为过吧？"

余乔指了指对面的赵云开："初吻给了他。"

赵云开也指了指余乔："初吻给了她。"

"啧啧，要不要这么腻歪啊！"陆露感叹完，问略做沉思状的陈燃："你呢？"

陈燃轻轻笑了下，并没有立即作答。

陆露的心忽然变得不安起来，难道他吻过很多女孩子，连初吻对象都回想不起来了吗？

余乔仿佛能觉察出陆露内心的不安，开始倒计时："十、九、八、七、六、五、四、三、二、一。时间到！"

当余乔说到"一"的时候，陈燃终于开口："大学时交往的一个女生。"

陆露的心咯噔了一下，之前只听他说初中时暗恋过一个女神，原来他大学时还交往过一个女生，看起来还挺刻骨铭心的，不然他不会在回想起来的时候神情这般复杂。

"不作数，时间到了你才说。"余乔说。

"那我认罚。"陈燃说着看向陆露："我要接受怎样的惩罚呢？"

"既然题目和吻有关，那你就深情地吻墙十秒钟吧！"陆露燃起了小小的报复心。

"墙太硬了，我可不可以换个亲吻的对象呢？"陈燃看着陆露说。

这种眼神是陆露之前没有见过的，在灯光的照耀下，他的眸子亮如星辰。

她方才燃起报复心之时，还是有些恨和嫉妒的，恨他不告诉她这些，嫉妒他交往过的女生。

然而，当他定定地望着她时，她的心一下子柔软起来，瞬间卸下了所有的防备。

她还能怎么办呢？只能缴械投降，说：“好的。”

赵云开和余乔作为过来人，已经明白是怎么个情况，开始起哄：“来一个！来一个！来一个！”

陈燃站起身，身子越过餐桌探过身来，在陆露的耳边轻声问道：“我可以吻你吗？”

“……”时间仿佛静止了一样，陆露的心怦怦直跳，脸烫得厉害，她感觉像过了半个世纪那么漫长，然后才用几乎只有自己才能听见的声音说：“可以。”

陈燃在她的额头上蜻蜓点水般吻了一下，然后坐了下来，把酒杯里满满的一杯酒一饮而尽。

余乔和赵云开这下起哄得更厉害了：“燃哥厉害！燃哥威武！你们继续，我们出去凉快一下。”

赵云开作势要拉余乔出去，陆露一把抱住余乔，把脸埋在她的身后央求道：“求你们别闹了，留我一个人在这儿多尴尬。”她做梦也不会想到，她跟陈燃的第一个吻居然是在一次真心话大冒险的游戏中发生的。

既然是游戏，会不会仅仅是游戏而已呢？

刚才的激动没持续多久，她又开始焦虑了。

待陈燃坐回原座位，赵云开打趣他：“燃哥，老实交代，你是不是想吻人家很久了？”

陈燃喝了一口酒，说：“哪有哪有，这不是酒后动真情吗？”

酒后动真情？原来不是游戏，是真情啊！陆露听他这么一说，心又扑通扑通地跳了起来，雀跃不已。

游戏继续，陈燃问的问题是：和喜欢的人进展到哪一步了？

这个问题对于陆露而言很简单，因为刚刚被亲吻就是她恋爱的最新进展。她捧着涨红的脸，含羞带怯地答："亲吻，就在刚刚。"

"啧啧啧，这个回答简直完美！"余乔感叹。

"你呢？赶紧回答。"陆露催促余乔，顺便转移话题。

余乔想起了大柠和她说的"全垒打"，按照那种说法，她和赵云开现在进行到三垒了？不对，三垒还没到。虽然在离开香港的最后一个夜晚，他们同床共枕了，但也只是一起相拥入眠而已。

不过，如此私密的事，她不想和别人分享，尤其是陈燃这个对她来说相对陌生的人。

于是她说："一起旅行了。"

陈燃想要的明显不是这个答案，说："这不算，我是想知道肢体接触的亲密程度到哪一步了。"

"一起睡觉了。"余乔回答。

"哇！真是大新闻。"陆露暧昧地笑道，"进展真是快！"

"今晚去我家睡吧。"赵云开趁机凑到余乔的耳边说。

"……"

余乔怎么有种是她来赴"鸿门宴"的感觉呢？

第二十二章

一场别出心裁的求婚

年底，余乔和赵云开的工作进入忙碌的时期，加上赵云开的公司搬家，两个人从原来的每天一见变成每周一见，成了周末情侣。

春节假期，两个人各回各家，各找各妈。苏瑶一家也回来了，苏瑶和余妈妈聊天时说漏嘴，说遇到过余乔的男朋友小赵送她回家，小赵人不错云云。

余妈妈审问余乔，这个小赵是谁。姜到底是老的辣，余乔自然瞒不过老妈，老实交代，此小赵是彼小赵，就是大学时曾帮她把行李搬到家的那个小赵。

余乔本来还挺担心余妈妈会对赵云开不满，结果余妈妈说："那个小赵啊，我对他印象不错。把他叫到家来吃顿饭吧。"

于是，一顿饭过后，赵云开又在余乔的父母那里加了印象分，赵云开这个男朋友的身份也终于得到了余乔父母的认证。假期过后，赵云开就名正言顺地和余乔一起回了深圳。

上了一周班后，周末恰逢元宵节，赵云开邀余乔去锦绣中华赏花灯。

夜幕降临，明月当空，锦绣中华民俗村已成为一片花灯的海洋。千百盏精美绝伦的宫灯悬挂半空，形成古色古香的宫灯走廊。

赵云开牵着余乔的手穿梭在拥挤的人群中，有爸爸抱着女儿看花灯的，一家人温馨十足；有女孩巧笑倩兮地站在花灯下，男朋友为她拍照；还有穿着汉服，妆容精致的女子驻足赏灯，凝神沉思的表情像在想念谁。

余乔发现赵云开的视线停留在穿汉服的女子身上，笑道："难怪古代才子爱元宵节出来闲逛，名为看花灯，实为看美女。"

赵云开知道她吃醋了，急忙辩解道："我才没有看她的脸，我看的是她的衣服，我在想，如果你穿这身衣服，一定很好看。"

余乔摇摇头："我要是穿古装也肯定穿男装，就像《倚天屠龙记》里赵敏穿的那身白色衣衫，整个儿一翩翩少年郎，她骑在马上回头的那一瞬间，把我都撩到了。"

"下回来赏花灯，要不我俩都穿古装？"赵云开突发奇想。

"你穿古装？"余乔打量他一番，摇头，"你穿古装不一定好看。"

"为什么？玉树临风、风流倜傥，我觉得这些词挺适合我呀！"他大言不惭地说。

"你个子太高，皮肤也不是很白，不符合白面书生的形象。还好你生在现代，可以走时尚型男路线，要是你生在古代，估计都没人看得上你。"

"要是你生在古代，总喜欢女扮男装出去溜达，不像古代流行的温婉淑女，也不一定有人看得上你。"

余乔笑了："我们到底是来赏灯约会的，还是来互相伤害的？"

"当然是约会。月上柳梢头，人约黄昏后。"赵云开和她牵住的手十指相扣。

"不不不，这句词不适合我们，适合刚才那位独自赏灯的汉服姑娘，她可能在想念去年陪她赏灯的那个人。"

"那你觉得哪句词适合我们？"

"众里寻它千百度，蓦然回首，那人却在灯火阑珊处。"

宫灯走廊的尽头是由红色灯笼组成的长廊，几百盏灯笼下悬挂着写有趣味灯谜的字条，景区做了个猜灯谜有奖的活动，路过的游客纷纷过去猜谜底。

至于余乔，则想趁此机会检验赵云开的智商。

“七仙女嫁出去一个，打一成语。”余乔随便读了个灯谜，问赵云开。

“六神无主。”赵云开很快猜出来。

“桃花潭水深千尺，打一成语。”余乔又问。

“无与伦比。”赵云开又很快猜出来。

“你是不是以前猜过这些灯谜？”他的速度不由得让余乔怀疑他早已知晓答案。

“没猜过。不过腹有诗书自然出口成章。”

看他一副跩跩的样子，余乔不信他的邪，往前走了好几步，打算挑一个难点的考他：“拍一个巴掌，打一地名。”

“不是如来佛祖的五指山吗？”赵云开又轻松猜出。

“英雄难过美人关，打一生肖。”余乔又问。

“鸡。”赵云开回答。

“不对吧？”余乔对这个答案表示质疑，英雄不应该是虎或者龙这样的生肖吗？难不成和霸王别姬有关？

“《三国演义》里的赵云是不是英雄？”赵云开问她。

“是。”余乔点头。

“《三国演义》里的小乔是不是美人？”赵云开又问她。

“是。”余乔又点头。

“赵云穿越到现在变成了赵云开，小乔穿越到现在变成了余乔。赵云开爱上余乔，是不是‘英雄难过美人关’？我属鸡，所以答案是对的。”

“……”还可以这么解释？这难道不是狡辩吗？不过，等等……“小乔不是周郎的吗？”

“那是三国时期，现在，小乔是我的。”某人得意地拥住身边的美人，宣示主权。

“我也考考你吧，与吾同伴入林间，打一树名。”赵云开说。

余乔绞尽脑汁想了想，不知谜底，无奈说：“下一题。”

“梧桐。”赵云开说了答案，开始说下一题，“床前明月光，打一字。”

“是不是‘胖’字？”余乔猜道。

赵云开笑了：“不是，你那是半个月亮。”

“怎么就不能是胖呢？月光族是吃货，吃胖了才当月光族的。”

“正确答案是‘旷’。”赵云开摸摸她的头，“没文化真可怕，抓紧我的衣袖，不然走丢了都找不到回家的路。”

“……”她的智商居然被嘲笑了！不行！她必须扳回一局。余乔说，“你再出一题。”

“那我出道简单的。一定要表白，打一字。”

“百！”

“恭喜你，答对了。再送你一道加分题，百字开头的成语是？”

“百年好合。”

“我就知道你想和我百年好合。”

“……”敢情他在套路她。

锦绣中华里微缩的故宫、布达拉宫、侗族风雨桥和鼓楼等景点，已变得分外流光溢彩、金光璀璨，颇为壮观。

各色彩灯倒映在翠湖中，微风轻拂，湖水摇曳着瑰丽的光影，美不胜收。

赵云开牵着余乔的手漫步在翠湖边，欣赏这锦绣交辉的美景。

看到有人在湖边放河灯，赵云开问余乔：“你要不要放河灯许愿？”

“不用了。”余乔说。

“那我来。”他说。

赵云开买来河灯，站在湖边，弯下腰，打算把河灯放进水面时，却停住了，喊余乔过来：“小乔，一起吧。”

两个人一起将河灯轻轻地放在水面上，然后推了一把，莲花状的河灯承载着心愿，向湖心缓缓漂去。

“你许的什么愿？”余乔问。

“未来，你就知道了。”赵云开说。

翌日，余乔醒来时已是上午十点，翻身想去抱赵云开却扑了个空。昨晚他回来后还打了会儿游戏，睡得比她晚，居然起得还比她早？

昨晚赏完花灯已是正月十五的凌晨，赵云开说元宵节要团团圆圆，又说他刚搬的新家总觉得少了点什么，需要她来帮忙布景。于是，她就被他骗到了他家来。

余乔坐起身，喊了一声赵云开后，无人应答。奇怪，这会儿他去哪儿了？

她一边疑惑一边拿起床头柜上的手机，打算联系他。她这才发现，床头柜的相框下面压了一张字条。

小乔：

我出去买菜了。冰箱里有汤圆，我怕煮好了你还没起床，汤圆凉了就不好吃了，你自己煮一下。要等我回来哦，乖。

云开

余乔捏着字条，嘴角微微上扬，模仿他的口吻说：“要等我回来哦，乖。”说完就笑出声来，“太肉麻了。”

大概赵云开担心她出逃吧，他这里除了他和电脑还真没什么好玩的。

他还说让她过来帮忙布景，这房子除了没贴春联、福字，没有过年的氛围，其他都布置得蛮好。令她得意的是，房间里，好几处布置都和她有关：她送他的小兔子夜灯就在床边，床头柜的相框里放的是他们在香港旅行时的合影，他放在电脑桌上的日历和他送给她的是同款。

昨晚她刚到这里时，都惊讶于他的小家竟然如此温馨整洁，她说：“这景不挺好的吗？没什么好布的。”看到床头柜上有她的照片，她又说，“你把我的照片放在床头，晚上我看着你多不好啊！”

“有什么不好的？”他十分不解。

“你不怕我把你看光光吗？”说完她呵呵笑起来。

“想什么呢？我又不裸睡。”

“……”好吧，是她想得不纯洁了。

赵云开回来的时候，手里提着两个大购物袋。

“买了多少东西啊？就我俩，做太多菜也吃不完啊！”余乔说。

“元宵节得吃顿好的。丈母娘交代过，不能亏待了她女儿。”赵云开边说边将购物袋拎到厨房。

丈母娘？余乔没听错吧？这人适应能力真强，才见过一次余妈妈就自动代入女婿的身份了。

赵云开本想一人承包厨房，可余乔非要一起做饭，于是赵云开掌勺，余乔打下手，开启了“男女搭配，干活不累”的模式。

余乔打开了收音机，音乐在小小的空间内响起，阳光透过窗户洒进厨房。

“你为我把饭烧，我为你打扫，啊，回家的感觉实在真的太好……”电台里在播放怀旧经典歌曲。

刚好，此刻他在炒菜，她在洗菜，画面和歌词契合到不可思议。

阳光、音乐、喜欢的人，她都拥有。余乔的内心不由得充盈着满满的幸福，她有了一种家的感觉。

“上菜了！猜出一个菜名，才能上下道菜。”赵云开端着一盘菜走进客厅，厨师瞬间变店小二。

“昨天是猜灯谜，今天是猜菜名，有意思！”余乔笑道，虽然昨晚几乎完败，但现在她还是跃跃欲试。

首先摆上桌的是水煮虾，红色的大虾组成了两个爱心的形状。

“这是一道送分题。请问这道菜的名字是？”赵云开问余乔。

“心心相印。”余乔猜。

“恭喜你答对了，加一分。”

赵云开又上来一道清蒸鲈鱼，余乔说：“这太简单了，年年有余。”

“对了！不过年年有余，不仅是有余粮，更是希望在我的生命中，年年有余乔。”

“……”余乔猝不及防地被他表白了。

赵云开端来第三道菜：“这道题有点难，是三分题。”

这是一道香菇炒油菜，摆法和餐厅里常见的不同，油菜摆在中间，香菇围绕着油菜摆成爱心的形状。

“心中有你。”余乔说。爱心包裹油菜，不就是“心中有你”吗？

“可以再文艺一些。”赵云开提示。

“你在我心中最有才？”余乔继续猜。

“需要带点古韵的。”赵云开再次提示。

“愿得一人心？”余乔又猜。

“恭喜你答对了，加三分。不得了，今天连闯三关，有望拿大奖啊！”

第四道菜是芹菜炒牛肉，余乔猜：“卿卿我我？”

“友情提醒，‘卿’没有后鼻音。”

芹菜、牛肉，有了！

“亲你一下？”余乔猜。

“好啊！”赵云开把脸凑过来。

“臭不要脸的。”余乔推开他的脸，“说正事，我说的菜名对吗？”

赵云开摇头：“不对。再次提示，前两个字出自《诗经》。”

“琴瑟在御，莫不静好？”余乔说。

“标准答案是琴瑟和鸣，你说的也可以算对。”

最后上来的一道菜是一碗羹，由百合、银耳、绿豆熬成。

赵云开刚端上来，余乔就说：“百年好合。”

“恭喜你都会抢答了！”赵云开笑了笑，然后煞有介事地说，“我宣布，余乔同学猜菜名全对，闯关成功。开吃吧。”

两人听着电台里的音乐，吃着共同做的饭菜，喝上两杯红酒。余乔觉得这场景就像《诗经》里描绘的那样——宜言饮酒，与子偕老。琴瑟在御，莫不静好。

往常，春节期间吃过妈妈做的菜，再离开家她吃什么都食之无味。但这次的菜，余乔却觉得是人间美味。也不知是味道真好，还是菜名赋予了菜新的意义。

心心相印，年年有余；愿得一人心，琴瑟和鸣。横批：百年好合。

品着香甜可口的百年好合羹，余乔想着方才的菜名，怎么觉得四菜一汤的名字连在一起像是一句告白呢？

元宵节是中国情人节，他用菜名来告白，还挺别出心裁的。

“今天大概要吃成半个月亮了。”吃饱喝足后，余乔摸着圆滚滚的肚皮说。

“今天元宵，吃成满月也没关系。”他做的菜她爱吃，这对赵云开来说更重要。

“胖成球嫁不出去怎么办？”余乔边说边站起来消食。

“怎么会？胖成球，刚好滚到我怀里来。”赵云开笑道。

“滚！”余乔睨他一眼。

“我滚了，谁给你发大奖？”

“大奖？”猜菜名时他说“有望拿大奖”，余乔还以为是句玩笑话而已。

“嗯，超大的奖。你准备好了吗？”赵云开神秘兮兮地说。

余乔不知他葫芦里卖的什么药，好奇又充满期待地说：“准备好了。”

“等一下，我还没准备好。”赵云开看了一眼手机。

余乔愈加好奇了，问：“需要我闭上眼睛吗？”

他边发短信边说：“不用，我又不是变魔术。”

没过一会儿，有人敲门。赵云开去开门，抱回来一个蛋糕盒。

“元宵节也吃蛋糕吗？”余乔疑惑地说。

赵云开没回答，径自打开蛋糕盒，从中取出蛋糕——竟然是余乔在香港吃过的口感类似于冰淇淋的木糠蛋糕，还是爱心形状的！

蛋糕上写着数字“100”，余乔指着蛋糕问赵云开：“这是今天的大奖吗？”

“先说说蛋糕上的‘100’是什么意义吧。”赵云开答非所问。

“百年好合？”余乔猜道。

赵云开无奈地笑了笑：“你就只会这么一个成语吗？”

“百年修得同船渡？”余乔又猜。

“今天是我们相恋一百天纪念日。”赵云开不想和她绕圈子了，说出答案。

才相恋一百天啊！她怎么有种像是恋爱了很久的感觉呢？

“你记忆力这么好啊！”余乔借夸他来掩饰自己忘记恋爱纪念日的尴尬。

“送你的日历，你没用啊？”赵云开为自己定制的日历感到遗憾。

“用了，就关注哪天放假了。”余乔坦诚地说。

“还吃得下吗？”赵云开看着蛋糕，问余乔。

“吃不下了，当下午茶吧。”余乔心有余而力不足地说。

“那先听我讲个故事。”赵云开说。

他说，有一年寒假，他哥们儿被父母逼着去相亲，哥们儿觉得一个人去很尴尬，就让他陪同。哥们儿本就对相亲抵触，对那个姑娘也没什么好感。回来时，他哥们儿问他：“到了结婚的年纪就非得结婚吗？”

他说，他当时笑了笑，没有告诉哥们儿答案。

“其实，那时，我心里想的是，如果有一天我到了结婚的年纪，我想要结婚的对象只能是你。我们已经相恋一百天了，如果可以，我希望把这个日子延长到一百年，不知道你愿意吗？”

余乔以为蛋糕是大奖，以为故事是大奖，结果没想到大奖居然是他自己！他在向她求婚！

其实，在香港的最后一晚，他们相拥着入眠，醒来后的那一瞬间，余乔就有一点后悔没有答应他的求婚。

当时，她靠在他的怀里，一转头就能看到他英俊的侧脸，盯着仔细瞧了一会儿，她忍不住抚上他的脸，摸了摸他的胡楂儿，有点扎人，手感还不错。他忽然捉住她的手，轻声说："别闹，再陪我睡一会儿。"

那一刻，她才发现，果然如赵云开先前对她所说的那样——最动听的情话不是"我想你"，也不是"我想睡你"，而是"我想睡醒后有你"。

而昨晚，她睡在他的床上，临睡前他说担心自己把持不住，要先去打会儿游戏冷静冷静。后来，他什么时候上床的她都不知道。但她知道，他在保护她。

原来，他叫她来布景，是布了个甜蜜的陷阱；他说床头那张在香港的合影，换成婚纱照就更好了；他说总觉得家里少了点什么，其实是少了一个她……

仿佛过了一个世纪那般漫长，连空气都沉默了。

许久以后，赵云开听见余乔说："我愿意。"

终于，他等来了他想要的答案，一瞬间，赵云开的世界如漫天烟花绽放，心跳的速度前所未有的快。

他激动地拉过余乔的手亲了又亲，问："可以再说一遍吗？"

因为难以置信，所以他要反复确认。

"我愿意。"余乔看着他傻笑的样子重复道。

赵云开从口袋里掏出戒指盒，取出戒指，戴在余乔左手的无名指上。

这是上次他在香港求婚时的那枚戒指，这次它的主人终于收下了它。

"你所谓的大奖就是你自己吗？"余乔问。

“不是。”赵云开说。

“那是什么？”余乔晕了。

“大奖在这里。”赵云开拉着余乔走进卧室。

他拉开床头柜的抽屉，从中取出一张存折。

余乔一看，这存折的开户行还是她的工作单位。当初秦经理让部门员工拉存款时，她和赵云开提了一次，没想到他真的把全部资金存在她所在的银行，增加她的工作业绩。

赵云开举着存折对余乔说：“这张存折我想交给你保管，密码是你的生日。”

“……”余乔差点没反应过来，刚求婚，这么快就有婚后财产了吗？

“这是我有生以来最大的一笔财富，我七岁时的压岁钱都在里面。老婆本老婆本，真的是老婆本。”赵云开说着把存折递给余乔。

余乔接过存折，打开一看，52013.14 元。他不但用菜名向她告白，连存折里的数字都被他用来向她告白。忽然，有一股暖流涌上心头，她有种想要流泪的冲动。

她以为这种场景只有在结婚以后才有可能出现，老公把钱全部交给老婆保管，我是你的，我的钱也是你的。

她完全没想到，在她只是他女朋友的现阶段，他会把所有财富交给她。

“里面只有 52013.14 元，你不要嫌少。现在我的能力只能积攒这么多，希望未来能把那个点去掉。”赵云开有些亏欠地说。

“我觉得有那一点挺好的，因为，我知道，那是你的一点心意。”余乔热泪盈眶地说。

赵云开张开双臂，将余乔拥入怀里，久久不放开。

如果可以，此刻的赵云开想给从前的自己写一封信：谢谢你那时候对一个女孩一见钟情。

正因为有八年前的一见钟情，才有此生的长情相依。

第二十三章

乔木何许兮，山高水长

几乎所有的童话故事，都是以“王子和公主在婚礼上甜蜜地亲吻，从此过上了幸福美好的生活”来作为结局，以至于很多从小看童话故事长大的人，都误以为婚姻是爱情故事的终点。

然而，在现实生活中，婚姻只是爱情新的起点，不同的还有，爱情的重心从“两个人约会”过渡到“两个人生活”。

同学七年，相识八年，相恋一年后，余乔和赵云开结婚了。

余乔这个婚结得很低调，没有请大学宿舍里的姐妹去参加婚礼，只在宿舍的 QQ 群里发来了她和赵云开在海边拍的婚纱照，云淡风轻地发了一句：我结婚了。

“这么快？”姐妹们很惊讶。

对姐妹们而言，虽然结婚消息出人意料，结婚对象却在意料之中。乔爷和超哥，余乔和赵云开，这对“云余 CP”无论是长相、家境，还是同学情谊，简直配一脸，早就被姐妹们各种看好。

诗诗姐：哇！乔爷穿婚纱可真漂亮！超哥也很帅气。

丸子：好看 +1，帅气 +1。只是我还没找到结婚对象，你都结婚了！

大柠：恭喜乔爷成为乔新娘，真没想到，你居然会成为我们宿舍里第一个结婚的人！

大柠作为宿舍里第一个谈恋爱的人，在结婚这件事的效率上确实不如余乔。

洛洛：乔新娘还记得我们当年的赌约吗？既然我们料事如神，早知道你会和超哥在一起，你现在是不是该把我们当年输的钱物归原主了？

读大学时，余乔就“她会不会在大学期间谈恋爱”这件事上和宿舍里的姐妹打了个赌，当时只有大帮站在“余乔不会谈恋爱”这边，其他人都断定赵云开会追她，她会谈恋爱。结果，除了大帮每人输给余乔两百块。

大帮：洛洛一定在开玩笑。人家乔爷没问我们要份子钱就够意思了，你们还要追问以前输的钱。再说，那个赌约都哪年的事了，得愿赌服输。我这两天还在想，要不要等毕业十周年，我们宿舍里的姐妹聚一聚，到时候大家可能都成孩儿他娘了。没想到乔爷这么快结婚，大概会第一个成为孩儿他娘。

乔爷：十年聚会，我举双手双脚赞成。至于孩儿他娘，这个问题离我太遥远。结婚对我来说，只是想早一点体验二人世界。

丸子：乔爷，能给我们说说二人世界的感觉吗？

诗诗姐：丸子，你这个问题……

乔爷：妙不可言。

丸子发了一个捂嘴笑的表情：这四个字意味深长啊！

说出来大概很多人都不会相信，余乔在结婚前，偶尔也会和赵云开住在一起，两个人却始终井水不犯河水。

有时候余乔也会想：是我的魅力不够大吗？他怎么能放任喜欢的女人躺在身边竟然无动于衷？

孤男、寡女、床，所有发生香艳故事的要素都具备了，却什么都没有发生。

她曾不厚道地想过，他是不是那方面有问题？

然而，结婚之后，她才发现，一切都是她的错觉，错觉，错觉……

虽然余乔是受过言情小说熏陶的人，但那毕竟只是“纸上谈兵”，感受远远不如亲身经历来得真切。

她和赵云开的婚礼是在老家南城举办的，他俩都是独生子女，家里人都很重视婚礼这件大事。起初余乔的爸爸并不赞成他们这么早就结婚，好在她妈妈比较通情达理，站在她这边支持她。

在老家举办婚礼，亲戚们几乎都来了。

余乔他们前期还要做很多准备，婚礼不仅要穿着婚纱礼服在台上互戴戒指、互表衷心，仪式结束后余乔还要换上红旗袍给长辈们敬酒。总之，这场婚礼把两个人累得够呛。

以至于在婚礼结束后的当晚，余乔累得往床上一倒，说："我再也不要结婚了！好累啊！"

赵云开坐到她的旁边，摸摸她的额头："不会累得发烧了吧？尽说胡话。你怎么可能结第二次婚，除非你不要我了。"

余乔赶紧摸了摸身上穿的红旗袍："摸摸红，刚才说的话不作数。呸呸呸，呸掉了！"

看她如此累，赵云开也很心疼她，当天晚上，洞房花烛夜什么的并没有发生。

还是在回到深圳后，他们搬到提前装修好的婚房，才正式开启蜜月生活。

婚房在市区，距离余乔上班的地方相对近一些，赵云开不需要加班的时候会从公司赶回来，新婚小夫妻恨不能天天黏在一起，尤其在"妙不可言"的事发生之后。

尽管余乔和赵云开相识许久，没谈恋爱前也是好哥们儿，但是刚同居时，她还是有些不适应。

比如她换衣服时，如果他也在卧室，她会请他回避一会儿，关上门再换。

比如她去洗手间时，如果他刚好在离洗手间比较近的地方，她会安排他去别的地方待着。她担心，他会听到一些不该听到的声音。

比如她正在刷牙洗脸，他突然进来从身后抱住她，手不经意间碰到她的前胸，她会下意识地躲开。

诸如种种，令赵云开显得不太自在，新婚之夜怜惜新娘，新郎无用武之地，这倒也罢了。眼下一起住了几天，他本以为会愈加亲密，没想到她反而有些想逃的意味。难不成是距离产生美吗？他暗自忖度。

有天晚上，两人都洗漱完毕准备休息了，余乔靠在床头看书，赵云开却下床走到书桌前。

“干吗去啊？”余乔问。

“无聊。打一会儿游戏。”

“看书就不无聊了。”余乔抱着本小说看得津津有味。

“游戏好玩一些。”赵云开打开电脑。

就这样两个人各自做了一会儿自己的事，直到余乔打了个哈欠，感到睡意袭来，打算睡觉。

“夫君，该睡觉啦。”余乔来到赵云开的身旁，温柔地说。

“睡不着啊。”赵云开握着鼠标。

余乔这才发现电脑屏幕上压根没有显示他平常玩的游戏界面，只是桌面而已，便诧异地问：“你不是说打游戏吗？怎么什么都没有？”

“谁说什么都没有？”

“明明没有啊。”余乔又仔细瞅了瞅屏幕，连任务栏里都没有任何的启动项目。

“明明有。”赵云开说着把余乔拉到自己的腿上坐下，“三国小乔穿越到现代，不承想，没遇到周郎，却遇到了云郎。这是不是很有意思的游戏呢？”

“你是‘醉翁之意不在酒’啊！”

“不是，我是‘姜太公钓鱼，愿者上钩’。”说着，他低下头，亲吻怀中的“小乔”。

软玉温香在怀，谁还要游戏里的金戈铁马？

他将他的小乔抱到床上，关了头顶明晃晃的白炽灯，打开床头的台灯，室内的光线变得昏黄暧昧。

余乔知道这一刻迟早会来，但事到临头还是紧张不已。

她闭着眼睛躺在床上，长发散落，眉头微锁，两颊泛红。

赵云开看她这么一副大义凛然的模样，心里直想发笑，她这不像等着被宠幸，倒像是赴汤蹈火。

他躺在她的身侧，拥住她，亲吻了她的额头、眼睛、鼻尖、嘴唇、脖颈，然后在她胸前停住。

他温柔的吻让她紧张的心情缓解了几分，就在他解开她的睡衣纽扣时，她忽然问："疼吗？"

他笑了，原来她的紧张缘于此，他摸了摸她的头，笑道："傻瓜，不疼。"

"可是很多言情小说里都说第一次很疼。"

"写言情小说的作者到底有没有相关经验都犹未可知，再说每个人的体验都不会一模一样的。"

"哦，这样啊。"

"放心，我不会让你疼的。"

"那你一定要轻一点。"她的脸上泛起朵朵红云。

"嗯。"他边应边继续解她睡衣的纽扣，待纽扣全部解完，眼前春光乍现。

"好美啊！"他不由自主地发出一句赞叹。

当他被眼前的春光吸引得移不开视线时，她却不好意思地环抱住胸。

"都是我老婆了，还不好意思啊？"他笑。

"不太习惯。"她如实说。

“让我多看几眼就习惯了。”

“不给看。”她依旧抱住自己。

“要怎样才给看？”

“你先脱衣服。”

“……”这对赵云开还真是猝不及防的要求，新娘被叫作乔爷也是有几分道理的，不然他现在怎么会有种自己是小媳妇的错觉呢？

“那你帮我脱。”他说。

帮他脱衣服，自己就要松开手……她忽然灵机一动，说：“这样，你先去穿上结婚时穿过的衬衣，我再帮你脱。”

“制服诱惑？”

“我觉得那样比较像洞房花烛夜嘛。”

“那你也穿上旗袍。”

“……”明明是给他挖的坑，没想到自己也跳进去了。

尽管兴致勃勃的赵云开懒得换衣服，但他还是按照余乔的要求，换上了衬衣西裤。

“我老公穿衬衣的样子，真帅！”已换好旗袍的余乔坐在床头，看着他点评道。

“那是！毕竟也是差点当模特的人。”他因为身高优势，曾被星探公司相中，力邀他成为公司旗下的男模，他无心靠色相挣钱，一口拒绝。

“模特圈子太乱，不过，从今天开始，你就成为乔爷的人啦！以后谁也不许碰！”余乔霸气地说。

“那乔爷快将我收了吧。”他配合她的台词。

余乔起身走到他的面前，把手放在他衣领处的纽扣上，解了一颗后，看他喉头微微一动，她觉得这画面十分诱人，有一种禁欲系的感觉。

她觉得，男人穿着衬衣解掉一颗纽扣的样子很帅，就像眼前的赵云开，真的是帅到逆天。

她先前的紧张一扫而空，因为现在她觉得自己才是有掌控权的那一个。

她一颗一颗地帮他解纽扣，很缓慢地由上而下解着。

看她解得那么慢，他有些着急，说："反正都要脱衣服，其实刚才没必要换嘛。"

"这你就不懂了吧？犹抱琵琶半遮面的感觉才是最好的。"她像个老到的"过来人"说。

"过来人"其实只是阅言情小说无数，毫无实战经验，空会纸上谈兵。

"那这样呢？"他抱住她，手停在她被旗袍包裹住的臀部。

"你这是'隔靴搔痒'。"

"……"他真的败了，论情爱的理论知识，他甘拜下风。

好在后来他又回到主导地位，拜他看过的岛国动作片所赐，在实战方面他更胜一筹。

事后，他问她："疼吗？"

"还好。"起初她是有点疼的，渐入佳境之后就是享受了。

"我很温柔吧？"

"力气也蛮大的。"她用被子捂住脸，完全新婚小媳妇的娇羞之态。

"感觉怎么样？"他小心翼翼地问。

"妙不可言。"她悄声笑了笑。

"要不要再来一次？"

"不要那么贪心吃太多好吗？"

"反正怎么吃都不胖。"

"小心你下不了床。"

"反正明天不上班。"

余乔忽然想起他们在香港同床共枕的那个夜晚，想起她偶尔去他住处睡觉的夜晚，问他："你以前明明有那么多机会，怎么都不碰我？"

"因为我一碰你，身体就有反应。"

"……"确实，有时候他从她的身后抱住她，她都能感觉到他身体的异样。

"就算我有反应，你那时候也不想对我负责吧？"

"要不你试试看？"

"现在吗？"他翻身，凝视着她。

"不知道你还有没有力气。"

"那你试试看就知道了。"

他翻身上来，再度亲吻她……

他之所以婚前不碰她，是因为这是将要和他共度一生的姑娘，他一定要小心轻放。

这个夜晚对他们而言才是真正意义上的洞房花烛夜，从心灵到身体，他们许给彼此，一生一世。

入眠后，余乔的梦里是高山流水、鸟语花香，耳畔是他俊朗的容颜和匀称的呼吸。

往后余生，"乔木何许兮，山高水长"。

第二十四章

和你共享无尽的清晨

最动听的情话不是“我想你”，也不是“我想睡你”，而是“我想睡醒后有你”。

赵云开曾对余乔说，这就是他所想象的婚后生活。

现在他要补充一句：比起和你一起睡觉，我更想和你一起赖床。

这种时光只有在不需要加班的周末早上才能享受。

晴天日暖时，将窗帘拉开一道缝，几缕阳光溜进房间，映照在她熟睡的脸上。他会觉得，此刻就是最温馨的时光：和煦的阳光，喜欢的姑娘，此生的最爱都在身旁。

曾经他很羡慕垂在她脸颊旁的碎发，如今他可以用修长的手指沿着她的侧脸轮廓画圈圈，无论做多少次，都不厌倦。

他的动作十分轻柔，多数时候，她毫无察觉，依旧沉睡梦乡。

有时候她会被他弄醒，嘟哝一声“好痒啊”，然后挥开他的手。

比如此刻。

“几点了？”她睁开惺忪的睡眼问。

他拿起床头柜上的手机瞥了一眼：“九点二十。”

“我明明调了八点半起床的闹钟，居然没听到！”余乔疑惑道。

“大概闹钟也想周末睡个懒觉，赖床是周末最好的福利。”他拥着她，下巴搁在她的头上，鼻端充盈着她秀发的清香，“何况还有美人陪睡。”

“你昨晚不是说晚饭没吃饱，现在还不起床吃早餐，不饿吗？”

“看着你就饱了。”他经常像刚才那样，盯着她的睡颜看上好久，看的时候满心欢喜：我喜欢了八年的女孩，终于成了我的媳妇啊！

“我看起来有那么秀色可餐吗？”

“你看起来很美味。”说着，他在她的脸颊上亲了一口。

“该刮胡子了，有些扎。”

他故意用带着胡楂儿的下巴在她脖子上蹭了蹭：“这应该是纯天然的按摩吧？”

“又痒又刺，不和你玩了。”她挣脱他的怀抱，坐了起来。

“娘子，再玩一会儿嘛！”他拽住她的手。

“不玩了，我要起床了。”她拿起手机后，发现有几条未读信息，打开看了一下，除了几条广告信息，还有一条是表姐苏瑶发来的，问他们要不要中午去她家吃饭。

“苏瑶姐问我们要不要去她家吃午饭，去吗？”余乔问还躺着的赵云开。

“不是上上周刚去蹭过午饭吗？老去蹭饭也不合适，今天就不去了，我给你煮火锅。”

“好啊好啊！好久没吃火锅了，还蛮想念的。”余乔一边回复苏瑶的信息，一边说，“快起床吧，我们吃点面包垫下肚子，然后一起去逛超市买食材。”

“遵命！老婆大人！”赵云开说起就起，毫不含糊，毕竟一个人赖床也没多大意思。

周末就是好，不需要见客户，也不需要化妆，余乔刷完牙洗完脸，就简单抹了下保湿防晒乳液。

趁赵云开准备早点的空当，她拿起手机，打算放首歌曲，给周末的早晨增添一点活力。她选了一首节奏明快的英文歌曲，按下了播放键。

然后，她想起了闹钟没响的事，打算看一下到底是昨晚忘调闹钟，还是自己睡得太沉了没听见。

这一看，她才发现闹钟的时间不是八点半，而是十点半，八点半能响才怪呢！

她忽然笑了，这已经不是第一次出现类似的情况了。

有一回，她调了七点半起床的闹钟，结果醒来时一看已经八点了，正疑惑闹钟怎么没响，才发现闹钟居然调的是八点半。

开始，她以为是自己前天晚上不小心调错了就没在意。

又有一回，她因为前一晚的工作没做完，打算第二天早起继续做，调了六点的闹钟。结果那天她七点才起床，还是赵云开把她吻醒的。后来，她怀疑闹钟是不是坏了，都没有按时响，一看才发现闹钟的时间是七点十分。

她觉得自己应该没患失忆症，明明昨晚调的是六点，怎么能变成七点十分？她暗自揣测可能是赵云开悄悄调了。

她去找他兴师问罪："是不是你动了我的闹钟？"

"我没有动你的闹钟，我动了你的心。"起初他装糊涂。

"那奇怪了！难道我失忆了？"她抱着自己的脑袋，一脸困惑，"完了！我忘记发生的所有事情了。你是谁？我在哪里？"

他知道她在演失忆的戏码，便配合地抱着她，说："我是你的老公，你在我怀里。"

"我昨晚睡之前明明调了六点的闹钟，打算一早起来继续昨晚没做完的事。结果闹钟没响，你说这是怎么回事？"

"因为有个小偷悄悄调了。"

"是你这个小偷吧？"

"嗯。"他点头。

"为什么要调啊？"

"因为你来'大姨妈'了，看你很疲惫，希望你能多睡一会儿。"

本来余乔还打算揪出动闹钟的罪魁祸首好好抱怨几句，结果这下别说抱怨，她只想好好抱着他。

后来，他觉得她调闹钟是多此一举。

他的理由是：公主都是由王子吻醒的，不是闹钟吵醒的。

她却依旧要调闹钟，她觉得调闹钟能给她一种安全感，清醒的安全感。

想来多年的习惯一时半会儿也改不了，他便随她去了。

两个人吃过早点后，出门去超市购买火锅的食材。

一起去超市购物，这是余乔曾摘抄的“和恋人要做的 101 件小事”里的其中一件，眼下已梦想成真。

女人一向对逛街购物乐此不疲，余乔也不例外。虽是奔着火锅食材而来，但面对琳琅满目的商品，她也忍不住东看看、西瞧瞧，看中合心意的也不管它实用与否，就要往购物车里塞。反正有人帮她推购物车，放再多她也不累。

走到卫生用品专区时，她想起“大姨妈”快要大驾光临了，打算买点卫生巾囤着。

她看过的言情小说里经常有女主角来“大姨妈”，男主角去买卫生巾的桥段。也不知道是不是这个桥段能体现男主角体贴的缘故，她百看不厌，总觉得能 get 到她的萌点。

白羊座的浪漫细胞发作，她对赵云开说：“呃，要来事了。”

“哈？”他疑惑不解。

“就是‘大姨妈’快要来了呀……”她解释。

“呃……要我做点什么吗？”

嗯，顺着她的话头往下说，很有悟性！

“你买过卫生巾吗？”她问他。

“没有……”

“哼哼，那我带你‘上车’，坐稳喽！”

然后，赵云开就被余乔拉到了卫生巾的专区。

“这是日用的，那是夜用的，我喜欢用棉柔的……”余乔把自己习惯用的品牌以及几个品牌之间的不同一点一点和他说。

他在边上若有所思，像个认真听讲的学生，点头说着：“记住了。”

她说：“以后你来帮我买哈，我下次可就不来了。”

“好的，已经悉数记下。”

看他一脸淡定自若，毫无言情小说男主角的羞赧，她讶异地问他：“难道你不害羞吗？”

他笑道：“为老婆大人服务，是我的荣幸。”

哪里会尴尬，她把自己最私密的事情和他分享，他幸福都来不及好吗？

他们慢悠悠地逛着，终于来到此行的目的地——食材专区，选好肉类和蔬菜后，他又选了她喜欢吃的海带和豆腐丝。

“这里居然有豆泡！你喜欢吃的。买一包！”她惊喜地说。

他却说：“不用了，我买了豆腐丝，都是豆制品。”

“你不是更爱吃豆泡吗？”她疑惑道。

“你记错啦，我更爱吃豆腐丝。”

“咦，不对呀！以前我们一起吃米线，不都是我把豆泡给你吃吗？”

“时过境迁啦！”

“什么意思？”

“我不是喜欢吃豆泡，只是喜欢你把自己碗里的菜夹到我碗里的感觉。”

“呃，被你骗了！”敢情是为了骗得她的好感，还骗得了她的间接亲吻。

“无法退货了哦！”他得意道。

“那就罚你把购物车清空！”余乔咬牙切齿地说。

在家里吃火锅和在饭店吃火锅的感觉不太一样。

两个人坐在餐桌前，看着热气蒸腾的火锅，感到家里十分有烟火气息。

余乔还准备了红酒，来庆祝在新家吃的第一顿火锅。

“干杯！为我们！”她举杯。

“干杯！为我们在一起！”他也举杯。

然后，两个人相视一笑，不约而同地喝起了交杯酒。因为，他们想起了在香港旅行时喝的“交杯茶”。

一起旅行的时光尽管短暂，但那些美好的画面像一场流动的盛宴，伴随着两个人的一生。

谁说婚姻是爱情的坟墓？婚姻也可以是爱情的殿堂。

爱情是两个人谈情说爱，婚姻也是两个人谈情说爱，只是谈的情爱更深了一层，更浓了一些。

浪漫还是浪漫的，不同的是多了柴米油盐酱醋茶的沉淀后，变得更有生活的韵味了。

余乔无比确定：婚姻只是新的起点，绝对不是童话故事和言情小说里的 Happy Ending，而是 Happy Beginning。

最近的这段时间，余乔发现赵云开变了，最大的改变是——他变得成熟了！

都说男性心智成熟的年龄普遍要比女性晚三年，尽管赵云开比余乔年长一岁，她仍然觉得他有时候蛮幼稚、蛮孩子气的。他爱打游戏就不说了，偶尔吵架后，他还会扮成迷弟来求和，什么：“小姐姐，你长得这么美，生气就不好看了。笑一个吧。”

但是，现在的他完全变了！变得深沉、沉默，不同以往。

他以前下班回家后是：吃饭、睡觉、打游戏；现在下班回家后是：吃饭、睡觉、看教材。

他在为 ACCA（国际注册会计师）做准备，需要通过 3 个阶段 14 门的课程才能获得 ACCA 的资格认证。

他所在的企业正在开拓海外市场，迫切需要“高精专”的财务管理者。他的顶头上司十分看好他，觉得他是新入职的员工里成长速度最快的，建议他考 ACCA，以便将来能在海外市场上为企业效力。

认真努力的赵云开让余乔刮目相看。读大学时，他几乎每节课都在玩游戏，一起上自习时也经常趴在桌上睡觉。偏偏他考试的成绩又好，让她无言以对。

他是聪明有才华的，这一点她从不怀疑，只是她对他有些“恨铁不成钢”，觉得他上进心不够强。

眼下，他每天沉迷学习不能自拔，倒是甚合她的心意。

都说认真的男人极有魅力，此言不虚。望着在书桌前啃英文教材的赵云开，余乔总忍不住想要去打扰他。

比如这一回，他正专注地学习，她走到他的身后，将两条手臂搭上他的肩，顺势抱住他。

“全英文教材，难不难？”她问。

“最难的事都没难住我，这不算什么。”

“哟！对自己这么有信心呢！你刚才说的最难的事是什么？高考？”

“固定模式的考试都不算难事，对我来说最难的事是让你爱上我，和我在一起。”他握住她的手。

“哈哈，有那么难吗？老实交代，当我接受你的告白时，你有一种什么感觉？”

“万里长城终于修完的感觉。”

“真是难为你了。”她心疼地摸摸他的脸。

“不过，回报也是巨大的。我现在拥有了世界上最宝贵的财富。”他拉过她的手亲了一下。

“那你要懂得‘理财’才行。”

“理理理，绝对要理。”他把书合上，“理论不看了，实践出真知。我们实践去。”

“……”这人说得一本正经，接下来却要做那么不正经的事。

欢爱过后，余乔问他：“你最喜欢我身体的哪些部位？”

他说：“全部。”

“具体一些呢？”

“长发、眼睛、手。”他的目光往下移，“胸部，还有大长腿。”

“哈哈，大长腿？你确定不是在取笑我吗？我的腿哪有你的长。”

“比我的好看。”

“有自知之明。”

“因为我的腿毛比你多。”

“……”

她又问：“如果让你选一个最喜欢的地方，你选哪里？”

他指指她的胸口：“这里。”

“哦，你说过你最想去的地方是这里，我的心里嘛！”

“不仅如此，我还为这里打过架。”

高二时，他曾和两个男生打过架，起因是那两个人在背后讨论余乔的胸部。

“啊？不会吧？你那次打架是因为我？”听完他对往事的叙述，她惊呆了。

“因为打架而引起你的关注，也是我的荣幸。”

“那会儿你就告诉我这件事，说不定，我会早一点喜欢你。”那时候，她以为他是闹事的问题生，现在才明白他是为她而战的酷男生。

“男生不坏，女生不爱？”

“错！这不是坏，这是为正义而战。愿意为我拼命的男生，我会另眼相待。”

“我那个时候都不敢和你说话，你一看我，我就脸红。”

“你脸红根本看不出来，皮肤黑啊！”

“这叫健康色，懂吗？”

“我没看出健康，只看出了‘色’。”

他低下头，在她胸前轻咬了一口：“这才叫色。”

“你好像……”她欲言又止。

“嗯？”

“对左边这位好一些。”

“哦……你想要‘雨露均沾’。”他明了，凑过去，对着右边那位亲了一口。

亲完之后，他指着左边这位说：“左边是大欢。”他又指着右边那位说，“右边是小爱。”

“你喜欢哪位？”

“都喜欢。你的哪里我都喜欢。”

也是在结婚以后，赵云开才发现，表面大大咧咧的余乔其实和别的女生没有两样，也喜欢反复问一些和爱情相关的问题，来确认他对她的爱意。

“你刚看到‘大欢’和‘小爱’时，有没有很失望？”

“失望什么？”

“觉得……呃，没有想象中那么大。你不是说高中那会儿男生还为此讨论过我吗？”

“胸不在大，好看就行。我第一次看到时，真的被惊艳到了，简直太美了！”此刻他拥着她，手就放在她的胸前。

“其实我不是什么大胸美女，上高中那会儿，有很多女孩子驼背嘛，我小时候练过舞蹈，走路时总昂首挺胸的，所以显得胸大。”

“夫人，别纠结胸的问题了。毕竟，我喜欢的不是你的小胸，而是小胸的你。”

“我胸也不小啊！”

“不小不小，比我的大多了。”

“讨厌！”她转过身，捏了捏他胸前的凸起。

“别闹，很痒。”

她偏偏恶作剧一样伸出双手，对他继续蹂躏，然后像发现新大陆一般，说：“咦？变硬了呢！”

“想当年我为你打架，你不报恩倒也罢了，还来报复我。看我怎么罚你！”他翻身将她压在身下。

“你霸道总裁上身啊。”

“你不是爱看这类小说吗？今天满足你的角色幻想。”

“……”好吧，今晚她就做一回霸道总裁的情人。

就在余乔和赵云开享受新婚甜蜜生活的同时，陆露也沉浸在热恋之中。

那天“鸿门宴”散场，陈燃送陆露回家时，对她表白了，他说：“你是我想要一起生活的姑娘，我想和你好好在一起。”

陆露觉得这告白格外动人，有一种他要和她共度余生的感觉。

她以为他会说“我喜欢你”，他却说“我想和你好好在一起”。

都说“在一起”比“喜欢你”更动人，确实如此。

在一起之后，他把她的备注改成了：“第一万零一天要娶的姑娘。”

她简直欣喜若狂，原来，她真的被他写进了余生。

陆露把此事告诉余乔时，余乔却纳闷了：“怎么是一万零一天，不是一千零一天？一万零一天可是快三十年啊！你得等到头发花白。”

陆露却不以为然：“他那是夸张的修辞手法，不都说爱你一万年吗？他大概想表达他喜欢我比一万年还多一天吧？”

余乔直摇头，恋爱中的女人，智商真的不行！一万零一天，又不是一万年零一天。

不过爱情这回事嘛，只要两情相悦就好，局外人也管不了那么多。

由于陈燃住单位宿舍，平常也在备战 ACCA，工作又忙，两人只有每周末才能见面。不过，他们倒是每天都会通过手机发信息、打电话，“早安”“晚安”更是必不可少的。

为了纪念他们谈恋爱的日子，也为了不让其他人发现她，陆露重新注册了一个 QQ，名叫“我愿迷路到你身旁”。

陈燃的 QQ 空间依旧坚持更新，喜欢他的网友有增无减，每天的留言都有很多，陆露用新的 QQ 给他留言，别人或许看不出端倪，他几乎每次都回复，她每次仅仅看他的回复就觉得很甜：

10 月 5 日，他发了和网友互动的内容，很多网友向他表白。

我愿迷路到你身旁：大橙子，我喜欢你。

橙心橙意：恭喜你前排表白成功。

10 月 10 日，他发了好几幅美食图，配上文字。

我愿迷路到你身旁：深夜放毒……我觉得你有毒。

橙心橙意：我觉得你看起来很好吃。

我愿迷路到你身旁：……

10 月 16 日，他自黑英文不好，说自己这样的英文水平还挑战 ACCA 简直是自取其辱，对他来说，会说“Hi”就行了。

我愿迷路到你身旁：你会 like 也不错。

橙心橙意：还会 love。

我愿迷路到你身旁：厉害厉害。

厉害的当然不是英文，而是撩妹的本领。

虽然他也回复其他网友的留言，但并非每条都回复，除了她的。

有网友留言：不知道说什么才能引起你的注意，让你翻牌了。感觉好难啊。

陆露看到类似的留言会窃喜，不回复你，只是因为你不是他喜欢、在乎的人，他每次都回复我的留言啊！作为他的女朋友，混在他的粉丝中，有一种当女朋友的天然优越感。

这真是典型的，注册一个小号向你表白，然后别人都不知道我们在谈情说爱。

如果陈燃发内容时她刚好在他身旁，她总会先发“水评占座”，抢比较靠前的位置。

哇！前排！

抢了前排再说！

前排还有吗？

见她和网友争风吃醋，他说：“抢什么前排？我心中的沙发永远给你坐。”

她瞬间觉得好暖！她抱住他，亲了一口，宣示主权：“我的男朋友！随便抱，随便亲。别人看不见、摸不着、亲不着。”

不知道的人可能还以为，她爱上的是个被万千人捧着、宠着、爱着的大明星。

其实，当你喜欢上某个人，他就会成为你眼中的大明星，并踏着七彩祥云而来，光芒万丈。

第二十五章

当一棵与你并肩而立的树

佛曰：凡所有相，皆是虚妄。

然，俗世红尘中，众生尚未修炼出佛眼，肉眼往往被表象所迷惑。

在陆露看来，长相出众的美女机会更多，是因为世人更看中她的长相。

余乔近期收到了一家知名银行发来的offer，岗位不同于现在的业务咨询，是理财经理，这让陆露羡慕不已。

对于业务咨询这份工作，陆露觉得枯燥乏味，个人成长空间有限。于是余乔和她提及想换工作时，她也心动了。

只是，她心动的时候并没有行动，不像余乔做了很多准备工作，因此余乔的面试顺利通过，而她没有通过。

余乔离职时，陆露有些失落和难过，不知是为舍不得她离开，还是为自己没能收到offer。

两个人在单位附近吃了一顿“离别餐”。

陆露回顾了她和余乔在办公室初次见面的场景，说：“当时我都被你惊艳到了，你的这双大眼睛和小燕子的那双有的一拼，忽闪忽闪的。大概很多人都会沉醉在你的眼睛里。你有没有问过你家云开，他最喜欢的是不是你的眼睛？”

“他当然是喜欢我的全部。”余乔自然不好意思说，除了眼睛，他还喜欢她的胸部和大长腿。

“你真是太幸运了！长得那么好看，还有个那么宠你的爱人，换工作也这么顺。”

“其实每个人都可以找到属于自己的幸运。想想你的幸运，大学一毕业就在本地不错的银行工作，不用背井离乡；工作第一年就遇到喜欢的人，第二年就和他谈恋爱，并且一直稳定地谈到现在。这何尝不是一种幸运呢？”

当陆露说余乔幸运时，余乔内心浮现的是《浮士德》里那句话：自由与命运只垂青每天努力的人。

只是此时她不能说与陆露听，这难免会让对方误以为在说其不够努力。此时陆露需要的不是鸡血，是安慰。

“最近恋爱也不怎么幸运，感觉有些水逆。”陆露的眼神忽然黯淡下去。最近她总觉得自己和陈燃之间少了些什么，虽然他们一如往常地每天聊天，周末见面，但他们的相处似乎没以前那么甜蜜了。难道恋爱久了，对方会觉得习以为常而感情转淡？

“怎么了？和陈燃吵架了？”余乔问。

“吵架倒从来没有吵过，就是觉得他没以前那么在乎我了，留给我的时间也没以前多了。”

“这很正常啊。我家那位最近和 ACCA 打得火热，也不太搭理我。他们单位有出国机会，外派回来就能加薪升职，事业是男人的春药，他们当然要抓住这个机会了。”

“他要是把时间都用来看 ACCA 我也无话可说，关键是他把时间都分配给了他以前喜欢过的女神啊！有一次，他和女神聊天刚好被我看到。还有几次，他和女神一起吃饭。虽然每次和女神吃饭他都会提前告诉我，但我还是觉得不舒服，表面上还要装作我很大度，我不在乎。”

“这说明陈燃对你还挺诚实的，他和女神只是普通朋友的关系，你没必要吃醋啊！”

“现在是普通朋友的关系，谁知道以后会怎样？毕竟陈燃喜欢过她，她又长得那么漂亮。我见过那女孩的照片，长发飘飘、浓眉大眼、五官精致，跟明星没什么两样。每次他们在一起吃饭我就好紧张，总觉得那女孩是个定时炸弹。”说着，陆露长叹一口气，“唉！要是我能长得再好看一点就好了。那样陈燃就会更喜欢我，说不定那家银行还会因为我长得漂亮而录用我。”

陆露的逻辑让余乔不知如何接话，余乔承认，长得漂亮的女孩更容易得到命运的垂青，但漂亮也是一把双刃剑。如果只仰仗年轻时的美貌不去努力，那么随着年华逝去容颜不再，也容易被人弃若敝屣。何况，她能收到新单位的 offer，靠的是自己的实力。她知道自己长得还可以，但从来没想过靠长相吃饭，“以色侍人，色衰而爱驰”的道理她是懂的，她可不想当个花瓶，因此学习和工作她都竭尽全力。

见余乔半晌没说话，陆露问她：“乔爷，要是你家云开和其他女孩子一起单独吃饭，你会紧张吗？”

“我就没想过这个问题。我信任他。”余乔说。

“好羡慕你们啊！还是因为你俩的感情基础好，地基比较牢固。”

“我觉得不管两个人的感情有多好，都要保留自我独立的空间，这也是彼此尊重和信任的一部分。爱情毕竟只是一个人生活的一部分。你放在陈燃身上的时间和精力太多了，你对他的关注已经超过自己，你应该留一些时间给自己。”

“可是我做不到啊。我也想过不要每天都去看陈燃的 QQ 空间，但我还是忍不住每天都去给他留言，然后眼巴巴地等着他回复我。每次给他发信息也是这样，总要等到他的回复才安心。怎么办？我已经习惯每天花时间去关注他了。”

思维决定行动，行动影响意识，意识作用思维。倘若一个人不改变思维，把自己的喜乐悲欢建立在别人的身上，确实容易迷失自我，失去自己的本性。

想当初陆露是个多么活泼可爱的女生，把宋承宪幻想成自己的男朋友，小日子过得不亦乐乎。现在有了一个真正的男朋友，她反而没有以前那般快乐了。以前，她的快乐自给自足，现在她的快乐却建立在了男朋友的身上。这样的快乐似风中烛火，飘忽不定。

“那你先学一学‘戒’，把每天看他 QQ 空间的频率降低到每三天看一次，再到每周看一次。至于他回不回信息，你发了之后，就别期待他秒回，顺其自然。没有期待，你就不会失望了。”余乔给沉迷在爱情之海的陆露支招。

“我试试看吧。”

陆露觉得自己遇到陈燃以后，就和她的新 QQ 名一样，“我愿迷路到你身旁”，她真的有些迷路了。不过迷失在他身旁，又是她心甘情愿的。毕竟那么多女孩都喜欢他，都在 QQ 空间调戏他，而只有她才是他三次元世界里的正牌女朋友。毕竟那么棒的男孩子是属于她的啊！这么一想，她又能忍受陈燃对她的偶尔忽视了。

换了工作，余乔比以前更忙了，一来要适应新的工作环境，二来新的岗位有业绩考核。她需要定期参加培训，耐心地给客户出理财规划，有时候下班了还要和客户沟通。

赵云开的工作也很忙，特别忙的时候需要加班，晚上干脆住在了单位宿舍。

不住在一起时，他不管多忙，都会在临睡前和余乔通个电话，听听她的声音，哪怕是听她为工作的事情发牢骚也可以。

“如果只是看看小说也能赚钱就好了。”还在工作适应期的余乔做了做白日梦。

“这个梦想完全可以有。你在家里看小说带娃娃，我赚钱给你花。”

“现在才不想要娃娃。我们俩在一起不好吗？要什么娃娃。”

“这个听你的。”虽然双方家长偶尔也会问“什么时候要孩子”的话题，但在这方面，他还是尊重她的意见。

“我昨天晚上做了一个梦！”余乔说。

“什么梦？”

“梦见你 ACCA 考过了，然后出国了。我也跟着你过去了，每天不用工作，白天在家里看小说，到了傍晚做好饭，等你下班回来一起吃。”

“多美好的梦啊！”赵云开想想那幅画面就觉得很美：国外的某座小城，夕阳西下，彩霞满天，他的田螺姑娘就在家等着他。

“是挺美好的。不过，不用工作只是想想而已，我还蛮喜欢工作的，毕竟让我有价值体现，也有安全感。”

“做我老婆没有价值体现和安全感吗？”

“完全不一样的感觉。如果我没有工作，只是你的老婆，就是藤蔓一样依附于你的女人。我要当一棵树，和你并肩站立，一起迎接生活的风雨！”

“不用。你站在我的身后就好了，风雨来了我来挡。”

余乔在电话这端听着，不知怎的鼻子就酸了。

工作真挺好的，因为，只有工作足够努力，碰壁足够多，足够辛苦，才更能体会到有人无条件陪伴的珍贵，更能品尝到爱情的甜蜜滋味。

临近 ACCA 考试，赵云开为了专心备考，在单位宿舍连续住了两周。

考完试，赵云开归心似箭，一回到家就把余乔抱怀里：“可想死我了！”然后久久不撒手。

良久他才松开她，问：“想我没？”

“没。”她毫不犹豫地回。

“真的假的？”他不信。

“假的。你还知道回家啊！”余乔说着摸了摸他有些长的胡子，“怎么搞的，一个人住还不知道刮胡子吗？”

“你不是喜欢大胡子荷西吗？”

“不要！我不要你做大胡子荷西，你就是我的专属超哥。”傻瓜，不知道荷西早逝留下三毛一个人吗？我才不要你做荷西。

仿佛他要消失了一般，她拥抱住他，头刚好靠在他的胸口。

“怎么了？忽然皱眉。”

“没什么，就是……想你了。”

“刚才是谁说没想的？”

“女人都口是心非，不知道吗？”

“比如说？”他虚心请教。

“比如说‘不想’其实是‘想’，‘讨厌’其实是‘喜欢’，‘你滚吧’其实是‘滚到我怀里来’。”

“那‘不要’呢？”

“就是‘想要’。”

“哦！原来你想要，这才是你的心里话。”

“……”真是“士别三日，当刮目相看”，云开兄的套路日益精进啊！

第二十六章

等疾风暴雨降临

生活是本流水账，琐碎中自有浪漫，忙碌中自有悠闲，平淡中自有甘甜。

不知不觉中，余乔的婚姻日历已翻了一千二百多页，每一页看似平凡，却记录着她和赵云开的温馨过往。

周末的时光最为悠闲，每周五他们会在晚饭后，躺在沙发上看一会儿电视。平时工作忙没时间追电视剧，周末看一会儿综艺节目，能放松因一周工作而紧绷的神经。

这期的节目有四对明星夫妻参与了剧组安排的三天两夜的活动，节目录制贴近真实，基本还原婚姻生活的原貌：绝大多数时候夫妻二人齐心协力、相敬如宾，偶尔也会有出现分歧、闹矛盾的时候，最后总有一方先妥协，而妥协的那一方往往是丈夫。

余乔看到节目里的丈夫服软求和好时，忍不住哧哧笑："男人嘛，该服软时就得软，哪儿能一直硬？"

赵云开瞥她一眼："一直硬，女人也受不了啊。"

余乔对着他的肩轻捶一拳："想什么呢？好好看电视。"

在这几对夫妻中，主持人发现一个神奇的现象——相处时间久的夫妻在生活习惯和长相上越来越相像，不仅脸长得像，连身材都很相像，要胖一起胖，可谓有福同享。

余乔突发感慨："忽然觉得我们在一起很不公平呢！"

赵云开一脸疑惑："为什么？"

“都说夫妻相，我们会长得越来越像。那你会长得越来越白，越来越好看。但是，我就不会长得更高。”余乔说得煞有介事。

“你可以穿高跟鞋啊。”

“穿高跟鞋逛街，我走不动路。”

“那我背你。”

瞬间，那种心动的感觉又回来了，仿佛刚刚和他谈恋爱的时候。

余乔想起了什么，说：“咦？你好像还没背过我。古代娶媳妇不是还要背媳妇的吗？结婚时没让你背真是便宜你了。”

“现在背一样的。”赵云开指指自己的背，示意余乔上来。

余乔也不客气，径自趴到他的背上。

他起身时，佯装试了三次才把她背起来：“娘子婚后心宽体胖，为夫差点背不动了。”

余乔嘁了一声：“说得好像你以前背过我似的。”

“我以前是背过你啊！”

“什么时候？我怎么不知道？”余乔惊讶不已。

“就是你大学参加八百米跑晕倒的那次。”

“呃……”余乔把头埋在他的颈窝，不忍回忆。

大学时的八百米跑是她最不愿重提的黑历史，毕竟参加比赛晕倒太不像乔爷的作风了。

“话说，那次你背我有什么感觉？”余乔问。

“你的胸蛮柔软的。”

“流氓！”余乔对着他的肩就是一拳。

“其实那时候哪顾得上关注其他的，一门心思只知道往医务室冲，只希望你平安无事。”

仅仅因为他一句平淡的话，氛围忽然就变了，从轻松变成感动。

他在她的身边一直是熟悉的存在，她以前没有那么在乎，现在却觉得，有他在真好。学习时他在，晕倒时他在，回家时他在，打拼时他在，往后的时光他都在。

她附在他的耳边轻轻地说了一句："有你在，真好。"

他微微启唇，想说什么，却欲言又止。然后哼了首喜庆的《猪八戒背媳妇》，跟着旋律晃动身体："娘子搂紧咯！马上要入洞房咯！"

没过两天，余乔吃午饭时，手机里弹出一条信息，是陆露发来的：阿乔，听说你家云开获得外派出国的机会了，恭喜恭喜！

外派出国？有没有搞错？她怎么不知道？这确定不是谣言吗？

这一定是谣言。也不能因为赵云开的 ACCA 全部通过，就那么轻易地获得出国工作的机会吧？

就算他有出国机会，他也不可能不声不响地不告诉她啊！

余乔平复了下内心的波澜，发信息问陆露：你听谁说的？

陆露：还能有谁，我们家燃哥说的。

陈燃是赵云开的同事，看来陆露的话有几分可信度。

余乔的心陡然下沉，她拿起手机翻出和赵云开的聊天记录，看看有没有遗漏什么重要信息。

从上翻到下，他压根儿没有提及任何有关出国的事。

"好气哦！居然不告诉我！"余乔有些愤愤然地想。依照她一贯的性子，她特别想现在就兴师问罪，为什么这么重要的事别人都知道了她却一无所知？

她又担心此事靠发短信，三言两语说不清楚，反而影响两个人下午上班的情绪，不妨先忍耐住，等晚上回去再审他不迟。

只是，这一下午，余乔的心里都不得安宁。一会儿想，他不告诉我是不是担心我会不同意他出国？一会儿想，倘若他真的获得出国机会，难道她以后要独守空房？一会儿又想，他那么优秀，她应该为他感到高兴，怎么却有些感伤？

她正看着电脑屏幕胡思乱想，有人走过来说："小余，你统计下本月理财产品的销售情况，发到我的信箱里。”

来人是她的领导汪敏，四十六岁的年纪，但因保养得好，气质又佳，看起来像是三十出头。她的处事风格一向是温柔中带有坚定的力量。

“好的。”余乔缥缈的神思被拉回工作中。

她工作时素来认真专注，倒帮她很好地转移了注意力，赵云开外派出国的事也被她暂搁到了一旁。

临近下班时，余乔给赵云开发了条信息：晚上早点回家！

分开不到十小时就这么想我啊？

嗯。是很想你，想打你。

我赶紧忙完手头工作就撤，会比平时早一点。早回去了会有特别福利吗？

有。有“一问、二审、三骂”的福利。

怎么今天说话这么简短？赵云开有些疑惑。

留着回家当面说。积攒了一下午的不快，当面说才痛快。

那我就等着回家收甜言蜜语啦！

哼，还甜言蜜语，等着收疾风暴雨吧！

下班时间一到，余乔拎着包就冲出办公室门。平日里和她一起坐公交车的同事在她身后喊：“余乔，等等我啊！”

“今天你自己走吧，我有急事，我打车回去。”余乔头也不回地说。

她心中藏有不悦之事，迫不及待地想要解决，不好好解决不足以泄心头不满。

此刻，余乔只想尽快见到赵云开，把盘桓在心头的种种疑问一股脑抛给他，她倒要看看，当着她的面他还能脸不红心不跳地隐瞒吗？对于隐瞒她的这种恶劣行为，他会如何狡辩？还没到七年之痒呢，他竟敢如此胆大包天地欺瞒她，时间久了那还了得？

她站在路边等出租车，越想越气，越气越急，越急越觉得时间难挨，怎么等半天出租车还不来？

“这位美女，你去哪儿啊？要不要我送你一程？”有辆车在她的面前停下。

她见这人言语轻浮，加之她心情不好，本想骂他几句，孰料一看，驾驶座上的竟是她的客户许诺。

许诺是典型的富二代，含着金汤匙出生，在国外读完研究生，镀了一层金，毕业回国后自己开了家游戏公司，目前经营得不错。他腰缠万贯，长相也不赖，据说颇受女性欢迎。

不知怎的，余乔起初看他并不太顺眼，但奈何她是领导介绍来的客户，让她好生关照。在职场生存，本来就不能从心所欲。何况他向她咨询理财事宜，她给他出理财方案后，他也愿意把资金放到他们银行打理，从商业合作的角度，对她的工作也有利。

面对客户要保持微笑，余乔想起入职培训时的一句话。即便心情不悦，她仍努力挤出一丝笑容，对许诺说：“许公子，原来是你啊，哪儿能麻烦你这位大忙人送我？”

“能送大美女回家，是我的荣幸。”许诺看着她说。

余乔听到这话，感觉心里都要起鸡皮疙瘩了。在言情小说里，女主角要是碰到开着豪车的富二代高兴还来不及呢。可现实生活中，她只觉得像许诺这样的人，身边不会缺女人，他只会把女人当玩物，玩腻了就丢。就算她是已婚人士，也还是和他保持距离为妙。

余乔灵机一动，说：“不用了不用了，我老公待会儿来接我。”她说着还故意看了看手机，“他马上就到了。”

许诺自讨没趣也不再勉强，故意露出惊讶的表情：“啧啧，你这么年轻漂亮，完全看不出来已经结婚了呀！”

“结了婚又不一定会变成黄脸婆。”

“看来你老公很疼你。”

“没错，他很疼我。”余乔的脸上保持着职业微笑，内心却有想把赵云开掐死的冲动。

“对了，上次你给的理财方案，我觉得很棒。”

“过奖了，那是汪总指导有方。”

“师父领进门，修行在个人，还是你有悟性。那个理财方案回头我也介绍给我哥们儿，到时候约出来一起吃个饭？”

“好啊。”她只想迅速结束两人之间的对话，一口答应下来。

“那到时候见咯！”

“再见。”她礼貌地和他挥手后，他开着车绝尘而去。

要是平常，下班时的她是欢喜的，不用应付客户，心情再放松不过。

不过，因为那件事，此时她的心仍是悬着的，悬着等待赵云开给她一个说法。

第二十七章

吃了这碗闭门羹

余乔终于拦到一辆出租车，她坐上车后给司机报了小区的地址。

也不知是不是今日心境不同以往，她望着窗外的车水马龙，只觉每个行色匆匆的人都面带愁容。

“姑娘，你是不是有什么心事啊？”前排的司机忽然问。

“没有没有。就是工作了一整天有些累了。”余乔笑了笑，家事不可与外人道也。

“我开车二十多年了，见过各种各样的人。有的人一上车就不停打电话，生怕错过一单生意；有的人一上车就开始哭，用掉一整包纸巾；有的人一上车就开始睡，像好几天没睡一样。人生在世，烦恼嘛，总是在所难免的，关键是用怎样的心态去看待。把烦恼看作游戏里的关卡，打通一关就会有所收获，人生也就变得有趣多了。”司机自顾自地说。

“您说得好有道理。您平时也打游戏吗？”司机的话让余乔的烦恼稍稍得到了缓解。不妨把这次的事件当作上天对他们情感的考验，当作人生里的关卡，如果顺利通关，她也能得到升级。

“平时闲着没事会打打游戏，预防老年痴呆。”司机说。

“原来如此。”看来她对打游戏有点偏见，有阵子她还觉得赵云开打游戏属于不务正业。

怪不得那么重要的事都不告诉她，一定是最近没打游戏智商下降了。她暗暗想。

车子路过一家餐厅，她让司机停下来，下车买了一份宫保鸡丁盖饭和西兰花肉片盖饭。

吃饱了才有力气好好吵架！余乔拎着饭盒上车时想。

她大概忘了，那两样菜都是赵云开爱吃的。如果吵架，明显会增加对方的战斗值吧？

那边厢的余乔心里怒气冲天，表面隐而不发。

这边厢的赵云开踏着轻快的步伐进了小区，完全没意识到家的上空飘着一朵乌云。

他进得家门，换了鞋，发现客厅的餐桌上已经摆好了饭菜，心中一喜：哟，今天我老婆真贴心！

听见客厅的动静，余乔从卧室走了出来，看都没看赵云开一眼，说道："赶紧洗手吃饭吧。"不看他，是怕在他的注视下丧失战斗力。

"好嘞！老婆做的饭，我一定好好吃。"

"别瞎感动了，从外面餐厅带回来的盒饭。"

"不过都是我喜欢吃的，老婆大人费心啦！"说完赵云开想起什么似的，张开双臂说，"今天我进家门，你忘记了一件事。"

余乔知道他说的是什么，是一进家门的拥抱。平常下班回到家，两个人会拥抱对方，简称"爱的抱抱"，这于他俩来说已是一个不成文的规定。

余乔忍住内心的不悦，采用缓兵之计："洗完手，吃完饭，再说吧。"

"吃了个闭门羹"的赵云开隐隐觉得有些不对劲，但饭菜当前，他也饥肠辘辘，来不及细想，便走去洗手间洗手。

这顿饭和往常相比，吃得太过安静。

可能两个人都太饿了吧？赵云开还是尽量往好的方面想。

等吃完饭，余乔第一次主动把碗筷收到厨房，并开始洗碗时，赵云开彻底发现不对劲了，这还是那个"饭来张口，饭后享受"的女王陛下吗？

他走到厨房，来到她的身后，拥住她，轻声问："今天不开心吗？"

余乔完全没有料到他会突然抱住她，身体微微一僵，心头忽然弥漫起一种对他又爱又恨的复杂情绪。

她本来还想强撑到把碗洗完，再和他好好理论，可眼下，连洗碗的动力都没了，凭什么我生气还要我洗碗呢？这不是自己找虐吗？她把手上的碗筷一放，说："你来洗碗吧，洗完碗到书房找我。"

"咦，怎么不是去卧室找你？"

"要开家庭会议。"

"这么正式呢！我就说今天有点不同寻常。那我要在家庭会议上特别感谢老婆大人今天提升了我的家庭地位。"

"别指望提升你的地位。"余乔没好气地说。就凭你隐瞒我这一条罪状，罚你晚上睡沙发都不为过。

"你主动准备饭菜、主动洗碗，已经提升我的地位啦。"赵云开边洗碗边说，"如果你现在能亲我一下，我会觉得我是国王。"

"……"余乔简直哭笑不得，待会儿能忍住不打你就不错了。

为了平复自己的心绪，不至于在家庭会议中太过激动，余乔从书架上抽出一本书念了起来。

"世尊。善男子。善女人。发阿耨多罗三藐三菩提心。应云何住。云何降伏其心。"

世人皆有烦恼，烦恼皆因心生，如何降伏心魔是世人的普遍难题。

"应如是生清净心。不应住色生心。不应住声香味触法生心。应无所住而生其心。"

据说禅宗五祖为六祖惠能说《金刚经》，说到"应无所住而生其心"时，六祖顿悟，后来留下了佛教经典之一的《六祖坛经》。

余乔念着这本汪敏送她的《金刚经》，似懂非懂。她太年轻，阅历尚浅，很多深意领悟不了。

不过，每当她心情不好的时候，就会念一念《心经》《金刚经》，念完后心情会平静许多。与佛结缘是受到汪敏的影响，有一次闲聊，她问汪敏："您的儿子都上大学了，您看起来还这么年轻，请问有什么保养方法吗？"

汪敏送给她几本经书，对她说："养颜不如养心，心情好了气色自然好。比起护肤品只保养脸，把心保养好了才能由内而外地散发出气质。"

余乔听着有些汗颜，因为她平常对护肤品的关注很多，却从来没关注过经书。

汪敏告诉她："读经书不仅可以让心静下来，还可以长智慧。我们上学时读的书多是长知识，而经书教人长的是智慧。在漫长的人生中，智慧比知识重要多了。"

从那以后，余乔对佛学兴趣渐浓，决定皈依佛门，当然因为尘缘未了，只是在家修行的居士。

"怎么念起经来了？"不知何时，赵云开来到她的身旁。

"心中有怨气，念经来化解。"

"怎么了？发生什么事了？说给我听听。"他拉了把椅子，在她的面前坐下。

俗话说得好，解铃还须系铃人，在这件事的处理上，对他说出来应该比念经书更管用。

余乔把《金刚经》合上，放在书桌上。

想要开口时她却发现不知从何提起，那些想一股脑儿丢给他的质问，现在她一句都问不出。或许是今天那位司机说的话和《金刚经》帮助她缓解了一部分情绪，抑或是心中有太多的话想说，反而不知该说什么好了。

沉默了一会儿，余乔缓缓地开口："有个人做的事太过分了！简直不知道怎么说，一想起来就来气。”

“那个人是谁？你告诉我名字，我帮你去治他！”赵云开义愤填膺地说。老婆被欺负了那还了得，是轮到老公撸起袖子上战场的时候了。

“就在这个房间里。”余乔尽量不动声色。不都说，最高级的吵架方法是不动声色吗？

赵云开左右环顾了下，房间里不就他俩吗？那她的言外之意是他欺负她咯？

“我怎么了？我今天明明很乖、很听话啊！你让我早点回来我就早点回来了。早上出门我亲了你一口，你还说讨厌，你不是说‘讨厌’就是‘喜欢’吗？那会儿我们还好好的，怎么下班回来脸色就变了？是不是今天工作不顺心？”

“工作挺好的。以前书里说的，男人做的事其他人都知道，就他喜欢的人不知道。我只是没想到，这种事会再一次发生在我的身上。”说着，余乔就忍不住流下了委屈的眼泪。当初全宿舍的姐妹都知道他喜欢她，就她不知道；现在陈燃和陆露都知道他获得了去海外工作的机会，就她不知道。

赵云开一见她掉眼泪，就有些慌了。虽然平常也免不了小吵小闹，但他还没见过她掉眼泪。

他拿了一张纸巾，边帮她擦眼泪，边说：“哭起来就不是乔爷啦！”

一听他这话，她哭得更凶了：“人家本来乔爷当得好好的，干吗来招惹我？”

“我这不是以貌‘娶’人吗？你长得那么美，我才舍不得别人娶你。”

“呜呜……娶了我还不对我好一点，居然隐瞒我！”人一旦觉得自己很委屈，泪水就会止不住地往下流。

“你对我知根知底，我哪敢隐瞒你啊？”赵云开也一脸委屈。

和人吵架的时候不能哭，一哭自己的气势就弱了，反而让对方占了上风。

余乔决定振作起来，把眼泪擦干后，把心一横，说："我给你机会好好回忆，你哪件事隐瞒了我。"

"我怎么有种'坦白从宽，抗拒从严'的感觉？好吧，乔长官，我招我招。就喜欢了你那么多年却没告诉你这件事，我确实隐瞒了你，我应该早一点告诉你的，那样我们就会早一点在一起啦。"

"就算早点告诉我，我也不一定会和你这样的人在一起。"余乔嗤之以鼻。

"我这样的人？我哪里不好了啊？"赵云开为自己喊冤。

"哪儿哪儿都不好。从头到脚，都让我讨厌。"

"哦，原来你这是向我告白呢，我从头到脚都让你喜欢啊！也是，想我风度翩翩的赵公子，要身高有身高，要智商有智商，要才华有才华。"

"你能要点脸吗？"真是夸自己都不带缴税的，至于夸那么狠吗？没听说"自己夸自己，长大没出息"这句话吗？

"我的脸这么帅，自然是要的，这还是老婆大人偶尔赏赐面膜给我用的功劳呢！"

不应该是严厉的审问吗？怎么气氛反倒越来越和谐了？不行，她得赶紧回归正题："少来这一套！赶紧想想，你到底有什么事对我隐瞒了？"

"报告长官，确实还有一事相瞒，我昨天早上趁你睡着的时候，偷偷用了你一张面膜。你说我是不是特别要脸？"

"……"听到这里，余乔真是哭笑不得。

他一直云遮雾罩地跟她打太极，切不到正题，她只好开门见山："那件事我已经知道了。"

"什么事？"他还在装糊涂。

"就是你获得外派出国机会的事。"

赵云开闻言，先是一愣，然后恍然大悟："我说今天你怎么这么奇怪呢，敢情晚上的饭菜是糖衣炮弹。"

“那么重要的事怎么不和我说？”终于，她问到了重点。

“我觉得没有什么比你更重要。”

他曾经那么渴望自由，那么渴望获得去海外工作的机会，那么渴望去更大的舞台闯出一片天地。但是，当那个机会真正来临的时候，他第一个想到的不是外面的花花世界，而是家里小小的她。

他如果出国了，她怎么办？相隔十万八千里，连晚上帮她掖被角这种小事他都做不到。

其实，这两天他也在犹豫要不要告诉她。那天一起看综艺节目的时候，他就想告诉她，但始终没能开口。

他承认，在某些事情上，他是怯懦的，比如当初说喜欢她，比如现在要告诉她出国的事。

他知道，这件事和她有关，他不能一个人做决定。如果不去国外，他怕辜负了自己的努力和她的期待，很多次都是她陪伴他看那些考试材料；如果去国外，他和她势必要分居两地，而且这一去就是三年。

余乔在他肩上揍了一拳：“你是不是傻啊？这么好的机会，出去见见世面，回来还能加薪升职。”说着，不知怎的她又有想哭的冲动了，但这次不再是委屈的眼泪。

“你这是希望我去？”他有点拿不准要不要去了。

“你说呢？”

“你希望我去我就去，你希望我留下来我就留下来。在这件事上，我听你的。”

“你之所以不告诉我，是担心我不同意你去？”她问。

“是怕面对你为难的样子。因为，我也很犹豫。我不知道怎么办。”他的表情有些纠结。

“我也不知道该怎么办，但不管你做怎样的选择，我都尊重你。”她说。

“怎么把难题抛给我了？”

“我累了，我要去睡了。”白天的胡思乱想累，晚上的吵架累，现在的选择更累，她只想倒头大睡。

余乔往卧室走去，进门后将卧室门一关，并反锁上，留下赵云开在门外哀号：“老婆，开门啊！”

“罚你面壁思过一晚上。”余乔在卧室里说。再怎么说，那么大的事，他也应该第一时间告诉她，而不是等到她来找他才说。

“沙发上没被子啊！我会被冻感冒的。”

“那就感冒好了。”余乔冷冷地说。

“最毒妇人心哪！”赵云开叹气道。

第二天早上，赵云开在客厅沙发上醒来的时候，听到从洗手间传来的水流声后，心想：她这么早就起床了？

他走到洗手间的门口，发现余乔正在洗脸，就像什么都没发生一样，他微笑道：“早安，老婆。”

余乔把脸上的洗面奶洗掉，抬头看了一眼懒洋洋靠在门框上的赵云开，说：“昨晚睡得好吗？”

“老婆，你还是这么关心我啊！”赵云开心中大喜：不错，能和他说话不冷战，说明她不生气了！

“你想多了，纯粹的问句而已。”她一边往脸上擦乳液，一边淡定地说。

“我昨晚睡得一点都不好，沙发太软了，没有床舒服，现在还腰酸背痛的。关键是老婆不在身边，我无法沉迷温柔乡，这才是最让我头疼的，我现在头还昏昏沉沉的。”赵云开一副可怜相地扶额。

“胡说！昨晚你明明睡得很好，一晚上都没醒过。”

赵云开眼睛一亮，像发现了新大陆：“还说不关心我，昨晚偷偷去看我了吧？”

“大晚上的谁有空去管你？”余乔口是心非。

她昨晚没睡好，总处于半梦半醒之间，时不时地醒来。于是她忍不住爬起来，悄悄打开门去客厅视察了下，发现赵云开睡得正香。他倒不傻，还知道找了床薄被盖在身上，只是此刻有一半的薄被掉到沙发下面去了。她捡起薄被，帮他重新盖好。

她怕吵醒他，没有开客厅的灯，走廊的灯光映照过来，他熟睡的样子像个孩子。

她情不自禁地俯下身，在他的脸上轻轻吻了一下，然后起身回卧室。

余乔重新躺回床上，心想：凭什么做错事的人睡得香，被隐瞒的人却睡不着？她心理很不平衡。

“让我想一下啊！你半夜三更造访，究竟是劫财还是劫色呢？”赵云开煞有介事地问。

“你用得着劫吗？”余乔一语道破天机。

“也是啊！我早就是你的人了，你早已财色兼收。”

“我是说，财和色这两样你都没有吧？”她将脸上的粉底液抹匀，“我倒觉得和你结婚，我像是被劫财劫色的。”

“可是……人家也以身相许了呢！”

“……”他又故伎重施，一吵架就撒娇，她根本招架不了。

看到她的嘴角好似扬起一抹微笑，赵云开觉得有希望了，试探地问：“你不生气啦？”

“当然生气。”

“不都说夫妻不留隔夜仇吗？”

“我和你大概前世是冤家，仇大着呢，所以这辈子慢慢报。”

“我知道你为什么还生气了。”

“知道就好。”如果他诚心悔改，她会给他机会的。

“‘夫妻不留隔夜仇，床头吵架床尾和’，我忘记后面一句了。为了和好，我们晚上得一起睡才行。”

“……”刚才一定是她的错觉，他根本没有诚心悔改的意思嘛！

余乔和赵云开这次吵架算是平稳地度过，虽说“大吵伤身，小吵怡情”，只是，吵架从来不能真正解决问题。

关于“他要不要出国工作”这个问题，仍然没有答案。

早上出门前，他再度把问题抛给了她：“出国这件事没什么大不了的，你做决定就好。”

“为什么你的事要我做决定？”她很纳闷。

“你不是在结婚那天说，我们从此以后不分你我，我的事就是你的事吗？”

“……”好吧，说出口的话再也收不回，她得为自己说过的话负责。

余乔犹豫不决，只好在 QQ 群里向大学宿舍的姐妹们求助。

余乔：超哥有个出国工作的机会，他单位的领导说是在外工作三年，回来就是高管，年薪百万。你们说，这个机会他要接受吗？

顿时，一石激起千层浪，小小的 QQ 群快要炸了。

丸子：哇！超哥太帅了！快看我崇拜的眼神。

洛洛：这不就是传说中的“一夜暴富，走上人生巅峰”吗？要是这样的机会落到我的头上，我睡着了也会笑醒的。

大帮：洛洛还是喜欢做白日梦，不过我也爱做这种白日梦。恭喜超哥梦想成真！

诗诗姐：超哥好厉害啊！真是英明神武，一统江湖。

余乔：你们到底有没有认真看我说的话？重点是最后一句话：这个机会他要接受吗？

洛洛：当然要！

丸子：当然要！

诗诗姐：当然要！

大帮：当然要！

群里的回答出乎意料地整齐划一。

余乔狂呼：你们就没想过，他一出国，我就成为留守妇女了吗？

洛洛：有钱花还没人管着，这种留守妇女我也愿意当，可惜连让我留守的人都没有！

大帮：现在网络那么发达，都地球村了，出国也不影响感情啊。

丸子：我从刚才就在想，我什么时候才可以像超哥这样，事业爱情双丰收呢？

诗诗姐：留守妇女什么的不存在的。你那么年轻貌美，留守美女还差不多。

余乔：你们到底有没有同情心啊？

余乔发了个哀号的表情，然后呼叫她的红娘：大柠呢？

说大柠，大柠到。

大柠：我不在线。

余乔：友军，你太不够意思了！这么晚才出现。

大柠：刚才忙工作呢！

余乔：别避重就轻，你帮我评评理，我都快成留守妇女了，她们还欢呼庆祝，怎么对得起我们大学几年的姐妹情谊？

大柠：我觉得吧……要是分开三年，异地恋是挺难受的。

余乔颇感欣慰：知我者，大柠也！这才是过来人的心得。

洛洛：大柠难道觉得超哥放弃这次的机会比较好吗？要美人不要江山？

大柠：也不是。其实江山美人都可以拥有，异地恋只有三年，三年时间很快就过去了。我和我家大林不也异地恋了两年？异地恋反而能“距离产生美”，每次重逢都像是初恋。

余乔：大柠，你也是敌军吗？

大柠：我们都是你的盟军。我只是觉得，如果出国不影响你们的感情，机会难得，把握住这个机会是上上策；如果出国让你们对感情都没安全感，整天提心吊胆的，那可以重新考虑。

诗诗姐：大柠说得很有道理。

丸子：那是！我们的爱情专家，在爱情方面最在行。

余乔：我知道了，你们五个都是支持超哥出国派。

大柠：你也别受我们的影响，关键是看你自己。

确实如此，他出国与否，最终的决定权还是在她的手里。

他因为信任她，才把那么重要的事交给她决定，这件事有关他事业的发展，有关他的前途，她不能因为有私心就草率决定。

老实说，当她通过陆露得知赵云开获得出国工作的机会时，她更多的关注点是——这么重要的事他为什么隐瞒我？他难道不信任我吗？对他不满的情绪战胜了一切，影响了她的理性判断。

倘若她不是通过旁人，而是从他口中得知的这件事，她的情绪是不是会截然不同呢？她会不会激动兴奋，为他感到高兴，就像宿舍里的姐妹那样呢？

而且，他能获得这个机会并非易事，他为 ACCA 所做出的努力，她是最清楚不过的。她怎能让他那么多的时间和精力白白浪费？

当生气和不满的情绪渐渐消失，她回归到客观冷静的思考，心中有了清晰的答案。

第二十八章

一入乔家门，终身不复还

“我做好决定了。”余乔说出这句话的时候，有种视死如归的架势。

“我也做好决定了。”与她相比，赵云开就淡定多了。

“你先说。”她说。

“女士优先，你先说。”他说。

“那么，一起说好了。”她说。

她：“我觉得，你出国比较好。”

他：“我考虑了下，还是决定留下来。”

听完对方的答案，两个人异口同声道：“啊？”

“你是认真的吗？”余乔对他的决定十分不解。

在做出这个决定之前，她特意查找了许多相关资料，纵观古今中外，凡是成大事的男人都是热爱工作和事业的。如果真的爱他，就应该放手让他去更广阔的天地闯荡。

“当然是认真的。”赵云开注视着她的目光，看起来无比真诚。

“理由呢？不会是为了我留下来吧？”

“……”他忽然哑口无言，因为被她一语中的。

他本来就在犹豫，何况他还没出国呢，他们就为此事吵了一架，他担心出国后两个人的误会更深，吵的架更多。他知道吵架越多越伤感情。而且不少案例显示，恋人分手的原因绝大多数是聚少离多。为了避免这些，他觉得还是不出国为好。

“如果是这个理由，我会觉得你很怯懦，不值得我去爱。”余乔的声音铿锵有力。

“我是觉得，工作在哪里做都一样，但不是哪里都有你啊。”

“真正的爱并非要每天朝夕相对，而是‘两情若是久长时，又岂在朝朝暮暮’。只要你心里有我，就是哪里都有我。比如现在我们各自都要上班，有的时候还要加班，也不是 24 小时在一起。甚至有时候回到家很累，说的话都很少。即便这样，也没有影响我们的感情啊！所以我对我们的异地恋很有信心，不就是换了个地方谈恋爱吗？”

赵云开惊讶于她怎么变得如此冷静。

难道这是暴风雨来临前的平静？

“换个地方谈恋爱是没错，但是想念的时候看不见摸不着的，岂不是要进入柏拉图式的恋爱？”他拉过她的手，好似马上就要分开一般万分不舍。

“就当多一种恋爱体验。你和我一个人恋爱，却能身经百战，不是挺好吗？”

他笑了，伸手指轻轻戳戳她的脑门：“就你花样多。我想起我们的第一次……你还让我穿得一本正经。”

“那叫禁欲系，懂吗？我觉得你穿白衬衣、黑西装的样子可帅了！有一种想侵犯又不忍侵犯的感觉，特别禁欲。”

“唉……我如果出国，就要成为真正的禁欲系了。”他可怜巴巴地说，“要不，咱们今晚先成为纵欲系？”

余乔还没来得及回答，他已俯下身吻住她。

呃……他还没出国呢，还没异地恋呢，不应该上演“小别胜新婚”的戏码啊？

她大概忘了，这叫“吵后胜新婚”。对于恩爱夫妻而言，没有什么问题是不能靠欢爱解决的，如果一次欢爱不行，那就两次。

当“你中有我，我中有你”时，也就忘记当初究竟是谁对谁错了。

在这个过程中，她是享受的，任由他带她穿过平原、经过溪流、越过高山……

她的心绪连绵起伏、汹涌澎湃，而后回归平静。

她靠在他的胸前，问：“你有没有觉得……这件事很美妙？”

他说：“其实在和你碰撞出火花后的每一刻都很美妙。从我知道你也喜欢我的那一刻开始。”经历过暗恋，默默承受过喜欢一个人的孤独，才更懂两个人眼神交流的意义，才更懂心灵相通的美妙。

她抱住他：“以前你辛苦了。”她也有暗恋的经历，自然深知其中的苦涩。

“苦尽甘来的感觉更好。”他笑道。

“有人说，世界上最遥远的距离，莫过于你在我身边，却不知道我爱你。所以，最遥远的距离根本不是相爱的人分隔两地，而是心和心之间的距离。只要两颗心贴得很近，心灵之间没有距离，再远的空间距离都不是问题。”

“说得真好。我突然不再担心我出国工作的事了。”

“你担心什么？”

“担心我这貌美如花的老婆被别人拐跑了。”

“嘁！真是杞人忧天。智商达不到你这种高度的人是拐不走我的。”

“也是！好皮相对你没用，死缠烂打对你也没用。上大学时，那么多人追你，你都无动于衷，那样子真是让人心灰意冷。我都怀疑你是不是性取向有问题。”

“你才性取向有问题！你大学四年都没谈恋爱，我都怀疑你是不是喜欢男人。”

“据说这次外派的地点不是东南亚就是欧洲，欧洲的帅哥倒不少，你担心不？”

“好啊！你如果爱上某个帅哥，千万不要隐瞒我，大方告诉我，我祝福你们白头到老，绝不打扰。”

“哈哈，还挺押韵。你放心，我是‘一入乔家门，终身不复还’。”

“你这也挺押韵。”

“你就没听出其中的深意？”

“一入乔家门，终身不复还。”她重复了一遍他的句子，咀嚼了一下，终于恍然大悟。原来他说的“一入乔家门”是一语双关，暗指的是她的身心之门。她顿时脸红心跳，斥道：“你真是不正经！”

“在床上就是要不正经才比较正经。”他翻身压向她，卷土重来。

莫非，先前吵架的激烈程度决定后来亲热的激情程度？分房一天也要弥补回来？早知道这样，那天晚上她就不让他睡沙发了。

“早啊，赵夫人。”这是次日早晨余乔醒来后，赵云开对她说的第一句话。两个人昨晚宛若刚刚结婚，正处在蜜月期的新婚夫妻。

“早啊，赵先生。”余乔伸了个懒腰，昨晚折腾了两次，还挺累的，不过也挺……美妙。好羞涩，一早上醒来就想这个。

“我煮了粥，把牛奶热好了，面包也放桌上了。你想吃什么吃什么。”他温柔地说。

“怎么今天表现得这么好？”他最近工作忙，都好久没给她准备早餐了。

“因为你昨晚表现得好。”他一本正经地答。

“滚！”她随手拿了枕头朝他砸去，他敏捷地一躲，枕头掉在地上。

他把枕头捡起来，扔回床上：“我滚去上班了。你也该起来了。”

“好的，我现在就起。”余乔说着起身下床。

赵云开刚走出房门，又走了回来：“对了，有个问题我想和你确认一下。”

“什么问题？”

“你昨天说的希望我出国的事，今天还作数吧？”

“当然作数。”

“确定不是气话？”

“我记得昨天我说的时候很心平气和，一点都没生气。”

“那你是怎么想通的？”他难以置信，先前她因为此事和他吵架，现在又爽快地让他出国。人总是这样，当梦想轻而易举地实现了，会有些心里没底。

“你等一下。”余乔走出卧室，去了书房。

不多久，她拿了一本书回来，递给赵云开：“你在去公司的路上看看，看完你就明白了。”

赵云开半信半疑地接过来，扫了一眼书名——《牧羊少年奇幻之旅》。

“是童书？”看书名，像是《爱丽丝梦游仙境》之类的书。

“算是写给大人看的故事，类似《小王子》，简单而有深意。”

“老婆推荐的书，我一定认真地看。”

临走时，他低头在她的额上印上一吻：“我去上班了，晚上见。”

“嗯，晚上早点回来。还有，外派的国家定下来后，记得早点告诉我。”

“放心，这回一定第一时间向老婆大人汇报。”

坐在开往公司的班车上，赵云开打开那本薄薄的书。

他平常不是靠着椅背补眠，就是用手机看看信息，已经很久没有坐在车上看书了。

清晨的阳光无比柔和，透过车窗洒在洁白的书页上，有一种说不出的美好。

他翻看了书的前几章，发现这本书是带点魔幻和宗教色彩的现实故事，虽然不太明白余乔拿给他看的意义，但有些话还是蛮让他触动的。

比如：*羊群不会察觉它们每天都在走新路，不会发现草场在变化，四季有区别。因为它们一门心思想着喝水吃草。也许我们大家全都如此。*

确实是这样，窗外是川流不息的车辆和匆匆赶路的人群，车内坐着一早起来从家里赶来的同事。每个人每天都在忙碌，很少有人会注意到路两旁的树叶在一年四季中的细微变化。这和羊群一门心思只想着喝水吃草一样，很多人一门心思只想着工作赚钱。

赵云开想，他不要做一个只会工作赚钱的麻木之人，那样就会丧失对生活中的美好的感悟力。就像这本书上说的那样：实际上，每天都一成不变，是因为人们已经失去了对美好事物的敏锐感觉。

他暗自庆幸，他还是觉得每天都很美好的，每天能看到余乔的笑就很幸福。

而且，余乔支持他出国追求事业，他还是感到蛮欣慰的。以后，他去外面的世界看更多的精彩，他都会把这些精彩与她分享。这样，他们的生活就变得更不一样了。

天命就是你一直期望去做的事情。

他仔细想了下，他小时候最期望做的事情是像流浪客一样四处游历，最好还能学到一身本领，能行侠仗义，劫富济贫。这可能是他喜欢打游戏，在另一个世界驰骋的原因。

在已经习以为常的东西和意欲得到的东西之间，他必须做出选择。

牧羊少年想去金字塔，去找寻梦境中出现的宝藏，就必须放弃朝夕相伴的羊群。

就像此刻的他，如果想出国实现四处游历的梦想，就必须暂时告别心爱的人。

他忽然明白了她给他看此书的用意。

看书的时候，他跟随牧羊少年开启了奇幻旅程。牧羊少年在寻找宝藏的路上，遇到过狡诈的骗子，遇到过睿智的炼金术士，遇到过朴实的赶驼人，也遇到了他喜欢的人——那个四目相对时会让他心跳加速的人。

当牧羊少年决定停下旅程，为了心爱的女人留在绿洲时，那个名叫法蒂玛的女人对他说了很多意味深长的话。

赵云开发现，有些句子下面画了波浪线——

法蒂玛说：“我是你梦的一部分，是你常提到的天命的一部分。所以我想你继续前行，去追寻你的梦想。”

“沙丘会随风改变形状，但沙漠永远存在。我们的爱情也如此。”

男孩无法理解没有占有欲的爱情，他对炼金术士说：“我想留在绿洲。我已经找到了法蒂玛，对我来说，她比财宝更珍贵。”

上面这句话和他之前的想法如出一辙！

“法蒂玛是沙漠中的女人。”炼金术士说，“她明白，男人走出去，为的是能够回来。她已经找到了她的宝藏，也就是你。现在，她期盼着你找到你要寻找的东西。”

“如果我决定留下呢？”男孩问。

炼金术士告诉他，第一年他们会很幸福；第二年他会经常想起寻找宝藏的梦想，但努力视而不见；第三年，寻宝梦想让他开始踌躇，法蒂玛也变得忧伤，觉得是她中断了他前进的道路；第四年，寻宝梦想将会放弃他，因为他不再理会梦想，他的余生将在沙漠和椰枣树之间游荡。

“她从未要求你留下，因为一个沙漠中的女人知道，应该等待她的男人。”

“爱情从来不会阻止一个男人去追寻天命。如果阻止，定因为那不是真正的爱情，不是用宇宙语言表达的爱情。”

最后这句话的下面不仅画了波浪线，还打了五角星，旁边手写了一行字：在我环游世界前，你先代我去看看外面的世界，未来我们一起看世界。

看到她娟秀的字，他笑了，笑她的可爱，笑他的无知。

这一页夹了一枚书签，很显然，她是在做提醒。如果他没时间看书，只是翻书，也能翻到这一页。

他终于明白，她叫乔爷，也是有几分道理的，她挺有男子气概，思维堪比沙漠中的女人法蒂玛。

班车到站，他合上书的时候，微笑着想：嗯，虽然她的胸不算大，胸怀倒挺大。

第二十九章

告别是为了更好地归来

距离赵云开出国的日子越来越近，余乔有种高考倒计时的感觉。她在日历上他走的那天写了两个字：告别。

光看这两个字，她就觉得莫名地感伤。

赵云开出国前的那个周末，余乔和他一起去超市大采购。

方便面、辣椒酱、山椒凤爪、榨菜、五香豆腐干……食品区她几乎扫荡了一圈，购物车几乎被食物塞满了。

看这架势，赵云开笑了，她这是担心他在国外会饿死的节奏。

他宽慰她："国外也有超市。"

"国外的超市能和咱国内的一样吗？有乌江榨菜吗？有康师傅红烧牛肉面吗？有老干妈香辣酱吗？"这是他第一次出国，而且一去这么久，她担心他不习惯国外的饮食。

"虽然没有这些，但是有最正宗的意大利面。"他这次外派工作的地点是意大利的首都罗马。

余乔睨他一眼："还有意大利帅哥和美女。"

他笑了："那都不是我的菜。我喜欢意大利面和比萨。"

"那这些统统不要了？"她指指购物车。

"留一部分就好，不然太多食物我要越过重洋带走，压力也蛮大的。"就算承受住了带的压力，到了罗马还要忍受吃的压力。物以稀为贵，食物少带一些，吃的时候才会觉得香。

"好吧。到时候你不要后悔。"余乔从购物车中拿走了一些刚才挑选的食物。

事实证明，还是她比较有先见之明。当然，这是后话。

明明是赵云开出国工作，余乔却觉得自己比他还忙。

周末，她给他买了两个 30 寸的超大行李箱，还买了一堆方便整理的收纳袋，把衣服、鞋子、食物等分门别类地摆放好。

这几年的婚姻生活让余乔明白了一个道理：在收拾东西这件事上，永远别指望男人能做好。

虽然婚后的家务活由两个人一起分担，但赵云开只能做做买菜、洗碗、拖地等体力活儿，有空的时候也会做饭，但收拾东西这种细致的活儿他做不来。不过也不能怪他，家里大多数东西都是她的，她的衣服比他多、鞋子比他多，首饰和护肤品就更不用说了。

看着两个收拾好的大行李箱，赵云开感慨："我原来以为我出差，只不过去的地方远了点、时间长了点。现在才发现是搬家，搬家倒也罢了，却不能带上最重要的财产。"

"什么财产？你背着我偷偷藏了私房钱吗？"余乔问。

"钱算什么，你才是我最重要的财产。"赵云开拥住她。

她笑了："那我修炼分身术，一个留在这里工作，另外一个变得小小的，钻进你的行李箱，跟着你一起去意大利。"

她的异想天开倒是让他想起了别的："不需要你修炼分身术。等我在那边安顿好了，你也过来啊！我记得你说过你的梦想是环游世界，貌似意大利还是你最想去的地方。"

他记得他们在香港旅行时，她说过她的梦想是和喜欢的人一起环游世界，最想去的地方是意大利。因此这回公司让他在泰国和意大利之间选择时，他毫不犹豫地选了意大利。

"到时候看情况吧。不管怎样，你都要努力工作，这样未来才有无限可能！"她给他打气。

“这是必须的。我会控制打游戏的时间的。”

“还没去呢，怎么又想着打游戏？”

“游戏是我的情人嘛，有了这个情人，你就不用担心我有别的情人了。”

“你敢有别的情人！”她扫了他一眼，目光中透着些许杀气。

“想都不敢想。”他赶紧转移话题，“走吧，今天你帮我整理行李整理了一天，也累了，我带你去吃大餐。”

吃大餐的地方，是余乔原来工作单位附近的一家餐厅。

餐厅不算大，菜的味道却很不错。以前他们工作的单位相隔不远，赵云开等余乔下班时，经常来这家餐厅吃饭。

余乔自从换工作后，已经很久没来了。

他掀起餐厅的门帘，让余乔先走。

他倒是和以前一样贴心。她暗喜。

他们一落座，服务员就拿了菜单走过来，笑盈盈地递给赵云开。

赵云开把菜单推到余乔的面前：“你来点吧。”以前，他都是让她来点菜。

余乔推回去：“你点吧。毕竟你出国后不一定能吃到正宗的中餐。”

他恭敬不如从命，点了几样他们从前经常吃的菜。

这一餐，两个人都吃得很尽兴。

人始终是有恋旧情怀的，在品尝到以前吃过的美食时，能品出时光沉淀的韵味，尤其是越久没吃这种美食，韵味越浓。

“吃得好撑啊！”从餐厅走出来时，余乔不由自主地摸了下她吃得浑圆的肚子。

“那我们坐公交车回去？走到公交车站刚好散散步。”他提议。

“好啊。”她欣然应允。刚吃饱就坐出租车也不舒服。

从餐厅走向公交车站，需要经过一座桥，桥的两侧比中间高出一块，余乔走在上面，赵云开牵着她的手。

她从小就喜欢走在路边石上，张开双臂在狭窄的路沿上行走，就像是走平衡木。

此时，两人并排走着，因为余乔站的位置较高，她比赵云开还高出一截。

“看！我比你高呢！”余乔得意地说。

有一次他亲她的时候嫌弃她矮，她一直想报仇来着，现在总算找到机会。

“嗯，你比我高。”他说，“而且，你有个地方一直比我高。”

“是吗？哪里？”她疑惑道。

“胸部。”

“……”

一不小心被他调戏了……

城市的夜空中挂着一轮圆月，五彩的霓虹灯让人看不清它周边的星辰。

余乔望着月亮若有所思。都说月亮代表相思，以后他在国外，她想念他的时候也会看月亮吧？就像月亮看起来孤独，实际上有星辰和地上的人们陪伴一样，她看起来孤独，实际上有他的爱陪伴。

如此一想，那份压在她心头、因为即将分别所带来的沉重，渐渐变得轻盈起来。

许是昨夜下了雨，今天不似往常那么热，还时不时地吹来一阵风。

月色如水，清风拂面，牵手散步的时光美好得不可思议。

像是和余乔有心灵感应一般，赵云开也觉得这个夜晚格外美好。

或许是因为，此后像这样，两个人牵着手一同散步的日子也会十分难得吧？

他突然停下来，说：“余乔同学。”

“到！”余乔应声，望向他。

“我会对你好的。”他认真道。

“嗯？”

“一辈子，对你好。”他望着她的眼睛似月光般皎洁明亮。

猝不及防的表白，却因为此时的心境，和头顶的明月一样格外动人。

告别的那天，本来赵云开让余乔不要去机场送他的，他担心分别时她会哭。

当然，余乔要送他时，他的理由是这样的：“今天是工作日，我也不是小孩子，我自己去机场就好。”

“以后见你一面那么难，现在还不让我多和你相处一会儿？”余乔十分坚定。

她也有固执的一面，他心里默默叹口气，只好随了她：“好吧，那咱们一起去机场。”

从家里去机场，余乔的姐夫开了辆商务车送他们过去。

当初苏瑶说“到时候让你姐夫送你去机场”，赵云开推辞了，说不用麻烦了，到时候打辆出租车就好。

余乔说：“一般的出租车放得下那两个大行李箱吗？就让姐夫送你去吧。”

此时，坐在商务车上，赵云开和表姐夫闲聊着最近的新闻，有关于社会的，有关于股市的，还有关于国际的，他俩聊得不亦乐乎。

余乔对此不是很感兴趣，听得昏昏欲睡。

平常和他一起坐车，她困了会径自把头靠在他的肩膀上睡。但碍于是坐表姐夫的车，赵云开坐在副驾驶，没和她坐一排，她只好靠着椅背打盹。

她就这样昏睡了一路，等她被赵云开叫醒的时候，他们已经到了机场。

表姐夫帮他们把行李拿下车，说：“我去停车场停车，你们去办托运手续、过安检，别耽误时间。”

“好的。今天麻烦姐夫了。”赵云开道谢。

“哪里的话，都是一家人。”表姐夫拍了拍他的肩膀，“小伙子好好努力，前途无量啊！”

“一定谨遵教诲。”赵云开说。

这里不能停太久车，表姐夫走的时候交代余乔：“小乔，我停好车发短信告诉你位置，你到时候直接来停车场找我。”

“没问题，姐夫。”余乔说，“待会儿我陪他办完手续就去找你。”

不管淡季旺季，机场里永远人山人海，好像每一天都有无数人在告别。

办理行李托运的队伍挺长，在柜台前面绕了好几道弯。

赵云开推着行李车，余乔站在他的身后，默默陪着他。

赵云开不太习惯余乔在身边一言不发，转身看她，发现她的脸色不太好，于是问她：“是不是哪里不舒服？”

“大概‘大姨妈’快来了，肚子不太舒服。”她说。其实她说不上哪儿不舒服，但哪儿哪儿都不舒服。只要想起他今天就要离开，把她一个人留在这里，她的心就忍不住隐隐作痛。

她知道，他是一只雄鹰，需要去更广阔的天空展翅翱翔；她知道，当他追逐梦想时，迟早会离开她；她知道，他做任何决定，她都会支持他。她给自己做了很多心理建设，她以为自己可以坦然地送他离开。结果，却在他登机前的这个时刻，有个声音在她的耳边狂吼：“不要走！不要走！不要走！”

她努力把那个狂吼的小恶魔赶走，无奈，驱赶得越厉害，小恶魔的声音越大。

或许是害怕吧？害怕自己要面对没有他的城市，害怕自己要面对没有他的家，害怕自己要面对没有他的生活。

人向来如此，对未知的一切充满恐惧。

余乔一声不吭，赵云开听不到小恶魔的声音，更不知道她在想什么。

办完托运行李的手续，赵云开要去过安检，看余乔不太舒服，说：“你身体不舒服，先回去吧。”

“我送你到安检口吧。”她坚持要目送他离去。

“你确定？”他看着她，感觉下一秒她就要哭出来一样。

孰料她绽出一个灿烂的笑容：“确定啊！表姐夫不过来，不就是想多给我们一些独处的时间吗？笨！”

“嗯，表姐夫太通情达理了。”他牵起她的手，往安检口走去。

“那是！毕竟是过来人。他可疼我姐了！”

“我怎么闻到了一股酸味？是不是觉得我对你不够好？”

“咱们才结婚几年？我现在没法评价。得等我们在一起很久很久后，我才能给你打分。”

“可我怎么觉得我们已经在一起很久很久了？是不是上辈子我就认识你啊？”

“这我就不知道了。你待会儿不是要飞到天上去吗？你可以问问老天爷。”

“……”

两个人聊着天，那个骚扰余乔的小恶魔自然而然地就消失不见了。

到了安检口前，他停了下来，伸手摸了摸她的长发，眼中满是眷恋与不舍：“小乔……我要走了。”

“嗯。”她看着他的眼睛轻声应。

“我走了，你要好好照顾自己。”他继续说。

“嗯。”她应着。

“我们会很快见面的。”

“嗯。”她应着。

“我会好好努力的，你也是。”

“嗯。”她的声音越来越小，几乎微不可闻。

他感觉该说的都说了，然后拥抱了她一下。她闭上眼，靠在他的胸前，感受他的体温和气息。

越依恋越不舍，她推开他，说：“你走吧。到了给我发信息。”

“好的。再见了，小乔。”说完，他转身走向安检口。

她以为他会一步三回头，但是他没有。

失望的情绪在她的内心缓缓流淌，阵阵刺痛。

她怕自己会难过得哭出来，在他的背影还没消失前，就转身往回走。

然而她刚走没两步，就有人从她的身后抱住了她。不用猜，她知道那是谁。

她的眼泪已经在眼眶中打转了，但她硬是忍着，没有让眼泪掉下来。

“小乔，我好舍不得你。”他在她的耳边轻声说。

“你走吧。”我也是。

“再抱五秒钟。”

在人来人往的机场，余乔就这样被他旁若无人地抱了足足有两分钟。

倘若放在从前，她看到一对男女在机场亲密拥抱，不是嫌弃别人大庭广众之下秀恩爱，就是觉得此举太矫情。

但是此时此刻，她理解了那些在机场依依惜别的恋人。那是有多么不舍、多么留恋才会拥抱那么久啊！

余乔回到家，发现他走后，屋子里空荡荡的，心里也是空落落的。

她走进卧室，开了台灯。床头柜前，台灯昏黄的灯光打在日历上。

她一度以为，她会这样默默翻页度过她的一生，每一页的日子相仿。

直到这一天，他的离别改写了日历的这一页。

从此，她不是默默翻页，而是用心数页，期待着和他相聚的那天。

忽然，她发现，日历上，她标注“告别”的旁边多了一行字——

告别是为了更好地回来。

不知道什么时候，他添上去的。

忍了许久的泪水，终于在这一刻决堤。

第三十章

时差六小时的爱恋

和喜欢的人分别后，琼瑶剧里是这样的：书桓走的第一天，想他；书桓走的第二天，想他想他；书桓走的第三天，想他想他想他……

余乔的现实生活是这样的：云开走的第一天，想他；云开走的第二天，好忙；云开走的第三天，好忙好忙……

作为一名努力工作的职场女性，她白天没有时间去想他，下班后不是被苏瑶叫去她家吃饭，就是被陆露叫去一起吃饭。

她着实没想到，赵云开一走，她就成了身边人的重点关爱对象。这难道是能量守恒定律，在此处失去，在彼处得到？

和陆露一起吃饭时，陆露问她："你想云开吗？"

"他刚走的那天是想的，习惯了就好。再说我们每天都视频聊天，相当于天天见面，只不过是从立体的变成平面的而已。"余乔说。

"不愧是乔爷，你这适应能力还挺强的。"陆露对她竖大拇指。

"最近你和陈燃怎么样？"

"挺好的。"说着，陆露翻出几张截图给余乔看，是两个人在QQ空间的留言互动。

陈燃被人说像土豆，又土又逗。

我愿迷路到你身旁：不要连累土豆，土豆这么貌美如花怎么能是又土又逗呢？

橙心橙意：说得太对了！和你一样貌美如花。

我愿迷路到你身旁：默默嘚瑟。

橙心橙意：我愿嘚瑟，到你身旁。

我愿迷路到你身旁：捋直舌头，好好说话。

橙心橙意：亲……刚刚好。

我愿迷路到你身旁：不知道今天是哪排。

橙心橙意：十三排十四座。

陆露指着截图里的“亲……刚刚好”，解释：“他是说亲我刚刚好。”然后指着“十三排十四座”，心满意足地说，“他其实在向我表白，一生一世。”这是只有她才看得懂的座位，她很享受两个人之间这种甜蜜的暗语。

余乔看完直呼：“受不了了！太甜了！你这是在逼我召唤我家超哥出来，和你决斗的节奏。”

陆露乐观迎战：“你现在就可以召唤。”

余乔还没召唤，赵云开就自动送上门来了，一条信息从余乔的手机上弹出来：在干吗呢？

余乔对陆露晃了晃手机，说：“我家超哥一定是感应到我被‘敌军’包围，所以支援来了。”

她回了过去：在吃饭呢。

他问：男生还是女生？

余乔：女生。

赵云开：那就好。

嘁！小样！还知道吃醋。异地恋挺好，会暴露某人的真面目。

“聊什么呢，笑得那么开心？也给我看看？”陆露凑过来看。

“他问我和谁在一起吃饭，男生还是女生。”

“你就说男生，看他紧张不紧张。”陆露给她出主意。

“对他没必要撒谎。异地恋最重要的是什么？互相信任！”

“也对哦！不过我觉得异地恋挺好。我和我家燃哥顶多一周见一次，有时候两周见一次。每次我见他都有种初次见面的感觉，这感觉挺好。”陆露对自己的恋情很满意。

“你们这明明在同一座城市，怎么还搞得跟异地恋似的？你们也谈了有四年了吧？有没有考虑过什么时候结婚？”

陆露情不自禁地叹了口气：“不知道啊！他倒是参加过几次大学宿舍哥们儿的婚礼，但就是没和我提过结婚的事。”

“你们……同居了吗？”她本来想问是不是该发生的都发生了，但还是很委婉地用了“同居”。

这对小情侣的感情挺别致，两个人最甜蜜的互动不是发信息，而是在用二次元的 QQ 空间。她很好奇他们现实生活中的亲密互动是怎样的。

“我们一周见一次，怎么同居？”

“你们不会还没有……”女人的好奇心起于一念之间，一旦有了好奇心，便想探个究竟。

“我原先的观念比较保守，觉得如果不到结婚的份上，还是不要轻易奉献自己。不过，我后来遇到陈燃，而且我们的感情也到了一定程度，我就顺其自然了。我们约会时，如果吃完饭时间太晚，他会留我睡在他那里。这算不算间歇性同居？”

“算！都睡在一起了怎么不算？不错啊，你这是不动声色完成了大事。我记得你说过，你们只是亲亲搂搂抱抱，在结婚前绝不越雷池半步，怎么就‘晚节不保’了呢？”

“其实，那次他和朋友聚会喝醉酒，他朋友从他的手机通讯录里找到的第一个号码，就是我的号码，于是打电话给我，让我去接他。我把他送回家，那晚顺理成章地留下来照顾他，然后我们就……嗯，就那啥了。”陆露开始回忆第一件“大事”是怎么发生的。

“哟！我们的小陆露从那之后就变成大陆露了，六六六！”余乔给她比了个“六”的手势。

“已婚妇女就是不一样。我觉得以前你没和超哥在一起时，聊起情爱话题比我还害羞，现在都敢和我在大庭广众之下讨论午夜话题了。”

余乔叹口气：“没办法，都是被某人带成了‘老司机’。”

“老司机”的师父每天都会在她临睡前，和她视频聊一会儿天。

夜深人静，最适合想念的时候，她还来不及想，他已点了视频聊天，主动把自己“送”了过来。

聊天时，她这边已是深夜，他那边还是下午，他们之间隔着六个小时的时差。

视频聊天的内容大同小异，无非“现在在干吗”“今天忙吗”“有没有想我啊”等。

话题都是次要的，主要是看看对方的脸、听听对方的声音，就觉得两个人靠得很近，哪怕隔着十万八千里。

“又想我啦？”每次，只要赵云开一点开视频聊天，余乔就这么开场。

“是啊，想看看我漂亮的老婆在做什么。”

“在换睡衣啊。”

“怎么画面是天花板？你人呢？”

“不是说了在换睡衣吗？”

“我想看你换睡衣的样子。”

“不给看。万一被你同事看到了呢？”

“会议室就我一个人。”

“那也不给看。”

“为什么？”他的口气有些委屈。

“这样，你下次见我就没有新鲜感了。”她的理由很充分。

“距离已经产生美了，就不需要新鲜感了，需要亲密感。”他的理由也很充分。

“当当当当，已经换好睡衣了。”她摆正手机，出现在画面里。

“今天的睡衣这么保守呢！”

“以免你看得见吃不着，那岂不是很痛苦？”

“你等着！我回去好好吃个够。”

“我等着。”她忽然觉得异地恋蛮过瘾的，怎么调戏他都不过分，因为她不用负责呀！

从前余乔以为，分别两地后，思念是苦涩的，但现在因为每天临睡前都要和他聊一会儿天，睡觉时总能带着笑意安然入睡，睡眠质量反而提升了。因此，她开始把她和赵云开的视频聊天定为睡前故事，没什么可聊的时候，她会让他给她讲睡前故事。

起初，他是抗拒的：“怎么异地恋这么累？还要讲睡前故事。”

“因为你在我身边时，你是安眠药。现在你不在我身边，你给我讲的故事就是安眠药。”余乔振振有词。

赵云开一想，确实有几分道理。不过讲什么故事呢？嗯，有了！

他说：“从前有座山，山上有座庙，庙里有个老和尚和小和尚。老和尚对小和尚说，从前有座山，山上有座庙……”

余乔打断他：“这个故事我知道，讲个我不知道的。”

他说：“在一座美丽的城市，有一所美丽的学校，学校里有个小男生和小女生。小男生对小女生说，他喜欢她，于是后来他们在一起了。”

余乔边听边打了个哈欠：“你不觉得这个故事很无聊吗？”

“无聊才会犯困，安眠药的典范。”

好吧，她竟无力反驳。

不过，她一想，他那边的太阳还没落山，她在这边让他讲睡前故事，也确实是难为他了。俗话说，熟能生巧。他讲得越多越熟练，讲的故事多了，故事也渐渐升级了，主角不再是老和尚和小和尚，也不是小男生和小女生，而是小松鼠和小兔子。

“从前，有一只小松鼠生活在法国乡村的田野，每到秋天，就会看到一望无际的金色麦田。风吹麦浪时，他总会想起一只小兔子。那只小兔子有着雪白的皮毛、迷人的大眼睛。小松鼠每次看到小兔子，都不太敢看她的眼睛，如果小兔子看向他，他会害羞地转过身去。

“虽然不敢看小兔子的眼睛，但小松鼠还是希望每天都能看到小兔子。只要见到她，一整天小松鼠的心情都会很好。

“有一次，也不知因为什么事，小兔子没有出现在她平时玩耍的地方，小松鼠很担心也很难过。他听到风吹过麦田时发出的沙沙声，都感觉像是在说‘我想你’。”

“然后呢？”余乔听惯了赵云开讲的无聊故事，第一次听他讲得这么生动有趣，听得津津有味。

“没有然后了，故事讲完了。”

“啊？这样就讲完了。我相信这故事一定不是你从书上看到的，肯定是你自己编的。”

“当然是我自己编的。为了给你讲个睡前故事，我绞尽脑汁地想故事，我容易吗？”

“你讲故事的能力提高了，也要感谢我的鞭策啊。话说，小松鼠是不是非常喜欢小兔子呢？”

“未完待续。”

“哟，还卖关子呢！”

“时间不早了，快去睡吧，我也要继续努力工作了。”

“加油啊！超哥，你是最棒的！”

她安然入睡的时候，他还在工作，他没有心理不平衡，却感到很心安。

他也真切地感受到，她之前说的那句话——只要两颗心贴得很近，心灵之间没有距离，再远的空间距离都不是问题。

即使，他和她，有六个小时的时差，他爱她，却永远没有时差。

第三十一章

我的心动地图

“有棵树上长着鲜艳的红果子，小兔子站在那棵树下，踮着脚想要摘果子，无奈树高腿短，她怎么都够不着。够了一会儿，她累了，放弃了，坐在树下，眼巴巴地望着上面。就在她望梅止渴时，小松鼠走了过来，在小兔子的面前蹲下，拍了拍自己的背，示意小兔子站上来。就这样，借助小松鼠这个梯子，小兔子顺利摘到了一串令她垂涎欲滴的红果子。

“小兔子下来后，摘了一颗最大的果子，递给小松鼠：‘喏，给你。’小松鼠简直受宠若惊，小兔子可是把最大、最红的果子给了我！而且是摘下来的第一颗果子。小松鼠依然不敢看小兔子的眼睛，他悄悄地吃下果子，呀，好酸！酸得牙齿都发软了。但因为是小兔子送他的礼物，这酸中又带着甜。小松鼠吃完果子，笑着说：‘好甜！谢谢你把第一颗果子给我吃。’

“谁料小兔子说：‘我只是想让你吃吃看有没有毒，我好放心吃。’小松鼠听后哭笑不得，他以为小兔子把第一颗果子给他是喜欢他，谁知道只是让他做个试吃者。”

每天晚上，余乔听完赵云开给她讲的小松鼠和小兔子的故事后，总能很快入睡。有时候，这两只小家伙还会闯入梦乡，和她做伴。

故事很缓慢地进行着。总之，因为遇见小兔子，小松鼠的世界变得生动起来。

后来，赵云开的工作渐渐忙碌起来，不能每天都陪她视频聊天。即便这样，故事也没间断过，不能视频聊天的时候，他会提前把故事录好，在她临睡前发给她。只因她说过："你讲的故事比安眠药还管用。"

故事讲到第一百零八夜的时候，恰逢春节，赵云开回来过年，余乔已提前回到老家南城。

他回来那天，她亲自开车去机场接他。

她把车停在停车场，坐上电梯去国际航班到达口等他。她来得有点早，他的航班尚未抵达。她时不时地看下大屏幕，生怕他那趟航班的抵达时间会延误。

终于，他发来信息：我落地了。

她回：不着急，我在到达口等你。

然后，她去了趟洗手间，对着镜子整理了下额前的头发。

她重新回到到达口时，已经有乘客陆续走出来。

她在人群中找寻他的身影，一阵莫名的紧张感忽然袭上心头。

随着时间一点点地推移，她的心也一点点地变得不安起来，那颗心不安分到了极点，仿佛迫不及待地要从胸腔中蹦出来，去找寻它遗失的另一半。

她本来还在想，差不多半年的时间过去了，他会不会变得她认不出来呢？

事实证明是她多虑了，他和其他乘客一同走出来时，她一眼就看到了他。他那鹤立鸡群的身高，让人想忽视都难。

他穿了一件黑色风衣，拖着行李箱朝她走来，样子倒是十分英俊。

余乔怔怔地望着他，恍惚间觉得眼前这人既熟悉又陌生。

他走过来，冲她笑道："就你一个人？"

"我一个人还不够？难不成全家人列队欢迎你啊？"

"我不是这个意思，我以为你爸开车和你一起来的。"

"我自己开车过来的，怎么样？你老婆厉害吧？"余乔说着晃了晃手中的车钥匙。

"了不起，我这出去半年，你还学会开车了。"

“还学会了不少其他技能呢！”他不在身边的日子，余乔的技能全线解锁，除了学会开车，连换灯泡和修地漏这样的事都亲自上阵，真是名副其实的乔爷。

“老技能没忘记吧？”他问。

“啥技能？”她不解。

他凑到她耳边说：“亲吻。”

“讨厌！”余乔倏地脸红到耳朵根。

“你摸摸看我这里。”他径自拉起她的手，放在他的胸口。

于是，她感受到了那久违的心跳声，扑通扑通的，呼应着她的那颗心。刚才她不安的心，此时正欢快地跳动，仿佛在和他的那颗心说：“哇哦！好久不见，我可想你了！”

本来赵云开想开车，余乔说他刚回国，需要倒时差，她来开车就好。

他刚下飞机，旅途奔波，比较疲惫，便不再推辞，刚好感受下老婆的车技。

“怎么样？我开得不赖吧？”余乔得意地说。

“开得挺好，我老婆真挺能耐的。”他由衷地说，内心却漫过一丝失落，感觉她这半年成长了许多，成长到似乎不再像从前那样需要他了。

“那是！我以前都没想到我这么快学会开车，开得还挺溜。”

“开车溜不溜，得晚上回去检验下才知道。”

刚见面她就被撩了！

“我还是新手司机，不要随便调戏，不然会走弯路。”

“调戏得多了就成老司机啦。”某人振振有词。

“看来你在国外经常开车啊，老司机。”

“不常开车，主要是没有对手。接下来几天让你感受下什么叫老司机。”

“……”她这是又被撩了吗？早知道他还有精力开玩笑，刚才就让他开车了。

回到家，余乔的父母用满桌子的酒菜，热情地招待了从海外归来的女婿。

好久没吃家乡菜，赵云开顾不上自己的形象，狼吞虎咽起来。

余妈妈不断地往女婿碗里夹菜，边夹还边说："慢点吃，别噎着。"

"啧啧，我都没这待遇。"余乔羡慕地看着这一幕。

"来来，别光吃菜，也陪我喝两杯。"余爸爸举起酒杯。

"好的，爸。来，干杯！"赵云开也举起酒杯。

"爸，人家刚坐飞机回来，时差还没倒过来呢，你还让人家喝酒。"余乔不满地说。

"那不刚好吗？坐飞机是在云朵上飘，喝酒也是，就让他多飘一会儿。"余爸爸不以为然。

"老余，你悠着点啊！少喝两杯。"余妈妈说。

"没事，年轻人的酒量大着呢，有潜力可挖。"余爸爸很豪迈地又给自己和赵云开倒满一杯酒。

"我说你呢！前不久不是吵着说胃疼吗？"余妈妈径自把余爸爸面前的酒杯端过来，然后对赵云开说，"来，云开，我陪你干一杯。"

"好啊！干杯！"赵云开的杯子和岳母大人的杯子碰在一起。

在这时，他终于明白，他家"乔爷"的豪迈原来是遗传，有其母必有其女。

到了睡觉的时间，余乔领赵云开去了客房，铺好被子，对他说："今晚你睡这里。"

"你呢？"他问。

"我睡我的房间啊！"她答。

敢情她把他骗到她家，还让他单独睡客房？

“是不是因为岳父岳母大人都在，你不好意思跟我睡啊？”他说。

“不是。是怕我俩在一起睡，我有太多话要和你说，影响你睡眠。”

他这下安心了。除了豪迈，老婆心疼老公这点倒也遗传自岳母大人。

“不会的，我不困。在飞机上我几乎睡了一路。”

“那你的意思是，你要跟我一起睡？”她望着他。

“嗯。”看着她亮晶晶的眸子，他笃定地说。

“跟我睡有条件的哦！”她煞有介事地说。

“什么条件？”

“要讲睡前故事。”

“我人都回来了，还要讲啊？”之前不是说他在身边，他就是安眠药吗？

“讲不讲吧？”

“讲讲讲。”他拥着她走向她的卧室，“去你房间讲。”

每次来到余乔的房间，赵云开都有一种误入女儿国的感觉。

她从小在这儿生活，房间一直由余妈妈布置，房间的风格还是马卡龙色系的欧洲公主风。在余妈妈眼中，不管女儿多大，都是她的孩子。

此时，赵云开已经换好了睡衣，侧躺在床上，拿了本书，心不在焉地看着。

等了一会儿，他看向卧室自带的洗手间，问：“还没好吗？”

“快好了。”余乔在里面答。

“还在抹护肤品呢？”赵云开默默感慨，女人就是麻烦，每次洗完脸要往脸上抹好几层那玩意儿。

“在换睡衣。”余乔说。

“换个睡衣还要到洗手间，不让老公看，这么害羞呢？”

余乔拿着睡袍走了出来，边把睡袍挂在衣柜里边说：“是不是见惯了国外晒日光浴的比基尼美女，看不上你的中国老婆了？”

“哪里哪里，我就喜欢东方女性的神秘感和含蓄美，对那些金发女郎完全无感。”说话间，他已经翻身下床，来到她的身后抱住她。

余乔的身体不自觉地紧绷，心也微微颤抖了一下。

好久没被他抱过，她都有些不适应了，但这感觉很好，就好像他第一次拥抱她。

或许，这就是传说中的“小别胜新婚”？

“只要小兔子想吃酸甜的红果子，小松鼠就会自动蹲下身来，让她站到自己的背上。有一回，小兔子站了好一会儿，突然感叹：‘从高处看到的风景好美。’

“‘真的吗？’小松鼠问。‘真的。’小兔子回答。小兔子下来后，小松鼠爬到旁边一棵大树的枝丫上，看到夕阳西下，满天彩霞，一群白色的羊羔在草原上优哉游哉地走着，边走边吃草。

“‘真的好美啊！’小松鼠也忍不住感慨。他帮助小兔子爬到树上，然后一起坐在大树的枝丫上，看即将落山的太阳，看天边的云朵，看白色羊羔点缀的青青草原。一阵微风吹来，小兔子忍不住打了个寒战，小松鼠伸出手臂抱住她，小兔子顿时觉得不冷了。他们靠在一起看风景，感觉时间都静了下来……”

讲着讲着，他的声音越来越小。靠在他怀里认真听故事的余乔抬头一看，发现讲故事的人已经先于听故事的人睡着了。

看着他的睡颜，她会心一笑。她的松鼠先生回来了，真好。

春节是南城一年当中最热闹的时候。街头处处张灯结彩，一派喜气洋洋。

公园门口人声鼎沸，各色小吃摊一溜儿排开。卖棉花糖的大爷倒上一小点糖浆，就能用签子绕出一大团棉花糖；卖酥饺的大婶将包好的饺子下锅油炸，饺子在锅里翻滚后变成金黄酥脆的酥饺；卖烤串的大叔花样最多，烤羊肉、烤鸭舌、烤年糕、烤芦笋、烤掌中宝……

人群陆续拥来，几乎每个小吃摊前都有人在排队。

余乔本来不饿的，结果被空气中弥漫的食物香气勾起了食欲。

赵云开挺善解人意，问她："想吃什么？"

她环视了一圈，不知是选择恐惧症作祟，还是畏惧排队的人群，说："还没想好。你先选你想吃的。"

"我也没想好。"他说。

"要不要吃这个？"余乔指了指烤串摊。

"烤羊肉串？"

"不一定要羊肉，可以来一串烤腰子，不都说吃啥补啥嘛！"余乔说完不怀好意地笑了。

孰料正中赵云开下怀，他说："是嫌我昨晚不够给力吗？那我吃了今晚再战。"

"……"这就是撩他不成反被撩吧？

赵云开看了一圈也没找到心仪的食物，提议："要不要去那家店？"

余乔瞬间心领神会："好啊！我想念那家店的臭豆腐了。"

她和赵云开都爱吃豆制品，尤其爱吃豆腐，更爱吃豆腐中的极品——臭豆腐。况且，家乡的臭豆腐除了好吃，还多了一份小时候的味道，自然更让她念念不忘。

那家店在这座小城里可谓是"臭"名远扬，上学时余乔就经常光顾，每次回家都会去，点上一碗臭豆腐解解馋。

两个人离开公园汹涌的人群，牵着手沿着街头漫步，共同找寻记忆中的美味。

这些年南城大搞城市建设，高楼大厦越来越多，城市越来越拥挤，一些余乔以前爱吃的小吃店也找不到了。幸好那家卖臭豆腐的店还一直在，成了她在异乡打拼时的一个念想。

小店位于南城邮政局旁边的巷子里，店面不大，招牌也很简单，红底白字写着大大的“沈记臭豆腐”。

店附近是原先余乔就读的中学，平常基本做学生的生意，现在学生放寒假，生意居然也挺红火。

余乔和赵云开走进店后，有个男青年迎上来，问：“两位吗？现在没有座位，还请等一下。”

“等吗？”赵云开向余乔传递一个眼神。

“我们在外面等吧。”余乔说。

大概是相处久了培养出来的默契，只要一个眼神，对方就心领神会。

走出店门，赵云开问：“换老板了，还吃吗？”

“吃啊。好不容易走到这里，进去坐一坐也好啊。”余乔抬头看了看店铺二十年不变的招牌“沈记臭豆腐”，疑惑道，“咦，换了老板，怎么不换店名呢？难不成新老板也姓沈？”

原来经营这家店的是一对夫妻，巧的是老板姓沈，老板娘也姓沈，店名“沈记臭豆腐”言简意赅，适合这家夫妻店。

“老板变了，希望味道没变。”赵云开说。

因为换了老板，对味道不抱期望的两个人，分别点了一份白豆腐和一份黑豆腐。

赵云开要的白豆腐先被端上桌，经过油炸，豆腐变成了金黄色，色泽鲜艳，上面撒有辣椒酱、蒜汁、香菜、小葱等配料，看起来十分诱人。

“卖相还不错嘛！”余乔点评。

“希望味道也不错。”赵云开拿起筷子夹了一块，蘸了下酱汁，放入口中。

“怎么样？好吃吗？”余乔见他面无表情地吃着臭豆腐，有些紧张地问。

“嗯，还是原来那个味道。”赵云开吃完给了好评，问余乔，“要不要尝尝我的？”

“好啊。”余乔拿起筷子准备去夹，他已把臭豆腐送到她的嘴边。

真是奇怪，她吃着他喂过来的食物，酥脆香浓的臭豆腐莫名地多了一丝甜味。

“怎么样？”赵云开问。

“感觉和以前吃的不太一样，多了一种味道。”余乔皱眉道。

“什么味道？”他以为她觉得不好吃。

“甜蜜的味道。”余乔悄声说。

赵云开笑了：“对啊！吃着是比之前甜一些，毕竟是和你一起吃的嘛！”

说话间，余乔点的黑豆腐也被端上了桌，辣椒酱覆在黑豆腐上，红色与黑色形成鲜明的对比。

余乔迫不及待地拿起筷子：“看起来好有食欲，小黑，等我来宠幸你！”

吃完一块，余乔简直感动到飙泪：“天哪！太好吃了！”

比起白臭豆腐，她更喜欢黑臭豆腐，总觉得黑臭豆腐更有嚼劲。

“好吃你就多吃点。”赵云开说。

很快，三块臭豆腐下肚，余乔心满意足地说：“这才是小时候的味道。你要不要尝一口我的？”

赵云开摇头：“不要。”

余乔继续安利：“你不要‘以貌取人’，别看它又黑又臭，吃起来很香的。”

“我一向以貌‘娶’人，所以才娶了你。”赵云开说。

“……”

一碗臭豆腐里没有几块，两个人三下五除二地就解决了。

“要再来一份吗？”赵云开问，他显然没吃过瘾。

“还用问吗？再来两份！”余乔霸气地说。

“老板！我们这边再各加一份臭豆腐。”赵云开招呼老板。

“不是，是各加两份臭豆腐，我要再吃两碗。”余乔更正。

老婆说什么都是对的，赵云开立即改口：“老板！我们这边再各加两份臭豆腐。”

老板开心地回应：“好嘞！”

“你这武松三碗不过冈的气势还挺有乔爷的风范。”赵云开对余乔竖起大拇指。

“武松是酒醉撑胆量，我这是三碗不过冈，一胖到天亮。”余乔说。

“胖了好，这样岳父岳母大人也会觉得我没有亏待他们的宝贝女儿。”赵云开说。

余乔睨他一眼，说：“不管我胖不胖，我爸妈都只会觉得，我没欺负你就不错了。”

赵云开笑道：“哈哈！很有自知之明。”

结账时，赵云开对老板夸赞了臭豆腐的味道，顺便问：“原来那个沈老板呢？”

“哦，那是我爸。我结婚后，他和我妈退休帮我们带孩子去了。”老板说。

“怪不得味道一样，原来是子承父业啊！”赵云开恍然大悟。

“以前你们是这里的常客吗？”老板问。

“对啊！我们上学时经常过来。”赵云开说。

“是在隔壁南中上的？”老板又问。

“对啊！”赵云开说。

“你们是同学？”老板看了一眼余乔。

“不是。”赵云开说，“我们是夫妻。”

余乔补充：“老板是想问我们在南中时是不是同学，你应该回答‘是’。”

“是。老婆指正得是。”

“……”这人真是不秀恩爱会死星人。

“你们小两口挺恩爱啊！和我爸我妈一样，老是在我面前撒狗粮。”老板说。

"谢谢老板，我们走了，祝你生意兴隆。"余乔担心赵云开又要撒狗粮，赶紧拖着他往外走。

"慢走。欢迎下次光临。也祝你们幸福。"老板客气地说。

走到门口，赵云开说："等一下，故地重游打个卡。"

他拿出手机，对着店面拍了张照片，这还不算完，还拉着余乔在店门口自拍了一张合照。

拍完照，赵云开说："你有没有发现，我们看人的品位和吃饭的品位一致？"

"嗯？"余乔不解。

"你喜欢黑豆腐，所以看上了我；我喜欢白豆腐，所以看上了你。我俩看对了眼，就互相吃对方的豆腐。"赵云开跟绕口令似的说着。

吃个臭豆腐而已，还能调情。余乔说："食色，性也，古人诚不我欺。"

余乔挽着赵云开的胳膊，走在小店外面的巷子里，感慨："时间过得可真快，沈记的老板都从一对老夫妻换成了一对小夫妻。"

赵云开也感慨："是啊！客人的关系也变了。上学时我想都不敢想，能和你一起坐在这里吃臭豆腐。"

"以前你在这里碰到过我？"余乔问。

"当然，碰到过好多次。你吃臭豆腐的口味一直没变，喜欢吃黑豆腐。"赵云开说。虽然以前对她而言他没有什么存在感，但他对她的印象很深。

"好多次？你还记得我喜欢吃黑豆腐？你到底从什么时候开始对我有企图的？"余乔对此很好奇，开始挖掘关于他们过去的故事。

"这个嘛……"从前和她在沈记偶遇的场景，恍若就在昨日，想起当时的自己，还是个一遇见她就有些羞涩的少年，赵云开忍不住挠头，似乎年少时的自己灵魂附体。

那时候他对她最大的企图，大概就是希望她能注意到他。

“与其说我对你有企图，不如说你在我的心上画了一张地图。”赵云开说。

从他为她心动的那一天开始，他心灵的版图就失守了，像是有人在上面耀武扬威地插了一面旗帜，上面写着：余乔专属。

“你以为我是孙悟空啊？还在你的心上画地图？我怎么不知道我还有特异功能？”余乔说。

喜欢一个人，那个人就有特异功能，就像一束光，不管他走到哪里，你都看得到他。

“你有特异功能，因为你会发光。”赵云开看着余乔，特别正经地说。

余乔笑了：“你以为我是电灯泡啊？还发光？”

“不，你是太阳。走，我带你去你最先发光的地方。”赵云开说。

出了巷子过马路，再走上两百米，就是余乔和赵云开共同就读的南中。

时隔多年，他们又回来了。

学校大门的两边大红灯笼高高挂，中间的横幅写着“欢度春节”。

传达室里的人换了，这个大爷早已不是从前读书时的那个大爷。

他大爷不是他大爷，校园还是那个校园。

走进以前上课的教学楼，赵云开牵着余乔的手，一起走曾独自走过无数次的楼梯。也是此刻，他才知道，牵着曾经暗恋过的女孩的手重返母校，有种衣锦还乡的荣耀感。

赵云开瞥了一眼余乔，阳光洒过来，她的侧脸依旧如少女般明艳动人。

他说：“你坐在楼梯上，我给你拍张照片吧。”

“这里有什么好拍的？又没有好看的背景。”余乔说。

“有你在还要什么背景，所有背景都会自卑的。”

“好吧，看在你这么会说话的分上拍一张。”

镜头里的女孩穿着红色的大衣坐在楼梯上，双手自然地搭在腿上，嘴唇微微上扬，笑容甜美。

“看这里看这里。”赵云开提示她看镜头。

她的目光注视过来，大大的眼睛柔情似水。他按下快门，她微笑望着他的画面瞬间定格。

就是在这个楼梯的拐角，他和她偶遇的刹那，他的心灵版图开始失守。

此时仿佛时光倒流，那天她蹲下身捡起漫画书的画面历历在目，几缕碎发垂在她的脸颊侧，那时的他很羡慕那些碎发。

现在她已成为他的妻，他可以肆无忌惮地揉她的发，帮她把碎发别到耳后，亲吻她的脸颊。

余乔拿过赵云开的手机，看了眼他镜头下的自己，关注点落在身后的背景上，疑惑地说：“这个楼梯拐角怎么这么熟悉？”

赵云开大喜过望：“是不是想起我捧着漫画书在这里碰到你的画面了？”

余乔一脸茫然：“并没有。”

“你当时‘大姨妈’来了，我提醒你，结果你骂我流氓，你都忘了吗？”赵云开不甘地提醒她。

“完全没有印象。”余乔还是想不起来在这里遇见他的过往，但就是觉得这个画面好像在哪儿见过。

“没事，过去不重要，现在你在我身边就好。”赵云开自我安慰。

两个人穿过教室门口的走廊，赵云开指指楼下的花坛，说：“有一次，我打完篮球回教室，我有个哥们儿站在这里喊我，我抬头看他，发现你正好经过。我哥们儿喊了我三遍，喊到第三遍的时候，我发现你转头看了我一眼。”

“有这回事吗？你确定我不是在看天空、看云朵，而是在看你？”余乔继续一脸茫然。

“当然，我确定。”那是他心动的瞬间，他不会记错的。

走出教学楼，赵云开带余乔去了篮球场。

他说："有一次我投进一个三分球，有个女孩送了瓶矿泉水给我，那个女孩是你的朋友，你当时迫不及待想拉着她走。"

"有这回事吗？我怎么记得我朋友是给一个超级大帅哥送矿泉水？"余乔还是一脸茫然。

赵云开居然恬不知耻地说："没错，那个超级大帅哥就是我。"

他们围着操场走了一圈，余乔说："故地重游就一个感觉。"

"幸福？"和她十指相扣漫步校园，于他而言，自然幸福。

余乔说："高中毕业了真好，不用再为高考拼命了。"

"我那时倒不是为高考拼命，是为你拼命，抛弃游戏机，就为了我的名字能在成绩排行榜上，和你的名字靠一起。所以说，喜欢一个人会有努力学习的动力。"

"这就是你说的我会发光的特异功能？"余乔问。

"不止如此，我第一次觉得你闪闪发光，是你在报告厅主持元旦晚会的时候。"

"那次我还闪闪发光？我只知道自己特别紧张。"对于赵云开提的事，余乔总算回想起一件。

"哪有？你一出场就自带BGM，穿着白色的连衣裙，像是仙女下凡。"

赵云开至今都记得，那年元旦晚会的主题是"舞动青春，唱响未来"，主持人是两位男生和两位女生，余乔是其中之一。

在舞台聚光灯的照耀下，她愈加光彩照人。平常他遇见她都不敢过多注视，多看一眼都觉得奢侈。而她当主持人的那次，他可以明目张胆地盯着她看。

"那次我坐在台下，一心盼着你出场，只要你出场我就会全神贯注、聚精会神。"他在台下看着背景板上的"唱响未来"，甚至幻想过，未来她穿着这一身仙女裙，他牵着她一起逃离地球，私奔到宇宙。

"你的关注点是不是偏了？看联欢晚会，主角不应该是各个节目的表演者吗？"余乔不解地问。

“不不不，对我来说，那些节目都不如你好看。跳舞、唱歌、相声、小品，我看电视就可以，但是电视上没有你。那次我的座位也不错，是欣赏你的最佳视角。”

余乔惊呼：“天哪！还好你那时候没有向我表白，不然我会觉得你好变态。”

赵云开表示赞同：“是挺变态的，为了一个女孩改变了学习的态度。对了，你主持元旦晚会那天有没有什么比较印象深刻的事？”

余乔想了想，认真回答：“就记得很紧张，紧张得手心冒汗，毕竟第一次主持那么大型的晚会，学校的师生们都在台下看着呢。你觉得我那天表现得怎样？”

“有一刻，你简直美呆了！”赵云开至今仍能想起她那天的模样。

“哦？说说看。”余乔对过去的事情蛮感兴趣。

“还记得我们高二时有过一个广播操比赛吧？”

“没错，这个有印象。”

“我们班获得了那次广播操比赛的冠军，那次元旦晚会，有一个小插曲是现场颁奖，我是体育委员，班主任派我上台领奖。刚好这个奖项是你公布的。”

“那天确实是公布了一些奖项。”赵云开的叙述缓缓打开了余乔的记忆之门，那些她曾以为无关紧要的事，渐渐浮出水面。

“当我听到你拿着话筒说‘恭喜高二（3）班获得本届校广播操比赛的冠军，请班级代表赵云超上台领奖’时，真是激动到不行。走上台去领奖只需要两分钟，可那两分钟我无比紧张。老师给我颁完奖，按照惯例拍合照。后来拿到合照，我发现我的眼睛根本没看镜头。”

“那你在看什么？”她明知故问。

“我在看你啊傻瓜，那一刻，我那么近距离地看着你，觉得你太美了。最关键的是，那是我的名字第一次在你的口中出现。那个时候，我就在想，如果以后你能每天喊我的名字，那该多好！”

余乔听他诉说起过往，心中微微一动。尽管那时的她对他印象不深，此刻却被他打动了。这么多年过去，他还记得他们之间的那么多细节。就好像她已经遗忘的青春碎片，有另一个人在帮她记录。

“那你还改名字？赵云超、赵云开，在我看来差不多，都不是言情小说惯用的男主角名字。”

“我就没指望做言情小说的男主角，做你的男主角就好。”

曾经，他只能远远地望着她，牵手遥不可及，现在却可以牵着她的手漫步在校园里，还有比实现年少梦想以外更美好的事吗？

“我终于想起来了！”余乔突然说。

“想起什么了？”赵云开满怀期待地看着她，希望她年少的回忆里也有他。

“我想起那个楼梯拐角在哪儿出现过了。你刚去深圳时不是送了我一份定制的照片日历吗？日历上面就有那个楼梯拐角。”余乔还是没有如他所愿，只想起了那份日历。

“没错，那是我大学毕业后回来拍的。”赵云开说。

余乔回想：“上面好像还有‘沈记臭豆腐’的照片。”

“你怎么记忆力突然变得这么好？”

余乔继续回想：“还有操场的照片，还有报告厅的照片！”

“不得了！我的心动地图都被你发现了。”赵云开有种秘密被发现的感觉。

“什么心动地图？”余乔不太明白。之前不是说她在他的心上画地图吗？怎么又来了个心动地图呢？

“心动地图，就是我遇见你，并为你心动的地方。”赵云开说。

听着他的解释，余乔也心动了。她当时还纳闷，赵云开怎么不挑学校标志性的景点拍照，尽挑些并不起眼的场景。原来，这些场景因为和她有关，所以对他有着独一无二的意义。还好那个日历她没有扔，一直保存着。

“你当时送我日历时怎么不解释？我还以为是让我怀旧用的呢！”余乔说。

“我要是解释不就等于告白了吗？一见面就告白，我还没那个勇气。我怕被你拒绝。”他实话实说。

“那你今天拍的这些照片，会不会再次去定制日历？”想起他有定制照片日历的习惯，余乔问。

赵云开眉开眼笑：“恭喜你，都会抢答了。这次的照片是我的幸福地图。”

曾经幻想和她一起做的事情如今都做了一遍，可不幸福吗？

“一年十二张，照片够吗？”余乔问。

“不够再拍啊。”赵云开晃晃手机。

“不过，上次的日历还有六张照片不是在南中，是在C大拍的吧？”余乔问。

“没错。”

“那我们要不要再去一趟C大，补全幸福地图？”余乔提议。

“这倒是个不错的主意，可以考虑，待会儿我们去订票。”

见赵云开这么爽快地答应去大学校园故地重游，又是有目的地带着她走他的心动地图，她恍然大悟道：“说，你是不是早有预谋？”

“当然。我难得回国，你难得回家。这么难得，自然要让你印象深刻。不然就凭你对高中时光这个没印象，那个也没印象，我出国时间长了，你还不得把我忘了？”

余乔大笑，开始唱：“忘不了，忘不了，忘不了你的好，忘不了你的笑……”

时光远去，很多故事已经遗忘，仿佛青春时光被扣上了锁，偏偏那个人有钥匙。

第三十二章

心不在一起才是异地恋

余乔的松鼠先生在国内只逗留了十天，就又要飞往大洋的彼岸。

重逢时的欢喜，相聚时的亲密，离别时的不舍，短短十天，余乔的情绪切换了三种模式。

在机场和他分别时，上次分别时那种恋恋不舍的感觉又深深地冲撞着她的心。

任凭她是个多么洒脱的人，一想到此后又要分隔两地，不禁悲从中来。

他和她一样不舍，摸摸她的头说：“我们很快又会见面的。”

“很快”其实是半年，每隔半年他们才会见面一次，因此，每次见面都仿佛积攒了一生的幸福和力量。

时间确实过得很快，两年的时间倏忽而过。

要说异地恋最大的好处，大概就是可以心无旁骛地投入工作。最近这两年，因为和赵云开分居两地，留守少妇余乔的工作业绩越来越好，汪敏还培养她带团队，教她管理。

团队里有个男孩子叫卢远山，是今年刚入职的应届毕业生，十分好学，也不怕辛苦。

余乔每次沉迷工作时，卢远山也在加班。很多时候，他还会向她请教工作中的各种问题。

余乔对他印象不错，毕竟刚毕业的年轻人大多心浮气躁，愿意吃苦耐劳的不多。

有一回，她正在加班，面前突然多了一杯奶茶，一抬头，就看到那个大男孩清俊的脸。

他笑着对她说："余乔姐，喝杯奶茶，休息一下。"

"你还蛮体贴的，你女朋友有福了。"余乔说。

"我现在没有女朋友。"卢远山说，"大学时交往过一个女朋友，后来分手了。"

余乔本是无心提及女朋友，不料却触碰到了他的伤心往事，抱歉地说："不好意思。"

"都已经过去了。"他笑了笑，问余乔，"余乔姐，前天我看到一个男生开着豪车来接你，是你男朋友吗？"

开豪车的男朋友？余乔回想了下，那天是许诺给她介绍一个潜在客户，顺便来接她过去。

余乔哈哈大笑："那是我的一个土豪哥们儿。"没错，当初她有些讨厌的许诺如今成了她的哥们儿。

起初许诺请她吃饭、给她介绍客户时，她曾怀疑他不怀好意，便直白地问他："你是不是对我有意思？"

结果许诺反问："你是不是对我误解太深？"

熟悉后，余乔才知道许诺是不婚主义者，他不喜欢被羁绊，喜欢自由自在的生活。女朋友也有，但是经常换，不稳定，他从来没带给父母看过。许诺的母亲见他年纪渐长，急了，对他说："你哪怕不给我带个女朋友回来，带个男朋友也好啊！"许诺一笑置之，依然我行我素。他把母亲的这句话学给余乔听的时候，余乔笑得不行，对他说："你真的可以尝试下你母亲的建议。"许诺却白她一眼，丢给她一句："滚！"

"哦，是这样啊。那你现在有男朋友吗？"卢远山又问。

余乔笑得更大声了："你这是查户口来了？我看上去像是没有男朋友的人吗？"

“不是这个意思，你看上去像是有很多男生追的人。”

余乔叹了口气：“好汉不提当年勇，想当年姐也是可以靠脸吃饭的人啊！”

“你是那种明明可以靠脸，却偏偏要靠才华的人。”

“别夸，再夸我会觉得你在拍我马屁。”

“我说的是大实话。”

“实话告诉你，姐已经结婚了。”

“啊？不会吧？你在和我开玩笑吧？”卢远山一脸诧异，“你看起来这么年轻漂亮。”

“你这么会说话，很有前途。”

“进银行工作就是希望自己有‘钱途’，房租那么贵，没‘钱途’住不起啊！”

“把事情做好了，自然会有‘钱途’。”这是余乔的名言。

“受教了。”卢远山谦虚地说。

这天，余乔没开车过来，工作忙完，她和卢远山一起走出了办公楼。

她拦了一辆出租车，卢远山帮她打开车门，她进去时，他伸手挡着她的头顶。她笑了：“年纪轻轻，还蛮绅士啊！”

“那是！我们学校的女孩子比较多，所以练就了照顾女孩子的本领。”

“今天谢谢你的奶茶，我先走了。”她关上车门，“拜拜。”

“拜拜。”

车子启动，她无意间回头，发现卢远山还站在原地，目光注视着车子。

她笑一笑，朝他挥挥手。

夜幕笼罩的路灯下，卢远山的身影让她想起了赵云开，想起赵云开以前也是这样站在原地，目送她离去。

她并不会刻意去想赵云开，但是，在听到一首有关思念的歌时，在看到和他身材相似的身影时，在路过他们曾并肩等车的公交站时，想念就会如影随形。

一晃眼的工夫，苏瑶的女儿珠珠都上小学了。周末余乔去苏瑶家蹭饭吃的时候，会顺便辅导珠珠做作业。

有天珠珠做完作业，余乔在客厅陪她搭乐高，苏瑶走过来看两个人玩得很融洽，笑着对余乔说："你这么喜欢小孩，什么时候也要一个啊？"

"老公都不在身边，怎么要？"她头也不抬地答。

"这样，下次你算准排卵期，和小赵同学见面。"苏瑶凑近她的耳朵给她传授经验。

"一年就见两次，感觉命中率不高。"

"怎么会？你们俩都年轻，想要的话很容易要到的。我和你姐夫当年就是算好日子，一击即中。"

"妈妈，我是你和爸爸去公园玩那种打枪游戏中的奖吗？"珠珠疑惑地问。

余乔和苏瑶都忍不住笑了。

孩子童言无忌，但少儿不宜的话题确实不该当着孩子的面讲。

后来，余乔和赵云开提及要孩子的事，他想起他们同游香港迪士尼乐园遇见一个小女孩的事。

"如果要小孩，你想要男孩还是女孩？"

时隔五年，当余乔再次问他这个问题时，他仍然毫不犹豫地回答："女孩。"

余乔表示赞同："我也觉得女孩好，我姐家的珠珠可乖了。"

"那就别犹豫了，我们把要孩子的计划提上日程。"

"我们相隔这么远呢，能成吗？"余乔对此毫无把握。

"怎么不能？你没见电影里演的，连一夜情都会怀孕，何况我们有意为之呢？"赵云开却有一种谜之自信。

“好吧，那下次我们见面，我挑好日子。”

“那我也准备好精兵强将。”

“半年时间够你准备的。下次见面我去找你吧？我今年可以休十天年假，刚好趁你明年结束外派工作前谋个福利，去看看我梦中的意大利。”

“哦，你是来看意大利的，不是看我啊？”

她笑道：“看你，看在意大利的你。”

意大利，那个她曾经无比向往的遥远国度，因为他在那里，忽然变得触手可及。

都说感情有七年之痒，陆露和陈燃才恋爱五年，就开始觉得“痒”了。

陈燃很会撩妹，这一点陆露从他在QQ空间上回复她和网友的留言就知道，她倒也不会因为那些网友而吃醋。但是，现实生活中他也撩妹，就让她有些受不了了。

她有一次想给他一个惊喜，悄悄跑到他公司的楼下，结果却发现他和一个女孩子肩并肩、十分亲密地走出来。

不知他们聊着什么，笑得很开心。忽然，他举起手机要给那女孩拍照，女孩拿起自己的手机挡住脸，不让他拍，他干脆夺走她的手机，凑过去和女孩的头挨在一起，用女孩的手机自拍了一张合照。

这一幕让陆露有些吃味，十分嫉妒那女孩。

她觉得感情禁不起误会，问陈燃那个女孩是谁。陈燃不耐烦地说：“她是我的同事，你吃什么醋？”

陆露想到他和那个同事朝夕相对，心里更不是滋味。

她希望他能和其他女孩保持距离，他皱眉道：“我一向女人缘好，女孩子喜欢和我做朋友。”

“做朋友也要考虑女朋友的感受啊！”她说。

“你要知道，我虽然有很多女性朋友，但是只有你一个女朋友。”

他一边强调一边抱住她，“乖，你要知道，我是喜欢你的，特别喜欢和你在一起的感觉。”

女人终究是心软的，他一抱、一哄，她就缴械投降了。

只是，从那之后，陆露发现她对陈燃的信任值下降了。有事没事的，脑海里总会出现陈燃和那位女同事在一起的画面，她甚至会胡思乱想他们之间更亲密的画面。

她竭力说服自己不要胡乱猜测，但总是控制不住地去想。

直到有一天，她去陈燃的住处找东西，打开他的抽屉时，发现了一张明信片，上面写着：一见到你，我就忍不住微笑。

是陈燃的字迹。

这是他即将送出的礼物，但很显然不是送给她的。因为他送她的明信片，有个规律，不管怎么写都会有这么一句：愿你迷路，到我身旁。以此来呼应她的 QQ 名。

这张明信片仿佛验证了她的那些胡思乱想，她的想法原来有迹可循。

她本想拿着明信片当面质问陈燃，问他打算把这张明信片送给谁；问他为何最近两年的情人节只是叫快递公司把玫瑰送给她，却不和她约会；问他为何去年她生日那么重要的节日他还能忘得一干二净。

她越来越怀疑，陈燃现在到底还喜不喜欢自己。但是她又没有勇气找他问出真相。因为，她本能地害怕，害怕失去，害怕失去他，失去这段感情。

即便怀疑，她还是不信，不信那个对她说“我好喜欢你”的男孩现在和别人暧昧，不信他的甜言蜜语可以同时说给两个女孩听，不信他能把谈了五年的感情弃之不顾。

陆露曾试图忘记那个女同事，忘记那张明信片，忘记她已对他心存怀疑，努力恢复到从前的时光。

但是，有些事情不是靠努力就可以做到，有些事情靠努力也不可以。

无奈之下，她向余乔求助。

所谓“当局者迷，旁观者清”，余乔听完她的描述和困惑，一语道破天机：“他说他喜欢你，但他并没有你想象中那么喜欢你。”

“那怎么办呢？”陆露的心开始慌了，“我要不要去找他问清楚明信片的事，说不定是我误会他了。”她对他始终抱有幻想。

“你可以去找他，但找他之前，推荐你看一部电影《他其实没那么喜欢你》，或许对你有用。”余乔提议。

感情问题和家务事一样难处理，清官难断家务事，是因为当理性遇见感性容易产生矛盾，感情问题亦然。旁观者难处理，当事人也难处理，所谓“不识庐山真面目，只缘身在此山中”。

看完《他其实没那么喜欢你》，陆露有种“心有戚戚焉”的感触，电影里女主角遇到的问题正在她身上上演。

她很纠结，但同时又对他抱有幻想，这难道真的是她自作多情、自欺欺人吗？

她给陈燃发了条信息：你现在忙吗？

过了好久好久，他才回过来一个字：忙。

在QQ空间可以回复网友好多字的他，在现实中回复她时，总是惜字如金。

她又发了条信息：晚些时候，给我打个电话。

过了好久好久，他才回过来一个字：好。

后来，她等了好久，等到下班时间，等到吃完晚饭，等到上床睡觉，也没等到他的电话。

她回想了一下，他们谈恋爱的这五年，多数时候，都是她主动找他、主动给他发信息。只有在暧昧期和刚确认关系的那会儿，他主动发过“早安”“晚安”。至于秒回，他很少有，而承诺过她的事情，多数他也忘了。

她一度以为他是个外冷内热的人，她可以用热情感染他，可是五年时间过去了，他却始终对她不冷不热。

她总以为，他对别的女孩子是暧昧，对她是绝对，她在他的眼中是个例外。

然而，真相却接近电影里男主角对女主角说的那样：如果一个男人表面上对你不怎么在乎，就真的对你毫不在乎，没有例外。

现实往往比电影更残酷，看电影时，陆露自动代入的角色是女一号，万万没想到的是，她更接近于女三号。

她和陈燃提及那张明信片时，他的第一反应是面带不满地质问："你为什么要翻我的抽屉？"

她解释，她是去抽屉找指甲刀，无意间看到的。

他说："你就算看到了，也不应该怀疑我！那是我送给一个和我认识六年的网友的，最近工作忙，还没来得及去邮局寄。"

陆露见他阴沉着一张脸，想尽快结束这个不愉快的话题，尽管内心仍纠结，却低声下气地说："对不起，我误会你了。"

他的脸色并没因她的道歉有所好转，她上前抱住他，以前他们如果有争吵的迹象，都是这样化解的。孰料这次他却推开她，说了一句："别这样。"

陆露蒙了，下意识地问了一句："你现在是不是不喜欢我了？"

陈燃冷笑一声说："你这样无理取闹，我真的不喜欢。"

陆露当时真的想问他：你是不是喜欢上别人了？但因为害怕得到肯定的答案，她问不出口。

不过，纸是包不住火的，真相无论怎样掩盖，终究会浮出水面。

有一天，陆露在 QQ 空间给陈燃的留言下面多了几条回复，言语间充满了冷嘲热讽。譬如"假面情侣""人家都不回你了，还每天巴巴评论，自 high 很好玩吗""你是我见过最自作多情的"。

这个人的 ID 一点都不眼熟，陆露感觉不太对劲，这个人对她不友好的程度，就像在现实生活中和她有仇一样。

经这人一提醒，陆露恍然意识到陈燃确实好久都不回她了。

起初看到那些充满火药味的挑衅言语，她很生气，很想骂一骂那个人。但在回复的对话框里敲下“你算老几？凭什么对别人指手画脚”后，她忽然苦笑着摇了摇头，把对话框里的字删掉，退出页面。在网上随意骂别人本就像泼妇所为，她如果和那人对骂，不是会被那人带入深渊，从而影响自己的形象吗？

后来，她发现自己的那几条留言被删掉了，跟着被删掉的还有那人骂她的话。很显然，陈燃看到了这带有争风吃醋意味的战争，他却不动声色地删掉了留言，就像是什么都没发生过。

陆露素来忍功厉害，但人的忍耐也是有限度的。她还是没忍住，去问陈燃知不知道骂她的那个人是谁。

陈燃说：“不知道。网上奇怪的人很多。”

她问：“那你只删她的留言就好，怎么把我的也删了？”

“我看不惯别人说你，就直接把相关的留言都删了。”他回答得很坦然。

“哦。”她对他的回答表示怀疑，但也不便刨根问底。

他的工作越来越忙，明明两个人在同一座城市，一个月见一次却变成了常有的事。

有一次，陆露对他说：“我们这样一个月只见一次面，怎么感觉像异地恋。”

“挺好，你就当提前习惯我出国和你异地恋。”

陈燃也一直想获得外派工作的机会，但是 ACCA 还有几门没通过，暂时无缘去国外。

陆露倒希望他考不上，现在一个月见一次她都受不了，到时候六个月见一次她要怎么活?

最终陆露没等来他的出国机会，却等来他对她说“我不喜欢你了”。

没错，就是那个前不久还对她说“我喜欢你”的人，现在对她说“我不喜欢你了”。

原来，真正的异地恋不是两个人不在同一座城市，而是两个人在同一座城市，心却不在一起。影响爱情的从来不是空间的距离，而是心灵的距离。

一个很平常的日子，陆露和陈燃一个月一次的见面，一起吃完饭，两个人在路上散步，陈燃忽然说：“有件事我想和你说一下。”

“什么事？”陆露的心咯噔了一下，有种不祥的预感。

他犹豫了一下，皱眉道：“我喜欢上别人了。”

陆露的心彻底坠入谷底，她努力克制自己的情绪，故作淡定地问：“那个人是谁？”

“你知道的。”他答。

“就是那个女同事？你想给她拍照她却拿手机挡住脸的女同事？”

他点头默认。

“喜欢她多久了？”

“也不知道什么时候喜欢她的，就感觉和她在一起很轻松，没有压力。”

陆露冷笑道：“原来你和我在一起很有压力？”

“你老给我发消息，问我有没有时间见面，你的爱让我喘不过气来。”他说。

原来，当他不再喜欢她，她做什么都是错的，连爱他都是错的。

她的泪水开始从眼眶中滑落，这么多天的不安在这一刻有了答案。

“你们在一起多久了？”她哽咽着问。

“去年十二月我们聊得比较多，聊着聊着我发现我对她有好感。一月我向她表白，她同意了。”

现在已是四月，这就意味着他们已经在一起三个月了？这三个月他隐瞒得很好，甚至当她发现蛛丝马迹而质疑他时，他仍然可以脸不红心不跳地撒谎。

“你怎么可以欺骗我？你为什么不早一点告诉我？”她痛心疾首地说。

“早一点告诉你，你就不会难过吗？我就是担心你难过，所以才拖到现在告诉你。”

他说得好像很有道理的样子，她忽然觉得自己这五年的付出全部付诸东流了，她的青春简直喂了狗！

“如果你早一点告诉我，我不会难过，我会祝福你。”陆露擦干眼泪，径自往前走。

“你是真心祝福的吗？”他追上来。

“真心的，祝你和你那位女同事天长地久。”

“怎么感觉你在冷嘲热讽？”

“难道要我现在就给你发红包才能显出我的诚意吗？”她忍住不哭，心却痛得不行。

“你要好好的，我才放心。”

“我会好好的，不用你操心。”陆露说完，拦了辆出租车，坐上车，任由泪水肆意流淌。

回到家，陆露又看了一遍《他其实没那么喜欢你》，发现陈燃不仅不太在乎她，还有另外两位男主角的缺点：不婚和出轨。

她每次一提结婚，他就会想方设法地绕过话题。此时，她应该庆幸她还没和他结婚吧，不然她就更被动了。

看完电影，陆露鬼使神差地打开了陈燃的 QQ 空间，去寻找一些蛛丝马迹，看看他说的一月和女同事开始的恋爱属不属实。

她在他的相册里看到了公司年会上的合照，看到了那位女同事，她把女同事的照片保存下来，反复看了看，又看了看镜子里的自己，当下便觉得心有不甘，这位女同事好像并没有比自己好看啊!

五年的爱情输给了两年的同事情，而且输给不如自己的人，陆露自然心有不甘。

“一段感情变坏都是从无法好好沟通开始的。”余乔所在的部门聚餐，有位女同事遇到感情危机，向汪敏咨询时，汪敏如是说。

汪敏说完这句话，好几位同事都深以为然，纷纷点头。

有位同事说：“我和我前男友就没法好好沟通，毕竟他和哪个新欢约会都不告诉我！”

大家都笑了，这同事的前男友明显是个花心的主，难得她这般幽默地去回顾往事。

另一位同事说：“我和我前男友分手也是这样，每次我说东他就说西，鸡同鸭讲，脑回路不在一条线上，根本无法沟通。”

卢远山说：“我也这么认为。”

余乔看他傻乎乎地应和，说：“你知道人家的故事吗，还这么认为？”

卢远山说：“我是认为汪总说得对，我前女友或许就是觉得和我无法好好沟通，才把我甩了的吧？”

余乔笑道：“哈哈，算你有自知之明。”

然后，余乔拿出手机，看了看她和赵云开最近的聊天记录，咨询汪敏：“汪总，我对我老公说，最近吃得多运动少，都变胖了。他不但不安慰我，还说，你可能吃了猪饲料。你说该不该打他？都没法好好沟通了。”

同事们闻言狂笑。有人说：“你老公太有意思啦！”

汪敏也笑：“这叫情趣沟通。他是逗你玩，把你当小猪呢。”

有同事感叹：“啧啧，结婚好几年了还这么恩爱，这才是嫁给爱情的样子嘛！”

余乔谦虚地说：“汪总才是我的榜样。结婚多年和先生恩爱如初，还有一双可爱的儿女。”

“那你也加油生孩子嘛！”同事鼓励她。

余乔两手一摊：“老公不在身边，怎么生？”然后她转移话题，目光看向汪敏，“我觉得关键不是孩子，而是这么多年两个人朝夕相处还能像热恋一样，汪总的状态也像少女一样活力满满，我好奇地问一句，请问您是怎么保鲜爱情的？”

“情感就像银行账户，两个人都要经常往里面存储，存得越多，爱的保鲜期越久。如果只是一味索取，情感账户迟早会空。”汪敏颇有心得地说。

大家集体鼓掌，都认为她说得太有道理了！

余乔举杯：“来，为汪总的名言录再增加一条干杯！”

众人一起举杯庆祝，氛围十分融洽。

汪敏在业余时间最大的爱好是读书，她工作能力强，又愿意把各种心得毫无保留地和大家分享，大家都喜欢和她待在一起。余乔也很喜欢汪敏，平时遇到问题会向她咨询。这样的上司没有代沟，又让她尊重，不仅能帮助她提升工作能力，还能帮助她的心灵成长。

只是，她没想到，汪敏还是个超级热心肠的人。

那天快到下班时，她接到陆露打来的电话。陆露在电话里泣不成声，大致意思是，陈燃劈腿了，她居然没出息地想要挽回，认为五年的感情能战胜新欢，结果被他毫不客气地拒绝了。她声泪俱下地在电话里控诉：“我哪里不如她？为什么他这么无情？”

“你别哭，你说个地方，我去找你。我们当面说。”余乔意识到这次的问题不小。

下了班，余乔走之前，去汪敏的办公室向她请教：“汪总，我有个朋友失恋了，我也没有经验，不知道怎么安慰她，能传授下方法吗？”

“或许，只要我给她讲个故事，她就好了。”汪敏见怪不怪地说。

“什么故事这么神奇？”余乔很好奇。

“你问问那个朋友，介意我一起去吗？我亲自对她讲。”

“能得到汪大师的开导，真是太好了！我和她电话说一下。”余乔大大松了一口气。

她没有失恋的经验，根本不知道怎么安慰陆露才有效，汪敏处理生活中的种种问题驾轻就熟，一定有办法。

第三十三章

身边的传奇故事

有这样一种人，无论听别人讲述还是亲眼所见，都会让你有莫名的亲近感，不自觉地喜欢他。

汪敏就是这样的人。以前陆露经常听余乔提及汪敏，言必称“我们汪总”，汪总的话简直比任何“鸡汤”都有效。

因此，当余乔说吃饭带上汪敏时，陆露同意了。在她看来，汪敏更像一位生活的导师，她现在迫切需要导师给她带来一碗浓“鸡汤”，抚慰她因为失恋而受伤的心灵。

见面时，陆露的眼圈还是红的，脸也有些浮肿，整个人看起来十分憔悴，哪里还见得到从前活泼可爱的模样？

余乔乍见到她，都愣住了，她没想到失恋的杀伤力这么大。

大概曾经拥有的时候有多甜蜜，现在失去的时候就有多痛苦吧。

饭菜上来的时候，余乔一见美食便胃口大开，陆露无甚食欲，拿起勺子戳碗里的食物，戳了半天，她就像把食物当成玩具的小朋友。

汪敏用公筷夹了一块红烧肉到陆露碗里，说：“姑娘，好好吃肉，吃饱了才有力气哭。”

余乔想笑，但考虑到陆露失恋，她笑有些不厚道，忍住了笑意。

没想到陆露自己却笑了。这阵子哭得太多，她感觉自己都不会笑了。

“大家都会说爱，但爱绝对不仅仅指爱情，那多狭隘啊！爱情只是生活的一小部分，个人生活比爱情重要多了。作为一枚老少女，人生过半，最大的心得就是，好好爱自己是女孩子所能给自己的最好礼物。好好爱自己很简单，就三点，好好睡觉，好好吃饭，好好照顾自己。”汪敏平心静气地说。

汪敏的话有种神奇的力量，陆露一听，当即感到，因为失恋而起了褶皱的心被温柔地熨帖过，这感觉让近期哭到麻木的她，油然而生一股宁静的喜悦。

好好睡觉，好好吃饭，好好照顾自己，这三样，因为陈燃把她抛弃，她都没有做到。这时，她才深深意识到，原来，在他抛弃她的同时，她在潜意识里也把自己抛弃了。这是一件多么可怕的事！

吃完饭，余乔叫服务员过来收拾好桌子，并要了一壶绿茶，三个人边喝茶边聊天。

当然，主要是汪敏和陆露聊，余乔就在一旁给她们添添茶。

汪敏先让陆露说出自己的故事。陆露把她和陈燃的经历回忆了一遍，讲述了一遍，讲述完，一想到这段感情已失去，她又情不自禁地落下泪来。

这是一间独立的包厢，她本可以尽情哭泣。但当着汪敏的面，她不好放声大哭，接过余乔递来的餐巾纸擦去眼泪。

“你觉得他爱你吗？”待陆露情绪稍稍稳定后，汪敏问她。

陆露犹豫了一下，才答：“爱过吧。我觉得我和他在一起还是有很多美好的时光，一想到那些美好时光就对他讨厌不起来，就觉得他也很美好。”

“你有没有想过，美好的并不是他，而是你想象中的他和想象中的爱情？”

被这么一问，陆露愣住了。

汪敏继续说：“我觉得他不爱你，至少不够爱你，他爱的是他自己。他享受被网友追捧的感觉，胜过你爱他的感觉。在他看来，你更像一个每天追捧他的网友，和其他网友不同的是，你也认识现实中的他。”

汪敏这句话像一根棍子迎面击来，陆露却因此清醒了许多。她自己也曾多次怀疑他到底爱不爱她，但每次怀疑之后，又能用一堆借口说服自己，他应该是爱她的。比如，如果他不爱她，怎么会经常回复她的留言？如果他不爱她，怎么会对她说“早安”“晚安”？如果他不爱她，怎么还和她约会见面？

现在经汪敏的“当头棒喝”，她才发现，那个找出若干理由证明“他爱我”的自己是多么天真！

真正的爱情是心与心的感应，不需要找太多外在的东西来证明。

就算他不爱她，陆露还是心痛，还是难过，还是纠结，说：“我还是不甘心，还是舍不得他。”

“你舍不得的并不是他，而是你付出的感情。你不甘心，怎么这么多的付出却换不来对等的回报？”

汪敏又是一针见血，毫不犹豫地戳陆露的痛点。

见陆露沉默不语，汪敏又说：“你虽然舍不得，但还是有所获得的。”

“获得了什么？”陆露不解。她觉得在和陈燃的这段感情中，最终获得的除了伤害还是伤害。

“恋爱的经验，人生的成长。”汪敏说。

陆露似懂非懂：“不都说初恋很珍贵吗？我的初恋就很失败，给我的打击也很大。”

“打击越大，给予人生成长的空间也越大。”汪敏平静地说。

这下，余乔也蒙了，有压力就有动力这句话没错，但打击太大不会把人打趴下吗？

汪敏优雅地端起茶杯抿了一口茶，慢条斯理地说：“我给你们讲个故事吧。”

某年某月某次夏令营的活动中，来自不同城市的男孩和女孩相识了。

男孩忘记带毛巾，老师问：“有没有同学多带了毛巾，借他一条？”

女孩自告奋勇，举手道：“报告老师，我带了毛巾三条！”

老师说："不知道的人还以为你带的麻将三条，女孩子就是不一样，老师我一条毛巾打天下。"

女孩说："一条洗脸，一条擦脚，一条洗澡，三条刚刚好。"

男孩说："那请把洗澡的那条借给我。"

大家哄堂大笑，女孩却愣愣的，完全 get 不到笑点。

男孩一本正经地解释："老师一条毛巾打天下是我的榜样，你洗澡的毛巾我可以从头洗到脚。"

大家再度哄堂大笑。女孩唰地红了脸。

有天老师组织大家玩编花篮的游戏，就是单脚站立，另一只脚放到其他同学的腿上，三个人一组，把腿搭好后开始游戏。大家按照顺时针方向单脚跳，一边跳一边唱儿歌："编，编，编花篮，花篮里面有小孩，小孩的名字叫花篮。站得稳，跳得齐。马兰花开二十一，二五六二五七，二八二九三十一；三五六三五七，三八三九四十一……"就这样一直唱，如果游戏中不出差错，很顺利，可以唱到"九五六九五七，九八九九一百一"。

起初大家搭档得并不顺利，尤其是那个协调性相对较弱的女孩，她在第二轮游戏中不小心摔倒了，男孩第一时间跑过去查看，只见她的膝盖蹭破了皮，他二话不说跑去宿舍拿来创可贴，蹲下身帮她贴好。女孩定定地望着男孩，觉得此时此刻，这个男孩可好看了！

老师问女孩要不要回宿舍休息，女孩摇头说不疼了，但希望和男孩一起搭档玩游戏。男孩后来悄声对她说："正合我意。"

二十天的夏令营活动，男孩和女孩逐渐熟悉。男孩知道女孩喜欢画画和看书，女孩知道男孩喜欢极限运动。

夏令营的活动结束时，两个人依依不舍地告别，彼此交换了地址。那时候他们没有电脑也没有手机，就靠信件沟通联络。

为了去男孩所在的城市看他，女孩省吃俭用，宁可少吃一顿饭，终于攒够了去看男孩的火车票钱。

那时年少，两个人都很青涩。第一次见面只是牵着手去轧马路，男孩买了杯珍珠奶茶给女孩，女孩喝了一口，递给男孩，男孩也喝了一口，笑道："我们刚才，算接吻了吧？"

女孩羞涩地点头："嗯。"

后来，两个人的学业忙碌起来，信件也变少了，但从来没有断掉联系，偶尔还会打个电话。

这段异地通信的时光一直持续到他们大学毕业。本来两个人想考到同一座城市的同一所大学，但因为女孩的分数差了一点，未能如愿。

不过，幸运之神还是光顾了女孩，毕业后，她顺利在男孩家所在的城市找到了一份工作。找到工作后，她第一时间给男孩打电话："猜猜我在哪里？"

男孩说："这还用问吗？"

女孩说："你说说看嘛。"

男孩说："你在我的心里啊。"

女孩笑了："我在你家附近的报刊亭。"

男孩惊呆了："什么？！但是我不在家啊！"

女孩问："你在哪里？"

男孩说："我在你的家乡找工作啊！"

女孩笑了，心里暖暖的。

同一时间，他们走了不同的路，却做了同样的事——都去了对方所在的城市，只为靠近喜欢的人。

相识七年，男孩向女孩求婚："从你把洗澡的毛巾借给我开始，我就有要对你负责的责任感，毕竟毛巾让我们的身体间接发生了关系。你想让我一辈子对你负责吗？"

女孩热泪盈眶，拼命点头。

婚后两年，女孩生了一个可爱的小男孩，一家三口过着平淡却温馨的生活。

女孩以为，她这一辈子会一直这样幸福下去，和男孩白头到老，两个人变成九十岁、一百岁的老头老太太，还牵着手一起走。就像那次夏令营活动中唱的儿歌："九八九九一百一。"

无奈，人生不如意事十之八九，她的生活突然在某一天画下了休止符。

那次，热爱极限运动的男孩和同伴约了一起去爬雪山，结果途中不幸遇到雪崩，同伴被拯救，男孩却失踪了。

女孩那几天的心都是悬着的，吃不下，睡不着。结果三天后等来的消息却是——男孩找到了，但是，找到的是他冻僵的、不能再呼吸的躯体。

女孩闻言泪崩，加之几天没吃饭，身体虚弱，晕倒在地。

她醒来后，还是不能接受男孩已经离世的事实。在家人的搀扶下，她参加了男孩的葬礼，看着沉睡的男孩，她哭得难以抑制，她的儿子在一旁跟着她一起哭。

回到家，她的儿子问她："妈妈，爸爸还会回来吗？"

看着年幼的儿子，她心疼地摸着他的头说："会回来的。只是，我们要等一等。"

自从男孩离开后，女孩迷上了佛学，喜欢念经、抄经，还经常去寺庙。钟声在耳旁敲响的时刻，她的心格外平静。

去寺庙的次数多了，有一天，她偶遇一位禅师，禅师对她说："施主，放下执着，自性清净。"

她似乎明白了什么。虽然她经常去寺庙，经常念经，以为这一切可以超度男孩的灵魂，也可以度化自己，但是，她的心里始终没有放下他。

这或许对他，对自己，都不是一件好事。

后来，她一个人趁假期去欧洲旅行，每天都走许多许多路，奇怪的是治好了长久以来的失眠。身体在旅途中奔波，心灵却得到了安宁。

在希腊圣托里尼的蓝顶教堂前，看到一只海鸥飞过爱琴海，她露出了久违的笑容。

这时候，有个男人走过来对她说："这位姑娘，能请你帮我拍张照吗？"

她说："好啊！"然后她接过他递来的手机，帮他拍了几张他站在蓝顶教堂前的照片。

她把手机还给他时，他说："为了感谢你，我也帮你拍张照吧。"

她还没来得及回应，他已按下快门，她张嘴诧异的表情被他收入镜头。

他看着照片笑了，说："很可爱。"

他问她要联系方式，说把照片发给她。

她摆手道："不用了，你删了吧。我不喜欢拍照片。"

"一定是别人给你拍得不好看，我再给你拍几张。"说话间，他又咔嚓咔嚓给她拍了几张。

她觉得遇到了一个难缠的主，就给他留了个电子邮箱，说："照片请发到这里，发完请从你的手机里删掉。"

回国后，她真的收到他发来的、她各种奇怪表情的照片，他还附了一句话："其实，你应该多笑笑的，你笑起来真好看。"

她笑笑，说了句："无聊。"

旅行或许真的有治愈作用，她念经的时候不再想着，在天国的男孩怎么样，而是什么都不想，心真的清净了。

她没想到，在一次朋友的聚会中，她又遇到了那个在圣托里尼给她拍照的男人。

这次，他穿了一套笔挺的西装，和旅行中穿休闲装的他截然不同，沉稳了许多，也帅气了许多，她差点都没认出他来。

朋友介绍他们认识，他们交换了联系方式。

后来，他成了她的客户，因为业务关系，两个人也会一起吃饭，吃饭的次数多了，也渐渐熟悉起来，就会聊到彼此的故事。

他谈过两次恋爱，都以失败告终，一次是别人甩了他，一次是他甩了别人。

她也放下了戒备，第一次和客户分享自己既甜蜜又痛苦的爱情故事。

听完她的故事，他看向她的目光多了几分心疼和怜爱。

每个人的心里都有一个时光宝盒，装着不可告人的秘密。

一旦打开宝盒和某人分享，就成了彼此共享的秘密。

守着共享的秘密，就像守着两个人的共同财产。不经意间，两个人成了利益共同体。

与此同时，两个人的心门也骤然敞开，两颗心靠得越来越近。

有一天，男人对女孩说："请给我一次机会，我想好好爱你。"

女孩说："我结过婚。"

男人说："我不介意。"

女孩说："我有孩子。"

男人说："没关系，我帮你一起养。"

女孩说："我可能不会为你生孩子。"

男人说："没关系，你的孩子就是我的孩子。"

女孩被打动了。虽然在男孩离开后，不乏有追求她的人，但她始终紧闭心门，她一度以为，在男孩之后，她不会爱了，再也不会爱上别人了。

但是，男人的出现让她再次有了心动的感觉，让她再次有了不舍的感觉，让她的生活再次有了七彩光芒。

她很庆幸，自己没有丧失再次爱的能力。果然，如寺庙的那位禅师所言，放下执着，自性清净，便有收获。

后来，她和男人结婚了，男人对她的儿子视如己出，她也给男人生了一个可爱的女儿。她再次过上了幸福美好的生活，很多人都羡慕的那种生活。

不过是一个女孩失去爱后又重获爱的故事，听的时候，余乔和陆露却被深深打动了。

余乔问：“这是真实的故事吗？”

汪敏云淡风轻地说：“这是我的故事。”

第三十四章

漂洋过海的晚安吻

时间是最神奇的滤镜，当初再波澜起伏的故事，很久以后提及也已是碧波无澜。

汪敏讲述故事时，语气很平静，仿佛故事里的人和她无关，仿佛她没有经历过那些痛彻心扉的过往。

如果非要从现在的她身上捕捉一些故事里的影子，大概就是她的眼神。她的眼神深邃又宁静，细细打量后，便会觉得这个人的眼里有故事。

余乔之前一直以为汪敏是天底下最幸运的女人，外表光鲜靓丽，事业有成，家庭和睦，儿女双全，堪称人生赢家。她还以为汪敏和现在的先生是彼此的初恋，一双儿女是他们的爱情结晶。汪敏的办公桌上就放着一家四口笑得很甜的全家福，余乔那么理解也很合理。

幸运只是表象，谁也想不到笑容的背后，也曾有过长夜痛哭。

“人这一生很漫长，没有谁能保证一定会陪你走到最后，哪怕是最爱你的人。”汪敏感慨，“说过誓言的人，会离开；爱我们的父母，有天也会离开。而我们要做的，不过就是珍惜在一起的缘分、在一起的时光。缘分尽了莫强求，就让它随风去。

“在我看来，人生就是一段漫长的旅程，我们遇到的朋友、恋人都是同行的旅伴。在这一站有旅伴离开了，没关系，下一站还会有新的旅伴，只要你肯去往下一站。因为，人生有很多站台，幸福停靠的站台不只有一站。

“每个人的幸福都是自己争取的，想要幸福，想要往前走，就一定能找到通往幸福的路。如果老是停留在原地，把回忆搞得比余生还漫长，就得不偿失了，那影响的可是自己的人生，人生毕竟不是只有爱情这一件事。”

汪敏动情地说完这段话，余乔和陆露都热泪盈眶，忍不住鼓掌，异口同声地道：“说得太好了！”

“不过是过来人的一些感悟罢了。大概等你们到了我这样的年龄，回首过去，就会觉得，年轻时再喜欢的人，也不过是人生这片天空里闪耀的一点星芒罢了，但那点星芒曾照亮过你的生命就足够了。即便你喜欢的人如太阳一样耀眼，但错过了就是错过了，无须牵挂，无须留恋。泰戈尔不是说过吗，‘如果你因失去太阳而流泪，那么你也将失去群星’。如果你错过太阳，没关系，还有星辰在等着你。”

汪敏的话就像一道光照亮陆露的心，她忽然觉得，沉寂的心田开出了一朵莲花，油然而生一种前所未有的力量。

此时此刻，陆露突然不再怨恨陈燃了，也不再怨恨他的女同事了，那些不甘和怨怼忽然之间烟消云散，她浑身轻松许多。

她在失恋后也看了不少情感专家写的书，但那些书只探讨了“如何增添个人魅力，挽回男朋友的心”“如何战胜第三者”“走出失恋只要找个新对象”等两性问题。归根结底，这些书还是让女人围绕着男人转，仿佛要靠找到男人才能证明自己。

但今天聆听了汪敏的话，陆露豁然开朗，从一个人漫长的一生来看，重要的不是失恋，而是怎样把失恋当作修行，获得人生成长。

陆露情不自禁地握住汪敏的手说：“汪总，太谢谢您了！您说的话对我很有用。我以前没谈过恋爱，恋爱后觉得自己整个人都变了，就像变成了喜欢的那个人的影子，每天都想跟着他走，时刻想要知道他在做什么。这样的我，一旦被抛弃，就像光没了，影子也不复存在一样。这大概就是我失恋后痛苦的原因。”

汪敏欣慰地说：“姑娘，你领悟力很强！恭喜你又找回了自己。做别人的影子不如做自己的阳光。只要有光，爱情会重新降临的。爱情不怕眼泪，关键是哭过后也要真诚地继续爱；人生不怕心碎，关键是心碎后也要坚强地活下去。”

余乔举起杯：“汪总，您简直是哲学大师。来，敬您一杯。”

汪敏谦虚地说：“哲学大师不敢当，过来人的‘鸡汤’罢了。”

余乔说：“人生不易，世事沧桑，需要您经常给我们灌‘鸡汤’。”

陆露也举起杯，三个人的茶杯碰到一起：“那么，为了这么好的‘鸡汤’，干杯！”

不是谁都可以给别人灌“鸡汤”的，毕竟，这世界上有很多过来人，却很少有人领悟。

俗话说“听君一席话，胜读十年书”，余乔觉得今天上了一堂人生爱情课，第一次有人当面给她讲述，如何从一生的角度去看待爱情和人生之间的关系。

或许，听过曲折的故事，才愈加知晓平凡的可贵，遇到不幸的人，才愈加懂得珍惜身边人，余乔想起了远在异国他乡的赵云开，他离开后，她从来没有像此刻这般想念他。

一回到家，她就迫不及待想要和赵云开聊天，都顾不上洗脸刷牙，直接拿起了手机和他视频通话。

“怎么今天这么晚还没上床啊？”赵云开见她还穿着工作套装，问道。

此刻是北京时间晚上11：03，以往这个时间，她已经换好睡衣，躺在床上了。

赵云开有两部手机，一部手机上是罗马时间，一部手机上是北京时间，他用北京时间的手机和她聊天，就仿佛两个人之间并无时差。

“安慰陆露去了，她最近和男朋友分手了。说起来还要怪你介绍那人给她认识，那个‘时间有点短’先生真是人如其名，和陆露约会的时间有点短，和陆露在一起的时间也有点短。”

赵云开叹口气："看来我不适合当别人的月老，只适合当你的新郎。"

余乔笑了，又想起汪敏的故事，觉得自己的感情顺利还蛮幸运的，她说："你当我的新郎，是我的福气。"

"咦？这话说反了吧？能娶到你是我的福气，你挺旺夫的。"

"那倒是，把你都'旺'到大洋彼岸去了。"

赵云开乐了："没'旺'到天上去就好。"

"呸呸呸，说什么呢？赶紧摸红！"因为汪敏故事里的男孩被天使召唤走了，余乔觉得"天上"不太吉利。

"那你铁了心让我坐不成宇宙飞船，约会外星人了。"赵云开边说边遵从妻命，找红色的东西摸。

余乔忽然发现视频里的画面有些少儿不宜，立马说："哎？你摸哪儿呢？"

他一脸无辜："你不是让我摸红吗？我想了想，我今天穿的是红内裤，还是过年时你送我的。"

"会议室里没摄像头吗？同事不会进来吗？你胆子这么大。"余乔替他倒吸一口冷气。

"之前决定在会议室和你视频，就检查了一下，这里没摄像头。至于同事，已经习惯了我的'暮色异地恋'，每到黄昏时分，就要和娇妻视频。有时候他们倒真的过来瞥一眼，说是确认我有没有换视频的对象。"

"那敢情好，我还有远程监察员，帮我监督你的一言一行。"

"我怀疑他们根本不是监督我，而是乘机偷看我的老婆，因为我老婆太迷人了！所以我会赶他们走。有几回你应该听到我用英文说'一边去'了吧？"

"你不会把'我老婆太迷人'之类的话也和他们说吧？"余乔惊讶地说。

"说了啊。"他满不在乎地说。

“你这样不行，自己夸自己老婆，显得没出息。”余乔批评道。

“他们先夸你好看，我顺水推舟而已。咋地？我老婆就是好看，有什么办法？”某人很骄傲。

“吹，继续吹。其实国外的长腿美女更好看吧？”

“是挺好看的。”他说。

“……”她就知道，远水解不了近渴，她不在他的身边，他偷看外国的长腿美女，她也管不着。

“但都没你好看。”他又说。

她总算松了一口气：“你下次能不能一口气把话说完啊？”害她白担心。

他一脸坏笑：“就喜欢看你为我着急的样子。”

“幼稚鬼！”他居然靠激起她的醋意，来博存在感。

“幼稚鬼得去继续工作，赚钱给老婆花了。”某人的求生欲还蛮强的。

“去吧去吧，我也刷牙洗脸去。”

“今天时间不早了，睡前故事就先不讲了哈。”

“算你欠着的，改天多讲点还给我。”

“嗯哪。先和你说晚安咯，老婆。”

“你还忘了一件事。”余乔提醒道。

“什么事？”

“我先去洗澡，希望在我睡觉前能收到。”

“那我想想什么事。对了，洗澡时帮我照顾好‘大欢’和‘小爱’，我想它们啦！”

“快去工作！”他太不正经，她得让他去做点正经事。

一个人在家刷牙洗脸的时候，余乔觉得有些无聊，往常她会听苏瑶的电台节目，但今天时间太晚了，电台节目早结束了。于是，她打开下载好的音乐，无聊时听听歌也是好的。

“曾经在你的怀抱里，失去所有知觉。你的温柔让我逐渐深陷，每天总是期待看你一遍。爱的感觉这么强烈，我怎能否决，不管天涯海角，我要在你的身边。”

这是前几天她听电台时，偶然听到的《在你身边》，歌曲旋律动人，歌神张学友唱得温柔又深情。她初次听到，便觉惊艳，后来她下载了下来，单曲循环，连续听了几天还不厌。

现在想起来，她之所以喜欢这首歌，可能还因为歌词，“每天总是期待看你一遍”“不管天涯海角，我要在你的身边”说出了她的心声。

大多数时候，她独立又坚强，但每到夜深人静时，还是会突然有种莫名的寂寞感向她袭来，这也是她每天都要和赵云开视频聊天，每天都想听他讲睡前故事的原因。他一出现，她的寂寞感便会烟消云散，哪怕相隔万里，也仿佛他在身边。

临睡前，她拿手机调闹钟，发现一条未读信息：有一个晚安吻，会到你身边。

她笑了，笑得心满意足。

之前某天晚上，他们聊得很愉快，舍不得结束通话，但她第二天要上班，得去洗澡睡觉，于是她说：“我去洗澡之际，允许你组织一句情话给我，我回来后看到，陪伴我入眠。”

等到她回来，他的信息已发来：一个晚安吻，来自意大利，请查收。

那天她回：收到了。回吻你。

今天她回：洗好澡了，香喷喷的，来吻吧……

某人几乎秒回：啊啊啊！没法好好工作了！

余乔得意极了，她再度成功调戏到某人，而且不用负责哦！

闭上眼睛入睡时，她的嘴角还带着笑意。

果然，只要心在一起，时间和空间都不是距离。

第三十五章

飞到思念的彼端

余乔在办公室用的是那种一个月换一页的日历，临下班时，她看着今年的日历只剩下四页，有些惆怅地说："我好穷，穷得只剩下四张纸。"

卢远山闻言说："我更穷，钱包里连一张大钞都没有，只有零钱了。"

余乔笑道："我说的不是钱，是日子。钱没了你还可以去赚，日子没了就回不来了。"

卢远山若有所思地说："好有哲理的样子。"

"不过，看到这个'相聚'的记号，我又觉得自己很富有。"9月26日是她和赵云开团聚的日子。余乔算了算，还有两周就可以见到他了，既期待又开心。

"你知道吗？人开心的时候是很富有的。拥有快乐的日子，就像拥有了宝藏。很多时候，人为了一年中为数不多的快乐日子，可以挨过平常那么多无聊的日子。甚至因为那些快乐，连无聊的日子都会闪闪发光。"余乔说的时候几乎手舞足蹈，十分愉悦。

"日子闪不闪光我不知道，我只知道微笑的你会闪闪发光。"卢远山看着她说。

"从哪儿学来的情话？居然敢撩你的上司了。"

"我刚才现场发挥的。余乔姐，你确实挺美的，第一次见到你就觉得你长得很惊艳。"

余乔笑了："真会说话。但是我不吃你这一套哦！知不知道我老公情话段位十级？我早就对情话免疫了。"

“这么优秀？”卢远山从来没见过余乔的老公，所以他很怀疑她是不是杜撰了一个老公。

“他还是跆拳道黑带哦！”余乔化身“炫夫狂魔”。

“这么厉害？”卢远山捧场完以后，试探性地问，“那可以看下你先生的照片吗？看看是谁那么有福气，娶走了我们美丽又能干的余乔姐。”

“他很少自拍，都是给我发在国外看到的风景，说上‘阳光正好，风景也好，如果你在会更好’之类肉麻的话。”余乔翻了翻手机，有他日常生活遇见的猫咪，有水城威尼斯的建筑，还有他去法国乡村拍的田园风光。

卢远山凑过来看：“景色太美了！余乔姐，你就没想过去这么美的地方生活吗？”

“想过是想过，但想过之后发现不切实际。一是我语言不通，二是我工作做得好好的不想放弃，三是我家人、朋友都在国内。你知道的，人对未知的环境都是心存恐惧的。”

“也对啊！那你先生什么时候回国呢？”卢远山问。

“快了。明年年中就到期了。”一想起这个，余乔就对明年充满了期待。

“那就好。两个人在一起生活更好。”

谁说不是呢？有时候，在收到“晚安”的下一秒，她会特别渴望他的拥抱。那个时候，她只能抱着枕头，感觉特别孤独。再相爱，隔着手机屏幕，都不如他在身边温暖。

盼望着，盼望着，终于到了要和赵云开见面的日子。

出发那天，余乔考虑到车子停在机场那么多天，停车费太贵，于是自己打了辆出租车去机场。

在机场托运好行李，过完海关和安检，她坐在登机口等待时，手机响了，是个陌生的号码。

她以为是广告电话没有理会，谁知电话锲而不舍地又打了进来。

她接起电话，然后，一个像是穿越了一个世纪的声音传来：“小乔，我现在调到深圳分公司这边工作了，有时间见见？”

纵使好长时间没有联系，纵使显示在手机屏幕上的是个陌生的号码，纵使她曾经对他很有意见，在听到他的声音的一刹那，她还是有种穿越时光的感觉，仿佛回到了年少时为他心动的岁月。

然而，一切都回不去了，如今，君有佳人，妾有夫，她也不想和他再有什么瓜葛。

于是她说：“我现在在机场呢，我要去国外，和我老公团聚。”

“哦。这次他不回来吗？”他问。

“以前都是他回来，我也想去他那边看看。”

“那等你回来，我们再约？咱们都有好多年没见了吧？”

“是啊，我记得我们上一次见，还是我结婚那个时候吧？”

“时间过得真快，我们差不多有五年没见了。”他感叹。

“是啊，都五年了。”而距离她在杭州和他相遇已经九年了。

“那你先忙，我就不打扰你了，回头找时间再聊。”

“好的，再见。”

“祝你一路平安，再见。”

挂了电话，余乔的心中还是有细微起伏的。时过境迁，和故人通话，两个人已经客气得不像亲戚，更像是分手的恋人。而她，明明没有和他谈过恋爱，那只是她青春期一段漫长的单恋。

其实，她并不想和他见面。谁都不希望看到从前喜欢的少年变成发福的大叔，虽然结婚时看到的苏陌年身材还是蛮匀称的。

另外，她骨子里是个特别传统的女性，就算为了避嫌，她也不想和以前喜欢过的人见面，总觉得这样，像是背叛现在喜欢的人。

天可做证，她现在只喜欢一个人，就是她要坐飞机去看的那个人。

余乔忽然想起，婚礼那天，赵云开给苏陌年敬酒时，苏陌年凑在他的耳边说了一句话，她都差点忘记这个细节了。改天她一定要问问赵云开，当时苏陌年究竟说了什么。

时差六小时的两个地方有多远呢？从地球的这一端飞到另一端需要多久呢？

直到余乔所乘的飞机在空中飞行了十二个小时，终于降落在罗马费尤米西诺机场，她才对她和赵云开之间的距离有了清晰的认识。

原来，要花费足足一晚上的时间，从黑夜变成白昼，她才能来到他的身边！

每天的视频聊天给她一种“你一直在我身边”的感觉，完全是错觉啊！

取完行李，余乔走到出口，一群陌生的外国人举着接机牌在那边等候。她环视了一圈，居然没看到那个久违的身影。

也是，意大利是盛产帅哥的国度，高大英俊这样的特征，在这里根本不算特别。余乔想了想，觉得把赵云开放到这样的国家，还蛮有安全感的。

“眼睛往哪儿看呢？”就在她东张西望时，有人来到她的身边，接过她的行李。

“你好像又晒黑啦，发型也有点不同。咦？从来没见你穿过这件衣服哎！”不过半年光景没见，余乔望着眼前的人，却有种既熟悉又陌生的感觉。

“为了见你，专门去理了发，买了新衣服，结果一见面也不夸夸我，就嫌弃我黑。你知不知道，我这样的肤色在这里可是很受欢迎的！”他得意之情溢于言表。

“大概是物以稀为贵吧。”她不屑地说。

“No，No，No，在这里，偏黑被视为最健康、性感的肤色，很多外国人都特意去海边把自己晒成古铜色。当一个古铜色皮肤的男人在海边露出六块腹肌，就会受到众多美女的注目。大概全世界都流行炫富，就这里流行的是‘炫腹’，毕竟有钱、有闲才能经常健身，经常去海边度假。”

余乔听完恍然大悟：“我懂了，总之自己得不到的就觉得是最好的。中国人皮肤偏黄，就想要偏白，欧洲人皮肤偏白，就想要偏黑。”

“咱们别讨论白与黑了，飞了这一路，累了吧？你是先去酒店休息还是先吃饭？”

“还好还好，做‘空中飞人’的时间是挺长的，但没有想象中那么累。这样，我们先把行李放到酒店，然后再做下一步的安排。”

“你说了算，我听你的。”

“这么乖，给你说点好听的。我发现，意大利虽然盛产帅哥，但还是觉得你最帅！”

“机场又不只是本土帅哥，明天带你去罗马街头看正宗的意大利帅哥。”

“才不要，看你就够了。”余乔挽上赵云开的臂弯，甜甜地说。

到底是相识多年的恋人，两个人才聊了几分钟的时间，重逢时的那点陌生感瞬间就消失无踪了。

一进酒店的房间，行李放下的那一刻，他就迫不及待地拥抱住了她。

“窗帘还没拉呢！”她对将下巴抵在她肩头的某人说。

“有什么关系，我抱的是我老婆，天经地义。”某人的理由很充分。

接着，某人不管不顾地将她的两只手按在门上，低头吻住她。

阅小说无数的余乔脑海中顿时出现“壁咚”这个词，不过他不是将她按在墙上，而是按在门上，所以，这应该叫“门咚”吧？

亲吻的时刻，仿佛时间都静止了，整个世界都与他们无关。

当这个温存的吻结束后，他把她的手放到自己的胸口，说：“听到我的心跳的声音了吗？每跳一下都是在说‘我爱你’。”

刚才是热吻，现在又是情话，余乔觉得自己简直是在被糖衣炮弹轰炸。她平复了一下被他搅乱的心湖，问他：“你是练过的吗？怎么情话张口就来？”

“和你一起练的啊。”他说。

“以前我怎么没发现你这么会说情话？”

“想对你说很多很多情话，所以储存了很多。”

太久没见面，他有许多想对她说的话，大概这就是厚积薄发吧。

余乔听着觉得莫名感动。接下来的几天，她也有很多很多话想要和他说。

本来坐长途飞机，已经够晕的了，结果被他一亲，余乔更晕了。

她倒在床上，闭上眼睛：“总算可以躺一会儿了，在飞机上坐着睡真不舒服。”

他躺到她的身边：“辛苦了，老婆。”

“还好马上就不用辛苦了。”余乔笑着叹了口气。

“对，接下来这几天，辛苦的事都交给我做。”他说。

“我不是说的这个，我的意思是，明年你不是就在国外待满三年了吗？到时候你回国工作，我们就不用两地分居，也不用旅途奔波了。”

时间的脚步走得飞快，转眼间，余乔的异地恋日历已经翻了七百多页。

赵云开的眉头不易察觉地皱了皱，他侧过身拥住她说：“我也希望我们能早点在一起生活，我不用对着手机说‘早安’‘晚安’，而是你在我身边，我亲口对你说。”

“怎么办？我都习惯看手机里的你了，还是觉得在手机屏幕里的你好像更帅一点。”余乔说。

“那你现在多看我几遍，慢慢就习惯了。”赵云开翻身上来，撑在她的身体上方。

“大白天的，你这样看我，我更不习惯。”他这么虎视眈眈地看着她，让她有些不自在。

他笑了笑，离开她的身体："那我晚上这样看你。"

"……"刚见面就这么深情肉麻，真的好吗？

此时，她的肚子适时地唱起了"空城计"，她赶紧转移话题："我们去吃饭吧，我饿了。"

"也好，你先吃饱，晚上才有力气吃我。"

"……"到底是谁想吃谁啊？刚才虎视眈眈看着她的人明明是他。

"起来吧，我先带你去吃饭，想吃中餐还是意大利餐？"

"第一次来意大利当然要吃当地的特色菜。"

"好嘞！带你去吃这里有名的意式 T 骨牛排餐。"

"听你一说，我的胃已经蠢蠢欲动了。"余乔起身下床。

"同事带我吃过一次，超好吃。七成熟的牛排，口感刚刚好。"赵云开回味道。

"女同事？"余乔随口一问。

"男同事。我们单位就两个女同事，还都是已婚人士，你放心好啦！要是不放心，你也可以过来待着。"

"我对你很放心。因为，就你这样的，在意大利还真算不上帅哥，这里的雕像都比你帅。"余乔一本正经地说。

"……"赵云开就这样败给了雕像，但也无可辩驳，谁敢说米开朗基罗的大卫雕像不帅？

酒足饭饱思什么？思念你——这是在国内，余乔的状态。

酒足饭饱思什么？思睡——这是刚到意大利，余乔的状态。

毕竟坐了十多个小时的飞机，也要倒时差，吃完饭，余乔选择今天哪里都不去，就回酒店补眠。

赵云开虽然在这边有住处，但那是和男同事合住的，哪有和老婆同住舒服？何况，这样他也能把她照顾周到。于是他提前和男同事打好招呼："我老婆来了，最近一段时间都不回来住，别把我当失踪人口。"

男同事痛心疾首："重色轻友！居然舍得抛下貌美如花的我！"

赵云开嗤之以鼻："貌美如花？和我老婆比，你差远了！"

男同事垂死挣扎："我虽然比她丑，但我想得美啊！"

赵云开丢给他两个字："可怕！"

和这样的同事同住，他是不用担心无聊的。他平时和余乔聊天时，也会提到该同事的光辉事迹，比如对朋友很热心肠，每次有国内的朋友来意大利玩，为了给朋友省住宿费，他都让他的朋友住他那里。

赵云开曾开他的玩笑，说："你这张床少说也有十个人睡过了，还是和你同床共枕的。将来你女朋友知道了，还敢睡你的床吗？"

这位仁兄说："我每次都换床单的好吗？再说了，我还觉得我女朋友赚到了呢，她睡我的床上相当于间接睡了好多男生好吗？"对于他的奇葩思维，赵云开不敢苟同。

吃完饭赵云开跟着余乔回了酒店，余乔想起跟他合住的男同事，笑道："你确定你不回去睡？万一你同事带人睡你的床就不好了。甚至，他可以自己睡你的床，毕竟他对你觊觎已久。"

"我已经把床单被子都收好锁柜子里了。"赵云开早已防患于未然。

"算你狠。"余乔笑了，然后想起什么似的去翻行李箱，"我给你带了礼物，差点忘记了。"

"还用带礼物吗？对我来说，你就是最好的礼物。"虽然嘴上这么说，赵云开心里却很得意。之前他回国和她团聚，都是他给她带这里的特产，现在终于轮到她给他带礼物了。

"你先闭上眼睛。"余乔说。

"什么礼物？搞得这么神秘。不会是情趣内衣什么的，要给我个惊喜吧？"赵云开听话地闭眼。

"净往不正经的地方想，思想能纯洁美好一点吗？"余乔不屑道。

"我平时生活得一本正经，半年才能和老婆见面一次，这也要正经简直没法活了，小乔，可怜可怜你异地恋的男人吧。"赵云开可怜兮兮地说。

瞧见赵云开闭着眼一副可怜相，余乔再看看手中的礼物，笑了，这礼物送给他正合适！

余乔把礼物放在赵云开的手上："摸摸看这是什么，说对了才送给你。"

"毛茸茸的，像是玩偶。"赵云开边摸边说，"不对呀！这不应该是男孩送女孩的礼物吗？我一大老爷们儿，每天晚上抱着个玩偶睡，多不合适啊！"

"毛绒玩偶说对了，猜猜看是什么动物。"余乔说。

赵云开摸索到小动物的脸那儿："狗狗吧？你属狗，你送个毛绒狗给我也说得过去，抱着她就像抱着你。"

"错了，你的手感不对。再摸另一个试试看。"余乔又把另一件礼物递给赵云开。

"还有一个？这个我知道，肯定是兔子，耳朵这么长！"

"对了！这只是兔子，那只是什么？"余乔引导他。

"小松鼠！"赵云开灵光一现。

"恭喜你答对了！可以睁开眼睛了。"

赵云开一睁开眼睛，立即对毛绒玩偶不嫌弃了，因为这两小只太萌、太可爱了！

"你从哪儿买的？居然有种我讲的睡前故事里的主角跑我眼前的感觉！"赵云开对这两小只简直爱不释手。

"买不到的！只此一家，别无分店。这是我专门为你的睡前故事定制的。我把我想要的动物形象告诉我爸，让我爸画下来，我爸被我揪着改了好几回，老不情愿了。"

赵云开笑道："也是难为岳父大人了，画图纸的建筑师来给你画卡通形象，真是大材小用。"

"没事，后来我说这是给他外孙准备的见面礼，我爸就一句埋怨都没有了。还催着问我，啥时候生个外孙给他抱。”

“敢情你这次是带着艰巨任务来的。老婆大人，你放心，我会尽全力协助你完成任务的。”赵云开拿着小松鼠的手拍胸脯保证。

“孩子的事随缘，也不用强求。其实就算没孩子也没什么大不了。”自从异地恋开启，余乔对孩子的想法很佛系，有最好，无亦可。

“对啊！大不了你把我当孩子养，我把你当孩子养。”

“好像有点道理。”

“不过，想一想，如果你生个女儿，长得像你，我就能收获两个你，感觉也挺不错的。”赵云开又说起了他的“女儿梦”。

余乔皱眉道：“都说女儿像爸爸呢，怎么办？要是女儿的皮肤像你这么黑可不好。”

“我是喜欢运动，所以晒黑的，就脸黑一点，我身上的其他地方可不黑，不信你看看。”说着某人就要脱衣服，让余乔验明真身。

“你这样可不行！”余乔正色道。

赵云开还以为她斥责他耍流氓，结果她接下来说：“你应该去浴室洗澡，让我看看到底是真黑还是假黑。”

赵云开笑了：“不错，‘撩夫’技能有长进。老婆，不如一起啊？让我看看你有多白。”

“……”平时在手机里“撩夫”成瘾，余乔没料到现实中“撩夫”是要负责的！

夜深人静，古典又现代的罗马城渐渐入睡。

分别良久再度重逢的恋人也已洗完澡，躺在床上，准备相拥而眠。

“怎么突然感觉空气里有种香甜的味道？是酒店的房间喷了香水吗？”余乔问。

“不是，是你比较香。”某人靠在她的肩上，贪婪地呼吸着属于她的芬芳。

“既然嘴巴这么甜，不如给我讲个睡前故事吧，刚好拿着小松鼠和小兔子演绎。”余乔提议。

“好啊！”赵云开没有拒绝，从床头把两只毛绒玩偶拿过来。

“小松鼠有很长很长很长（此处省略五百个‘很长’）时间没有见到小兔子，所以小松鼠很想很想很想（此处省略五百个‘很想’）小兔子。好啦，一千字的故事讲完啦。”

“你这是哄小孩呢！”这个故事虽然有点意思，余乔却不是很满意。

“你就是小孩啊！”他说。

“不行！你那不算好故事，得重新讲。”余乔坚持。

“我现在没有灵感，灵感一见你就跑了。要不这样，我关上灯对着你的耳朵讲，看不见你，说不定灵感就回来了。”

“好的。关上灯更容易入睡。”

灯关了，赵云开躺在余乔的旁边，拥着她，凑在她耳边说：“小松鼠有次看着小兔子说：‘你好白！’小兔子回他一句：‘你好黑！’小松鼠说：‘不，我这是黄。’小兔子说：‘你好黄！’”

余乔乐了：“哈哈，你确实好黄。”

“是吗？”赵云开轻轻咬了一下她的耳垂，并感觉她的身体不自觉地颤抖了下。这只是他对她的小小惩罚，也是验证她刚才说的话。

“太晚了……我刚坐飞机过来，可累了……啊，不要碰这里，太痒了！”

尽管余乔找各种借口推托，却架不住身旁人的热情，这热情仿若一把火，点燃了她。渐渐地，她心甘情愿地沉迷其中。

他不在身边的时候，她就像一座孤岛；他在身边的时候，他就是属于她的那片海。

第三十六章
罗马假日甜如蜜

去一个陌生国度，像当地人一样生活，年少时余乔向往过，但当时根本没想过会实现。

在意大利的这些天，赵云开像导游一般陪在她身边，她不用像单位组织的跟团游那样赶行程，节奏一慢，就多了几分悠闲，好似自己也渐渐融入了这个国度。

或许是平常日复一日的生活相对单调，抑或是好久没见赵云开，并且有段时间没和他一起旅行了，以至于此次相见更像是两个人的浪漫旅行。

难忘坐贡多拉穿梭在浪漫的水城威尼斯，也难忘牵手漫步在文艺复兴的发源地佛罗伦萨，当然，余乔最难忘的还是在罗马发生的事，因为那是独属于他们的罗马假日。

起初，罗马闻名于世是因为曾辉煌灿烂一时的古罗马帝国，那时它被誉为“永恒之城”。后来，因为那部《罗马假日》的电影，罗马也成为情侣们来欧洲的必去之地。

作为一个爱看书、爱看电影的伪文艺女青年，余乔来到罗马，自然也不能免俗，想去当年奥黛丽·赫本走过的地方看一看。

在电影中，真理之口的传说曾将赫本饰演的公主吓了一跳。等真正站到真理之口前，“赵导”煞有介事地给余乔讲述它的来历：“这其实是罗马时代的一个井盖，上面是张着大口的海神面孔。相传，他可以检测谎言，如果有人把手放进他口中时不说真话，他就会咬住那人的手。”

望着一大群排队等着伸手的人，余乔说：“这些排队的人对自己也太没信心了，非要把手伸进真理之口才能证明自己没有说谎吗？”

“大概是觉得好玩罢了。”

“有什么好玩的？我觉得挺无聊的。”余乔不屑道。

“是挺无聊的，我就不玩。希腊神话也是人想出来的，居然有人信。”

“不过因为我的女神赫本摸过，我肯定还是要体验一下的。”

看着余乔从刚才的不屑一顾到现在的跃跃欲试，赵云开傻了：“刚才你那么说，我还以为你不玩呢！”

“逗你玩呢！”余乔笑了，跟他开玩笑，他还信以为真地感觉不错哦!

真理之口的这张大嘴因为“吃”过千千万万只手，已被人们的手摸得锃亮。

现在终于轮到余乔把手伸进真理之口，“赵导”在旁边解说：“据说，心中默念爱人的名字七遍，如果手没有被咬，就代表你对这段爱情是真诚的。”

“谁信啊？”余乔一边说着不信，一边真的在心中默念了七遍赵云开的名字。

赵云开说：“拍张照片而已，怎么手在里面停留那么久？”

“要想感情真，就要停得久。”余乔一本正经地道。

赵云开一琢磨，感觉很有道理。时间长不长久，是考验感情真不真诚的最佳途径。

“哎？真理之口倒让你悟出真理了？我宿舍那哥们儿陪朋友来过若干次，开始说：‘破井盖有啥看头？’后来终于悟出点什么，说：‘真理之口是不是有点像我们说的狮子大开口啊？’”

余乔想，大概这就是所谓的一千个人眼中有一千个哈姆雷特，同样的东西不同的人看就会有不一样的感受。

当年赫本坐在西班牙广场的台阶上吃冰淇淋，派克从台阶上走下来的画面是那么经典，余乔现在仍觉得电影的画面历历在目。

她原本计划和赵云开去那里 COS 电影里的画面，但是当她来到西班牙广场，看着台阶几乎被人坐满时，只好选择放弃。

赵云开见她有些扫兴的表情，说："走，我带你去吃赫本同款的 Gelato。"

"洁拉特？不是冰淇淋吗？"余乔疑惑道。

"这你就不懂了吧。意大利手工冰淇淋叫 Gelato，不是机器生产的，工坊式纯手工制作，特别新鲜，口感又好，因此才有'世界上没有两个一模一样的冰淇淋'一说。Gelato 是意大利的国民甜品，意大利人认为每天吃上两个冰淇淋球，可以幸福生活一辈子。"赵云开化身科普小能手。

"你怎么知道那么多？不会是连夜背的吧？"余乔对他的知识面提出质疑，一般冰淇淋都是女生爱吃的美食，男生不会研究得这么透。

他很实诚："知道你要来，特意做了攻略，不过刚才那一段在来的车上又复习了一遍。毕竟要当个合格的导游嘛！"

"还算合格。""乔游客"点评。

"满分一百分，你打多少分？"赵云开满怀期待地问。

"八十分。"余乔答。

"怎么才八十分？"赵云开有些失望。

"水满则溢，人满则骄。总得给你留有进步的空间。"

"那接下来带你去一个地方，你大概会给我满分。"

"怎么说？"

"因为据说去那里的人都会心想事成，都会幸福。"

"这么神奇？"余乔笑了，"看来意大利真是个神奇的国度，相信吃冰淇淋会幸福一辈子，还相信去某个地方能幸福，大概以前人说'条条大路通罗马'，是寓意条条大路通幸福吧？"

"我只要一条大路就好。"

“对啊，你们公司一条勤劳致富的大路就把你带到了罗马。”

“傻瓜，我才不在乎来不来罗马，我只要一条通往你心间的路。”

“……”他猝不及防的告白，居然让余乔有了刚谈恋爱的感觉。

原来，赵云开所说的那个地方是特莱维喷泉，也叫幸福喷泉，还有人把它叫作许愿喷泉。

叫许愿喷泉的由来和一个传说有关，据说背对喷泉，右手拿着硬币从左肩上方向后投入水中，就能实现自己的愿望。

很多人在排队等着许愿，对于传说人们通常选择相信，或许是人们都愿意相信美好吧？

“给你个硬币。”赵云开拿了一欧元递给余乔。

“还真扔啊？”

“可以边扔边许个愿望。我觉得这比真理之口充满正能量。”

“这有啥正能量的？都是传说。”比真理之口美倒是真的，许愿池由白色大理石雕刻而成，池中的海神驾着马车英姿飒爽，四周环绕着希腊神话中的诸神。在太阳的映照下，蓝绿色的清澈池水闪着金光，刚好衬托着诸神的光芒。

传说动人未必是因为真实，而是因为传说皆由人类创作，亦有人性，寄托了人们对美好生活的向往。

正因为有了传说和故事，平凡的景点才变得不平凡。如同，因为遇见喜欢的人，平凡的生活才会变得不平凡。

歌里唱着“爱是天时地利的迷信”，爱情和神话倒有共通之处，看似迷信，却又让人们情不自禁地信服。

“每天来来往往的游客那么多，你知道一年下来，许愿池里面大概会积累多少钱吗？”赵云开望着池水里来自各个国家的硬币，问余乔。

“十万？”余乔猜测。

“不对。”

“一百万？”余乔重猜。

“接近了，大概一百四十万欧元，差不多一千多万人民币。”

余乔惊讶地说：“这么多啊！真是人多力量大。看来这不是许愿池，完全是个聚宝盆。不过，这么多钱会不会有人来偷呢？”

“起初没人管时，谁都可以过来拿，后来由专门的清洁机构打捞上来，捐给慈善机构。”

“怪不得你说正能量呢，敢情一举两得，不仅让许愿的人对未来充满希望，还能帮助需要帮助的人。那我一定要投投看。虽然我从来没投中过。”

“放心，这池子这么大，你一定能投中。”

“好吧。”

余乔背对着喷泉，右手拿着硬币，从左肩上方向后投硬币，也不知是不是因为紧张，硬币居然没扔多远，掉在赵云开的身后。

赵云开狂笑：“真怀疑你的体育课是数学老师教的。”

“那你扔一枚试试看。”余乔不服地说。嘁，说得好像你一投就中似的。

“好的，让你见识下什么叫作真正的高手。”赵云开把地上的硬币捡起来，背对喷泉，将硬币经由左肩投向后方的水池。

只见硬币在空中画出了一个漂亮的抛物线，然后落入池中时还溅起两个小水花。

他不但投中了，还玩出了花样。

余乔不服地说：“你再给我一枚硬币，我也可以。”

她做了几次深呼吸，才开始准备投硬币。看她这么煞有介事的模样，赵云开只觉得她很可爱。

这次，她投的硬币总算稳稳地落入池中，她得意地说：“我也投中了！”

需要两次才能投中的游客，大概只有一个，而那个游客就是你吧？赵云开并没有把残酷的真相告诉余乔。

“你许了什么愿？”他问她。

“啊！不好！忘记许愿了！”刚刚余乔把注意力集中在如何投硬币上，忘记了自己的主要任务。

赵云开又递给她一枚硬币：“那你再投一次。”

她又开始做深呼吸时，赵云开忍不住还是笑了：“你要不要那么可爱，又不是扔铅球，还做那么多准备动作。”

“你懂什么？这叫虔诚，心诚则灵嘛！”余乔不以为然地说。

说完，她又做了双手合十的动作，然后郑重其事地投硬币，最后她几乎屏住呼吸地望向身后，兴奋地说：“哇哦！又中了！我的愿望要实现了。”

“其实用不着许愿的。投一枚硬币代表此生可以重返罗马，投两枚硬币代表能和相爱的人在一起，投三枚硬币代表你心中讨厌的那个人将会远离你。你投了两枚硬币，说明会和相爱的人一直在一起。”

余乔感觉自己被某人骗了，刚才还问她许的什么愿望，大概是看出她没许愿，才别有用心地让她在投硬币前许个愿，好看她出糗。

“你还有硬币吗？”她问。

“没啦！”

“早知道你投的那枚给我，我就能远离你这个讨厌的人了！”

“看来你真的很喜欢我，动不动就说讨厌。”

“……”看来这辈子余乔都难以跨越自己以前挖下的坑了。

毕竟她对他说过，在女孩子看来，很多时候“讨厌”代表“喜欢”。

余乔看到有人手拿冰淇淋坐在许愿池边上吃得津津有味，想起了重点，问赵云开：“你要带我吃的洁拉特在哪儿呢？”

“你坐这边等着，我给你变魔术去。”某人说完转身就跑，那一溜烟的速度还真有点当年体育生的风范。

余乔坐在许愿池边，望着这个陌生国度来来往往的人群。世界各地的面孔在这里交会，每个人都很陌生，她却不觉得这个国度有多陌生，大概是因为这里有他吧。

忽然，有一种冲动袭上心头，如果，她干脆留下来，不回去了呢？

现在她还没想好在国外她能做什么工作，难道留下来给他做个煮饭的主妇吗？算了，上进的乔爷是忍受不了做个废柴的。

正在她胡思乱想的时候，赵云开拿着两个 Gelato 的甜筒回来了，他把其中一个递给了余乔。

“这么大，吃了会不会发胖啊？”余乔看着甜筒里的双球说。

“不会的，Gelato 低糖、低脂、低热量，这就是意大利人都不怎么胖的原因。”

“看来你真的连夜做了不少功课。”余乔边说边开始吃 Gelato，“真的很好吃啊！”

“那是！这可是赫本当年吃过的 Gelato。”

“她吃的是单球还是双球来着？我都忘了。你看这两颗球躺在甜筒里像什么？”

赵云开瞧了自己手中的 Gelato 一眼，凑近余乔的耳朵，悄声说：“像胸部。”

余乔睨他一眼：“脑子里装的都是什么？有胸部长成一黑一白的吗？我觉得像小松鼠和小兔子！”巧克力味和牛奶味的冰淇淋球靠在一起，似一对相爱的情侣。

“我以为你问的是我的冰淇淋。”某人很无辜，他的冰淇淋里确实是两个白球，一个酸奶味的，一个香草味的。

“快吃吧，再不吃就化了。”余乔提醒他。

从前，她听王菲唱“太阳下山太阳下山冰淇淋流泪”有种莫名的哀伤；现在，她想起了那句歌词，却觉得有种甜美的韵味，或许心境不同的缘故。毕竟一个人的时候和身边有了恋人的时候，听同一首歌会有不一样的感受。

两个人坐在浪漫的许愿池边，一人一支 Gelato。

这样的画面似曾相识，余乔想起她和赵云开在深圳重逢的那个黄昏，他们坐在街心花园吃冰淇淋的场景。那天的冰淇淋似乎和她过不去，老让她出糗。那时，他还是她的哥们儿；现在，他却是她的先生。

时间过去这么久了，坐在她身边一起吃冰淇淋的还是他。余乔想着想着忍不住微扬嘴角，仿佛沉淀在回忆里的旧时光都变得甜蜜起来。

吃完 Gelato，看着一群鸽子飞过人群，飞过古老的建筑上方，飞向万里碧空，余乔觉得这一刻简直浪漫美好到不像话，她问身边的人："你有没有一种刚谈恋爱的感觉？"

"没有啊！"某人一秒钟破坏氛围。

"怎么没有？明明这么浪漫！"余乔恨他的不解风情。

"我们一直在谈恋爱啊，才不是'刚谈'，而是一直热恋才对。"

"……"嘴巴这么甜，是吃了意大利国民甜品的原因吗？

第三十七章

相见时难别亦难

就像月有阴晴圆缺一样，生活也不尽然全是蜜糖，偶尔也会有芥末，一不小心就被呛得流泪。

快要离开意大利时，余乔已经有些乐不思蜀了。毕竟，比起乏味的工作、平淡的生活，旅行犹如打开了一个全新的世界，从感官上来说自然是更享受的，何况身边还有喜欢的人陪伴。

整理回国的行李时，余乔有些不舍地说：“都想留下来不走了！”

“你可以选择留下来啊。”赵云开认真地说，不似在开玩笑。

“我哪有选择，我还要回到原来的生活轨道上去，留守在深圳，等着明年你回国和我团聚。”余乔以为他说的只是玩笑话，边叠衣服边说。

“这个……我原来也是这么想的……”赵云开支吾着说，同时在思考该怎么和她提及那件事。

“那难道你现在不是这么想的？”余乔放下手上的衣服，看着他反问道。

原先她最担心，他在国外待久了会觉得外国的月亮更圆、更亮，不想回国。没想到，她最担心的事还是发生了。虽然她也不是没想过和他一起在国外生活，但她没想好过来能做什么工作，也舍不得离父母那么远。每次想归想，但一联系到实际，她很快就打退堂鼓了。

赵云开意识到空气中的味道有些变了，方才还是甜蜜味，现在开始袭来火药味。

他告诉自己不要着急，然后心平气和地说：“我一直想和你在一起啊，这是毋庸置疑的。但是，在一起不是只有我回国这一种方式，也可以是你过来和我一起生活呀！这样的话，就不用等到明年，今年你就可以和我生活在一起，要小孩的事情也可以提上日程。我们公司每年外派工作的机会都会优先考虑给已有海外工作经验的员工，最近也在为明年的外派工作而选拔人才……”

“那你的意思是，我要放弃熟悉的环境、正在上升期的工作，来成全你的事业？你只考虑到自己，不考虑我，你不觉得你这种想法太自私吗？”余乔打断他，连珠炮般发问。大骗子！曾经还说最想去的地方是我的心上，现在却只顾着和自己的工作浪迹天涯。难道男人结了婚就不懂得珍惜了吗？

其实赵云开早已料到，他如果和余乔提及继续在国外工作的事，他们一定会再次面对跨国异地恋这个问题。要想解决这个问题，只有两个办法，要么他回国，要么她过来。

他权衡了一下两者之间的利弊，觉得还是她过来更好一些。

赵云开耐心地和余乔解释：“你误会我了。放弃熟悉的环境，并不代表是一件坏事。首先熟悉的环境只是当下你对它熟悉，不代表你就要在所谓的熟悉环境里终老。咱们小时候熟悉的环境是家乡，大学时熟悉的环境是校园，毕业后熟悉的环境是工作的城市。你没发现，我们熟悉的环境一直在变吗？永远熟悉的环境并不存在，除非你懒得动。其实，当你在国外生活久了，这里也会变成你熟悉的环境。”

余乔惊讶于他的思维和逻辑如此清晰明了，他说得很有道理，竟让她无从辩驳。

赵云开见她沉默地思索着，趁热打铁继续说：“我在国外的这两年，最大的感触就是，原来的自己像个坐井观天的青蛙，看的世界太小，眼界太狭窄，思维太局限。多看看外面的世界，多走一走，眼界和思维都开阔了，对我们的工作也好，成长也好，帮助都特别大。所以，我才想，或许你到国外来和我生活一阵子，你也会和我的想法一致。既然公司有海外工作的机会，我想趁着年轻多看看外面的世界，也帮助公司开拓海外市场，把国产品牌推向全世界。

“而且，你对我说过，你的梦想是和喜欢的人一起环游全世界。说实话，我以前没有能力帮助你实现梦想，但现在我觉得很有希望，因为公司本部的领导跟我说，希望我下一站协助公司去开拓北欧市场。你现在来到意大利，未来你就可以去北欧。我工作在哪里，你就可以和我一起生活在哪里。而且，我工作做得好，经济能力提升了，你想去哪里，我就能带你去哪里。”

余乔听完赵云开说的这段话，方才被怒火点燃的心，此刻渐渐平息，并开始涌起一丝感动。原来，她说过的梦想，他一直记在心上，并且在默默努力地帮她实现。

而她呢？分明是坐井观天的青蛙，还误以为他是舍不得自己如日中天的事业，才舍不得离开这里。

果然是思维限制了她的想象。她没想到平时在视频聊天里和她打情骂俏的那个男人理性起来居然这么可怕！可怕到她居然想不出一点词语去反驳他的话。

她深深叹了口气，说：“完了，我输了。”

“怎么了，想明白了？想到国外和我一起了？”赵云开感觉到了希望。

“这件事还要从长计议。我想说的是，完了，我现在居然吵架吵不过你了！”“乔爷”深深意识到，自己的地位受到了威胁。

赵云开一脸疑惑的表情：“我刚刚和你吵架了吗？谁看见了？没有吧？”

余乔看他迅速从“辩论高手”变成“装傻高手”，说不过他的压力又没那么大了，反正不管吵架谁输谁赢，最后低头让步的那个人是他就好。

他一让步，她刚好找到台阶下，不想继续就这个问题争执。两个人好不容易见一面，相聚的时光如此短暂，她舍不得把时间浪费在争吵上。

见余乔默不作声地收着行李，赵云开以为她还在生气，拿着小松鼠的玩偶走过去，用玩偶的手去戳余乔：“小姐姐，不早了，该睡觉啦。”

他装嫩的声音让余乔感到极度不适，皱眉道：“男生卖萌真的很……”

“很什么？”她愿意答他的话，说明不是冷战，他松了一口气。

“很娘哎！”她说。

“那不是和你天生一对？你是爷，我就是娘。不过有时候我们也会角色互换。”

“什么时候啊？我是爷，你不都得听我的？”

“我是说，待会儿我们上床睡觉，可以让你见识下我爷们儿的一面。”

“……”

“别忘了你这次是带着任务来的。”他提醒她要孩子的事。

“我只是开玩笑而已，那种事当任务做不太好吧？”

“我会把任务做得不像任务，包君满意。”

“……”这话听着，怎么有种她乔爷包养了男宠的错觉？

不过，余乔很快就明白了什么叫“翻身农奴把歌唱”。

“距离这么近和异地，让你选一样，你喜欢哪一样？”兴致上来时，他问她。

天哪！这么羞耻的问题，他居然问得出口？并且是此时此刻，说明这人有多居心不良！

“你回答一下嘛！不然我不继续咯！”某人悠悠然地说。

天哪！居然还威逼利诱！但更羞耻的是她此刻只能红着脸，小声说：“这样。”因为她别无选择。

“痛吗？”过了一会儿，他问她。

“不痛。”她在他的身下回答。

“不痛，你叫什么？”

“……”余乔咬牙切齿，这人坏起来简直是丧心病狂！

白天衣冠楚楚，晚上邪魅狷狂，阅言情小说无数的她终于见识到了传说中的斯文败类。

在意大利的这些天，老天爷特别赏脸，几乎日日是晴天，偶尔下场雨还是在夜晚，一早醒来天又放晴了。

偏偏到了离别的那天，天空开始飘着细雨，衬托离人的心境。

赵云开陪余乔办完托运行李的手续，陪她走到安检通道口。

余乔内心十分不舍，脸上却带着笑，说：“我要走了，你回去吧。”

“在路上照顾好自己，不要和陌生人说话。”他嘱咐。

“知道了。”她说。

“转机时记得拿好随身行李，别丢三落四的。”他又嘱咐。

“知道了。”她说。

“飞机落地了记得给我发消息，我二十四小时开机。”他继续嘱咐。

“知道了。”她说。

他像个老母亲，给即将出远门的孩子送行一样，千叮咛万嘱咐，她却没有像往常那样嫌他啰唆不耐烦。只因，她想和他多说一会儿话，多听听他的声音，多看看他的表情。毕竟这一别，两个人最快也要半年才能再次相见。

他找些话题和她说，不仅是想和她多待一会儿，多看她两眼，也是真的担心她，毕竟她为了他，第一次出这么远的门。

说实话，她为了见他，穿越千山万水而来，一个人坐飞机从中国到意大利，有了说走就走的勇气，他是有些感动的。

“还有什么要交代吗？”她微笑着问他。

“有。”

“什么？”

“记得每天都要想我。”

她笑了，这件事用不着交代，自然而然就会想。她却说："前提是你也在想我，这样才会心有灵犀。"

"当然，我每天想你十六遍。"

"怎么是十六遍？"余乔不解。

"因为每天有二十四小时，刨除睡觉的八小时，每小时我都想你一遍。"

"我说怎么不是无数遍或者二十四遍呢，原来如此。"余乔恍然大悟。

他拉着她的手，说："怎么办？舍不得你走呢！"

我也是。余乔要很努力才能克制住流泪的冲动。这句话也是她的心声，她也舍不得离开他。

平时在忙碌工作的惯性作用下，加上每天和他视频聊天，她常常会忘记他不在身边的事实。

但是在面对真正的离别时，尤其是共同经历了一起旅行的美好时光后，马上就要告别，踏上一段没有对方参与的人生旅程，想起来她就觉得有些孤单。

通常相聚会放大快乐，离别会放大痛苦。因此，最痛的莫过于别离时分，最甜的莫过于相聚时刻。

"生活中不只有儿女情长，我们还要为未来努力工作呢！"余乔边笑边做出加油的手势。

"看来我不用担心你，你真是每天都有满满的正能量。"她灿烂的笑容让他的心境明媚了几分。

"那是！也不看看我是谁！我是独自一个人也可以闯江湖的乔爷！"她依然笑得很灿烂。

赵云开心里莫名一酸。他希望在婚后把她宠成小公主，怎么她现在却成了什么都要靠自己的女汉子？

从来没有哪个时刻像现在这样，他忽然心生一丝愧疚感，又一瞬间仿佛明白了什么。

世间那么多难题，有些问题从来没有标准答案，他曾以为无比正确的答案，或许也要亲自推翻。

“抱一抱吧。”他冲她敞开怀抱。

余乔扫了一眼人来人往的四周，每个人都行色匆匆，为各自的生活奔波，貌似没有人关注到她。

在她犹豫时，他径自上前拥她入怀，就那么紧紧地抱着她，一句话也不说。

世界仿佛瞬间静止了，好似喧嚣嘈杂的机场和他们无关。

余乔担心他再抱下去，她会忍不住掉眼泪。她不想让他看到她掉泪的样子。

于是，她挣脱他的怀抱，说：“我得去赶飞机了，你回去吧。”

“嗯，一路平安。”他说。

“我走了，拜拜。”就像是去上班和爱人告别一样，余乔故作坚强，云淡风轻地说出这句话，转身向安检处走去，打算头也不回。

不过，后来，她还是忍不住回头看了看，他还在原来的地方看着她。

她冲他笑了笑，然后继续过安检，独自踏上回国的旅程。

坐在候机大厅等待起飞时，她想起从前他们一起站在公交站台等公交车的时光。

那时候，两个人还在同一座城市，他陪她等公交车，她要乘坐的班车来了一趟又一趟，她却舍不得走。

有时候她打算走了，他又拉住她的手，说：“再待会儿。”

刚才在机场依依惜别的场景让她又回想起那些“再待会儿”的时光。

在同一座城都舍不得分别，遑论在不同的国度。

这份异地恋不仅隔着距离，还隔着时差。余乔常常想，倘若不是拥有过那么多在一起的甜蜜时光，她和他是不是根本就挨不过这三年？

接下来，如果他继续留在国外，那她到底该是选择留在国内，还是过来和他一起生活?

带着这个难解的问题，余乔登上了飞机。

找到自己的座位坐下来后，余乔拿出手机，看到赵云开发来的信息：登机了吧?

余乔：嗯。刚上飞机。

他几乎秒回：那让我仰望一下。

余乔：什么意思?

赵云开：平时都是你仰望我啊！”

她明白了，他在用幽默感凸显他的身高优势呢！

余乔：你打上车回去了吗?

赵云开：没有，我在这里等你起飞后再走，以免你遇到什么事，我还能帮你解决。

一阵感动涌上余乔的心头，或许这是另一种“再待会儿”时光。

当飞机终于起飞，翱翔于九千米的高空，余乔抱着靠枕，把头埋进去，任由眼泪滑落下来。

她也说不上来为什么想哭，可眼泪就是止不住地往下掉。

第三十八章

许你无条件答应卡

如果说相聚是两个人一起旅行，异地恋就像是两个人分开旅行。

刚回国时，余乔很不适应，经常回味在意大利时与赵云开在一起的时光，越回味越觉得孤独。忍受不了那种孤独感时，她会去表姐苏瑶家找小闺密珠珠玩。

某个周六早上，她一觉醒来，那个困扰她的问题又上心头，就算想赖床，闭上眼睛却怎么也睡不着了。

她想起今天珠珠要去上英语辅导班，她也没什么事，不妨送珠珠过去。

余乔经过小区传达室的时候，远远就看见传达室郭大爷在那儿放着录音机，一个人在门前空地做早操。

"郭大爷，早上好啊！"余乔习惯性地跟他打招呼。

"早上好，小余。哎，你等一下。"郭大爷按了录音机的暂停键，边往传达室走边说，"这里有你一个快递，昨天就到了，来签个字拿走。"

余乔取完快递又给郭大爷道了谢，走出小区往苏瑶家走去。

她拆开快递，是赵云开寄给她的书，书名叫《时间旅行者的妻子》。余乔不禁纳闷，这跨越大半个地球寄本书过来，邮费都够买好几本书了，真是不会过日子，看来下次见面要好好调教一下他了。

不过，余乔转念一想，他这么郑重地推荐我看这书，莫非有什么深意吗？看来待会儿她要好好看一下。

余乔到了苏瑶家，珠珠正躺在床上闹脾气："我不要九点起床！我要八点起床！"

原来，珠珠昨晚和苏瑶约定好，让苏瑶八点叫她起床，苏瑶八点叫了她一次，她没起得来，苏瑶就想，反正十点半上课，大周末的孩子多睡会儿也没事。

结果等到九点，苏瑶来叫珠珠起床，珠珠一看时间晚了就不乐意了。

"我要回到八点！八点我才起床！"珠珠大声说。

"现在已经九点多，时间也不可能倒回啊。你再这样赖床下去，就会迟到了。"苏瑶说。

"起迟了我就不去了！"珠珠躺在床上打滚。

"现在起床，不会迟到的。"余乔对珠珠说。

"我还没做作业呢！"珠珠带着哭腔说，"会被老师说的！我不想去了！"

"我们动作快一点，做作业也来得及。"余乔安抚她。

"可是我不想做作业啊！"珠珠依旧躺在床上纠结。

余乔知道问题的症结所在了，珠珠赖床的根本原因不在于起晚了，而是不想做作业，不想去上课。

余乔灵机一动："这样，小姨带你去上课，上完课带你去吃冰淇淋，怎么样？"

一听余乔说冰淇淋，珠珠立即两眼放光，顿时有了起床的动力，一下爬起来说："好！"

"那赶紧穿衣服，小姨协助你刷牙洗脸，然后我们一起吃早饭。"

"小姨最好了！"珠珠开心地说。

"那你乖乖跟着最好的小姨，要听小姨的话，知道吗？"有人帮着带孩子，苏瑶自然乐得清闲自在。

"嗯！"珠珠甜甜地答。

余乔想，小朋友的世界真单纯，一支冰淇淋就可以满足，就可以获得大大的快乐。

珠珠去教室上课时，余乔就坐在外面的大厅，拿出那本《时间旅行者的妻子》。

书里的男主角亨利患上了“时间混乱症”，他可以在时间中旅行，何时消失、在哪里消失、消失多久，他都无从掌控。与其说他是时间旅行者，不如说是时间漂泊者。女主角克莱尔和这样的人相爱，注定了生活动荡不安。尽管时间错乱，数次分别，数次重逢，他们的爱还是可以超越时间，就像亨利给克莱尔的信里写的那句话：我爱你，永永远远。时间没有什么了不起。

余乔想起珠珠早上说的“我要回到八点”，现实中的人都想要时光倒流，然而，小说中的人可以在各个时间段穿梭，却失去了自由，失去了更多和爱人相处的时间。

现实世界中，时间必然流逝，无法倒流，这是时间最可恨之处，也是最可贵之处。可恨的是，无法追回流逝的时间，倍感无奈；可贵的是，正因为时间的必然流逝，才不能浪费现在的时间。

那么，什么样的时间才算没有浪费呢？克莱尔等待亨利的时间算浪费吗？

可是，如果没有那些在等待时间里积聚的爱，他们见面时的爱也不会那么浓郁炽烈，他们的爱情也不会显得那么伟大。

赵云开并没有在书上做任何记号，余乔细细地揣摩着他送她这本书的用意。

男主角亨利最大的烦恼是：我不想待在没有她的时空里，但我总是不停地离去，她却不能相随。

莫非赵云开在暗示，他们的异地恋犹如分开旅行，他不能没有她，但是他只能待在另一个国度，和她过着不同的时间？

他一定是万分期待她能过去，到他所在的地方过零时差的生活。

她也知道，人这一生，时间短暂得如惊鸿一瞥，她也想多一些和他相处的时间。但是，要她选择离开这里，她确实有许多不舍和担忧。

就算舍得熟悉的环境和上升期的工作，她也舍不得离开父母。父母就她一个女儿，她不想离他们太远。至于担忧，她不知道自己去国外能做什么。他在外面工作打拼，她在家相夫教子，这样的想法也有过，但她又担心自己在家待的时间久了会觉得无聊。到了国外找点什么事情做呢？到大学里继续读书倒是不错的选择，但前提是她要做很多准备工作，得学语言，得专注复习，努力学习也不知能否被录取。

怎么办？她心乱如麻。年少时，她向往三毛和荷西在撒哈拉沙漠的生活，觉得神秘又浪漫。然而，眼下有了和爱人在国外生活的机会，她却退缩了。这就是现实和想象的差别。凡事想一想还是很美好的，但真正去经历要面对太多现实的问题。

“小姨！”珠珠走出教室，背着书包朝余乔奔过来，打乱了她的思绪，她也暂时从乱糟糟的烦恼中抽离出来。

“珠珠下课了啊。”余乔收起书起身。

“小姨，这是什么呀？”珠珠弯腰捡起地上的一张卡片，左看右看，念着上面的字，“无条件答应卡？”

“大概是别人不小心落下的吧。”余乔说。

“不是哦！是从你书里掉出来的。”珠珠说，然后继续辨认卡片上的其他字，“无论……”

余乔担心卡上有少儿不宜的表白情话，立即夺过珠珠手里的卡片：“我看看是什么啊。”

卡片正面，是一张他们在罗马许愿喷泉前的合照。余乔翻过来看反面，只见上面写着：

无条件答应卡

余乔：

无论你让我做什么，我都会无条件地答应你。

期限是：一生一世。

赵云开

看着赵云开手写的字，余乔忽然间领悟了他送她这本书的用意，原来，在他看来，好的爱情可以跨越时空。即使她想留在国内，他也不会勉强。

他送无条件答应卡给她，意味着，这一次他依旧把选择权交给了她。

如果我这次行使这张卡的权利，让他在国外待满三年就回来呢？她想。

“小姨，带我去吃冰淇淋！”珠珠拉着余乔的衣袖。

余乔把卡片夹到书里，把书放回包中，牵起珠珠的手，说：“好的，我们先去吃午饭，然后再吃冰淇淋，把冰淇淋当饭后甜点好不好？”

“能先吃冰淇淋吗？”珠珠讨价还价。

“不能。”

“为什么不能？”

“先吃冰淇淋，肠胃受不了，容易肚子疼。”

“那吃完饭，你带我吃冰淇淋，我要吃巧克力味的。”

“没问题。”

两个人牵着手走过天桥，去对面的购物中心寻觅美食。这种和小闺密相处的时光也很美妙。要说离开这里的舍不得，余乔舍不得的太多了，不只是父母，还有这个可爱的小女孩。

和珠珠相处的时间越多，余乔越认同赵云开的理念，生个女儿挺好的，只是千万不要像他啊！女孩皮肤还是白一点比较好。

吃完饭，珠珠心满意足地舔着冰淇淋，余乔带着她准备离开购物中心时，路过一家手工作坊。

珠珠看着那些用彩泥、珍珠泥做成的各色玩具，又走不动路了，停下来说："小姨，我好想做那个。"

"小姨累了，我们改天来做好不好？"余乔和她商量。

"不行！你们大人说的'改天'根本不存在，我看过日历了，一个月有那么多天，却没有一天叫'改天'。"

"……"余乔哭笑不得，无言以对。现在的小孩子都这么不好骗了吗？不行不行，还是缓两年再要孩子好了，她担心自己的智商应付不了新时代的生物。

等到珠珠做完彩泥手工，余乔送她回到苏瑶家已经是下午四点多了。

余乔按响门铃，等了大概三十秒，门开了，映入眼帘的居然是苏陌年的脸！

他穿着黑色的裤子搭配黑格纹的白衬衣，头发很短，却显得很有精神。这么多年了，他好像都没怎么变过，只是整体气质变得成熟了些。

或许是始料未及，在他对她笑的时候，她的心莫名地颤抖了下，随即用笑容掩盖多年未见的尴尬："哟！贵客来了。"

她突然想起，他上次给她打过电话，说他已经到深圳分公司工作了，在这里遇到他也很正常。

"你才是贵客。"苏陌年侧过身，让她进去。

也是，这是他亲姐姐的家。如果从血缘关系来看，她才算是客人。

"舅舅！"珠珠一看到苏陌年，便兴奋地扑向他。

他抱起她，给她"举高高"了三次，她咯咯地笑着，笑声如银铃般悦耳。

"再来一次！"珠珠说。

“好嘞！”他再次把她举过头顶，“珠珠高不高？”

“高！”珠珠开心地答。

“好不好玩？”

“好玩！”

“珠珠喜欢舅舅吗？”

“喜欢！”

两个人一唱一和，珠珠每一声都回答得响亮动听，苏陌年的笑声也很爽朗。

看着他们相处得如此融洽，余乔想，他的孩子应该也上幼儿园了吧？他一定是个好爸爸。

时光远去，她的苏哥哥就这样成了别人的爸爸，而他和她也渐行渐远，成为两条永不相交的平行线。

倘若不是他们还有割舍不断的血缘关系，大概此生都不会相见吧？

有时候也说不清和喜欢的人沾亲带故到底好不好，好处是想见的话有很多机会，坏处是不想见的时候也总会碰到。

苏陌年陪珠珠坐在垫子上玩乐高，余乔坐在沙发上看着他们。

“姐和姐夫呢？”余乔问。

“姐出去买菜了，姐夫今天有个应酬不回来吃饭了。”苏陌年答。

“哦，这样啊！”

“过来一块玩啊！”他招呼她。

她犹豫了一下，说：“你们玩吧，我看会儿书。”结婚后，她习惯性和别的男性保持一定距离。

“小姨，你过来嘛！三个人玩才有意思。”珠珠说。

余乔觉得再拒绝反而显得她心中有鬼，担心苏陌年误解，不如爽快答应下来，于是她坐到了珠珠的旁边。

“舅舅，你演爸爸。小姨，你演妈妈。我演宝宝。”珠珠给三个人分配角色。

余乔和苏陌年面面相觑，怎么演上一家三口了呢?

“能不能这样，我演这只小兔子，你演这个小姑娘，舅舅演这只大灰狼?”余乔提议。

“不行不行！这样舅舅会把你吃了的！舅舅演这只小仓鼠吧！”珠珠说。

“不太好吧?”虽然小仓鼠和小松鼠相差一个字，也是不同物种，但小松鼠是我家松鼠先生的代称啊！余乔当然不乐意，重新分配，“那我演小姑娘，你演小兔子好不好?”

“不行！都得听我的，我是导演！而且，你不是小姑娘，你明明是老姑娘。”“珠导”很严厉地说。

余乔苦笑，还好她嫁出去了，不然就真成珠珠口中的老姑娘了。

“珠珠，舅舅是老先生吗?”苏陌年问。

“不是，舅舅是帅先生。”珠珠甜甜地答。

余乔再次苦笑，这小姑娘真是看人下菜，见色忘义。

“小姨是舅舅的妹妹，在舅舅心中，她永远是小姑娘，所以不能叫小姨老姑娘哦！”苏陌年笑道。

余乔听到这句话，忽然有种想哭的冲动。那个喜欢着苏哥哥的小姑娘明明再也回不来了，但她没想到，他还把她当小姑娘。

或许，这就是亲戚的好处，做不成恋人，还是亲人。

第三十九章

一时欢喜，一生惦记

和年少时喜欢的人重逢，就像是偶遇一首曾让你心动不已的老歌，往昔那些美好点滴会渐渐浮上心头。

见到苏陌年，那些余乔曾以为早已远去的旧时光，忽然从时间的角落悄悄探出头，有关他的回忆瞬间苏醒。毕竟，在为学业奔波忙碌的青春时代，他是那段岁月照射进来的一束光，照亮了她的青春。

就连晚上一起吃饭时，她也吃得小心翼翼，不知怎的，她依旧在意自己在他面前的形象。

吃完饭，余乔说吃得太饱，想出去散散步，然后直接回家。

苏陌年提议："一起吧？我也吃得太饱。"

余乔愣了下，本来她提前走的目的就是想尽快离开他，避免不必要的尴尬，谁知他还要跟上来。

她正想说"不用，你和我也不顺路吧"，孰料苏瑶先说："你们好久没见了吧？刚好一起散步叙叙旧。"

余乔一想，也好，反正前尘往事也已经云淡风轻了，他们倒可以心无芥蒂地说说话。

夜风拂过树梢，住宅楼透出点点灯火，城市的夜晚少了白天的热闹与喧嚣。

路灯下，两个人肩并肩地走着，气氛有些微妙，一时相对无言。

余乔从来没有想过，在这条以前她和赵云开经常牵手散步的路上，此刻的同行者居然是苏陌年!

人生如戏，正如莎士比亚所说的，最好的戏剧不过是人生的缩影。

两个人无言地走了一会儿，苏陌年打破了沉默："最近是不是工作挺忙的？上回给你发短信，问你有没有时间一起吃个饭，你都不肯赏脸。"

"是挺忙的。"其实她是想避免和他单独见面。

"在银行工作挺辛苦的吧？"他问。

"这年头没有哪项工作不辛苦吧？"她说。

"说得也是。"他附和。

"你现在做什么工作？"她问。

"还是老本行，没变。只不过要调到这边的分公司工作一年。"说着他从包里拿出名片夹，抽出一张名片递给她，"这是我的新名片，我也在深圳了，有什么需要我帮忙的尽管说。"

"哇！分公司总经理。事业不错嘛！"她扫了一眼名片说。

"自己足够努力，工作经验积累多了，自然会升职，很正常。"他很淡然。

"那你到这边工作，不就和嫂子开始异地恋了吗？嫂子还习惯吗？会不会特别想你？"余乔一边把名片收入包的侧袋一边问。

"我们都老夫老妻了，夫妻相处比较平淡，没有那么腻歪。再说有孩子陪她，她光顾孩子就够忙的了，哪有时间想我？"

"是不是有了孩子，就会影响夫妻感情？"余乔又问。

"自然会有点影响，毕竟以前两个人只把时间花在对方身上，有了孩子，就要分出一半时间给孩子，甚至在孩子特别小的时候，会分出百分之七十的时间给孩子。"他分享初为人父的经验。

"啊？说得我都不想要孩子了。"尽管现在她和赵云开分居两地，想要孩子也不是那么容易。

苏陌年笑了："其实要孩子没那么可怕，孩子也给生活带来了许多前所未有的乐趣。你和云开是不是准备要孩子了？"

“半年见一次面，想要也要不上啊！等回头我们一起生活了再说。”

“云开明年就回国工作了吧？”他问。

“说不准啊！”又说到她的烦心事了，“他还想继续在国外待着。”

“可以理解。男人嘛，都有很强的事业心。尤其是结了婚的男人，毕竟要肩负养家糊口的重任。”

“但现在，女人也可以把工作做得很好，养家糊口是两个人的事。”余乔说。

“就算如此，我们男人还是希望有能力养自己喜欢的女人。这大概是一种原始基因在作祟吧。”

“是不是如果有能力再多养几个女人更好啊？”余乔的口气里有一丝嘲讽。

苏陌年笑了笑：“这倒没有。对我而言，一个就够了。”

“看不出来嘛，你还挺专一的。”余乔也笑了。

“我当然很专一，毕业到现在，工作的单位都没换过。”

“女朋友呢？”她随口一问，“换过几个？”

他愣住了，半晌没回答。

“是不是在心里掰着手指头数到底有几个好妹妹呢？”余乔笑道。

“只有一个好妹妹。”他看着她说。

她的笑容凝固了，莫非他说的是她？不过，他把她当妹妹就好。

“那有过几个女朋友呢？”她问。

“没交过女朋友。”他说，“就直接订婚、结婚了。”

“嫂子是你的相亲对象？”余乔特别诧异。她曾以为他是滥情的渣男，谈过很多次恋爱，不然也不会说出那句“谈恋爱也不一定要结婚”。

他点头：“是的。那会儿父母催着结婚，给我安排了相亲，我挑了个顺眼的就订婚了。”

忽然之间，余乔感觉内心堵得慌，难道这么多年，她都误解他了？

“你那次从杭州回去，我想联系你都联系不上，你换了手机号码。

我写信给你，你也不回。后来你终于回了我一封信，信上说，我什么时候给你找了嫂子，才可以再和你联系。再后来我没有联系你，是怕打扰你的生活。”他说。

余乔不知道自己该说些什么。原来，她居然是他结婚前唯一喜欢过的人！她却误会了他这么多年，并且还因此怨恨过他。

这究竟是有缘无分，还是天意弄人，事到如今，她已不想去追究。

“上次找你，是想送你这个。”他从手提袋里拿出一份卷轴递给余乔，“姐说你今天会过来，我就顺便带来了。”

“这是什么？”她接过卷轴问。

“你打开看看。”他说。

余乔拆了卷轴上的线，缓缓将卷轴打开。在昏黄路灯的映照下，只见白色宣纸上有飘逸自如的毛笔泼墨：**一时欢喜，一生惦记**。

“很抱歉，现在才给你。因为我现在的字总算练到让自己满意了。”他说。

九年前，余乔去杭州看他，两人在寻找三生石的路上，邂逅了一家名叫“一时”的小茶馆。

余乔说：“什么时候你也给我写一幅字画，我贴在我宿舍的墙上。”

“写什么？”他问。

“一时欢喜，一生惦记。”她那时的心声。

他说：“还蛮诗情画意。”

她以为他早已将此事忘得一干二净，谁知时隔多年，他居然完成了她当年的心愿。

人在夜晚本就容易产生伤感怀旧的思绪，况且遇见年少的故人，故人还说了一些暖心话语，还了年少愿望。在这微凉的夜风里，余乔的内心被这幅字画吹皱，似一江春水起了涟漪。

古人云“恨不相逢未嫁时”，倘若她和苏陌年都是单身，或许会因为这幅字画，她和他再续前缘。

然而，一切都回不去了，两个人早已踏上各自幸福的旅途。她也不觉遗憾，因为她相信缘分，她和苏陌年这一世大概注定只有兄妹缘了。

古人亦云“还君明珠双泪垂”，余乔没有双泪垂，也不想还君字画，权当作年少的纪念。

“谢谢你，我很喜欢。”余乔把字画重新卷起来，用线系好。

“你喜欢就好。”他松了一口气，原本他还担心她会拒绝。其实，完成了她的心愿，也算了结他的一桩心事。

余乔收好字画，两个人继续漫无目的地沿着人行道向前走。走到红绿灯路口时，上回她去杭州，他唱着《第一次》牵她的手过马路的场景重现。那是她第一次和喜欢的男生手牵着手过马路，或许是第一次，所以终生难忘。

那样的画面一生只有一次，无法重来。现在两个人一起过马路，能并肩走，已属难得。

人和人之间就是这样，很多时候，错过一时就是错过一生，她和他在杭州一别后，就不会再把他列入人生的清单。

走到马路的另一边，在霓虹灯闪烁的夜色下，余乔想起了那个曾一度困扰她的问题。

她忽然停住脚步，仰起脸，对苏陌年说：“我能问你一个问题吗？”

“尽管问吧。”他坦然说。

“你曾经说过谈恋爱不一定要结婚，你现在还是这个想法吗？”她问。毕竟，当年她就是因为他的这句话选择了逃避和退缩。

他点头：“我依旧这么认为。我觉得，爱情和婚姻是两回事。爱情是没有道理的，感性的；婚姻却是现实的，理性的。‘喜欢’和‘爱’也是两回事。喜欢是青涩的、淡淡的，更单纯美好；爱需要时间的沉淀，让人有压力和责任感。爱是一种生命不可承受之重，喜欢就自由得多。

“很多时候，喜欢一个人，放手反而是一种拥有。和喜欢的人不一定非要在一起。就好比，你喜欢清风不一定要拥抱它，喜欢月亮不一定要把它摘下来，喜欢大海不一定要去跳海。这世上，喜欢一个人却不能和他在一起，是常有的事。将这段感情凝成琥珀在记忆里收藏，还是干脆拿橡皮擦掉往事不再重提，全靠自己的选择。”

曾经，她因为他说“谈恋爱也不一定要结婚”把他打入地狱，永不联系。现在听他这么说，她竟觉得有几分道理，不禁释怀了许多。

“说得蛮好的。不过，我觉得如果喜欢的人和爱的人是同一个人，带给你爱情和婚姻的也是同一个人，不是更好吗？”余乔发表自己的观点。

“这是很完美的设定，而能拥有的只是极少数的幸运儿。不然从古至今，‘一生一世一双人’也不会是人类对爱情最美好的期盼了。更多的人是和最喜欢的人相忘于江湖，和一般喜欢的人步入婚姻。好一点的情况是，在婚姻的相处过程中，一般喜欢的人成了更喜欢的人、离不开的人，这样，也能和和美美地过一辈子了。”苏陌年说。

照他这么说，她算得上是那个极少数的幸运儿了，因为，在步入婚姻前，赵云开已成了她最喜欢的人。

“男人会不会有种得不到的才是最好的感觉？”她又问。

“或许吧。人性的弱点就是无视已拥有的一切，不懂得珍惜现在所拥有的，总是要等到失去以后才后悔。”

“感觉你现在变成熟了许多，好多人生哲理。”余乔说。

苏陌年笑了：“人生哲理都是要经历一些事情，甚至是痛苦，思考过后才能总结出来。”

“那么，人生导师苏老师，我再问你一个现实的问题吧。如果你是云开，你会选择回国发展还是在国外发展？”余乔问起近期困扰她的难题。

“这个问题好难，何况我不是当事人。”苏陌年想回避这个问题。

“只是假设而已，你说说看嘛！”余乔鼓励他。

“从事业的角度来看，可能还会选择在国外；从感情的角度来看，希望回国，因为你在国内嘛！”

“那如果我选择出国和他在一起呢？”余乔问。

“那自然还是留在国外，一举两得。”

“但是我舍不得离开我爸妈啊，还有姐姐、珠珠……”余乔一脸纠结。

“我完全能理解，别说出国，我来深圳分公司都挣扎了一下，我也舍不得离开老婆和孩子。不过好在这里也有我的家人，姐姐和你都在这儿。”

“唉，好痛苦，不知道怎么选择。要不他继续待在国外，我继续待在国内，这样也不是不可以。这两年我也习惯一个人的生活了。”既然让他回国和让她出国都不太现实，不如还是维持现状，这是最直接、简单的选择。

“两三年异地或许没什么，但是长期异地，对感情不太好吧？”

这时，余乔的手机响了，真是“说云开，云开到”，是他发来的视频聊天邀请。

余乔按了红色按钮，回了一条信息：我现在在外面，等我到家给你回过去。

“我老公又找我视频聊天了。”余乔笑道，笑容里还带着点自豪。

“看来是我多虑了，你们这么深的感情，异地恋对你们的影响好像不太大。”苏陌年说。

“还好还好。主要是我一个人在这里，同事以为我在网恋，邻居大妈还要给我介绍对象，一个个把我当单身，这对我也不公平啊！”

“这不挺好吗？说明你年轻貌美。”

“哈哈，只能这么想了。”

苏陌年抬手看了一眼表：“时间不早了，我送你回家吧。”

“不用了。”余乔摇摇头，“我家离这儿很近，走回去就好。”

“真的不用？”他再次确认。

“真的不用。”她无比肯定地说。

走之前，她晃了晃手中的字画卷轴，再次感谢他送给她的礼物。

苏陌年站在原地，目送着她的背影，看着她过马路。

到了马路那边，她转过身，看着他笑了。

然后，他收到一条信息。

余乔：再问你一个问题吧，我结婚那天，你对赵云开说了什么？

苏陌年：你自己问他吧，让他告诉你答案。

余乔：都不告诉我，小气鬼！

苏陌年：因为他是你的先生，你余生的答案都需要他和你一起探索。

余乔：好吧。苏老师要下岗了。我回头问赵先生。

两个从小就相识的人，站在斑马线的两头，仿佛站在时光长河的彼岸，看着对方像是看着各自的青春。

最后，余乔和苏陌年再次相互挥挥手，算作告别。

青春就像是一场梦境，你曾以为暗恋的人是这场梦境里的主角，然而，经年以后，和他重逢，你才知道，那场梦境的主角是你自己。暗恋，就是一场自己和青春的盛大约会。

看到他，不过是唤醒了你的青春回忆，让你透过漫长的时光，看到那个情窦初开的自己，那个欢欣雀跃的自己，那个长夜难眠的自己。

你以为自己为错失所爱而心疼，其实更多时候，你心疼的不过是年少的自己。

当余乔得知她和苏陌年存在误会，内心也是有点唏嘘的：时光让他变得成熟，让她变得温柔，他们都变得更好，却不是彼此的另一半。

不过，如他所说，喜欢风不一定要去拥抱风。喜欢过一个人，喜欢时的那份感觉是美好的，这就足够了。

因为有了赵云开，对余乔而言，得不到的并不觉可惜，此刻拥有的才是最好的。

人总要在长大后才明白，陪伴你到老的，不一定是年少时你心心念念的那个人，而是一个在恰当的时间遇到的人。

第四十章

你不完美的样子也很好

手机闹铃在房间里响了一遍又一遍，余乔伸手把闹铃按了一遍又一遍。

难怪有人说，无论你多喜欢的歌曲，只要把它设置为起床铃声，它就一定变得令你讨厌。

可不是吗？大清早的，闹铃是扰人清梦的罪魁祸首。尤其是入秋后，天气转凉，余乔就更想赖在被窝里，起床变得特别艰难，应了那句“春困秋乏”。

单位的考勤制度可不管这些，一年四季铁面无私，迟到照样扣工资。

余乔以前算是“卡点一族”，可最近这个月都迟到五次了，加盟“迟到一族”了。汪敏还为此找她谈过话：“你还是尽量别迟到了，毕竟也是个小领导，得做好榜样，起到模范带头作用。”

余乔开始无比怀念“超哥牌”闹钟，赵云开在家的时候，他就是人工闹钟，把她从睡梦中吻醒，真是世界上最温柔、最人性化的闹钟了。

其实余乔不愿起床不仅是因为困，还因为最近工作不顺，在心理上有些抗拒工作。

她的一个资深大客户，在理财产品到期后，将资金全部取出，说是有急用，后来她才从同行那儿了解到，他把资金转投到了另一家银行。

她给一个新的潜力客户出了一份理财方案，连汪敏都觉得专业到无可挑剔。她一路跟进了大半年，那个客户答应和她合作。结果临签合同的时候，客户说：“不好意思，我现在暂时不想考虑理财的事了。”

她的下属卢远山，从新入职时她就手把手地带着，结果最近刚签了两份单子就尾巴翘上天，她安排给他的工作，他不上心，还有些敷衍，她批评了他两句，他居然顶撞了她。

先前顺风顺水的余乔在这个月接连三次受挫，感觉受到了打击。

工作中的烦恼影响了余乔的情绪。想想她在国外和赵云开团聚的美好时光，再看看眼前一团乱的工作，她第一次有了“如果不工作那该多好”的想法。

当然，她不会一时冲动选择辞职，谁不是一边不想工作一边努力工作？

这天晚上，她靠在床头和赵云开视频聊天，接连打了几个哈欠。

“困了？”赵云开问。

“最近老觉得睡不够，早上起不来，闹钟都不管用，害我迟到被领导批评。”习惯报喜不报忧的余乔说出了最近的“困”境。

他给她出谋划策：“这样，你调两个闹钟，其中一个时间调得略迟一些，但要放到离你比较远的地方，等你手边的闹铃全被你摁掉后，另一个远一些的闹铃响起，你就算想摁，也需要爬下床去摁，一起床，瞌睡虫差不多就没了。”

“这倒是个好主意。也不知为什么，最近就是感觉特别累、特别困，每天早上醒来，第一反应居然是，今天要是不上班就好了。”余乔说。

“是不是‘大姨妈’快来了，小火山要爆发？”赵云开问。

通常在她“大姨妈”来之前，她总会有些无名之火，有时候发泄到他身上，他就会成为炮灰。她“大姨妈”来临之前的日子，他称之为小火山的爆发期。这段日子，他会特别谨言慎行，以免触及她敏感的神经。

“你不提我都忘了，看来越过越糊涂了，我去看看日历。”余乔拿起床头柜上的日历，翻到上个月，扫一眼标记的“大姨妈日”，说，“这个月的‘大姨妈’和我一样，也迟到了，真是客随主便。”

“工作做得差不多就行，别太要强，别太累，赚钱这种事，交给我就好。”赵云开说。

“我工作做不好，你养我啊？”她说的时候想起了苏陌年说过的“男人希望有能力养自己喜欢的女人”。

“完全没问题。据同事说在国外多待几年，晋升空间很大，有同事驻外工作六年就晋升为大区 CFO，年薪百万妥妥的，等我做了 CFO，养你足够了。”

“说到底，你还是希望我去国外陪你吧？”余乔知道她始终绕不开这个问题。

“收到书了吧？我的心意你知道的。”

她当然知道他的心意，原本他在意大利时长篇大论地想要说服她，可他再次通过“无条件答应卡”把选择权交给了她。

其实当一个人拥有选择权的时候，并不是全然自由的，她必须更加慎重地对待这次选择，因为这选择意味着她要对他的事业、对他的人生负责。

余乔询问过父母的意见，父母倒是支持她出国和赵云开一起生活，不仅可以见见世面，还能正式把要孩子的事提上日程。余乔说舍不得他们，担心他们。父母让她别担心他们，他们还年轻，可以照顾好自己，倒是她，没有赵云开照顾，他们不放心。余妈妈还说：“你在哪里不都是和我们视频聊天吗？不管是相隔几千里，还是一万里。”余妈妈说出真相了，即使她在国内，也不在父母身边。

在父母的鼓励下，余乔动摇了。她也因此发现，父母对她的爱是包容的，不是占有的。她希望她对赵云开的爱也是如此，是那种让他自由让他飞的爱。何况她乔爷也不是黏人的小妖精。

沉默了一会儿，余乔说：“这次我不想使用‘无条件答应卡’。”

“那你的意思是我继续留在国外？”赵云开有些拿不准地问。明明前不久，她还想说服他明年回国发展。

“是的，既然有那么好的机会，你也喜欢国外的生活方式，又对国产品牌打向世界有帮助，我当然义无反顾地支持你。”

“你太好了！真是深明大义，顾全大局。”赵云开对她竖起大拇指。

“会不会太夸张了？你说得好像我应该去领‘感动中国好妻子’的奖杯一样。”

赵云开笑道：“没什么，夫妻本来就要经常‘商业胡吹’。那什么，既然你同意了，我就提交明年去北欧的申请报告了。”

“趁我反悔前，赶紧提交吧。”纵然不舍，她还是要舍得让她的男人去“打江山”。

“那你呢？你过来吗？”他问。

“我还没想好，去国外看那么多帅哥可能诱惑太大，不习惯。再给我一年的时间考虑吧。”她说。

“别忘了这里不仅有帅哥，还有很多美女哦！”

余乔嘁了一声：“想把我掰弯吗？没门！”

“哪有……我是想发挥我的主场优势，把你引诱过来而已。”

“我最近不吃荤，我怕胖。”她一语双关。

“胖了也没关系，手感好，而且在我心里会变得更加重要，占地面积变大了。”

余乔白他一眼说：“小心我太重，把你的心踩出个洞。”

“……”赵云开窘了，说个土味情话，怎么被她毁成这样？看来余乔小火山正待爆发，他必须速速逃去，便说：“我去忙工作啦，你好好休息，乖乖的哦，听话。”

“好像从我们聊天到现在，你说了三遍‘去忙工作’了。”

“都怪你太迷人，让我心神不宁，无法工作。”

“少废话，趁你同事把你赶出会议室前，赶紧工作去吧。”

面对即将爆发的余小火山，赵云开还是和她热情吻别：“送你一个晚安吻。”

隔着屏幕接吻这种事余乔自然做不到，她丢给他一句“吻什么吻，快滚去工作”，就关了视频聊天。

临睡前，余乔从书架上拿来《金刚经》念了起来。或许一直为赵云开和自己的去留问题头疼，加之工作不顺，“大姨妈”要来，她才莫名地焦虑烦躁，她得用经书平息心头燃烧的小火山，让自己的心情平静下来。

第二天，余乔打起精神去上班，打算恢复白羊座的工作热情。

中午吃完饭，汪敏把余乔叫到办公室，说：“你最近是不是和许诺沟通不畅？”

“没有啊，我们沟通得挺好啊！”余乔疑惑地说。前两天她还和许诺通过电话，没觉出什么异常啊！

“他以前不都是直接和你联系吗？怎么最近他老找我，还说希望换一个理财经理和他对接。”

余乔一听，心咯噔一下，这究竟是怎么回事？

“你仔细想想，你是不是有哪些地方做得不到位，让他不满？”汪敏说。

“可能有什么误会，我下午去找他见面聊一下。”余乔说。

“好的，和他好好沟通，毕竟他是你一直费心费力跟进的客户。”

从汪敏的办公室走出来，余乔打电话联系了许诺，约好见面的时间和地点，打了辆出租车，匆匆忙忙地赶去。

苏陌年接到电话的时候，正在会议室开会，说着最新的工作规划，展望未来，前景一片美好，说得大家纷纷鼓掌，热情洋溢，信心十足。

手机在桌上振动，他瞥了一眼，是未加入通讯录的陌生来电。他本想等会议结束后再回过去，却鬼使神差般拿了手机接听，打算告诉对方，正在开会，过十分钟再打过来。

“你好，请问是苏陌年吗？”电话接通，一个陌生男人的声音传来。

“您是哪位？”他问。

“我是余乔同一栋楼的邻居，我在她包里发现你的名片，就打给你了，是这样的……”

“什么？她晕倒了，现在在医院？”苏陌年皱起眉头，“麻烦你把医院的名字和地址告诉我，我马上过去。”

他挂了电话，同事们只见刚才意气风发、慷慨激昂畅想未来的苏总丢下一句“抱歉，家里有急事，今天的会议到此结束”后，就行色匆匆地离去。

在一片广袤的原野上，小松鼠和小兔子肩并肩地坐着，看金色麦浪随风起伏。

他们经常坐在一起看日出，看日落，倒也相安无事，岁月静好。

有一天，小兔子看着小松鼠，摸摸他的耳朵，说：“你的耳朵好短！”

小松鼠瞧了一眼小兔子，说：“你的尾巴好短！”

小兔子本来想体现自己长耳朵的优势，谁知却被小松鼠揪住短处不放，她不乐意了，并强调自己的优点，晃晃脑袋，竖起耳朵：“虽然我的尾巴短，但是我的耳朵长啊！”

小松鼠转过身，背对小兔子，晃晃自己毛茸茸的大尾巴：“虽然我的耳朵短，但是我的尾巴长啊！”

小兔子不屑道：“这是个看脸的时代，颜值才是王道！谁有事没事总把屁股转过来给别人看？”

小松鼠嗤笑一声：“这你就不懂了吧，现在流行背影杀。别人都说我的背影超萌、超可爱！”

小兔子更不屑了：“跟我比可爱？你还弱了点！我的可爱可是经过国际认证的！”

小松鼠疑惑道：“我怎么没听说过可爱还需要国际认证？”

小兔子嫌他孤陋寡闻，说：“没听过大家都会唱的一首歌吗？‘小白兔，白又白，两只耳朵竖起来，爱吃萝卜和青菜，蹦蹦跳跳真可爱。’”小兔子兴高采烈地边唱边跳。

“好像还有一首歌是这么唱的，‘小白兔淘气鬼，闲着没事好咧嘴，左一咧右一咧，一咧咧成三瓣嘴’。”小松鼠也兴高采烈地边唱边跳。

小兔子哇的一声哭出来，指着小松鼠说：“你欺负我！哼！不理你了！”说完，小兔子转身离去。

小松鼠站在后面，默默地注视着小兔子远去的背影，觉得她走的时候一蹦一跳的，短短的尾巴还挺可爱的。

小兔子虽然没有回头，但心里想的画面是：小松鼠会追上来，对她说“我错了，你别生气了，你别不理我”。

她以为他会追不上她，所以尽量放慢脚步，很慢很慢地走着。然而，过了很久很久，天色已近黄昏，小松鼠还是没有追上来，跟她握手言和。

小松鼠一直站在原地，默默地看着她，直到她的背影消失不见。她那么倔强，一直没有回头，大概是对他失望了。

后来，小兔子好久都没去看风吹麦浪的景象，她哪里都没有去，待在家门口独自看日出日落。

时间日复一日地流淌，小兔子恢复了从前一个人生活的日子，太阳照常升起落下，她却变得不再快乐。她多了牵挂，牵挂陪伴过她的小松鼠；她开始怀念，怀念两人并肩看日出日落的时光。

一天清晨，小兔子刚起床看日出，居然发现有人比她起得更早，霸占了她平常看日出的位置。

东边的红霞在为太阳的出场做铺垫，半明半暗的光影下，那个背影看起来有些忧郁，像个落寞的“胖大侠”。

没错，那蓬松宽大的尾巴令对方看起来有些胖，但也着实可爱，让小兔子突然萌生出摸一把的冲动。她为这个想法深深地感到羞耻。

默默关注了这个陌生来客半天，小兔子才想起自己的正经事——看日出。

她上前对陌生来客说："不好意思，这是我的位置。"

陌生来客往右边挪了一下，说："那我坐你旁边的位置。"

小兔子正想说，你这人怎么这么不识趣呢，不知道我是在赶你走吗？

谁知当对方看向她时，她瞬间愣住了。纵然此人风尘仆仆，那炯炯有神的目光却没有丝毫变化。和从前一样，他看向她时，目光中总透着一股深情。

"我走过了许多许多的地方，看过山川河流，看过四季花开，还看过广阔的原野，那些景色都是极美的，我却觉得不开心。我想，是因为你没有和我在一起。"他说。

"那你为什么不带我一起？"她问。

"我以为你不要我了。"他说。

她的眼泪滚落下来，那么多个等待的日子，她都没有哭，此刻相聚，她却哭了。

他用长长的尾巴替她拭泪："你看，我的长尾巴可以当手帕用。"

他的尾巴拂过她的脸颊，毛茸茸的，很温暖。

"你不是说你的尾巴还可以当滑翔伞？"她开始叙旧。

"当然，我可以带你从树上滑下来，可好玩了。"他得意地说。

"我们先看日出，改天你带我玩。"她说。

"好啊！"

两个身影肩并肩地靠在一起，望向东方。

时间过得真快，此刻太阳已经露出小半边脸，含羞带怯。

"我们好像错过太阳升起的时刻了。"她说。

"错过今天的日出没关系，只要我们没有错过彼此。"他用尾巴环住她。

"真暖和啊！你的尾巴还可以当被子盖。"她由衷地说。

"你要是愿意，可以盖一辈子。"他说。

太阳已经完全升起来了，在清晨阳光的照耀下，小兔子发现小松鼠的皮毛色泽亮丽，平常的棕黄色成了金黄色，像极麦田的颜色。

想起他们又可以一起看风吹麦浪，小兔子咧开三瓣嘴笑了。

靠在小松鼠温暖的怀抱里，小兔子想：我们都不是完美的人，可是和你在一起，生活才完美。

余乔想着，赵云开今天讲的这个故事有点长啊。

她说："故事长得我都要睡着了。"

"你醒了？"

居然不是赵云开的声音？什么嘛，明明在讲睡前故事，怎么还要她醒啊？

"还是在说梦话？"那个声音又对她说。

余乔迷迷糊糊地睁开眼，苏陌年的脸映入眼帘。

"做梦！我一定是在做梦！"她狠狠掐了一把苏陌年的脸。

苏陌年被掐得猝不及防，痛得脸都扭曲了。

"哎！你确认有没有做梦为什么不掐你自己？"他捂着脸问她。别人不都是掐自己吗？这姑娘居然不按套路出牌。

"万一不是梦，掐我自己不是疼吗？"她言之凿凿。

"你倒是不傻，敢情你每次都是折磨梦里的人。"他一边揉被她掐红的脸一边说。

既然不是梦，余乔也彻底醒了，看了看周围，她居然躺在医院的病床上！

刚才她本来想问苏陌年"你怎么在这里"，现在真正问出口的却是："我怎么在这里？"

第四十一章

一加一，等于三

至于余乔怎么会躺在医院的病床上，那个自称是她邻居的王先生讲述的事情经过是这样的——

王先生下班回家，刷卡进住宅楼，按了电梯上行键，一同等电梯的有余乔和其他两位邻居。

刚进电梯没多久，余乔突然就站不住了，沿着电梯滑了下来。王先生弯腰仔细看了一眼，发现余乔已经坐在地上，背靠电梯晕过去了。

电梯停下来后，王先生和另一位邻居一同将余乔扶到外面，有人打了120急救电话。

等120急救人员到来后，王先生跟随救护车去了医院，帮她办了住院手续，翻她的包找她的相关信息时，发现了她的工牌和一张名片。名片是苏陌年的，于是电话就打到了他那里。

听苏陌年叙述完，余乔想起来了，她进电梯没多久，突然头昏脑涨，然后眼前一黑，记忆中止，紧接着就是无休止的梦境。

“你呀，算是命大，遇到好人了。要是你晕倒的时候电梯里没人，或者晕倒在家门口，结果真是不堪设想。”苏陌年替她捏了一把冷汗。

余乔一想，确实是那么回事：“看来得好好感谢那位救命恩人，你有人家电话吧？”

“我通话记录里倒是有他的电话，但你没必要专程感谢他了。下次碰到时说声‘谢谢’就好。”

“为什么？这么大的恩情我得拎着礼物上门致谢才行。”余乔觉得江湖恩情还是要还的。

“因为我已经替你特意感谢他了，给了他两千元以示谢意。”苏陌年说。

“什么？你直接给他钱合适吗？人家帮我也不是为了钱啊。”余乔面露难色。

“没错，他起初是推辞的。我说，时间就是金钱，耽误了他的时间来照顾我妹妹，我应该补偿他。他就收下了，还对我说了‘谢谢’。”

“哥，你果然是个生意人啊！能用钱解决的问题就决不浪费感情和时间。”

苏陌年笑道：“说得有点道理。”

余乔忽然想起什么，说：“对了，我住院这事，你没和其他人说吧？”

“还没顾得上，这不一直守着你，等你醒来吗？看你这么能说，我放心多了。”

余乔松了一口气：“还好没说。”她怕家人担心，素来报喜不报忧。

“我得给云开发条信息，就说今天临时要加班，加班完汪总请大家吃夜宵，就不视频聊天了。万一他看到我在医院，又要产生不必要的担心了。”她边说边拿手机给赵云开发信息。

她都晕倒在电梯里，躺在病床上了，醒来想的事还是不要让家人担心。苏陌年觉得她这么逞强的样子，真让人心疼。

“好啦！这样云开就可以继续开心地在国外工作了！”发完短信，她把手机放一旁，面带轻松的笑容。

“你这样开心吗？”苏陌年看着她问。

“……”这个问题把余乔问住了。她开心吗？和赵云开视频聊天时是开心的，和他团聚时也是开心的，但是，等待和他团聚的日子确实有些难熬。

“云开的事业发展得那么好，你其实可以生活得不那么累的，为什么要这么拼呢？怀孕了还这么拼，对自己和孩子都不好。”苏陌年恨铁不成钢地说。

怀孕？！说的是她吗？她怀孕了？！她怎么不知道？

余乔一脸蒙，疑惑地说："我怀孕了？谁说的？"

苏陌年也蒙了："什么？你怀孕的事你居然不知道？"

"我真的怀孕了吗？好事啊！"余乔的表情由惊诧变成惊喜。她还以为和赵云开跨国异地恋，暂时和怀孕这件事无缘。谁知道孩子居然悄悄来了！原来不是"大姨妈"来迟了，是孩子来了。

"当然是真的。医生给你抽血检查出来的，还能有假？"苏陌年找来化验单给她看，"你看这上面的 HCG 指标。"

拿着这张化验单，余乔感觉自己都快哭了，自己这是要当妈妈了吗？她要是和赵云开分享这个消息，他一定也兴奋得想哭吧？

想起自己晕倒，她又担心地问："我怎么会晕倒呢？孩子没事吧？"

"医生说你晕倒是因为低血糖，孩子没事。但是怀孕早期一定要小心，千万别摔倒什么的，好在这次有惊无险。我觉得这件事你不能瞒着家人，还得让家人来照顾你。"苏陌年说。

"我晕倒的事还是别和家人说了，怀孕的事我可以告诉我爸妈，他们一定很开心。"余乔脸上洋溢着喜悦，丝毫不像个病人。

出门在外，对家人选择性地汇报近况大概是许多"漂一族"的共性。苏陌年想起自己也是如此，便能理解她了。

"那是一定的。我媳妇当初怀孕，我父母比我们还开心，隔代亲嘛！我妈一接到报喜电话，当即表示要过来照顾我媳妇，我爸愁眉苦脸地说：'谁来照顾我呢？'我妈没好气地说：'自己照顾自己！'"

"哈哈！伯父伯母还是那么可爱。"

"我妈有个地方就不可爱，喜欢揭人伤疤。"苏陌年说。

"怎么了？"余乔问。

"我妈有一回居然和我说：'你要是当年和小乔在一起，你说现在会怎么样？'"

“……”余乔愣住了。

她自己从没想过这个问题。不过有一次，在苏瑶的电台节目里听到那首《怎样》时，苏陌年的影子倒是从脑中一闪而过。

时光无法倒流，世界上最现实的是没有如果。人一旦矫情起来，就喜欢和回忆纠缠，深陷在假设人生的陷阱中。所幸余乔不是个矫情的人，年少暗恋他时算是她最矫情的往昔了。

“也不怪伯母，就像我们是看《还珠格格》长大的一样，她是看《红楼梦》长大的，大概觉得表哥和表妹是天生一对。其实我们现在这样就挺好，各自生活得很好，还能做朋友。”余乔说。

“可不是嘛，这样就很好。”苏陌年说完，转移话题，“饿了吗？我去给你买点吃的。”

“订外卖吧。你陪我说说话。”她说。

于是，那天余乔和苏陌年说了许多话，大多是怀念儿时的糗事、趣事。

阳光明媚的下午，两个小屁孩蹲在余乔外婆家门口的院子里看蚂蚁搬家。余乔说：“蚂蚁们好小，一起搬这么大一块面包好累，要不要帮忙？”苏陌年说：“好啊！”然后他拿来一瓶水往蚂蚁身上一浇。余乔哭道：“苏哥哥你为什么这么坏？你吓到蚂蚁了！”苏陌年安抚她：“别哭了，我下次再也不浇了。我只是想让面包吸满水，那样蚂蚁吃面包时也可以喝到水啊！”听他这么一说，又看到蚂蚁们还在继续努力地搬那块面包，余乔破涕为笑。

雨后，天边出现彩虹，河边的树上长出一串串木耳。苏陌年爬树采摘木耳，余乔拿着帽子在下面接。她看着树上的他，说：“苏哥哥，你小心点！”他逗她：“我要是掉河里了，你会救我吗？”她傻傻地答：“不会。”他问：“为什么？”她说：“因为我不会游泳，但是我会哭。”他笑了：“放心，我不会让你哭。”等帽子装满木耳，两个人拿着劳动成果去找外婆邀功请赏。外婆洗净木耳，和着肉片炒给他们吃，平时吃饭心不在焉的他们，把一盘菜吃得精光。

真好，曾以为已经远去的旧时光，因为一个人的出现，重新在生命中闪耀。谁说好的感情只有爱情一种呢？好的亲情、好的玩伴情、好的友情也是构成每个人生命长河的重要元素。

作为大学宿舍里第一个结婚的人，婚后跨国异地恋的缘故，余乔并不是最先当妈妈的。她怀孕的时候，宿舍里已经有三位姐妹生了宝宝，她便去 QQ 群向她们取经。

大家十分热衷于猜测余乔肚子里的宝宝的性别。

丸子：我赌一包辣条，乔爷怀的一定是个男宝，符合乔爷的江湖作风。

诗诗姐：我怎么觉得是女孩呢？

大帮：还是来个男宝吧，我们几个生的都是女宝，乔爷生个男宝，可以挑一个结为亲家。

大柠：大帮想得真长远。

洛洛：你们怎么想都不重要，关键是超哥喜欢男孩还是女孩呢？

乔爷：他喜欢女孩，但我担心女孩长得像他。

大帮：超哥不丑！你不要歧视人家的长相！

乔爷：他不丑，但是皮肤黑啊！女孩子不就是要像白雪公主一样才好看吗？

大柠：乔爷，你不是才华协会的吗？怎么又开始重视外貌啦？”

乔爷：万一将来我孩子喜欢的人是外貌协会的呢？我希望我家宝宝内外兼修，赢在起跑线上。

相比较余乔对孩子的宏远规划，赵云开就随遇而安多了。

甚至，当余乔对他说“恭喜你，赵先生，你的任务顺利完成”时，赵云开是一脸蒙的，还问余乔：“什么任务？”

余乔提醒他：“在意大利时，你做的任务。”

赵云开顿时乐了：“你是说我攻城略地后，在你身上安营扎寨了？”

“是啊。所以我家‘大姨妈’才来迟了。”对于即将当妈妈这件事，余乔现在已经淡定了。

“真的吗？”他还是一脸难以置信，尽管对孩子也有过期待，但完全没想到做了一次任务就能成功。二次元的游戏高手在三次元居然也是高手！他的内心生出一股前所未有的成就感。

“当然是真的，这是化验单。”余乔把化验单拿给视频那端的人看。

“我家小子那么厉害呢！这么快就来了。”他激动得难以自已，喜形于色都不足以形容他的表情。

“咦？你之前不是说喜欢女孩的吗？怎么又说‘小子’呢？”余乔疑惑道。

“‘小子’在我这里是小孩子的意思。只要是我们的孩子，不管男孩还是女孩我都喜欢。”赵云开同学在得知自己快要当爸爸时，立场开始变得不坚定。

“那你觉得我们的孩子叫什么名字比较好呢？”余乔问。

“先等一下，让我缓一缓，我先适应下角色的转换。”赵云开开始做深呼吸，平复自己激动的情绪。

“我来帮你。”余乔说着从视频前消失了一会儿，回来的时候，已经挺着个大肚子。

她摸着用衣服撑起来的假肚子，说：“宝宝，你踢我一下，给你爸爸看看。”然后她问赵云开，“你看到了吗？宝宝刚才踢我啦！”

赵云开像看傻子一样看着自家媳妇说：“你别是个戏精吧！”

“宝宝，你看，你爸对你妈好凶！你出来记得要帮你妈揍你爸啊！”

赵云开一脸无奈，只好配合她的演出：“你这是暴力式家教，不利于胎儿发育。”

“那要怎么教育？”

“给宝宝讲童话故事啊！”

“那你讲吧。”

“从前有一只小凶许（小松鼠）和一只小兔儿（小兔子），小凶许

（小松鼠）很喜欢小兔儿（小兔子），他为了小兔儿（小兔子）能过上幸福美好的生活去了很远的地方。有一天，小兔儿（小兔子）告诉小凶许（小松鼠），她有了个小宝宝，小凶许（小松鼠）真想插上翅膀飞到小兔儿（小兔子）身边。”

“那你飞啊！”余乔说。

赵云开张开手臂，边舞边唱：“飞呀飞呀！飞到花丛中呀！飞呀飞呀！飞到小兔儿（小兔子）家呀！”

余乔摸着假肚子笑了，他唱歌的样子，让她想起了她做梦梦见的那个吐槽小兔子的小松鼠。

还好，现实生活中，他总是让着她，很少和她吵。

从此以后，赵云开的睡前故事多了一个听众。不管那个小听众听不听得懂故事，他想：小听众至少听得懂，爸爸爱妈妈。

因为，爱是全世界的通用语言。

由于宝宝的突然到来，余妈妈放下手头的工作，来深圳照顾余乔。毕竟医生说了，余乔需要安心养胎。

有余妈妈陪在身边，赵云开放心了很多，否则他会买国际机票飞回国照顾她。

余乔说：“以前宝宝没来，怎么没见你为了见我这么积极？”

他说：“因为随着时间越久，你在我心里变得越重要了。”

她笑了。虽然不在身边，他说情话的技能倒没退步。

距离让相爱的人隔在两端，时间却让两个人的心连在一起。

时间真是个神奇的东西，不仅让两个人关系更亲密，还可以化解矛盾，但需要耐心等待。

当余乔等到了宝宝到来的消息，理所当然就留在国内，暂时无须考虑去不去国外的问题。

很多时候，当我们不知该如何选择时，命运自会做出安排。

第四十二章

自从遇见你，余生都是你

青翠草地上坐落着一间红色小木屋，周遭是一片苍茫森林，清澈湖泊似全景相机，将天空、森林、草地和小木屋倒映其中。

一阵风吹来，湖水起了皱褶，不多时又回归平静。过了一会儿，水中画面多了两个奔跑的身影，一大一小，牵着风筝跑。

“爸爸，小兔几（小兔子）风筝飞得好到（高）。”小男孩说。

“要不要飞得更高？”

“要！”小男孩奶声奶气地说。

放风筝的男人将线松开一些，小兔子风筝迎着风飞向碧蓝高空。

“爸爸，风筝会不会飞跑了？”小男孩仰头看着风筝，问。

“不会的，爸爸的手牢牢地抓着线呢！”

这时，水中画面又多了一个女人的身影。

她拿出一只风筝，将它放飞。

小男孩在一旁欢呼：“哇！妈妈的小凶许（小松鼠）风筝也飞了。”

看着一前一后两只风筝，小男孩说：“小凶许（小松鼠）风筝没有小兔几（小兔子）风筝飞得到（高）。小凶许（小松鼠）加油！”

余乔将手中的线松了松，对小男孩说：“晟晟，小凶许（小松鼠）飞得再高，也不会离开小兔几（小兔子）的。”

“就像你爸爸一样，无论飞多远，都逃不出你妈妈的五指山。”赵云开说。

小男孩似懂非懂地歪了歪脑袋，疑惑道：“爸爸像风筝一样会飞吗？”

“你爸爸曾经像这只风筝一样，飞得远远的。好在，你妈妈一直牵着这根线，所以他跑不掉的。”余乔望着小松鼠风筝说。

“妈妈，如果我像风筝一样飞走，你会不会也一直牵着线？”小男孩问。

“当然会。不过，你现在还没有翅膀，还不会飞。”

“那怎么才能飞呢？”

“当你变得更聪明的时候。”

“和爸爸一样会打游戏的时候吗？”

“赵云开！你怎么又在儿子面前打游戏？你给我卸载！”余乔大声斥责。

“好好好，回去就卸载。”赵云开说，“等他睡着了我再装上。”

“……”余乔直摇头，恨不得把手上的小松鼠风筝放飞。

有时候看着他在电脑前对着键盘手指乱飞，带着队友大战群雄，她会和那个虚拟世界争风吃醋。

然而，当他说“这么多年异地恋，我就是因为游戏才能缓解对你的思念”时，她又原谅他这个癖好了。

余乔起初也没想到异地恋竟然能长达七年之久。

前三年还好，后面因为孩子出生，异地恋从一个人对另一个人的眷恋，变成两个人对另一个人的眷恋。

关于孩子的名字，在余乔怀孕时，赵云开就想好了。

一次远程视频聊天时，两个人又讨论起起名的事。

余乔说：“如果生个男孩，就叫赵月明吧，这就叫‘守得云开见月明’。”

赵云开说：“不行。这个名字只体现了我的存在，这件事是我俩合力完成的，必须得体现你的功劳。”

“有了孩子不忘孩子娘，很好。那你觉得取什么名字比较好？”

“叫赵余生吧，表明是我俩生的孩子，简单明了，男孩女孩都可以用。”

“你打游戏打晕了吧！这名字一点都不文艺。”

“我觉得挺好呀！赵余生，赵云开和余乔生的宝宝，赵云开对余乔的爱生生不息，赵云开的余生都是你，一语三关多好！”

“‘生’这个字放名字里不好，太俗。”余乔还是极力反对。

“稍等，我翻翻字典。”赵云开拿起手边的字典。为了给宝宝取名，他最近除了工作、游戏，其余时间都在翻字典。不过赵余生这个名字不是他翻字典翻出来的，是偶然的灵感乍现。

过了一会儿，赵云开喜上眉梢地说：“换个字就文艺了。如果生女孩，就叫赵余笙；如果生男孩，就叫赵余晟。”

笙是古老的乐器，笙歌代表音乐；晟是十二点的太阳，代表光明。

生命中不管有音乐还是有日光，都是极美好的，很合适。

于是，余乔的宝宝在未出生前就有了名字。

宝宝出生时，赵云开特地请了长假回来陪余乔。

生产时，他就陪在产房里，一只手帮她擦汗，另一只手紧紧握住她的手。不能承受她的痛苦，他只能默默给她力量。

随着哇哇的啼哭声，宝宝出生了，接生的医生说：“是个男孩。”

赵云开附在余乔耳边说：“孩子如你所愿。”

余乔那会儿只想着赶快“卸货”，宝宝赶快出来啊，别折腾你妈了！孩子一出来，她觉得轻松了许多，倒不太在意孩子的性别。

“我们的孩子就叫赵余晟，小名晟晟，早晨出生的小太阳。因为是光明使者，也和你之前想要的‘守得云开见月明’呼应。”赵云开说。

“长得像谁？”余乔问。

“像我。”某人大言不惭地说。

“还好是男孩。”余乔松了一口气。

由于赵云开在海外工作，他们每年还是只有两三次团聚的机会。

即便团聚的次数如此少，每次只要赵云开回来，晟晟谁都不要，只要爸爸。

赵云开抱着他的时候，奶奶伸手要抱，小家伙会把头一扭，傲娇地说："不要！"他趴在爸爸的肩膀上，手臂紧紧圈住爸爸的脖子，生怕奶奶要把自己抢走。

奶奶苦笑道："还不要奶奶，忘记是谁给你买玩具、喂奶粉啦？"

"爸爸买的。"晟晟一本正经地答。

"你这小子，奶奶真是白疼你了！"奶奶拍拍他的屁股。

余乔走过来，试探地问："那妈妈抱，好不好？"

"不好。"小家伙转过头看她一眼，"要爸爸妈妈一起抱。"

"……"余乔和赵云开相视一笑。

"这鬼灵精的。"奶奶在一旁感叹。

赵云开下厨时，晟晟搬个小板凳坐一旁，看爸爸掌勺的风采；赵云开打游戏时，晟晟坐在他的腿上，好奇地看着爸爸在游戏世界里厮杀；就连赵云开去卫生间时，晟晟也会屁颠屁颠地跟过去，赵云开说"先等我上下厕所"，小家伙说"我也要上厕所"。

"连上个厕所也要同步，真是没谁了。"余乔望着这对如影随形的父子说。

只要赵云开在家，晟晟就会像小尾巴一样跟在他身后，爸爸去哪儿，他就去哪儿。

以至于余乔仰天长叹："不都说儿子是妈妈前世的小情人吗？我们家这儿子完全是爸爸的小跟班啊！"

由于晟晟是个黏人的小屁孩，只有等他睡着，余乔和赵云开才有独处的时间。

有天，他俩趁他睡着，偷偷溜出去看电影、喝咖啡，享受二人世界。

回来后，奶奶告诉他们："晟晟睡醒后满屋子找爸爸。"

余乔叹口气，对赵云开说："我和妈带他的时间最多，结果还是输给了你。"

奶奶说："没办法，这孩子就是和他爸投缘。"

晟晟两岁多时，赵云开回国待了七天，又要返回欧洲。

那天他坐中午十二点的车去香港机场乘坐国际航班，恰巧那天余乔工作忙走不开，也没去送他。

晚上余乔回到家，奶奶告诉她，晟晟好像能感觉到爸爸要离开，黏他黏得不行，他只要一站起来，晟晟就抱着他的腿，生怕他要走。后来，赵云开把晟晟抱到床上，给他讲小松鼠和小兔子的故事，他才睡着。

结果，晟晟醒来之后也不说话，就一个个房间去寻找，先是去了爸爸的书房，刚一进房间，他就说："爸爸，你是在跟我躲猫猫吗？"他边说边歪着小脑袋看书桌下面，因为有一次，他坐在爸爸的腿上看他玩游戏，突然妈妈朝这个房间走来了，爸爸就带他蹲在书桌底下，然后用椅子挡住，成功躲避了妈妈的搜查。可是，今天他看到书桌下面空空的，什么都没有。

晟晟像想起什么似的，往奶奶的房间跑去，他可能是想起有一次躲猫猫时爸爸躺在奶奶的床上，用被子把自己整个盖住，晟晟一直以为是奶奶睡在床上，所以怎么都找不到爸爸。

晟晟刚到奶奶的房间的时候，看到被子跟那次一样铺在床上，中间隆起来了，于是他轻手轻脚地走到奶奶的床边，使劲把被子一拉："爸爸，我找到你啦！"

结果，被子下面是奶奶还没有来得及收拾的一些衣服，他小嘴一噘，倔强地说："爸爸，我肯定会找到你的！"

晟晟向客厅的阳台走去，阳台上有爸爸用家里包装电器的纸箱子给他搭建的"城堡"，爸爸的"城堡"是用一个大大的洗衣机纸箱做的，晟晟的"城堡"是用一个长长的冰箱纸箱做的，纸箱侧面被爸爸挖了几个洞作为窗户，这样他在"隧道"里爬的时候就不怕黑了。

玩耍的时候，爸爸还可以通过这些窗户，递给他水和水果。那是他们的秘密基地，是不允许妈妈进入的地方。对，爸爸肯定藏到那里了，晟晟费劲地拉开通往阳台的推拉门，然后爬进自己的“城堡”，把头从“窗户”里探出来，用小手在爸爸的“城堡”上敲门：“爸爸，我们去外面找蜗牛吧！”

他叫了三遍，爸爸也没有开门，他用自己的小手推开爸爸的“城堡”大门，发现里面空空的，爸爸不在那儿。

晟晟的小嘴噘得更高了，他走回客厅，左看看，右瞧瞧，想起厨房和厕所还没有找，当他把这两个地方也找遍后，终于意识到爸爸走了，于是他站在偌大的客厅哇的一声哭了：“我要爸爸，我要爸爸，我要爸爸回来……”

奶奶跟余乔讲这些的时候，余乔的眼眶也是湿润的。奶奶不忍心告诉晟晟“你爸爸已经走了”，就那样静静地跟在晟晟的身后，陪着他挨个房间去找，她何尝不希望有奇迹出现，晟晟的爸爸——她的儿子——突然从某个角落跳出来说：“我在这儿呢！”

余乔听着，心里特别不是滋味，为孩子感到心疼。她仿佛看到，当晟晟在各个房间找爸爸的时候，赵云开正在机场忙着托运行李，过安检，登机。孩子要的是这一秒的陪伴，我们却许以他将来的幸福。

这么小的孩子贪恋和父亲相处的时光是人之常情，但因为父母各自忙工作的关系，晟晟小小年纪就要忍受别离。

眼下，余乔和赵云开的事业都蒸蒸日上，一个是行长储备，一个是大区 CFO，谁也舍不得放弃自己的事业。

晟晟三岁时，余乔趁着年假带他去了趟欧洲探亲。

赵云开化身赵导，带着娘儿俩去体验了法国的时尚，又去瑞士欣赏田园风光。

当他们乘坐金色山口列车驶向阿尔卑斯山时，晟晟望着窗外的景色说：“好漂酿（亮）呀！”

天空蓝得近乎透明，连绵起伏的雪山白茫茫一片，令人只觉天地开阔。

“爸爸，你觉得漂酿（亮）不？”晟晟问赵云开。

“我觉得……最漂亮的在这里。”赵云开指指余乔。

“哦！爸爸觉得妈妈最漂酿（亮）啊！”小家伙很聪明，一下子领悟到了精髓。

“那你觉得全世界谁最漂亮呢？”余乔逗他。

晟晟看一眼赵云开，又看一眼余乔。

余乔心想：莫不是要说爸爸比妈妈漂亮吧？根本没有可比性嘛！答案显而易见。

“我觉得风景最漂酿（亮）！”晟晟的小手指向窗外。

余乔笑了，这孩子情商真高，这样回答谁也不得罪。

“错了，全世界最漂亮的是妈妈，我们都是男子汉，要来保护她。”赵云开教育道，“妈妈才是最漂亮的。”

“妈妈最漂酿（亮）。”晟晟重复道。

被世界上最爱的两个男人同时赞美，余乔感到很幸福。

晟晟爬到余乔身上，要来亲她的脸，结果还没亲到，就被赵云开拖到他怀里，继续教育：“不可以亲妈妈，妈妈只能让爸爸亲，这是爸爸的特权。”

“……”余乔简直无语，当着孩子的面宣示自己的主权也是没谁了。

“爸爸，小火车能一直开，不停下来吗？”晟晟坐在赵云开的腿上问。

“不能。”

“要是不停就好了。”小家伙一脸遗憾地说。

“为什么要让火车一直开呢？”余乔问。

“这样我就可以一直和爸爸妈妈在一起了。”小家伙说。

余乔需要很努力才能忍住不掉泪。儿子说出了她的心声，她也希望一家三口能够在一起。

山高水长，满天星光，不及你在我身旁。

从欧洲回去以后，余乔再次陷入了纠结之中：她要不要辞职带着孩子去国外和他团聚？

汪敏这时已经晋升为行长，她说她下一年会调到分行工作，余乔作为支行行长储备，有望获得支行行长的职位。

眼看事业快到巅峰，余乔却觉得身心俱疲。她问自己：不停地努力工作，究竟是为了什么？

为了赚钱吗？家里现在经济条件也不差，凭赵云开一人的年薪也能养活全家人。

为了实现自我价值吗？她的个人价值只能通过不断地在职场上晋升去实现吗？

为了不被时代淘汰吗？每个人都在忙碌，她也只是跟上了别人的步伐，变得习惯忙碌。

相较于工作，她明明更热爱家庭，对老公、对孩子的爱更多，然而更多的时间给了工作，这难道不是本末倒置吗？

余乔开始思考生活的另一种可能。如果舍弃工作，能够让一家三口团聚，能够让儿子在父母陪伴的环境下成长，那种收获远比她工作所获多太多了。孩子的成长只有一次，孩子需要父母完整的爱。她不希望儿子在父亲缺席的环境下长大，那样或许未来会成为无法挽回的遗憾。

她思来想去，决定提出辞职。

她万万没想到的是，就在她提交辞职报告时，赵云开对她说："小乔，我想你和儿子了，我打算辞职。"

"别别别！"余乔赶紧说，"你千万不要辞职！"

"以前你不是说希望我能回国和你们一起吗？"他疑惑地问。

"现在不一样了。我已提出辞职，即将失业，你不但不能辞职，还必须更努力地工作才行。因为你要养我们啊！"

“幸好你告诉得及时，不然我近期也要提交辞职信了。”

“怎么辞职这件事，我们这么心有灵犀呢？”余乔都觉得蹊跷。

“因为我们都想尽快在一起。”他说。

余乔和儿子去欧洲探亲回国后，赵云开也一直在思考一个问题。

一直以来，小松鼠都喜欢囤积粮食，把自己认为最好的给小兔子，殊不知，对小兔子来说，最好的就是他。

于是，他决定把自己送到她身边，才有了辞职的想法。

不过，他现在不需要辞职了，因为她说：“我不打天下了，天下由你去打吧。”

此时挪威的天气甚好，北欧风景美如画。

余乔放的风筝不小心挂到树枝上，赵云开便爬上树去帮她拿。

“爸爸要小心呀！”赵余晟在树下张望，“小心不要把小凶许（小松鼠）弄坏。”

余乔哈哈大笑，小家伙说话会转弯这点，十足学的他爸！

“放心，我不会让自己受伤的。”赵云开在树上说，“因为我还要保护你妈妈。”

“我也要保护妈妈。”赵余晟像小大人似的拍拍胸脯。

“晟晟真乖！”余乔摸摸小大人的头。

风筝的线在树枝上缠绕了几圈，赵云开耐心地解开，终于让风筝从树上解脱。

风筝再次在空中飞翔。

“哇！小凶许（小松鼠）又飞起来了！”赵余晟兴奋地说。

“我们到前面空旷一点的草地，这样风筝就不会被树枝碰到了。”赵云开爬下树说。

两只风筝一起在碧空中飞翔，时而你高一些，时而我高一些，但始终离得很近。

余乔想起，她和赵云开异地恋的七年，他去过意大利、西班牙、法国、德国、瑞士、罗马尼亚、瑞典等十多个国家。

她说："没想到这些年你去了那么多国家，流浪过那么多地方。"

他说："无论我流浪到何方，始终走不出你的心上。"

她笑道："因为你是风筝，而线在我手里。"

线就是那根距离和时差都斩不断的爱情之线，即便两个人位于天涯海角，也能连接两颗相爱的心。

好的爱情，大抵就是：自从遇见你，眼里只有你；自从遇见你，余生都是你。

原本平淡无奇的生活，

因为爱你这件小事，

竟成了传奇。

后记

有一种喜欢叫陪伴

我常常觉得，时间是名魔法师，可以摧毁一切，也可以创造一切。

我喜欢写禁得住时间沉淀的爱情，因为可以看到漫长时光里爱情生长的模样。

这本书写了两个人相识近二十年的故事，故事以我的闺密余乔为原型创作。

这么多年，余乔和赵云开的关系在变化：从同学到哥们儿，从哥们儿到恋人，从恋人到夫妻。

他们的感情也在变化：从暗恋到明恋，从明恋到婚恋，从婚恋到跨国异地恋，从异地恋到大团圆。

一段爱情里呈现出千姿百态是件极其幸运的事，即便如此，赵云开还是不满足。他曾经对余乔说："此生最大的遗憾莫过于没有和你青梅竹马，不是你的情窦初开，但值得庆幸的是，自从遇见你，我的余生都是你。"

最初决定要写余乔的故事时，我把故事和编辑讲述了一遍，讲到异地恋时，编辑建议把异地恋放到结婚前写，理由是小说一般都这么写，这么写才有悬念。

我说，我写的不是小说，是生活。我仍然采用了现实中余乔自己的故事顺序——先结婚再开始异地恋。

绝大多数的童话和言情小说以男女主角结婚作为结局，就是我们通常说的 Happy Ending。

其实，结婚不是Happy Ending，而是Happy Beginning。结婚是爱情新的起点，是爱情的升华和延续。

这本书和我的上本书《和你在一起才是全世界》一样，依然有初恋般的心动时刻、热恋时的暖甜日常以及婚后的温馨陪伴。

读者常常给我留言，说我写的故事很甜。

其实，我只是生活中的小蜜蜂，喜欢采集生活中的糖。

因为这些糖，便觉得人间值得。

这本书的第一个读者是余乔，她看完，给我发微信——

过去的时光，简直像一场梦。大柠，谢谢你让我重温这场青春旧梦。

其实，我写的时候，何尝不是在重温一场青春旧梦？因为，余乔和赵云开的爱情故事，我是见证者。

大学的时候，他们一起上课，一起吃饭，一起上自习，一起散步，一起坐公交车，一起逛街，一起乘火车回家……

对余乔而言，赵云开就像空气一样陪伴在她身边，已经完美地融入她的生活中。因为习以为常，所以有时她会忽略他的存在。

她不知道的是，这世上有一种喜欢叫陪伴，陪伴才是最长情的告白。

所幸，有缘的人终究会走到一起，哪怕喜欢的时间节点有偏差，哪怕曾经相隔万里有时差。

谢谢你读完这本书。

写给生活中邂逅的小美好。

写给并未随时光老去的友情和爱情。

写给一直陪伴在我们身边的人。

愿所有平凡都美好。

愿你相信爱，拥有爱。

图书在版编目（CIP）数据

往后余生都是你 / 大柠著 . — 南昌 : 百花洲文艺出版社，2019.3（2019.8 重印）
ISBN 978-7-5500-3169-2

Ⅰ . ①往… Ⅱ . ①大… Ⅲ . ①长篇小说–中国–当代 Ⅳ . ① I247.5

中国版本图书馆 CIP 数据核字（2019）第 002871 号

往后余生都是你

WANGHOU YUSHENG DOU SHI NI

大柠　著

出 品 人	李国靖
特约监制	夏　童
责任编辑	袁　蓉　叶　姗
特约策划	夏　童
特约编辑	鹿玖之　张瞧瞧
营销编辑	张　俊　卜　宇　李青尘
封面设计	小茜设计
版式设计	王雨晨
封面绘图	三　乖
内文绘图	梦游兔
出版发行	百花洲文艺出版社
社　　址	南昌市红谷滩世贸路 898 号博能中心 I 期 A 座 20 楼　邮编 330038
经　　销	全国新华书店
印　　刷	三河市金元印装有限公司
开　　本	880mm × 1230mm　　1/32
印　　张	12
字　　数	321 千字
版　　次	2019 年 3 月第 1 版
印　　次	2019 年 8 月第 2 次印刷
书　　号	ISBN 978-7-5500-3169-2
定　　价	39.80 元

赣版权登字：05–2019–4

发行电话　0791–86895108　　　网　址　http://www.bhzwy.com

图书若有印装错误，影响阅读，可向承印厂联系调换。